Al sur de las estrellas

Ana Mencey

Editado por Harlequin Ibérica.
Una división de HarperCollins Ibérica, S. A.
Avenida de Burgos, 8B - Planta 18
28036 Madrid
www.harlequiniberica.com

© 2026 Ana Mencey
© 2026 Harlequin Ibérica, una división de HarperCollins Ibérica, S. A.
Al sur de las estrellas, n.º 328 - 21.1.2026

Imágenes de cubierta: Shutterstock

ISBN: 979-13-7017-348-7
Depósito legal: M-25841-2025
Impreso en España por: BLACK PRINT
Fecha impresión Argentina: 20.7.26
Distribuidor exclusivo para España: LOGISTA
Distribuidor para México: Distibuidora Intermex, S.A. de C.V.
Distribuidores para Argentina: Interior, DGP, S.A. Alvarado 2118.
Cap. Fed./Buenos Aires y Gran Buenos Aires, VACCARO HNOS.

Abuela, te quiero mucho.
Gracias por leer todo lo que escribo.
Y por pensar que salgo guapa en la foto de la graduación.

I

Hoy no llegamos. Es imposible que dentro de cincuenta y cinco minutos esté sentada en plató, presentando el informativo de las dos. Da igual que vayamos esquivando a una velocidad digna de *Matrix* a gente feliz que deambula con su paraguas por el centro; necesitaríamos un desdoblamiento temporal o algo típico de la ciencia ficción para conseguir nuestro objetivo. La ciudad, además, no colabora: el agua en las aceras forma charcos más profundos que algunas fosas oceánicas y hay que esquivar un número ilimitado de cascadas improvisadas en las fachadas de los edificios.

Aunque hay lugares a los que el mal tiempo les sienta bien y Granada es uno de ellos, hoy no estoy en condiciones de apreciarlo. No me importa que el humo procedente de los puestos de castañas difumine los colores de una ciudad ya apagada por el frío; ni que la lluvia amortigüe los sonidos del tráfico, dulcificando incluso los desconcertantes «pfffs» que, de forma aleatoria, sueltan los autobuses urbanos. No; yo solo puedo pensar en que es martes, en que mi reloj marca la una y tres de la tarde, y en que hoy no lo vamos a conseguir.

Acabamos de salir de la capilla ardiente instalada en el Ayuntamiento para honrar a Teodoro de la Calle, el que fuera reelegido tres veces seguidas alcalde de Granada, y aún tengo que redactar, locutar y montar la noticia de su fallecimiento. ¡Ah! Y necesito hacer la escaleta del informativo. Y si dispusiera de un par de minutos para maquillarme (Trini está de vacaciones) y peinarme el pelo supuestamente liso, no estaría nada mal.

Me dispongo a compartir mi ansiedad con mi compañera cámara habitual (y mi mejor amiga), cuando me encuentro con un perfil muy diferente al de la pizpireta Chloe. Este es alto, ancho y masculino; esto último se debe a que es un hombre, claro. Entonces recuerdo que hoy me han asignado la maravillosa compañía de César, el hijo del jefe, y que él es poco... empático, por decirlo de alguna manera. Es la segunda vez que trabajo directamente con él y menos mal, porque no he conocido a nadie más hosco, palabra que fue creada para describirlo. Y, aun así, me arriesgo a hablarle, por si estuviera tomando medicación y de repente fuera amable conmigo.

—No llegamos, tío.

Ni se gira para responderme.

—Eso te oigo chillar cada día y, al final, siempre lo consigues —me responde con desgana.

Suspiro. Tiene razón, pero sus palabras me sientan como un tiro. Chillar es un verbo feo. Podía haber dicho gritar, pero ha preferido las connotaciones histéricas de chillar. Estoy a punto de decirle cualquier tontería para que tenga que molestarse en hablarme de nuevo cuando piso uno de esos charcos de profundidad insólita. Lo peor es que estoy a punto de resbalarme, caerme y, posiblemente, ahogarme, cuando un brazo me sujeta con brusquedad e impide el desastre. Con el corazón a mil por hora, levanto la cabeza para agradecerle a César su bendita intervención, pero la voz se me atasca en la garganta cuando veo que me mira con su seriedad habitual.

—Cuidado —dice, y después clava la vista en la cámara que sostiene.

Ah, claro; con el movimiento que ha realizado para evitar mi caída, ha puesto en peligro todo lo que lleva:

la cámara, el trípode y la mochila. Es un detalle que haya priorizado mi integridad a la del equipo, eso hay que reconocerlo, pero habrá sido un gesto instintivo de humanidad del que seguro ya se está arrepintiendo. Por otra parte, es culpa suya que vaya cargando con todo, porque se ha negado a aceptar mi ayuda. Estoy segura de que no vela por mis cervicales, sino que no se fía de mí porque tengo cierta fama de patosilla.

El resto del trayecto transcurre sin más incidentes, en silencio, bajo la lluvia. César lleva ahora la cámara cogida como si fuera un bebé, aunque le puso la funda en el Ayuntamiento para evitar que se mojara. Si no estuviera tan estresada, me llamaría la atención cómo alguien tan antipático puede resultar casi tierno por su forma de proteger un objeto. Pero soy la mujer más angustiada del mundo, así que, en cuanto llegamos a la tele, no le hago caso y me dirijo a la sala de redacción, donde grito:

—¡Hoy no llegamos! ¡No llegamos!

—Vaya si habéis apurado hoy, ¿no? —dice Micaela, mi compañera de malos ratos televisivos—. ¿Te echo una mano?

—Sí, por favor; hazme la escaleta, que hoy de verdad que no lo conseguimos —repito como un disco rayado.

Todavía no estoy sentada cuando voy abriendo un documento en el ordenador para redactar la noticia, mientras leo los apuntes que he tomado. Mi cerebro funciona a tal velocidad que estoy convencida de que, si me lo propusiera, podría también mover varios objetos con la mente. Ya tenía un resumen de las aburridas andanzas de De la Calle (un político político hasta la médula) y lo estoy incorporando a la noticia cuando escucho una voz atronadora al otro lado del pasillo:

—¡Cintia! ¡Ven a mi despacho!

No puede ser. ¿Qué querrá Indalecio justo ahora? ¿No sabe a qué hora es el informativo en *su* tele? Y aunque sé que a él le encanta gritar, pero no soporta ser gritado, el estrés me da alas y le contesto a mi jefe con el mismo tono:

—¡Indalecio! ¿Es muy importante? ¡Voy muy pero que muy justa!

—¡Importantísimo! ¡Ven ahora mismo! —responde.

Me levanto con resignación y miro a Mica, que se encoge de hombros.

—Te dije que no debías subtitular las declaraciones del concejal de Fiestas... —conjetura.

Ah, eso.

—¡Tartamudea cuando se pone nervioso y no se le entiende! —me defiendo; además, ya lo había hecho antes sin consecuencias—. ¿Quizá sea porque me reí cuando casi le cae en la cabeza un foco a la presidenta de la Diputación, al entrevistarla la semana pasada?

—¡Cintia! —vuelve a gritar Indalecio.

En serio, ¿qué querrá el individuo este ahora? Nazarí TV funciona prácticamente sola gracias a los profesionales que trabajamos en ella. Somos un equipo de gente joven a la que no le importa pisar la casa lo justo, porque nos encanta lo que hacemos, a pesar de la escasez de medios y la alarmante falta de personal. Yo misma, como redactora jefa de informativos, tengo que encargarme de casi todo el contenido del mismo, porque Mica se ocupa del magacín. Luego está Roberto, que nadie sabe muy bien lo que hace, pero que es entrañable. Ah, y el ruidoso, predispuesto y poco efectivo ejército de gente en prácticas por el que la tele recibe una cuantiosa subvención. Y después está la parte técnica, claro, con los cámaras que son a la vez realizadores y montadores de publicidad. Todo funciona más o menos bien, así que... ¿qué demonios quiere este hombre ahora?

Pero cuando toco a la puerta y entro en el despacho de mi jefe, se me despejan todas las dudas.

Me va a despedir.

II

Tal vez me estoy precipitando. Quizá solo me va a interrogar hasta la muerte porque cree que soy una espía internacional. Eso explicaría que la lamparita que hay en la mesa de Indalecio me enfoque directamente a los ojos cuando me siento en la silla que hay frente a él. Pero el detalle de que esté flanqueado por el abogado de la empresa, Pérez *Straweschnosequé* (le llamamos el abogadito Pérez, porque es más fácil y tiene un leve aspecto de roedor), y por Néstor, el delegado sindical (que evita mi mirada), hace que me tema lo peor. Y lo peor, mucho más que la tortura y que me arranquen la cabeza de cuajo, es que me echen.

—Cintia, Cintia, Cintia... —comienza Indalecio con su voz radiofónica, mientras dirige la luz a un documento sospechosísimo que ocupa la parte central de la mesa; adiós a mis esperanzas de ser torturada hasta morir—. Qué momento más difícil me vas a hacer pasar.

Indalecio niega con la cabeza alborotando su densa cabellera oscura. Por qué un hombre tan malo como él es tan atractivo con sus cincuenta años y su alma negrísima es un misterio que ninguno entendemos. Sigue meneando la cabeza, como si le costara aceptar el destino cruel que le ha llevado a este momento, y yo me planteo hasta pedirle perdón.

—No hace falta que te diga la complicada situación que

atravesamos —continúa—. Eres una persona muy inteligente, así que te habrás dado cuenta de que nuestra audiencia cada vez es menor; las teles locales naufragan en medio de un mar de canales de *streaming* que funcionan a la carta. —Suspira con teatralidad—. Echarte es como amputarme un dedo de la mano; una decisión drástica, pero necesaria para que podamos sobrevivir el resto.

Sus palabras están siendo acompañadas por un bello gesto simbólico en el que intenta separar un dedo del resto de la mano, que en cualquier otro contexto podría considerarse obsceno. De hecho, el abogadito Pérez le lanza una mirada admonitoria e Indalecio se detiene en el acto, no vaya a ser que lo denuncie por acoso. Lo cierto es que me importa un comino lo que haga con las manos. El despacho entero se ha convertido en las aspas de un helicóptero y mi corazón hace cosas raras, como saltarse varios latidos a la vez.

—Pero ¿por qué yo? —logro articular con la voz muy muy baja, y ni siquiera era eso lo que quería preguntar—. Es decir, ¿he hecho algo mal? Llego todos los días la primera, antes de las ocho de la mañana, y me voy después de las nueve... de la noche. Almuerzo aquí si hace falta, y el día del incendio en la sierra hasta dormí en el sofá de la entrada, con la mancha esa tan desagradable que tiene en la parte central que ninguno sabe...

—¿Preferirías que echara a algún compañero tuyo? —me reprende Indalecio, con voz dura—. ¿A Micaela, que acaba de tener un niño? ¿A Roberto, con casi sesenta años?

—No, por supuesto que no.

Claro que no. Pero tú sí podrías bajarte el sueldo, que seguro que quintuplica el mío. No lo digo, por supuesto, y él sigue hablando.

—Mira, Cintia, soy consciente de que has dado mucho a esta empresa —mi todavía jefe relaja el tono, como si hubiera decidido cambiar de estrategia—, pero créeme cuando te digo que mi conciencia está tranquila porque sé que nosotros también te hemos aportado muchísimo a ti. Gracias a Nazarí TV te hemos hecho la gran profesional que eres. Pero no hace falta que me agradezcas nada. Con tu trabajo, ha bastado. Así que gracias a ti. De corazón.

Se pone la mano en el pecho y estira los labios en una sonrisa digna del circo de los horrores. Yo miro a Néstor, para ver si esto es real, y él se encoge de hombros apartando de nuevo los ojos; el abogado también está muy interesado en un anuario que hay en la estantería. Entonces Indalecio me alarga los cuatro o cinco folios que deben de ser mi carta de despido. Anda que... Los prospectos de las medicinas y los ingredientes del kétchup son carteles de neón en comparación con las letras que tengo delante, ya de por sí borrosas por los nervios. Eso no impide que, al final, haga un garabato donde aparece mi nombre, con la firma más fea que me ha salido en la vida, pero es que los nervios no ayudan.

Como nadie añade nada más, me levanto y salgo del despacho. Me gustaría dar un portazo, pero con el tembleque que tengo temo parecer un pájaro carpintero. Así que llego a redacción, donde hay mucho jaleo, pero de alguna manera logro que mi voz suene firme para anunciar la noticia.

—Me han echado.

Se hace un silencio tan denso que hasta el teléfono ha parado de sonar. Y como he parecido bastante serena, son mis compañeros los que se ponen histéricos.

—¡¿Quééé?! —grita Roberto.

—¡No puede ser! —exclama Mica con voz ahogada—. ¿A ti?

—Pero ¿y cómo os vais a apañar en redacción ahora? —dice un cámara que pasaba por allí.

—No lo sé, sinceramente. —Leñe, que me tiembla la voz y esta gente está al borde del colapso; inspiro y adopto el tono de presentadora o *presentono*, como lo llama Chloe—. Chicos, el informativo es dentro de cinco minutos y tiene que salir. Mica —me dirijo a mi compañera, aunque cuando veo los ríos de rímel en su cara aparto la vista—, supongo que, hasta que se aclare la situación, tú te encargarás de presentarlo. Enróllate un poco al principio y así me da tiempo a terminar de montar la noticia de la capilla ardiente. Esta mañana dejé listas unas cuantas cosas y con lo que han hecho los prácticos deberíamos ir tirando. Mientras tanto, ve a... retocarte el maquillaje.

Asiente y se marcha. He activado el piloto automático y he conseguido encerrar todas mis emociones en un solo punto que debe de estar en mi garganta, porque me duele al tragar. Hago un esfuerzo titánico por concentrarme y, en un tiempo que merecería un récord en las olimpiadas de los informativos, envío a realización la noticia terminada. De hecho, veo en el monitor instalado en redacción cómo Mica le está dando paso en directo ahora mismo.

—... han sido multitudinarias las muestras de afecto que ha recibido el que fuera alcalde de esta ciudad, Teodoro de la Calle. —Mica está tan pálida que resulta la mar de convincente dando la noticia—. Se han vivido momentos muy emotivos y muchas personas no han podido contener las lágrimas al acercarse al féretro.

Da paso al vídeo y de pronto aparece un bailaor taconeando en mitad de un tablao flamenco al ritmo de ruidosos «¡Ole! ¡Ole! ¡Ole!». Contengo la respiración y me imagino el caos que tiene que reinar ahora mismo en la planta de arriba. Mi pobre Chloe, la mejor realizadora que tenemos, debe de haberse enterado de mi despido y la ha pifiado. Pero lo peor es que también se ha dejado abierto el micrófono de Mica y se escucha perfectamente (y mira que el señor está taconeando fuerte): «Coño, Chloe, como ese sea Teodoro de la Calle me cago encima». Así, alto y claro.

La cámara regresa a ella, cuya cara pasa de ser la de

una asesina en serie a la de una encantadora presentadora en un nanosegundo. Carraspea, da unos golpecitos muy dignos al bloque de folios y vuelve a presentar de nuevo la noticia de la dichosa capilla ardiente, donde el alcalde se estará planteando regresar del más allá para vengarse de nosotros. El caso es que Chloe logra atinar con el vídeo correcto y el informativo prosigue sin más incidentes.

Cuando veo que al fin el programa fluye, pese a todo, no puedo evitar que el orgullo me embargue. Si la gente supiera lo justos que vamos y el milagro que es sacar adelante las noticias cada día... Aunque yo no lo haré más. El nudo de la garganta se aprieta un poco más.

Tengo que salir de aquí cuanto antes porque no me siento preparada para despedirme de todos mis compañeros. Si lo hago, me derrumbaré y me convertiré en un charquito como los de la calle. Así que, para acelerar el proceso, cojo una bolsa de los supermercados Dani y vuelco en ella todo el contenido de mis cajones. Pero no estoy siendo suficientemente rápida, y cuando escucho la sintonía del final de las noticias, corro a resguardarme en el cuarto de baño. Sé que he tomado la decisión correcta porque casi me ahogo de pena cuando veo por última vez este váter con desconchones y la tapa desencajada, así que no quiero imaginarme abrazándome a Chloe en este momento.

Escucho mi móvil sonar a lo lejos y varias voces amigas llamándome, pero no salgo de mi refugio. El sonido de numerosos pies arrastrándose por el pasillo me indica que casi todos se están yendo a casa para comer, seguramente convencidos de que he salido a que me dé el aire. Y lo cierto es que me vendría bien. Después de dejar pasar un tiempo prudencial, salgo del cubículo creyendo que ya se habrán ido, pero entonces la puerta del baño, la que da paso a los lavabos, se abre de golpe.

Pelo largo y negro, gran envergadura, ojos oscuros. César. Puede que sea la segunda persona que menos desee ver en este momento, detrás de su maravilloso padre. Se me olvidaba que a él le gusta quedarse a trabajar cuando menos gente hay, supongo que para evitar juntarse con la chusma. Pero no entiendo qué hace en el baño de señoras; César es un hombre, no me cabe ninguna duda. Aunque quizá sea un hombre con una afición extraña. Dejo de pensar en esa posibilidad cuando escucho la voz de Chloe preguntar a lo lejos:

—¿Cintia? ¿Estás por ahí?

Se me empaña la mirada al oír a mi amiga, así que agacho la cabeza para que César no lo vea y trago saliva antes de que dé la voz de alarma. Pero pasan los segundos y no lo hace. Cuando levanto la cabeza, se limita a mirarme de una manera rara, mientras sigue aferrado a la puerta del baño, con fuerza, porque tiene los nudillos blancos. Al final, tras un momento que parece una eternidad, exhala y cierra la puerta.

No tengo ni idea de lo que acaba de pasar, pero me da igual. Quizá haya sido un acto de compasión, pero lo más probable es que no haya querido inmiscuirse. Lo mismo ni se ha enterado de por qué estoy aquí encerrada; o ya lo sabía desde esta mañana, porque su papaíto se lo habrá contado mientras desayunaban con su mamá, Morticia, y la boa constrictora que tendrán de mascota.

Ahora sí creo que me he quedado sola, a excepción de alguien que habrá arriba en continuidad, espero. Arrastrando los pasos, llego a mi puesto y me sorprende ver la pantalla de mi ordenador oculta tras un muro de *post-its*. Me arden los ojos, pero trato de contenerme al leer lo que ponen: «Sabes que te quiero. Chloe», «Te echaré de menos. Sin ti estamos perdidos. Roberto», «Que te jodan, Indalecio de los cojones». Esta última no está firmada, pero sé que es de Mica; sin duda, la segunda gran víctima del día. Hay muchas de los prácticos, con un montón de símbolos y emojis que ni siquiera sé lo que significan. Al final despego la última: «Hoy la tele pierde talento, pero también su sonrisa». No reconozco la letra, pero es tan bonito que necesito sentarme en la silla, porque me he puesto a temblar.

Miro la bolsa y me doy cuenta de que casi todo lo que hay dentro (acreditaciones, programas electorales, pines, tarjetas de visitas, notas de prensa...) irá a la basura. Pero también está el peluche que me regaló Raúl, el niño al que le hice un reportaje para ayudarle a recaudar fondos con los que combatir la enfermedad rara que padecía. Y una pluma de águila imperial que me dieron mientras hacíamos el programa *Naturaleza en abierto*. ¡Ah! Y una flor seca que cogí en el Generalife, en aquel especial que hicimos de la Alhambra. Todos son recuerdos preciosos que salvaré, porque significan mucho para mí.

Para asegurarme de que no me dejo nada importante, compruebo los cajones y, al final del segundo, palpo un sobre abultado. Al instante sé lo que es y me invade el alivio al no haberlo olvidado. Son fotos, mías y de mis compañeros. Cuando lo saco, se caen dos, y les echo un vistazo. Ubico de inmediato la primera: la tomaron al poco de contratarme aquí, durante la inauguración de la temporada de esquí de Sierra Nevada. A pesar de que llevo gafas de sol, gorro y bufanda, mi sonrisa se abre paso por toda la cara. Suspiro y miro la segunda, mucho más reciente. Estoy en el salón de plenos del Ayuntamiento, escuchando a Sara, una compañera de otro medio que me cae muy bien. También estoy sonriendo.

Miro alternativamente las dos fotos y veo a la misma chica de aspecto aniñado con el pelo largo y oscuro, los ojos del color de la miel y la piel pálida, aunque con las mejillas sonrosadas. Sin embargo, parecen dos personas distintas y no es por el paso del tiempo. Es que una fue tomada antes del suceso que me cambió la vida, y otra, después.

Hace más de un año y medio, un accidente de moto

me arrebató a Juan, mi novio, y aunque ya había sufrido antes pérdidas importantes, de esta no me he llegado a recuperar. Me refugié en el trabajo para seguir adelante. Ahora que me han echado, ¿qué voy a hacer?

III

—¡No me ayudas, Juan! ¿Qué top me pongo con el traje de chaqueta blanco, el rojo cabaretera o el negro con margaritas?

Como no me contesta, le tiro un cojín, que lo atraviesa como si fuera un fantasma. Bueno, es que es un fantasma. No uno de verdad, tipo *Paranormal Activity*, sino algo que me inventé en su día para hacer el duelo más llevadero. En su momento me pareció una buena idea (aunque un psicólogo a lo mejor tendría algo que objetar), pero ahora mismo, viendo cómo se ha puesto porque lo he *acojinado*, me lo replanteo. Ni que le hubiera hecho daño ni nada, jolín.

De todas formas, ya sé lo que él me contestaría. El rojo, que es más ajustado y tiene un escote más pronunciado. A Juan le gustaba que me arreglase, lo que era un fastidio porque mi estilo se sitúa entre el *boho chic*, en los días buenos, y el *mendigo casual*, en los malos. Ni que decir tiene que desde que me echaron de la tele, el toque sofisticado lo ha aportado mi sudadera gris de Adidas, porque tiene un poco de purpurina en la *i*.

Han sido dos meses difíciles. Hasta he pillado la escarlatina, enfermedad que es rarísimo que la coja una adulta que no se relaciona con niños, pero ahí estaba yo, riéndome de las estadísticas, con rojeces extrañas por todo el cuerpo y haciendo que el termómetro digital pareciera un submarino con problemas cada vez que me lo ponía. No sé qué hubiera sido de mí si mi hermana Victoria, que es la única familia que me queda, no se hubiera percatado de lo enferma que estaba, porque, aunque no se lo quise decir por teléfono, ella intuyó que algo iba mal. De inmediato cogió un vuelo desde Roma y vino a cuidarme. Y, de hecho, ahora mismo me está llamando, así que me apresuro a cogérselo.

—*Ciao, bambina* —me saluda Victoria, que probablemente me llame desde la embajada, donde trabaja—. ¿Cómo de nerviosa está mi niña? ¿Histérica o atacada?

—Ambas respuestas son correctas —le respondo, guardando el top rojo en el armario e ignorando un fantasmal mohín de disgusto—. No paro de imaginarme todo lo que puede salir mal. ¿Y si al diputado mi proyecto le parece una tontería? ¿O me quedo en blanco? ¿O me caigo encima de él? ¡Llevo tacones, la probabilidad juega en mi contra!

—¡Para, para! Que esa cabecita tuya tan activa no te juegue una mala pasada. —Victoria hace una pausa y luego sigue—: ¿Sabes? Cuando me dijiste que no te interesaba seguir haciendo lo mismo que hacías en Nazarí TV, me sorprendió porque se te daba muy bien. Pero entendí lo que me dijiste, que estabas harta de la política municipal y que querías darle un giro a tu vida. Hoy vas a presentarle al diputado de Turismo un proyecto muy bonito que te permitirá hacer unos documentales estupendos, ya verás. Sé que la idea te apasiona, y cuando algo te apasiona, brillas, Cin. Antes de que te des cuenta, tienes al diputado metido en el bote, estoy convencida.

Si todos me miraran como lo hace mi hermana mayor, el mundo sería un lugar tan maravilloso... Me aseguro de tragar dos veces para que no note lo mucho que me emocionan sus palabras. Pero como ya estoy maquillada y no quiero llorar, intento destensar la conversación, de la forma que sea.

—Solo quiero que el diputado financie mi proyecto, no me interesa meterlo en ningún bote, Vicky. Roque Tena es tan calvo que teníamos que apagar los focos en plató para que la luz no rebotara en su cabeza y nos deslumbrara a todos. Pero es amable, más o menos. El domingo pasado, Encarna me dijo que lo conocía personalmente y...

—¿Encarna, la madre de Juan? —me corta mi hermana—. ¿Otra vez has ido a ver a sus padres?

Suspiro. Este es un tema delicado entre nosotras; de hecho, Juan se evapora, de un modo parecido al que solía hacer en vida cuando las cosas se ponían feas.

—Sí, Victoria; me gusta visitarlos de vez en cuando. Están muy solos y a mí también me viene bien.

—Pero es que no lo entiendo —protesta mi hermana—; son cosas que no te ayudan a pasar página. ¿Qué harás cuando empieces a salir con alguien? ¿Lo llevarás también allí, a tomar unas pastitas, todos juntos?

Juan nunca le cayó especialmente bien a Victoria, pero lo tuvo que aceptar, claro; a la que abiertamente no traga es a la que estuvo a punto de convertirse en mi suegra, Encarna. Siempre dice que tiene algo turbio, pero es que a veces mi hermana se pasa de sobreprotectora. Y yo no quiero seguir hablando de este tema, porque necesito centrarme en lo que tengo que hacer ahora, así que, con más dureza de la que es frecuente en mí, trato de ponerle fin a este asunto.

—Lo que sucede, Vicky, es que no comprendes que esa casa es el único sitio donde no encuentro compasión al hablar de Juan, sino comprensión. Y porque su madre y su padre son los únicos que se quedaron más hechos polvo que yo cuando sucedió el accidente, y eso, sea sano o no, me ofrece consuelo. Me necesitan y yo también a ellos, eso es todo. Y ahora, si te parece bien, me gustaría que mi maravillosa hermana dejase de sermonearme y volviera a decirme que me vuelvo brillante como Edward Cullen cuando algo me entusiasma.

Escucho algo a medio camino entre un resoplido y una risa y sé que me he vuelto a ganar a mi hermana, lo que no tiene ningún mérito. Solo la tengo a ella, pero es más de lo que mucha gente tendrá nunca, así que me considero una afortunada.

—Lígate al diputado, anda, que los calvos tienen su punto también —me dice.

—¡Claro! Mientras tú te ligas a Maurizio o Fabio, con brillante cabellera negra, ¿no? Ni hablar del peluquín, nunca mejor dicho.

Nos reímos las dos como bobas, hasta que me doy cuenta de que, como sigamos con la tontería, voy a llegar tarde. Precipito la despedida, mi hermana me desea toda la suerte del mundo y termino de arreglarme.

Una vez en la calle, me percato de que se me ha olvidado la carpeta en casa, subo, la cojo mientras Juan pone los ojos en blanco y bajo de nuevo. Ahora sí arranco mi Nissan Micra de color lila y pongo la radio para animarme. Es mi día de suerte porque están poniendo Lost Frequencies en Los 40 y eso no es habitual. Pero lo tengo que quitar porque me suena el teléfono otra vez. La pantalla se ilumina con el nombre de Penélope. Vaya por Dios. Mi antigua mejor amiga nunca me llama y tiene que hacerlo justo ahora. Dudo sobre cogerlo o no, porque últimamente nuestras conversaciones parecen la lección primera del Duolingo («Hola, ¿cómo estás?», «Yo muy bien, ¿y tú qué tal?»), pero temo que le haya pasado algo, así que termino descolgando y activando el altavoz.

—Hey, Pe, ¿cómo vas?

—... en.

—¿Cómo? ¿Puedes hablar más alto? ¡No te escucho! —digo, subiendo el volumen al máximo.

—Bien —dice un pelín más fuerte; yo acerco la cabeza al teléfono mientras esquivo el peluche que Raúl me regaló, que ahora cuelga del retrovisor—. Te llamo porque el otro día me encontré a Encarna en el supermercado y me dijo que habías estado muy enferma.

—¡Sí! En plan Beth, de *Mujercitas*, pero sin morirme, lo cual es de agradecer.

—Y que te habían despedido... —añade.

—*Sip*, eso también es verdad. Estoy en racha. Mejor no te acerques a mí en un día de tormenta, que ya sabes a quién le va a caer el rayo en mitad de la cocorota.

—Una mala racha, sí —apunta con voz lánguida—. Y yo debería haber estado ahí para ayudarte, pero no lo he hecho.

—Oh, no te preocupes —le digo, quitándole importancia—. No lo sabías; además, ahora me estás llamando. Eso te da muchos puntos de amistad.

—Me parece que no.

Uf, me está costando muchísimo levantar la conversación. No sé qué le pasa, antes éramos uña y carne, pero últimamente no la reconozco. Cuando ocurrió lo de Juan, yo me encerré en mí misma y creo que ella se culpa de no haber intentado apoyarme con más ahínco en esa etapa difícil; no entiende que yo lo único que necesito es recuperar la normalidad con ella. Pero es como intentar hablar con Tristeza, de la peli de las emociones, no hay manera de remontar. Y lo siento mucho, pero yo estoy llegando ya al edificio de la Diputación, así que, con todo el dolor de mi corazón, me voy a tener que despedir.

—Verás, Pe, me pillas ahora un poco liada. ¿Te apetece que quedemos a tomarnos algo...?

—Sí, ya te llamo yo cuando tenga un hueco, ¿vale?

—¡Claro! —No lo hará, pero bueno—. Y gracias por llamar.

Ha colgado. No tengo tiempo de analizar la conversación tan rara que acabamos de mantener y ahora me centro en controlar mis pasos temblorosos hacia el imponente edificio de hormigón blanco que es la sede de la Diputación. En la entrada pregunto por mi amigo Mario, que es el responsable de prensa. Me dicen que pase a la sala de espera mientras le avisan.

Aquí dentro, el blanco también es el color que impera. Con mi traje de chaqueta, si me pego a la pared, podré camuflarme con el entorno y mi cara parecerá la del gato de Alicia. Soy consciente de que tengo pensamientos esquizofrénicos, como siempre que estoy atacada y...

—¡Cintia! ¡Qué guapa estás! ¡Veo que el despido no te ha sentado nada mal! —dice Mario en cuanto me ve.

Nos damos un abrazo de verdad, no de compromiso. Porque yo estimo mucho a Mario y creo que él a mí también. Hace unos años hizo las prácticas en la tele bajo mi supervisión y ahora es el responsable de prensa de este cotarro. Cuando le pedí ayuda para concertar esta entrevista, no dudó en hacerme el favor.

—Venga, vamos, que el diputado te está esperando en su despacho —me dice, enlazando su brazo con el mío, como si fuéramos dos abuelitas—. Apóyate en mí, que aún recuerdo ese día en el que el alcalde tuvo que parar el discurso en la inauguración del polideportivo porque tú aterrizaste en plancha delante de todos.

—Gracias, Mario; recordar la caída más aparatosa que he tenido en mi vida es lo que más necesito en este momento para aplacar mis nervios.

—¡Pero si ni siquiera es la más aparatosa! ¿Has olvidado cuando, en la inauguración del curso académico de la Universidad, al tropezarte, tiraste al rector y hubo un efecto dominó que acabó...?

Estoy sufriendo un desdoblamiento existencial. Por una parte, asiento y finjo que me indigno con Mario por exagerar tantísimo mi torpeza, pero, por otra, estoy ensayando el discurso que voy a exponerle a don Roque Tena. Atravesamos un montón de pasillos y dependencias mientras el corazón me bombea fuerte, como si estuviera en Pachá Ibiza. Así que cuando por fin nos detenemos frente a una puerta, no puedo evitar jadear un poco.

—Ya hemos llegado... Oye, ¿estás bien? —pregunta Mario.

—Sí, no te... —Me detengo en seco porque leo un nombre en el despacho que no es el de Roque Tena—. Mario, ¿quién es Leonardo García de Valdivia?

—Pues el nuevo diputado de Turismo. —Debo de haber puesto una cara muy graciosa, porque se troncha de la risa—. ¿No sabías que don Roque dimitió por problemas de salud? Pues sí que has estado desconectada... El nuevo diputado tomó posesión de su cargo la semana pasada.

¿Se me notará tanto como creo el tic que me acaba de entrar en el ojo derecho? ¿Cómo he podido ser tan tan tan incompetente? Mi presentación del proyecto, que tanto he cuidado, estaba personalizada para el anterior diputado. ¡¿Qué voy a hacer?! Lo peor es que con los informativos le cogí el truco a disimular que estaba al borde del infarto y mi semblante es el de alguien que lo tiene todo bajo control. Por eso, Mario, que en realidad es buena gente, no me da un respiro y toca con despreocupación en la puerta mientras me dice:

—Todo va a salir bien, Cintia, no te preocupes; tu proyecto tiene muy buena pinta. Lo único que tienes que hacer es no desconcentrarte cuando veas al nuevo diputado —afirma con ligereza.

—¿Por qué me iba a desconcentrar? —pregunto, al borde del colapso.

Mario sonríe y empuja la puerta.

—Por nada, por nada.

IV

Mario me hace un gesto para que pase al interior del despacho y entro dando un paso titubeante. Miro a mi alrededor y compruebo que esto es dos veces más grande que mi piso. El caso es que ya había estado aquí antes, entrevistando a mi añorado don Roque, pero está tan cambiado que casi no lo reconozco. Es como si ya no siguiera en el sobrio edificio de la Diputación, porque aquí todo resulta un poco caótico, pero en el buen sentido. Hay láminas enmarcadas de José Guerrero por todas partes, algunas colgadas y otras en el suelo, y también distingo un cartel de La Barraca, otro de un certamen de poesía... Me quedo mirando el más próximo a mí, uno que anuncia un circuito musical de nuevos talentos, cuando escucho una voz masculina por la espalda.

—¿Te gusta? Lo he diseñado yo.

—¡Aaah! —grito.

Leñe, qué susto. Me he sorprendido tanto que he saltado, y al aterrizar el tacón derecho se me ha ido un poco, así que me apoyo en el cartel de la pared y este suena de forma escalofriante al rajarse por la mitad. Uy. Acabo de romper un diseño original del nuevo diputado de Turismo. Que, por cierto, me tiene cogida del brazo, lo que ha evitado que me caiga del todo. Me vuelvo hacia él mientras empiezo una retahíla de disculpas:

—Lo siento mucho, se lo pagaré todo, y aunque hubiera sido un José Guerrero original también se lo pagaría igualmente, aunque tuviera que trabajar en régimen de esclavitud durante el resto de mi vida en su casa y...

En cuanto lo miro, las palabras dejan de fluir. Menos mal, por otra parte, porque creo que me estaba ofreciendo como esclava, y en la planta de arriba, en el Área de Igualdad, deben de estar llorando a lágrima viva. Pero eso no es lo preocupante. Lo preocupante es que es imposible que este hombre que tengo delante sea diputado de... nada. A ver, que los políticos son personas y los hay guapos y feos, pero... ¿Esto qué es? ¿Una cámara oculta? ¿Qué mide, 1.80? ¿Ese tono de pelo cómo se llamará, dorado californiano? ¿Y se pueden tener más verdes los ojos, verde gato? ¡Y qué boca!

—Tranquila —dice de pronto, con una voz suave y perfectamente modulada—, es solo un póster que acabamos de imprimir y tenemos unos quinientos más en el almacén; así que descartaremos lo de tu esclavitud. Pero solo porque no estaría bien visto.

Me guiña un ojo y mi estómago le contesta volviéndose del revés. Noto tanto calor que puedo comenzar a brillar de un momento a otro. Está sonriendo, pero luego adopta un gesto de preocupación, que se reafirma cuando me pregunta:

—¿Te encuentras bien, Cintia? —Porque se sabe mi nombre y además lo pronuncia de forma que yo siento que alguna muralla que tenía por ahí dentro se derrumba escandalosamente—. Me ha parecido que te hacías daño.

Hace un amago de arrodillarse y yo reacciono, por fin, impidiéndoselo. Ya me he enamorado de él; si me cuida el tobillo no podré evitar proponerle matrimonio en el próximo minuto.

—No, por favor. —Le agarro de los hombros musculados, pero enseguida los suelto como si quemasen; lo importante es que he conseguido detener el descenso, gracias a Dios—. No se moleste, bastante... bastante lío he causado ya.

—No te preocupes, Cintia. —Ah, mira, que Mario sigue aquí, presenciándolo todo y disimulando la risa—. Leo está acostumbrado a que todo el mundo caiga rendido a sus pies, lo que pasa que no de forma tan literal como tú.

Vuelvo a parecer una bombilla. Gracias, Mario; te quiero un montón.

—Bueno, yo me tengo que marchar ya —continúa diciendo mi supuesto amigo; se vuelve al flamante diputado de Turismo y le dice—: Eh, cuídamela, que es lo más apañado que tenemos en el gremio.

—Lo iba a hacer, aunque no me lo pidieras —responde el aludido, desplegando un nuevo encanto, una sonrisa digna de cualquier producto de Oral B—. ¿Nos sentamos para estar más cómodos? ¿Puedes caminar?

Asiento, incapaz de hablar. Estoy absolutamente desbordada, y la molestia del tobillo es lo de menos cuando sigo al diputado hacia su enorme mesa. Él se sienta sin problema en su sillón, que parece el de la nave Enterprise, y yo retiro la silla que hay enfrente, produciendo un desagradable «¡ñaaac!» que, sin embargo, me hace reaccionar.

Vamos a ver, Cintia, ¿de verdad vas a tirar por la borda todo el trabajo de estas últimas semanas, tantos días de búsqueda en bibliotecas y archivos, buceando en internet, elaborando un proyecto que es una monería, porque el diputado es... resultón? Ni hablar. Me pongo tiesa como el palo de una escoba y activo *presentono* antes de hablar.

—Sí, sí que me gusta el cartel; es muy..., o más bien era... Pero que sigue siendo —Cintia, no decaigas— muy bonito, y las bandas que participan en el circuito me encantan. Aunque si le parece bien, voy a exponerle mi proyecto de la forma más breve posible, porque seguro que está ocupado y no quiero robarle mucho tiempo.

—No te preocupes. —Sonríe otra vez; ¿lo hará con mala fe?—. De hecho, esta mañana no tengo nada más agendado, así que no tengo prisa. Tengo ganas de conocer esa idea que, según Mario, me va a encantar. Ah, y tutéame, por favor; creo que tenemos la misma edad.

—Está bien, Leonardo.

—Leo —me corrige.

—Ah, sí; Leo.

Uf, qué incómoda estoy. Trato de imaginarme que estoy hablando con don Roque Tena en vez de con *Leo*, a ver si la cosa mejora.

—Resulta que hace dos meses me echaron de mi trabajo y...

—Lo siento mucho —repone con un gesto de tristeza conmovedor.

—Sí... —Como no quiero mirarle a los ojos ni a la boca, le estoy mirando a la nariz, hasta que me doy cuenta de que bizqueo; le miro las orejas, y ahora prefiero no imaginar lo que parezco—. El caso es que llegué a la conclusión de que quería hacer reportajes televisivos. Pero en vez de pensar en lo que me gustaría grabar, retoqué la cuestión y me pregunté: «¿Qué es lo que necesita unos buenos reportajes en nuestra provincia?». Y de repente lo tuve tan claro... Créame cuando le digo que no sé si elegí yo el lugar o el lugar me eligió a mí.

—Háblame de tú y continúa, por favor —me dice enlazando unas manos fuertes sobre el escritorio; un gesto que para nada me desconcierta.

—Vale, eh... Verás, yo creo que hay una comarca por la que todas las civilizaciones que han pasado por nuestra tierra han sentido gran interés excepto... nosotros, que la tenemos bastante dejada. Y ella sigue esperando, paciente, a que alguien la revalorice; es un lugar único, un sitio donde la historia se respira en cada piedra, en cada fuente, en cada calle...

—¿Y ese lugar es...?

Sonrío. Algo ha cambiado de repente en esta habitación, lo noto. He recuperado el dominio de la situación y acabo de recordar la ilusión que me hace el proyecto que me traigo entre manos.

—Ese lugar es la Alpujarra, claro. —Aprieto con fuerza la carpeta donde está todo redactado, con plazos y presupuestos detallados, pero de pronto, sin saber por qué, miro Sierra Nevada a través del magnífico ventanal del despacho y señalo hacia allí con el dedo—. Esta es la imagen que siempre vemos de nuestras montañas más famosas, pero yo siempre me he preguntado qué hay detrás de ellas. De verdad que siento... como una llamada o, más bien, un grito de auxilio de esos pueblos blancos escenarios de leyendas; esos lugares por los que tan valerosamente lucharon «moros» y cristianos que ahora ven, impotentes, que unos enemigos mucho más poderosos los están venciendo. Esos rivales temibles, quién lo iba a decir, no son otros que el olvido y el abandono.

Parpadeo para enfocar de nuevo el pico del Veleta. Y entonces me doy cuenta de que me he olvidado de dónde estaba y de que, en vez de hablarle de números y hacerle una propuesta concreta, me ha explotado la vena poética en el peor momento posible. Vuelvo a mirar en dirección al diputado, pero sin intentar centrarme en nada concreto de él, para no perder, de nuevo, la compostura. Me parece que está relajado y que sonríe complacido, pero yo qué sé. Me aclaro la garganta.

—Disculpa, no creas que he venido aquí solo para darte un discursito; en realidad, he elaborado un documento muy detallado en el que explico cómo podría hacer estos documentales. Aunque la Alpujarra se extiende también por Almería, yo me he centrado en los pueblos de nuestra provincia para que la Diputación pueda usar esos vídeos en ferias de turismo, congresos, redes sociales...

—Me parece una idea genial. —Ahora sí que lo miro a los ojos, porque parece entusiasmado de verdad—. Además, es una de las líneas que queremos fomentar desde el área que dirijo: el turismo rural de calidad en las zonas más desfavorecidas.

—¿Sí? ¿De verdad? ¡Eso es estupendo! —Anda, qué fácil ha sido, ¿no? Tanta preocupación para esto—. Pues... yo tengo disponibilidad inmediata.

—Lo único... —Al escuchar su tono condescendiente, mi mente se ha iluminado de un rojo parpadeante—. ¿Has pensado en la financiación?

¿Cómo? Pues claro que he pensado en la financiación. ¿Para qué cree que he venido? ¿Así que de eso se trata? ¿Es profundamente guapo, pero no es profundamente listo? No se lo pregunto, claro, sino que trato de seguir hablando con normalidad:

—Bueno, pensaba que esa era la parte en que intervenían ustedes. —Por alguna razón me es imposible tutearle en este momento—. Al fin y al cabo, yo haría esos vídeos para que la institución le sacara el máximo partido posible. Sería una buena forma de promocionar una comarca que, como usted mismo ha reconocido, es una de las más desfavorecidas de la provincia.

—Claro —me sonríe con pena—, pero, como sabrás, todas las administraciones estamos sujetas a un plan de austeridad y las inversiones en materia de promoción y publicidad están bastante paradas. Por otra parte, el presupuesto está cerrado y no se me ocurre manera de financiarlo a corto plazo. Quizá deberías buscar apoyo en el sector privado, en empresas importantes como...

—¡No! —le grito; sí, le grito, pero es que había puesto todas mis ilusiones en esta reunión, y con este rechazo, no será escarlatina lo que coja, sino la peste o algo peor—. ¿Es que no lo entiende? Este es un proyecto perfecto para la Diputación, y no debería financiarlo una fábrica de cerveza, ni de leche, ni tampoco de agua. Es una iniciativa de la que se beneficiarían muchas familias de la provincia que lo necesitan, porque cuando se mueren, sus hogares se vacían y también sus pueblos. Esa debería ser la función de esta institución, ayudarlas.

—El diputado asiente, comprensivo, y eso me enerva aún más; vamos, me enerva tanto que me levanto de golpe—. Pues nada, siento haberle hecho perder el tiempo; de verdad que deseo que le vaya muy bien en su mandato; creo que su Área, en una provincia como la nuestra, es de vital importancia. Muchas gracias por escucharme, señor diputado.

Y hago algo tan infantil, que no tengo que esperar para arrepentirme. Vamos, que me arrepiento sobre la marcha. Pero el caso es que salgo corriendo del despacho.

El dolorcito en el tobillo no impide que atraviese a gran velocidad un montón de pasillos acristalados y de despachos impolutos. Esto parece una pesadilla diseñada por el mismo Escher, donde salgo de una habitación y me meto en otra igual. No encuentro ni unas escaleras ni un ascensor, ni siquiera una miserable ventana para tirarme por ella. Así que, después de un tiempo indeterminado, me doy por vencida. Estoy encerrada en este edificio y me quedaré vagando para siempre por sus pasillos. Todo el mundo en Granada sabe que en la anterior sede de la Diputación había un fantasma. Me estoy preguntando qué proyecto le denegarían en su día cuando escucho la voz de Leo en el despacho contiguo.

—¿Habéis visto a una chica corriendo como una loca?

Hala, qué exagerado, ¿no? Pero noto que lo ha preguntado entre jadeos, y eso que seguro que está en una forma física excelente debido a las horas y horas que debe de pasar en el gimnasio. Vamos, que es cierto que he corrido muchísimo y podría decirse que no he tenido un comportamiento muy... racional. Como tampoco es lógico que esté ahora mismo escondida detrás de un tronco de Brasil. Debería reaccionar de una vez, por Dios.

—Sí, yo... estoy aquí —digo levantando la mano, como si estuviera en clase y gritase: «¡Presente!»—. Lo siento, es que..., verás, han sido unos meses difíciles para mí y tenía mucha confianza en este proyecto; ver que tan solo en unos segundos se ha ido todo al traste... Pero perdona, me he comportado como una niña pequeña.

—¿Estás de broma? A ver qué niña pequeña es capaz de alcanzar esa velocidad. —Sonríe, acercándose, pero enseguida mira a su alrededor, donde un par de funcionarios contemplan la escena muy interesados—. Oye, te has dejado la carpeta en mi despacho, ¿vamos a por ella?

Se acerca y me ofrece el brazo, porque debe de haberme visto cojear. Cuando acepto su ofrecimiento, me golpea la fragancia de una colonia maravillosa. Trato de que no se note la profundidad de mis inspiraciones para acaparar su olor mientras avanzamos lentamente; jolín, la verdad es que he hecho una carrera increíble.

—Todo el mundo se nos queda mirando —le digo en voz baja, porque es la verdad; he detectado un poco de odio en los ojos del personal, sobre todo femenino, pero también de algunos hombres.

—Desde luego, que sepas que vamos a ser la comidilla de la mañana —dice, divertido, mientras me aprieta el brazo.

—Me parece que tú eres la comidilla de todas las mañanas desde que llegaste —le digo porque, total, ya no puedo caer más bajo.

Se ríe. ¡Hombre, qué sorpresa! Tiene una risa varonil y bonita. Y yo, pese a todo, me descubro sonriendo cuando llegamos al despacho. Una vez sentados, y después de que mi tobillo lance un suspiro de alivio, el diputado comienza a hablar:

—Bien, te diré lo que haremos: olvidaremos los últimos

minutos de nuestras vidas en común. —Se está aguantando la risa, lo noto—. A mí también me encantaría salir corriendo en muchas ocasiones. La única diferencia es que me contengo, pero el deseo está ahí; así que estamos en paz.

Se me escapa una risa; pero hay una cosa...

—Vale, pero no corría «como una loca». —Parece sorprendido y hasta un poco avergonzado cuando se lo digo—. Es que me he agobiado. Como te decía, han sido unos meses complicados para mí y no me esperaba una negativa tan rotunda, la verdad.

—Pero es que no te he dado ninguna negativa rotunda. Te he dicho que ahora mismo no tengo dinero para este proyecto. —Coge mi carpeta y la agarra con fuerza—. Estamos jodidos de presupuesto, eso es verdad. Es difícil sacar dinero para cualquier iniciativa, también para las que son muy interesantes, como la tuya. Pero te prometo que voy a moverla. ¿Me crees?

Clava sus ojos cristalinos en los míos y me olvido de que es un político haciendo una promesa. Porque, de alguna manera, le creo y pienso que me está diciendo la verdad. Así que suspiro y asiento. Me dispongo a levantarme y él se pone de pie de inmediato.

—Deja que te ayude. —Va a bordear la mesa y a acompañarme, pero yo se lo impido.

—En serio, te lo agradezco muchísimo, pero creo que ya he dado suficiente espectáculo. Además, no es para tanto, ya casi no me duele. —Es verdad, he sufrido caídas muchísimo peores; así que me dirijo hacia la puerta, donde me detengo antes de marcharme—. Pues nada, Leonardo, encantada de conocerte y que vaya todo bien.

—Igualmente —me responde, sonriendo—. Ah, Cintia, la próxima vez que hablemos, espero que me llames Leo; pero lo que sí te pido, por favor, es que no me vuelvas a tratar de «señor diputado». Me han salido canas solo de oírte, creo.

De nuevo no puedo aguantarme la risa, pero como

no sé qué contestar, le hago un gesto ambiguo y cierro la puerta. Enseguida veo a Mario, que me mira con ojos entornados antes de decir:

—Al menos no te has caído mientras esprintabas.

Suspiro, resignada. Tiene razón.

V

Vicky: ¿Qué haces?

Yo: Acabo de imprimir currículos y voy a echarlos en varias radios y teles.

Vicky: ¿Pero no dijiste que no querías hacer ese tipo de periodismo?

Yo: Ha pasado un mes desde que la cagué con el diputado, Vicky, no puedo seguir con los brazos cruzados.

Vicky: No la cagaste; seguro que pensó que eras encantadora... ¡y rápida!

Yo: Eso sí; no descarto que me llamen del Área de Deportes para inaugurar algún circuito provincial de campo a través.

Vicky: No pierdas la esperanza, Cin, seguro que se pone en contacto contigo.

Yo: Claro. Gracias, Vicky. Te quiero.

Avanzo por la calle con mi montaña de currículos, tratando de no analizar demasiado cómo me siento. Por lo menos he dejado de mortificarme por lo que pasó. Las primeras noches tenía dificultades para dormir porque me ponía a contar ovejitas y, de repente, aparecía una demente enchaquetada dando zancadas en mitad del redil y las espantaba en todas las direcciones posibles. He tardado un poco en perdonarme, pero ya lo he conseguido. No gano nada atormentándome porque no puedo volver atrás en el tiempo, eso está tan claro como que, al parecer, el color mandarina es la estrella de la temporada. Mala suerte, porque no tengo nada de ese color en mi armario ni pienso comprarme ninguna prenda remotamente cítrica.

Me estoy guardando el móvil en el bolsillo cuando comienza a sonar. En la pantalla aparecen tantos números que podría ser el FBI. Para que no se me caigan los folios, hago eso que los fisios dicen que se evite a toda costa y coloco el teléfono entre el hombro y la cara.

—¿Sí?

—¿Cintia?

Ostras, que es Leo. De la impresión se me han caído los currículos al suelo; todas las personas a mi alrededor comienzan a recogerlos con diligencia; todas menos yo, que me he quedado petrificada.

—¿Cintia? —repite Leo.

La gente sigue dándome los papeles en un llamativo ataque de solidaridad. Todos los están recogiendo y yo estoy muy atareada dando las gracias a un viejito que, por Dios, no debería estar agachándose de esa manera.

—¿Leo? Disculpa un... Gracias, mil gracias; gracias también a ti, gracias a todos. Os estoy muy agradecida.

—¿Te pillo bien, Cintia? Pareces la Pantoja después de un concierto.

Me río, a pesar del agobio. Joder, mira que en estas semanas podría haber tenido ocasiones para llamarme, pero tiene que ser cuando estoy en mitad de un corro de gente, la gente más entregada del universo, además. Por fin el anciano de ciento veinte años me da el último folio y... un beso en la cara. Un poco Pantoja sí que está siendo esto.

—Ya estoy. —Inspiro con profundidad y decido darme un poco de tiempo—. ¿Quién es?

Hay una pausa.

—Pero si me has llamado Leo hace treinta segundos —me contesta, sorprendido.

Ay, sí. Es verdad. Vale, ya estamos otra vez haciendo cosas ridículas. Inspiro de nuevo. Por favor, Cintia, compórtate, que no quiero estar el próximo mes sin dormir. Recurro a la sinceridad.

—Perdona, Leo, claro que te he reconocido; es solo que me he querido hacer la interesante.

Escucho una risa, menos mal.

—En realidad no necesitas parecer interesante, porque lo eres. —Hum, ¿eso era un cumplido?—. El caso es que te llamo para darte una buena noticia. ¿Te acuerdas de tu proyecto?

Freno el «¿Estás de cachondeo?» justo antes de que salga de mi boca. En su lugar digo algo mucho más aséptico:

—Claro que me acuerdo.

—Pues tengo una novedad buenísima. —No digo nada, me limito a aguantar la respiración—. Resulta que la Unión Europea ha liberado unos fondos para la difusión de los valores culturales, históricos y paisajísticos en zonas rurales afectadas por la despoblación y se va a gestionar a través de las diputaciones provinciales.

Continúo callada. Y lo más preocupante, sigo aguantando la respiración.

—¿Cintia? ¿Me estás escuchando?

—Sí. Pero no sé si eso quiere decir lo que creo que quiere decir —admito con la voz ahogada.

—Quiere decir exactamente eso: que ya tienes dinero para realizar tu proyecto.

Tomo una gran bocanada de aire.

—¿En serio? ¿Tan fácil? ¿No hay que pasar por ningún concurso público o...?

—No, puedo adjudicarlo directamente porque no es una cantidad de dinero muy alta, y ahora mismo no tengo ninguna otra cosa que reúna todos esos requisitos. De hecho, sí te quería avisar de que, según el presupuesto que me pasaste, no cubre el total de los gastos, porque...

—No me importa, lo que falte lo pongo yo —le interrumpo y se queda nuevamente en silencio; debo de parecerle rara de narices entre una cosa y otra—. Lo que quiero decir es que me da igual perder dinero porque pretendo convertir este trabajo en una carta de presentación tan buena que espero que sea el primero de muchos.

—Estoy convencido de ello, Cintia —me asegura con voz alegre—. Pues venga, pásate por mi despacho ahora mismo y lo concretamos todo.

En cuanto cuelgo el teléfono parece que voy montada en un monopatín de felicidad; me siento ligera y al pasar al lado de una papelera estoy tentada de tirar los currículos en ella. Pero no lo hago, porque yo reciclo papel, aunque estoy segura de que algunos de los folios tendrán un chicle pegado.

Decido hacer una parada técnica en mi casa antes de ir a ver a Leo porque, aunque no me preocupe no tener prendas de color mandarina, soy capaz de mirarme y ver que no llevo la joya de la corona de mi armario. Y como no quiero repetir el traje de chaqueta, al final elijo un vestido corto de flores más discreto de lo habitual (aunque tiene también unas abejitas monísimas) y las botas altas con un pelín de tacón.

El caso es que lo hago todo tan rápido que, cuando llego en media hora a la sede de la Diputación, me extraña que no me reciban con una copa de champán y una bandera a cuadros. Tarareo de forma compulsiva la *Novena Sinfonía* de Beethoven, no sé por qué. Pero sufro un pequeño varapalo emocional cuando la secretaria de Leo no me hace pasar «inmediatamente», sino que me dice que espere en una sala de color... blanco. Tengo que ahuyentar mi imagen huyendo despavorida del despacho de Leo. «No pasa nada, te ha llamado, ¡te ha llamado!», me digo.

La primera media hora trascurre en un silencio feliz. La segunda, el ánimo decae un poco. En la siguiente me paseo arriba y abajo por la sala mientras repaso mentalmente los nombres de mis compañeros de clase cuando iba al colegio. El de las gafas que siempre me tiraba de las trenzas me da problemas, pero al final me acuerdo de que era Dimas. Después pego la frente al gran ventanal desde el que se ve una panorámica aceptable de la zona oeste de la ciudad. La casa de Chloe está por ahí. Estoy muy concentrada en la tarea de buscarla cuando alguien me toca la espalda.

—¡Aaah! —Me pego un cabezazo con la cristalera por la impresión.

—Lo siento, lo siento —me dice Leo, consternado—. Llevaba un rato llamándote, pero no me respondías. ¿Te has hecho daño?

—No, qué va. —Me toco la frente; no estoy sangrando, gracias a Dios—. Debes de saber que tengo fama de ser...

—¿Propensa a los accidentes?

—Como se nota que eres político. No, lo que soy es extremadamente torpe.

Una vez descartada la sangre, le miro por primera vez. Vaya, sí que es guapo. Va vestido de forma informal, pero muy elegante, con esos vaqueros tipo pitillo que no sé porque normalmente no me gustan si acaban de convertirse en mis pantalones favoritos para hombre. Y lleva también una camisa de color... mandarina, claro; un tono que también acaba de ganar muchos puntos. Pero cuando me fijo en su cara, me doy cuenta de que tiene ojeras. Y aunque me está sonriendo, su mandíbula está tensa.

—¿Estás bien? —le pregunto sin saber muy bien si es asunto mío o no.

Él se lleva dos dedos a la frente como para alisarse unas arrugas imaginarias, porque no tiene ni una. Ni marcas, ni granitos, nada de nada.

—Pues mira, la verdad es que, desde que te he colgado el teléfono, la mañana ha ido cuesta abajo y sin frenos. Ha habido un momento en el que he pensado que iba a tener que salir esposado del edificio.

—¿En serio? ¿Qué ha pasado? —Y soy una mala persona porque lo único en lo que pienso es en cómo afectaría eso a mis documentales.

—Resulta que la oposición ha dado una rueda de prensa para denunciar que, dentro del presupuesto que tenemos destinado a los festejos de los municipios, había una partida para las velas de las procesiones y se la hemos adjudicado a una empresa que pertenece al primo de la presidenta. ¿Y yo qué sabía? ¿Qué pretenden, que conozca el árbol genealógico de todos mis compañeros de partido?

Vaya por Dios. Ya estamos con los líos políticos de siempre. Leo parece sinceramente preocupado, y, ahora sí, me compadezco de él. Parece un político joven, con ganas de hacer las cosas bien, y está muy afectado. El otro día regalaba las sonrisas con generosidad, pero hoy le cuesta; tiene el pelo dorado muy revuelto, y el verde de los ojos más oscuro y peligroso. Lo cierto es que está más guapo aún. En esto llega Mario, con cara de pocos amigos.

—Hey, Cintia, me alegro de verte. —Me da dos besos rápidos y enseguida se centra en Leo—. Te estaba buscando. No te preocupes por nada; además de que no hay base legal para la denuncia, hemos encontrado algo importante. Te lo cuento en tu despacho.

Llaman a mi amigo por el móvil y con un gesto se despide de mí mientras desaparece. Está claro que no es un buen momento para hablar de mis documentales.

—Oye, Leo, estás muy ocupado, así que mejor me voy y ya me avisas cuando estéis todos más tranquilos —le digo con sinceridad.

—No, por favor, encima que te he hecho venir... —repone, pero no para de pasarse la mano por el pelo, cosa que me gustaría hacer a mí, pero que, evidentemente, no hago.

—Qué va, no te preocupes. Lo primero es que apagues este fuego, o más bien esas velas.

Uy, qué chiste más malo y en qué momento más terrible. Pero Leo no parece haberlo pillado por lo agobiado que está. Mejor. Y como no quiero darle más trabajo, me apresuro a despedirme con un apretón de manos profesional. Él distraído, porque está mirando algo en el móvil, tira de mi brazo, me planta dos besos y murmura un «hasta luego» antes de irse en la misma dirección que Mario.

Un rato más tarde, en mi coche, un poco triste porque no ha podido ser, me sorprendo inspirando hondo con la esperanza de encontrar en mi nariz algún resto de esa colonia tan maravillosa que lleva el nuevo diputado de Turismo.

VI

Leo no me ha llamado en todo el día, así que he decidido dejar las apasionantes partidas al cinquillo con Juan e irme a tomar una cerveza con Chloe. Entre su trabajo asfixiante en Nazarí TV y que yo he estado también muy ocupada, hacía al menos un mes que no nos veíamos. Ahora estamos en un bar bastante cutre en el centro, donde nos han puesto, eso sí, una tapa de pincho de tortilla, del tamaño de un hámster de pie.

—¿Y qué? ¿Cómo van las cosas en la tele? —le pregunto con la boca llena porque tengo muchísima hambre y porque, total, es Chloe.

—Pues fatal, la verdad. —Está muy pálida, lo he notado, pero entre pieles blancas tenemos que apoyarnos y no decirnos esas cosas tan desagradables—. Sabes que siempre hemos ido cortos de personal, pero es que en redacción, con tu despido, no se apañan. Y eso no es lo peor; esta mañana han aparecido un señor y una señora muy trajeados que desconocían el arte de saludar y se han instalado con su ordenador en la sala de reuniones, donde Indalecio les ha tenido que llevar un montón de documentos y facturas.

—¿Y eso? —La tortilla se me queda que ni para arriba ni para abajo, pero no es solo por la sorpresa, es que el trozo era enorme; al final pasa, gracias a Dios—. Tiene una pinta de auditoría terrible.

—*Es* una auditoria. Si vieras la cara de Indalecio... Si no fuera por lo que implica, hoy hasta hubiera disfrutado de verlo sudar.

Claro, porque lo que implica es que la viabilidad económica del canal está en entredicho. Mi extele pertenece a un complejo entramado empresarial y se ve que las cuentas no les cuadran a los de arriba.

—Sinceramente, no creo que Indalecio sea de los que se quedan dinero. Es, simplemente, un pésimo gestor; puede que fuera un gran periodista, pero no tiene ni idea de cómo...

—Es un imbécil —me corta en seco Chloe, poco diplomática—. Por su culpa nos quedan dos telediarios, literalmente. Ah, mira, aquí llega Ada.

La novia de Chloe llega precedida por un aroma a vainilla que es su marca personal. Ada es pequeñita, pero con la personalidad de un gigante; de hecho, parece mucho más alta que su pareja, cuando esta le saca al menos diez centímetros. Se dan un beso en los labios en cuanto se ven y yo noto que se me cierra un poco la garganta. Antes Juan y yo quedábamos mucho con ellas; a veces mi amiga Penélope también se unía. Me meto otro trozo gigante de tortilla en la boca; o me muero o se deshace el nudo que tengo, una de dos.

—¡Qué guapa, Cintia! —me dice Ada después de abrazarme y sentarse al lado de su novia—. Si es que es salir de esa pesadilla de tele y se os quita la cara de amargura que es marca de la casa.

—Ya empezamos... —murmura Chloe.

—Pues precisamente quería proponerte algo —le digo a mi amiga, intentando reconducir la conversación a un tema menos delicado—. Verás, ¿recuerdas el proyecto que te comenté?

—¿El de los documentales de la Alpujarra?

—Exacto. Pues, aunque todavía no estoy segura al cien por cien, parece que he obtenido financiación, porque esta mañana me ha llamado Leo para avisarme de que...

—Uy, *Leo* —dicen las dos al mismo tiempo, con el mismo tono y la misma cara de bobas; luego Chloe, supersonriente, continúa diciendo—: Sí, perdona, ibas diciendo que *Leo* te había llamado.

—Qué idiotas sois —les digo de forma despreocupada mientras me bebo un buen buche de cerveza que si estuviera más fresquita sería mucho mejor—; lo que quiero decir es que, si esto sale adelante, necesitaré una cámara; no una cámara de aparato, que también, sino alguien que grabe. Había pensado que tú...

—Ah, no, ni hablar —me interrumpe Ada con determinación—. Si la aventura *nazarí* termina, y así se lo pido a Dios todos los días, debería venirse conmigo a la granja y ayudarme con la faena.

Chloe se encoge de hombros. Vaya; espero no haber sembrado la discordia. No creo que la idea de trabajar en la granja de Ada sea fascinante para ella, pero no soy yo quien tiene que librar esa batalla. Así que...

—¿Tenéis algo de color mandarina en vuestro armario?

La conversación se destensa y hablamos de mil chorradas. Hasta que el bar se pone imposible de gente y nos tenemos que despedir, porque además Ada tiene que madrugar en la granja; una explotación pequeña, ecológica, respetuosa con los animales, que absorbe toda su energía y la de los que la rodean.

Vuelvo a mi casa bastante animada, aunque preocupada por el nubarrón que planea sobre mi antigua tele. Me parece a mí que de esta no salen. Cuando llego al portal, me encuentro una imagen tan inverosímil que me quedo un rato quieta, parpadeando, como si lo que viera fuera un espejismo. Porque no todos los días te encuentras a un diputado de Turismo sentado en el incómodo escalón de tu portal, mientras mira con cara de aburrimiento el móvil. Lleva la ropa igual de impecable que esta mañana, aunque ahora se ha puesto también una americana. Qué guapo es, me extraña que no haya un coro de quinceañeras a su alrededor. Pero ¿qué hace aquí? Me acerco con cautela y me arriesgo a preguntar:

—Hola... ¿Me estás esperando?

Él levanta la mirada, que, debido a la falta de luz, es como de cristal, con los bordes oscuros. Enseguida ensancha su sonrisa espectacular.

—No, qué va; he quedado con otra chica que me ha presentado un proyecto para promocionar la comarca de Baza y que también vive en este edificio.

—¿En serio? —pregunto, sin apenas procesar lo que me ha dicho.

Sigue sonriendo mientras niega con la cabeza.

—No, Cintia; claro que te estoy esperando a ti. Ayúdame a levantarme, anda; llevo tanto tiempo aquí que una señora se ha ofrecido a traerme una manta.

Le cojo la mano y pienso que es la cosa más suave que he tocado nunca; después, ambos hacemos el paripé de que le ayudo a levantarse cuando es mentira y él hace todo el esfuerzo. Se sacude varias veces con sus gloriosas manos el glorioso... pantalón y yo tengo tantas ganas de unirme a la fiesta que miro a otro lado.

—Pero no entiendo... —le digo a la farola de la esquina—. ¿Qué haces aquí?

—Pues compensarte por lo de esta mañana; te he dejado tirada y eso no está bien. —Tiene varios registros de voz; este que emplea ahora, cercano, acaba de convertirse en mi preferido.

—¿Y por qué no me has llamado al móvil?

Apoya la nuca en el cristal del portal, con resignación.

—Te he llamado como cien veces.

Lo saco del bolso y compruebo que no son cien, pero sí nueve. Son muchas llamadas. Maldito botón lateral del iPhone.

—Oh, lo siento muchísimo, yo...

—Qué va, soy yo el que lo siente. En cuanto hemos desatascado la situación, he visto tu dirección en tu currículo y me he venido para acá. Además, sigo de buen humor porque, como puedes ver, al final no me han enchironado, y tu proyecto sigue adelante.

—Eso es genial. Vamos, lo de que no te enchironen, me refiero. ¿Cómo lo habéis solucionado?

—Hemos descubierto que, aunque le hemos adjudicado las velas al primo de la presidenta, el concurso para la partida de pirotecnia lo ganó una empresa a nombre de un familiar de la portavoz de la oposición, así que está claro que no hemos tenido en cuenta criterios personales.

O que ha habido favoritismo para las dos partes. No sería la primera vez. Mi pasado periodístico me hace desconfiar de la clase política, no puedo evitarlo, pero ahora que tengo a Leo delante me resulta imposible pensar que él haga las cosas mal de forma consciente. Está claro que le encanta su profesión y, míralo, está aquí, a las once de la noche, trabajando. Porque está trabajando, ¿verdad? Por cierto, ¿qué hago ahora? ¿Querrá que lo invite a mi casa? ¿Me malinterpretará si lo hago?

—Emm, ¿quieres subir? —Bien por mi tono desenfadado; mal por haberme puesto roja fluorescente.

—No, no; es tarde ya y mañana madrugo. Yo solo quería que no te metieses en la cama pensando que no me importa tu proyecto, porque no es así. —Hace una curiosa inflexión antes de pronunciar lo de «metieses en la cama», aunque seguro que son cosas mías—. Ya me sé de memoria el documento que me entregaste. Me encanta todo de él, hasta la forma en la que lo presentaste. Van a ser unos documentales únicos y originales, como tú.

Anda. ¿Puede ser que el diputado de Turismo esté ligando conmigo? Hace tanto tiempo que no me pasa que no estoy segura, pero cuando me coge la mano y se la lleva a los labios para besármela muy despacio no me queda más remedio que pensar en que sea una posibilidad muy real. Y aunque no hay que ser un lince para saber que iniciar algo con él no es una buena idea, también es cierto que el lince es un animal en peligro de extinción y que por algo será. Es demasiado guapo como para pegarle un tirón y querer recuperar mi mano. Mi mano está super a gusto con la suya. Así que nos quedamos un ratito indefinido así, en mi portal, mirándonos a los ojos mientras mi corazón bombea como las alas de un colibrí. Al final, él vuelve a sonreír y dice, con voz grave:

—Vale; mañana a primera hora, te veo en mi despacho. Y no te preocupes, que he aprendido la lección: no te haré esperar porque tus venganzas son terribles.

Me aprieta la mano rápido y con tanta fuerza que casi me hace daño y luego se va. Yo me meto en el portal preguntándome si en verdad todo ha sido tan intenso como lo he interpretado o si me estoy montando una película. Cuando llego a mi casa, me doy prisa en atravesar el salón e intento ignorar el ceño fruncido de Juan al pasar por su lado.

VII

—Entonces, ¿no te interesa, Hugo? —Mi voz suena desesperada, tal vez porque es justo como me siento—. ¿Es por el sueldo, porque no es muy alto? Es que estoy empezando, pero seguro que cuando arranquemos...

—No; el sueldo no está mal, Cintia; el problema es que ahora necesito desconectar —me responde mi segundo cámara favorito de Granada, después de Chloe—. Ahora que la tele ha cerrado necesito tomarme un descanso.

Lo comprendo. Aunque esta noche todos mis excompañeros han quedado para *celebrar* que Nazarí TV finalmente ha dejado de emitir, cada uno lleva el duelo a su manera. Muchos todavía están en *shock*, como me pasó a mí cuando me despidieron. Pero todos están muy cansados, porque la recta final de la tele ha debido de ser agónica. Así que me alegro de que, por duro que les parezca, se haya acabado la pesadilla; ahora toca remontar.

—Gracias por pensar en mí —añade Hugo, que hubiera sido un gran fichaje porque es responsable y tranquilo—. Sé que no se lo estás diciendo a todo el mundo, así que es un honor. —Mira hacia arriba y me pregunta—: ¿Nos metemos en el bar? Parece que va a llover.

—Ve tú, yo seguiré tomando el fresco un poco más —contesto—. Si escucho a Fran contar otra vez la anécdota de la gotera del plató de informativos me pasaré al *whisky*.

Hugo sonríe antes de girarse; el callejón donde me encuentro se llena de un gran estruendo cuando abre la puerta del bar y de nuevo se hace el silencio cuando la cierra. Me apoyo en un saliente que hay en la fachada, mientras reconozco que estoy en problemas. Llevo un mes buscando al cámara perfecto y no lo encuentro. Es normal, ninguno va a abandonar su trabajo por un proyecto como el mío. Pero pensé que Hugo, al perder su empleo, sí estaría interesado. Y con Chloe no puedo contar porque Ada la ha reclutado para su granja. Podría grabarlo yo misma, pero solo tengo algunas nociones básicas y no será un trabajo de la calidad que...

La farola se apaga. Levanto la cabeza y compruebo que lo que ocurre es que alguien se ha detenido frente a mí y me tapa la luz. No distingo quién es, pero está claro que pretende interactuar conmigo. Si es para pedirme la hora o para secuestrarme, eso está por ver.

—Hola. Estás a contraluz. ¿Qué quieres?

He sonado un poco violenta, como Íñigo Montoya en *La princesa prometida*, pero es que la situación roza lo tétrico. El sujeto da un paso a la izquierda y, ahora sí, su rostro se ilumina levemente y se despejan las dudas. Es una cara que no esperaba ver esta noche.

—Hombre, César, ¿cómo tú por aquí? ¿Has decidido mezclarte con la plebe, aunque sea a título póstumo?

Estoy agobiada y con este hombre, que siempre ha sido muy desagradable con todos nosotros, no me apetece ser políticamente correcta. El hijo de nuestro amado Indalecio no contesta y yo me encojo de hombros. Tras un silencio largo e irritante, escucho la voz de César:

—Me he enterado de que estás buscando un cámara. También tengo noticias de que, hasta donde yo sé, todo el mundo te ha rechazado.

Ay. Tan despiadado como siempre. Aprieto los dientes.

—No he llamado a todo el mundo —replico—. Solo a los mejores.

Aunque no hay mucha luz, noto perfectamente cómo inspira con lentitud, porque su enorme cuerpo se hace aún más grande. Tarda un poco en contestarme.

—El caso es que empiezas en una semana y no tienes cámara. He venido a decirte que no sé si soy el mejor, pero sí soy muy bueno. Y me interesa el trabajo. —Se yergue y añade—: Si quieres, yo podría ser tu cámara.

Esto tampoco me lo esperaba. Aunque mi primera reacción es rechazarlo, antes de que pueda evitarlo, mi mente dibuja una balanza con pros y contras. Para mi sorpresa, está más equilibrada de lo que creía. Porque como él mismo acaba de reconocer, es buenísimo; a menudo bromeábamos con que el producto de mayor calidad de la tele eran los anuncios porque era César quien los grababa. Pero, claro, luego están su carácter taciturno, su prepotencia y que..., por Dios, es el hijo de Indalecio. El platillo de los contras suena con estrépito contra el suelo. Antes de pensarlo más, comienzo a desanimarlo:

—¿Sabes que echaríamos jornadas de grabación interminables cada día? Habrá situaciones potencialmente desagradables, como largos desplazamientos en coche por carreteras con mil curvas, comidas a deshoras, alojamientos que en algunos casos no serán de cinco estrellas... Ah —seguro que con esto se le quitan las ganas de acompañarme—, y pago al final del proyecto, cuando reciba la subvención. Serán...

—Eso me da igual —me interrumpe—. Ya te he dicho que quiero hacerlo.

Ah, claro. Le da igual porque está forrado, gracias a su papaíto rico. Además, tengo entendido que hace muchos trabajos por su cuenta, incluso en el mundo de la moda y el cine. Me quedo mirando el lugar donde debe de tener los ojos; creo que los tiene negros, a juego con su pelo y su carácter. Pero tiene razón en una cosa: estoy desesperada. Y él es muy bueno. La balanza se desvanece en mi mente porque, en realidad, solo tengo esta opción. Así que tras más de un minuto de silencio que debe de haberle resultado insultante, pero que me da igual, le digo:

—Vale. Entonces, perfecto, eres mi cámara.

No esperaba que se pusiera a saltar de alegría, pero, vamos, que el que se ha presentado aquí en mitad de la noche a pedirme el puesto de trabajo ha sido él. Mis ojos se han acostumbrado mejor a la luz y veo lo de siempre, un rostro impasible. Sin embargo, detecto algo de tensión en su mandíbula, y también tiene los puños cerrados. No es una actitud indiferente, por lo que deduzco que esto es importante para él. Es una revelación que quiebra mis defensas y me obliga a excusarme.

—Perdona que no haya pensado en ti; no imaginé que te interesaría, como siempre ibas a tu bola en la tele...

Me interrumpe porque acaba de alargarme una tarjeta; yo me apresuro a cogerla.

—Me llamas mañana y me cuentas todos los detalles —dice—. Por el equipo no te preocupes, yo pongo el mío.

Me mira como desafiándome a llevarle la contraria, pero yo no tengo nada que objetar, así que me limito a asentir. Y entonces, sin despedirse, da media vuelta y se marcha. Lo veo alejarse, sorteando con soltura varios charcos, con el pelo empapado. Y cuando me miro a mí misma me doy cuenta de que yo también lo estoy. Lleva lloviendo un rato y ni siquiera me había dado cuenta.

Ya tengo cámara. Qué... bien.

VIII

Por fin ha llegado el día que está señalado en rojo en mi calendario: hoy arrancamos con las grabaciones. El reloj marca las siete menos cuarto mientras miro con fijación una casita de la Bola de Oro, un barrio cercano al centro que siempre me ha encantado. Así que aquí vive César. Ayer quedamos en que lo recogería con mi coche para que pudiera cargar en él todo el equipo de grabación, además de su maleta. Fue una conversación telefónica incomodísima en la que los dos hablábamos siempre al mismo tiempo, luego nos callábamos a la vez, y volvíamos a intentarlo pisándonos mutuamente. Al final acordamos que me mandaría su ubicación. Con lo fácil que hubiera sido que me hubiera dicho: «Vivo al lado de la casa de mi padre». Es una dirección que todos en la tele conocíamos porque Indalecio nos usaba como chóferes con frecuencia.

Ambas casas están juntas, sí, pero no pared con pared, y tienen estilos opuestos. La de Indalecio es clásica, con su tejado a dos aguas y de ladrillo visto. La de César, en cambio, es moderna (lo que contrasta con la mayoría de las construcciones del barrio), con líneas rectas y coloreada de gris y blanco. Las dos tienen muchas macetas y plantas. Me resulta inverosímil imaginarme a los dos miembros que conozco de esa familia cuidándolas. Lo mismo las usan para hacer pociones, en plan Snape. Quién sabe.

De todas formas, apenas puedo verlas bien, porque hoy la ciudad se ha despertado con las sábanas pegadas y la niebla le confiere a todo un leve aspecto fantasmagórico. Eso me hace acordarme de Juan, que no ha querido venir, porque él nunca sale de casa. Intenté meterlo en la maleta, pero no funcionó, y ahora lo echo de menos; estoy muy nerviosa y su presencia me tranquilizaría.

Más que nerviosa, estoy preocupada. Leo me llamó ayer para decirme que hoy nos veríamos en el pueblo que vamos a grabar y que, siempre que pudiera, se escaparía para acompañarme mientras hago los documentales. Quiere aprovechar cuando yo quede con los alcaldes de la Alpujarra para hablar con ellos. Intenté aclararle que yo solo entrevistaría a los políticos que considerara interesantes, que pretendía que los pueblos fuesen los protagonistas absolutos, y él me dijo que lo entendía. Pero solo de pensar en una escena donde coexistan Leo, el político dicharachero, y César, el cámara gruñón, conmigo en medio, me entran sudores fríos. Me aterra más que imaginarme que me encuentro, en los próximos días, con una víbora hocicuda; que esté en mitad de un sendero y de pronto me tope con una, que se eleve como una boa y que haga el ruidito ese espeluznante de las serpientes de cascabel y...

Unos golpes en el cristal me devuelven a la realidad. Es César. El reloj marca las siete y tres, y yo tengo la certeza de que él no ha llegado tarde, sino que lleva tres minutos viéndome luchar con la serpiente imaginaria a través del cristal. Bajo la ventanilla para saludarle, pero él se me adelanta:

—Hola; necesito que me abras el maletero para meter las cosas.

—¡Claro! —Me dispongo a salir—. Espera, que te ayudo.

—No hace falta.

Por la manera que lo ha dicho, no insisto. Mientras él va metiendo una maleta, además de una mochila abultada y el trípode, en el maletero, le observo por el espejo retrovisor. César es demasiado grande para mi Nissan Micra; va a ir muy incómodo, pero es lo que hay. Me sorprendo pensando que nunca le he visto reírse, lo cual es una pena, porque no es feo. Vamos, que si le quitamos el parecido con su padre, hasta me resultaría atractivo. Es muy alto y está fuerte, pero no parece que sea por el gimnasio, sino por cargar con el equipo todo el día. Por otra parte, sus rasgos un pelín asalvajados (el pelo negro demasiado largo que le llega por la mandíbula, los ojos oscuros y la piel morena) me hacen pensar en lianas, lobos y danzas frenéticas alrededor de una hoguera. A veces la imaginación me juega malas pasadas.

Ahora está colocando la cámara en uno de los asientos traseros y le está... poniendo el cinturón. Tomo nota mental de mantenerme siempre alejada del fetiche de César para evitar cualquier accidente de los que suelo protagonizar. Mientras tanto, él comprueba el nivel de tirantez del cinturón y ya es demasiado tarde cuando me escucho bromear:

—Creo que está demasiado apretado y le molesta al respirar.

Él levanta la cabeza y me mira. Y yo acabo de descubrir que los ojos negros, no oscuros, sino completamente negros, existen. No lo conozco de nada, pero algo en su expresión me hace pensar que mi broma le acaba de sentar entre mal y fatal.

—Prefiero sujetarla bien, si eres tú la que conduce —suelta.

¡Hala! ¡Qué ataque tan gratuito! Si yo conduzco superbién... A la mente me llega un fogonazo de la única vez que estuve con él en un coche y emerge un recuerdo que tenía enterrado en el subsuelo de mi memoria. Ese día (como todos) teníamos mucha prisa; acabábamos de hacer una entrevista y yo iba conduciendo un poquito rápido porque no llegábamos al informativo. Entonces un perrito salchicha monísimo se cruzó por la carretera y yo pegué tal frenazo que casi nos estampamos contra el cristal. Pero, vamos, que no pasó nada importante, así que no sé por qué lo usa como arma arrojadiza. Cuando al fin se mete en el coche, este se llena de un olor fresco como a bosque y queda claro que sí, que el Micra es muy pequeño para su envergadura. No dice nada al respecto y se limita a echar el asiento lo máximo posible hacia atrás, antes de ponerse el cinturón. Arranco el coche y pienso en poner la radio, pero, al final, intento iniciar una conversación con él, como si fuera una persona normal.

—¿Qué, César? ¿Nervioso el primer día de cole? —Como una persona normal... de tres años, al parecer.

—¿Por qué iba a estarlo? —me dice, con tranquilidad—. Vamos a hacer lo de siempre, lo que mejor se nos da. Yo grabaré y tú recogerás información para redactar los documentales. No tendría por qué haber ningún problema.

—Sí, pero es la primera vez que yo estoy al mando, ¿sabes? Por decirlo de alguna manera, yo cargo con toda la responsabilidad, tanto para lo bueno como para lo malo. —Un conductor me está atosigando por detrás para que acelere, pero yo no puedo hacerlo porque llevamos un bebé cámara en el coche—. No es como antes, que siempre podía echarle toda la culpa a Indale...

Uy. Uy, que se me ha olvidado que Indalecio es su padre. Me he interrumpido de forma abrupta e intento mirarlo de soslayo. No hay nada que lo delate, pero la energía que desprende ha cambiado. Creo que sí que voy a poner la radio. Suena «Adiós, papá, adiós, papá, consíguenos un poco de dinero más...» que me pone de los nervios, aunque no sé por qué con exactitud. Cambio de emisora y se me cala el coche. ¡Nunca se me cala mi coche! Me pitan por detrás y yo arranco maldiciendo mi suerte. Mi acompañante podría decir algo como «Tranquila» o «Cómo se pasa la gente», pero sigue en el más completo silencio. Quito la calefacción y pongo el aire acondicionado al máximo. Él cierra su conducto de ventilación. Por Dios, qué largo se me está haciendo el trayecto, y eso que llevamos... dos minutos juntos.

Ahora suena reguetón en la radio, y yo lo aguanto con estoicidad mientras me concentro en salir de Granada. Mis pulsaciones comienzan a serenarse cuando llego a la circunvalación. Sonrío al mirar al cielo, que de repente está azul y despejado; el termómetro marca once grados, así que va a hacer una temperatura ideal. Ah, y la radio ha dejado de perrear y ahora suena Bruno Mars. ¡Qué más se puede pedir! Un compañero simpático, pero va a ser que no. Aun así, hago un nuevo intento para entablar conversación.

—¿Necesitas que pare para ir al baño o... algo? —le digo, porque no se me ocurre nada mejor.

—No.

Vale. El silencio es tan incómodo que cuando veo el desvío hacia Lanjarón casi tengo ganas de gritar de alegría. Bienvenida a la carretera de la Alpujarra, Cintia. Esta es la vía que me acompañará en las próximas semanas y que probablemente empeorará a medida que nos vayamos adentrando en la comarca. Pero ahora lo que hago es bajar la ventanilla porque tengo la sensación de que el aire aquí ya es más limpio y puro, más...

Un camión enorme nos adelanta y llena mi coche con una nube gris que nos hace toser a César y a mí. Me apresuro a subir de nuevo el cristal. ¡Me ha adelantado un camión! ¿A qué velocidad iba él? Uy, no; es que yo iba muy despacito, embriagada por la emoción del momento. A mi lado, una cabeza está negando en señal de desaprobación. Imbécil. Decido enterrar el desafortunado episodio recordándole que soy yo la que manda, por muy mala conductora que sea.

—Vamos a parar aquí, a la entrada del pueblo, en el mirador de la Cañona. Tengo entendido que hay una panorámica muy bonita de Lanjarón y de sus alrededores.

Nada más detener el coche, salgo de forma precipitada. Lanjarón se considera la puerta de la Alpujarra, así que este momento constituye la inauguración oficial de mi proyecto, y nadie me lo va a aguar. Sonrío cuando veo cómo el pueblo se derrama por la ladera de una gran montaña. Las casas desafían la pendiente mientras son observadas por un antiguo castillo ubicado en un pequeño y estratégico cerro. Quizá en su día se defendió de enemigos poderosos, pero ahora ha sucumbido al paso del tiempo y está en ruinas. Aun así, queda bien en mitad de este escenario: un valle de verdes naturales y cultivados, salpicado del blanco de los cortijos. Las montañas que enmarcan todo este cuadro son colosales y hacen difícil sospechar que el mar, en realidad, no está tan lejos de aquí.

Es un sitio perfecto para grabar; me vuelvo hacia César, que ya está sacando todo el equipo del coche, y le digo, con gran emoción:

—¡Soltemos ya la pluma y tomemos los pinceles! —Se queda quieto, esperando a que me explique—. Eso es lo que dijo hace muchos años el escritor Pedro Antonio de Alarcón cuando llegó a este mismo sitio. Se refería a que era tan bonito que no podía describirlo con palabras, que mejor lo pintaba. —Sonrío, ilusionada—. En nuestro caso es mejor aún, porque lo vamos a grabar.

César clava su mirada afilada en mi sonrisa; probablemente piense que estoy como una cabra, pero, al final, tiene el detalle de asentir. Después carraspea y se vuelve para montar la cámara sobre el trípode.

—Yo me encargo de grabar los planos generales —dice—, pero si quieres alguna cosa concreta, pídemelo. Solo así nos aseguramos de que nunca nos falten imágenes.

Ahora asiento yo, contenta. Tal vez solo se deba a que ha encadenado más de diez palabras seguidas, pero también porque ha empleado un plural muy reconfortante. Me gusta que se implique. Y aunque no sea el compañero ideal…, como cámara no tengo ninguna pega. De hecho, observo, admirada, su gesto de total concentración mientras está grabando. Agarra el objetivo con tanta suavidad que parece que lo esté acariciando y todas sus facciones se relajan cuando al fin consigue lo que persigue. El tiempo se detiene mientras graba, pero luego todo sucede muy deprisa, porque le da al Stop y me pilla mirándolo. Me gustaría sincerarme y comentarle que es una delicia verlo trabajar, pero por supuesto no lo hago y desvío la vista a mi libreta para disimular.

—Después graba también las piezas de artillería que están expuestas en este mirador —le indico activando el *presentono*—. Así explicamos por qué a los de Lanjarón se los conoce como «cañoneros»; al parecer, porque no se lo pusieron nada fácil a las tropas de Napoleón y se defendieron con un mortero.

Me obedece sin rechistar y yo dudo sobre si seguir hablando o no, porque no quiero abrumarlo; parece que le gusta trabajar en silencio. En ese momento suena el teléfono; es Leo, así que me apresuro a descolgar.

—¡Hola! —le digo con efusividad—. ¡Qué alegría! ¿Cómo estás?

—¡Qué alegría para mí también! —me dice, riendo; uf, ¿cómo pueden pertenecer a la misma especie dos personas tan diferentes?—. ¿Por dónde andas? Yo estoy en el Ayuntamiento, esperándote.

—Es que nos hemos parado en la entrada del pueblo para grabar unos planos. Perdona por el retraso —me disculpo.

—No te preocupes en absoluto; estoy con el alcalde y nos vamos a tomar un café. Cuando nos sentemos, te mando la ubicación y te unes al desayuno, si te parece bien.

—¡Me parece genial!

Me despido muy feliz ante la perspectiva de estar con gente que se comunica con algo más que monosílabos. Cuando me vuelvo hacia César veo que él ya está recogiendo el equipo. Va muy cargado con la mochila, el trípode y la cámara, así que me apresuro a ayudarle.

—Deja que yo coja... la mochila —porque sé que no soy digna de la cámara y supongo que tampoco del trípode.

—No es necesario —me responde, una vez más, de forma tajante.

—Oye, creo que deberíamos repartir el peso; son muchos días y al final —decido atacarle la vena profesional—, si te lesionas, no me servirás.

Se detiene, cargado como va, y se gira hacia mí.

—Tranquila, que sí te *serviré*.

Uy, a lo mejor *servir* no era el verbo adecuado. Ha sonado a plantaciones de algodón, a barcos con muchos remos o, lo que es peor, a fustas de cuero y a esposas. Impido a mis pensamientos seguir por esos derroteros mientras él coloca con delicadeza extrema todo el equipo en la parte de atrás. ¿Por qué es tan desagradable? ¿Se comporta con todo el mundo de esa forma? Sigo dándole vueltas al tema cuando se sube al coche y lo arranco.

Llegamos a Lanjarón sumidos en un profundo silencio. No era así como esperaba entrar en este pueblo maravilloso, hecho de agua, de historia y de versos.

IX

—Cintia, este es Plácido, el alcalde de Lanjarón —dice Leo, tras darme dos efusivos besos a modo de saludo; permanece con la mano puesta en la parte baja de mi espalda mientras yo le estrecho la mano al alcalde—. Y este es...

—César —respondo yo cuando veo que el aludido no abre la boca—. Es mi compañero; él se encargará de grabar los documentales.

—¡Ah, hola, César! —Leo alarga la mano en su dirección.

Hay segundos que son larguísimos, como estos tres o cuatro que trascurren hasta que mi compañero comienza a mover la mano hacia el diputado, con la misma gracilidad que la de un robot hecho con poco cariño. Después repite la operación con el alcalde, no con mucha más naturalidad. Cuando termina, clava de forma significativa la mirada en la mano de Leo, aún puesta en mi espalda.

—Vaya, parece que ha pasado... un ángel —digo, por llenar el silencio incómodo que se ha instalado en nuestra mesa; decido desviar la conversación al desayuno—: ¿Qué tomáis? ¡Tiene muy buena pinta!

—Buñuelos —responde el alcalde con orgullo—. Son típicos de aquí, como los jallullos o la torta de higos.

—¡Ah, qué bien! Pues venga, los pedimos, los grabamos

y después... nos los zampamos —digo riendo mientras me siento en una silla, entre Leo y César. Me dirijo a Plácido, que está enfrente—: Qué maravilla de pueblo, alcalde; desde luego, ponen ustedes el listón muy alto.

—Muchas gracias. Qué voy a decir yo... Para mí, mi pueblo es el mejor. Pero, ojo, que también lo dicen las estadísticas; nuestros vecinos viven más años que la media; será por el agua, el aire, la tranquilidad... No nos falta de nada. Bueno, sí —mira de soslayo a Leo—, que las instituciones nos apoyen un poquito más; eso no estaría nada mal.

Leo sonríe con tranquilidad mientras da un sorbo de su café con tal elegancia que podría protagonizar un anuncio de Nespresso. No estira el meñique, gracias a Dios, pero hasta eso le quedaría bien. El traje de chaqueta color gris perla se le ajusta como un guante y resalta sus ojos verdes.

—Como ya te he comentado antes, Plácido, para eso estoy aquí. Quiero conocer de primera mano cuáles son vuestras necesidades más urgentes en materia de turismo; el presupuesto es el que es, pero me comprometo a estudiar todo lo que me digas y convertirlo en prioridad. Nosotros, los representantes públicos...

La silla de César chirría y todos nos volvemos hacia él.

—Voy a grabar el interior del bar —me dice—. Dame las llaves del coche para coger el equipo.

Eso ha rozado el límite de la mala educación, pero le doy lo que me pide, deseando perderlo de vista de una vez. En cuanto se va, me doy cuenta de que sí, que es verdad eso de que el aire de Lanjarón es puro y maravilloso.

—Disculpadlo, es que es muy profesional —les digo como si lo tuviera todo bajo control—. Sí, Leo, te estabas comprometiendo con Plácido a...

Dejo la frase para que siga él, porque no se estaba

comprometiendo a nada, pero le estaba quedando un discurso precioso.

—Sí, lo que quería decirte es que esa es la razón de ser de la Diputación, ayudar a todos los municipios de la provincia; de hecho, nuestra prioridad es la de implementar...

Desconecto un poco y centro mi atención en el buñuelo; lo sumerjo en el chocolate caliente. Guau, esto está delicioso. A César se le va a enfriar. Aunque sea un poco cretino, me da cosa que se salte el desayuno. Aprovecho que ambos políticos están hablando del último rifirrafe que ha surgido entre sus respectivos partidos (no son del mismo color, aunque parece que no me los encontraré revolcándose entre las mesas cuando vuelva) para decirles que voy a buscar a mi compañero. Leo me lanza una sonrisa deslumbrante antes de seguir a lo suyo.

Por dentro, la cafetería desprende un olor maravilloso a chocolate, café y masa frita. Encuentro a César en la cocina, grabando a una señora mayor con un gran delantal blanco, que remueve una sartén repleta de suculentos buñuelos. Me he comido ya dos, pero sin pensarlo me lanzaría de cabeza al aceite hirviendo para morir rodeada de dulces. Sin embargo, lo absolutamente maravilloso de la escena es que mi cámara, el mismo que nos ha dejado a todos con la palabra en la boca hace un momento, se acaba de transformar en un hombre diferente. El pelo le tapa la mayor parte de la cara, pero no lo suficiente para que no vea que está sonriendo, probablemente por algo que le ha dicho la cocinera. De verdad que parece otro hombre, uno muy... amable. Me ve y adiós, amabilidad; hola, mirada impenetrable.

—Hey —le saludo—; se te enfría el desayuno.

—No te preocupes —responde con sequedad—. Aquí ya me han dado de comer.

—¿Quieres tú algo, preciosa? —me dice la cocinera,

con una voz tan dulce como el azúcar que tiene en las manos.

—No; si me tomo otro buñuelo me convertiré en uno, gracias. —La mujer sonríe y se aleja un poco para menear la sartén—. ¿Te ayudo en algo, César?

—No hace falta, ya he terminado. Recojo y nos vamos. —Se vuelve hacia la cocinera y le dice—: Gracias por todo, Rosario.

—Gracias a ti, primor —responde ella.

Primor. Manda *cojines*. Vamos a ver, si lo que necesita César para ser simpático es habilidades reposteras, yo hago unas natillas con los sobres del Mercadona bastante pasables. Siento la tentación de decírselo mientras él recoge el equipo, pero me detengo a tiempo. Tampoco le ofrezco ayuda, porque me va a rechazar. Cuando lo tiene todo, salimos al exterior y Leo me dice:

—Ah, qué bien, Cintia; Plácido y yo hemos pensado que lo mejor sería que lo grabaseis en su despacho, porque allí hay menos ruido, ¿verdad?

Leo asiente ante su propia propuesta, feliz por haber pensado en términos televisivos. Pero la verdad es que no es una buena idea. A ver, que yo ya había decidido grabar a este alcalde, porque es cercano y se nota que sabe mucho de su pueblo; pero no me interesa un discurso aburrido con una bandera a cada lado. Me aclaro la garganta antes de hablar.

—A mí me parece que lo que deberíamos hacer es ir a una fuente bien bonita, la que más le guste al alcalde, y que nos explique por qué es su preferida. —Los dos políticos me miran con muy poco convencimiento, así que saco la artillería—: No queremos algo que parezca el discurso del rey en Nochebuena. Al final, los despachos son todos iguales; sin embargo, en pocos pueblos del mundo el agua goza de tanto protagonismo como en Lanjarón.

—Está bien, Cintia, tú mandas —se rinde Leo; después

se vuelve al alcalde y le dice, con simplicidad—: Ella manda.

—¿Acaso lo dudabas? Ellas siempre mandan —sostiene el alcalde con voz solemne.

Pues menos mal, porque por el rabillo del ojo había vuelto a percibir que la figura de César volvía a emitir una energía poco saludable. De todas formas, aunque «ellas mandan», cuando pasamos por el Ayuntamiento, los dos políticos hacen otro amago de insistir, pero yo me impongo. Al fin llegamos a una fuente ruidosa y alegre. Tiene, como casi todas las de Lanjarón, unos versos de Federico García Lorca y está adornada con macetas de muchos colores.

El escenario es ideal, pero una vez que César lo prepara todo y yo le coloco el micrófono al alcalde, nos damos cuenta de que esto va a ser muy complicado: Plácido olvida su carácter campechano en cuanto le damos al Rec.

—Lanjarón es uno de los municipios más importantes de la comarca de la Alpujarra; tiene un censo de tres mil seiscientos habitantes y se encuentra en la ladera suroccidental de Sierra Nevada. La única vía de acceso...

Me entran ganas de decir: «¡Corteeen!», sobre todo para tapar el gruñido procedente de la garganta de César. Esto es un caso típico de la maldición de la cámara: casi nadie logra actuar con naturalidad delante de una. Hay quien se pone a decir chorradas, pero lo normal es encorsetarse, como le ha ocurrido a Plácido. Así que, cuando el alcalde termina de pronunciar su discurso, hecho con el mismo rigor que una entrada de la Wikipedia, me dirijo a él:

—Bien, bien, no ha estado mal. —Es verdad; ha estado terrible.

—¿A que sí? Lo tengo muy ensayado, porque es lo que digo siempre que me preguntan por mi pueblo —afirma con orgullo.

—Se nota, se nota. Pero ahora vamos a relajarnos un

poco, ¿de acuerdo? Aunque sigamos grabando, quiero que me mires a mí mientras me explicas por qué no has dudado en elegir esta fuente entre todas las que tiene tu pueblo. ¿Hay alguna razón en particular?

Se le ilumina la mirada y se le escapa una sonrisa nostálgica.

—Bueno, es que la casa de mis padres era esa —me la señala— y aquí he pasado toda mi niñez. Sobre todo, recuerdo a mi madre, limpiándome la cara llena de churretes en esta misma fuente cuando era muy pequeño. Ella ya no está, nos dejó este mismo año, pero siempre que paso por aquí me parece que voy a verla. —Hace una pausa y su mirada cobra brillo; yo le hago un gesto a César, el pulgar hacia arriba, para asegurarme de que está grabando, y él asiente—. Recuerdo que una vez, de pequeño, le pregunté aquí mismo si el cielo existía de verdad o se lo había inventado don José, el párroco. Ella me dijo que por supuesto que existía. Que era un sitio maravilloso, lleno de árboles y de plantas, con millones de riachuelos, y que todo estaba limpio y puro. Y yo le dije: «Vaya, mami, es como esto; será como estar en casa».

Plácido parpadea y vuelve a enfocarme. Seguro que está viendo a una redactora con una sonrisa de oreja a oreja.

—Eso ha sido... perfecto, Plácido —le digo—; es justo lo que necesitábamos. ¿Lo podemos utilizar?

Plácido lo piensa, pero, al final, asiente. Seguro que quiere hacerlo como tributo a su madre. Mientras me limpio con disimulo un exceso de humedad en el lagrimal, me vuelvo hacia César. Normalmente no tengo ni idea de lo que le pasa por la mente, y ahora no es una excepción, pero noto que sus ojos no están tan opacos como de costumbre. No puedo desentrañarlo porque Leo da tres pasos enérgicos hacia mí y me susurra al oído: «Eres genial». Después se aleja hacia Plácido y le da un palmetazo en la espalda, a lo que el alcalde responde con otro igual de fuerte en el brazo. Al fin y al cabo, son hombres, les acabo de pillar con la guardia baja y tienen que reponer su masculinidad a toda prisa.

Yo me acerco a César, que ya está guardando el micrófono inalámbrico en su estuche. Hablamos los dos a la vez.

—Ahora tenemos que grabar...

—¿El diputado va a venir *todo el rato* con nosotros?

Me quedo mirándole. No estoy acostumbrada al combate directo, pero este sería un buen momento para sacar las garras y decirle que eso no es de su incumbencia. Justo entonces, Leo me llama y yo me giro hacia él.

—Cintia, Plácido y yo nos volvemos al Ayuntamiento. Voy a aprovechar que estoy aquí para saludar a los miembros de la corporación municipal. —El alcalde, que está al teléfono, se me acerca, me dice «encantado» y se aparta un poco—. ¿Te parece que quedemos después, por la tarde, en el balneario? Supongo que lo grabaréis, ¿no?

—Sí, claro... —Hojeo la libreta—. De hecho, he quedado con el gerente a las siete.

—Perfecto; pues allí nos vemos. —Baja la voz y cuando ve que César está a una distancia prudencial, añade—: Despídete de tu compañero; no me atrevo a acercarme, no vaya a tirarme la cámara a la cabeza.

—César nunca pondría en riesgo su cámara —repongo, convencida—, pero el trípode es más resistente, así que ándate con ojo.

Leo suelta una carcajada y yo quiero taparle la boca porque no me gustaría que mi compañero pensara que nos estamos riendo de él, aunque sea justo lo que hacemos. Un exquisito olor a colonia me avisa justo antes de que sienta los dos besos que Leo me da en la cara, antes de despedirse. Después se aleja dando grandes zancadas, como si fuera un modelo airado de Calvin Klein.

Pues nada, de nuevo a solas con César. Suspiro. Él se

vuelve hacia mí, y me parece que tiene la mandíbula más cuadrada que de costumbre. Tal vez deberíamos hablar y poner las cartas sobre la mesa, pero, en cambio, le digo:

—Vamos a grabar fuentes. Estamos en Lanjarón y tiene que verse agua por todas partes.

X

Si seguimos a este ritmo, no es que vayamos a grabar Lanjarón en un día, es que en cuatro (y no en los dos meses que tengo previsto) terminaremos toda la Alpujarra. Es lo que tiene que mi cámara y yo no interactuemos. Somos un ejemplo de profesionalidad y eficacia; el ministro de Trabajo alemán está a punto de viajar hasta aquí para ponernos un pin en la solapa.

Esa es la razón por la que hemos grabado tan rápido el maravilloso Barrio del Hondillo, el Museo del Agua y el de la Miel. Nos hemos detenido para almorzar, pero César ni siquiera ha descansado, porque ha aprovechado para tomar imágenes de los ligeritos platos de la zona, como la calabaza frita con longaniza, el puchero de hinojos o la *fritailla*, con mucho tocino entre las verduras. Con un menú tan contundente (nos lo hemos comido todo, no lo íbamos a tirar), me ha entrado modorrilla y le he propuesto a César que nos fuésemos a descansar un rato al hotel para hacer la digestión como Dios manda, con una buena siesta. Pero nooo, por favor. «Hay que aprovechar las horas centrales del día por la luz». Es un Indalecio en versión mini, un tiranito, podríamos decir. Lo que pasa es que, en este caso, yo soy la gran beneficiada de su obsesión por el trabajo, porque es bueno ir rápido. Cuanto menos tardemos, menos gastos de alojamiento y manutención. Aun así..., podríamos estar enfocando esto de otra manera, la verdad.

Porque el pueblo es más maravilloso de lo que me esperaba. Ahora mismo me encuentro a la sombra de un *tinao*, que es una construcción típica de la comarca; una especie de soportal que surge porque aquí las casas parecen perseguirse las unas a las otras y no se sabe bien dónde acaba una y empieza la siguiente. Tampoco podría afirmar si estoy en la calle o en el interior de una vivienda, porque la fachada está adornada con platos de cerámica, herraduras y, sobre todo, macetas colgantes. He descubierto que a César las plantas le fascinan y acaparan su atención con frecuencia. Por eso, cuando veo una especialmente llamativa, alzo la voz, por si me escucha:

—Por favor, si puedes, graba esta maceta. Es preciosa.

Me sobresalto cuando aparece justo a mi lado. Se ha arremangado la camiseta de Nirvana y la lleva por fuera de los pantalones vaqueros negros desgastados. Unas zapatillas chulísimas de color turquesa rompen el borrón oscuro que es todo él. Lleva el pelo más revuelto que esta mañana; el pobre se está pegando un buen palizón, pero ¿qué hacemos? Si se niega a descansar, solo nos queda seguir grabando.

—¿Cuál quieres? ¿La madreselva o la malva real? —me pregunta señalando las macetas que tenemos enfrente.

Yo me quedo en blanco. No me esperaba tal nivel de precisión botánica.

—Ah, pues... la de las flores de varios colores. —Lo veo asentir y plantar el trípode justo delante de ella—. ¿Esa cuál es?

—La malva real —contesta sin mirarme, mientras la enfoca.

—Es preciosa.

Pasan unos segundos y yo creo que la cosa se va a quedar ahí, pero entonces él habla de nuevo:

—Sí que lo es. —Cuando no es desagradable, tiene una voz bonita, un pelín ronca y grave—. ¿Y ahora? ¿Qué más?

—Ahora... necesito que me digas cómo vas. Es decir, ¿quieres proponerme algo que podamos mejorar? Creo que es importante que nos comuniquemos, porque somos un equipo y estamos juntos en esto.

Soy una jefa supermolona, tipo CEO de Apple o Google. En ese momento me suena el móvil y leo un mensaje de Leo: «Te espero en el balneario». Y acto seguido: «Ese mensaje podría ser del siglo XIX, ¿verdad?». Decido mandarle un audio rápido: «Vamos para allá, señor diputado decimonónico». Cuando miro de nuevo a César me doy cuenta de que justo antes me estaba mirando con cierta empatía. Ahora, desde luego que no.

—Te diré lo que pienso —afirma—: estoy convencido de que es un gran error que dejes al político involucrarse en tu proyecto.

Dicho esto, coge todo el equipo y se va hacia el coche. Vale, a lo mejor el rollo de jefa supermolona tiene algunas pegas. A Indalecio seguro que esto no le pasaba. Mientras tanto, recibo otro mensaje de Leo: «¡Tráete ropa de baño, que nos dejan probar las instalaciones!». Carita guiñando el ojo, carita guiñando el ojo, carita guiñando el ojo.

No se puede decir que tenga un cuerpo despampanante, pero hoy *sí* voy a llamar la atención. Es algo a lo que no estoy acostumbrada porque soy bajita, lo que, unido a mis rasgos infantiles, hace que me tenga que maquillar siempre un poquito para no parecer una niña. El problema es que la parte de abajo del biquini (rojo, con rositas) me queda pequeña. Yo lo sé, y la dependienta que me lo vendió también lo sabía, pero me dijo que cedería y, en cambio, ha resultado ser una tela de una calidad extraordinaria que, pese al uso, se ha mantenido intacta. Por otra parte, desde que me echaron de la tele he engordado unos kilos, para qué nos vamos a engañar. Y todo se me ha ido al trasero, así que, aunque yo no me compré un tanga, ahora lo parece. Nada me da más seguridad que estar con el culo fuera, en compañía de Leo y de César.

Al final no grabaremos el interior de las instalaciones, sino que el balneario nos cederá las imágenes. No es lo que más me gusta, pero comprendo que la dirección no quiera desalojar el recinto para nosotros. Aunque solo hablaré del balneario de pasada, y el gerente lo ha entendido, ha insistido en que, para documentarnos mejor, nos regalaban unos pases VIP a Leo, a César y a mí. Pues nada, a documentarse.

Con el albornoz cerrado hasta el cuello me aproximo a una de las piscinas del circuito, una que tiene varias cascadas. El ambiente está lleno de humedad y bien iluminado. Es un día de diario y las pocas personas que hay hablan en voz baja. Pronto localizo a César; está sentado en el bordillo, con la mirada perdida en los bonitos reflejos que la luz crea en la piscina. Si fuese un pintor impresionista me centraría en tres detalles: la anchura de sus hombros, un poco de vello sobre el pecho en forma de estrella y unos muslos muy fuertes flexionados porque sus piernas se balancean en el agua. Parece un ángel caído metiéndose en un estanque.

¿Qué? ¿Qué acabo de pensar? Da igual, porque ha levantado la cabeza y ahora él también me mira; intuyo que algo desagradable se está fraguando en esa mente oscura suya cuando baja la mirada y descubre lo tapadísima que voy.

—No sabía que fabricaban albornoces de cuello vuelto.

Qué gracioso es, de repente. La verdad es que no sé a qué viene tanta timidez. Qué más da que el biquini me esté pequeño; a mí me gusta mi cuerpo. Vale, me encantaría tener unos pechotes enormes, pero mantendría muchas cosas: estoy proporcionada, aunque sea todo en miniatura, y mis piernas son torneadas y bonitas. Por no hablar de la retaguardia superpotente que tengo ahora. Así que, con la vista puesta en el Lucifer de las narices, dejo caer el albornoz a mis pies con un gesto rápido, y luego le reto con una gran sonrisa.

Noto perfectamente cómo se esfuerza en no apartar su mirada de la mía, pero con esos superpoderes que tienen los hombres intuyo que habrá sido capaz de escanearme entera, incluso por detrás. Aun así, no parpadea, se queda muy quieto. Ni siquiera sé si está respirando. Si no fuera porque su nuez se ha movido arriba y abajo, pensaría que se ha quedado petrificado. Sin embargo, enseguida dejo de prestarle atención, porque escucho un chapoteo cerca que me hace desviar la mirada hacia la cascada más cercana.

Guau. Leo está allí, protagonizando otro anuncio, esta vez de H&S. Aunque está debajo del agua, puedo distinguir su sonrisa en cuanto me ve. Entonces sale del chorro y gira la cabeza con violencia a un lado y a otro (otro superpoder varonil e inútil, secarse el pelo a lo bruto sin descoyuntarse). Y aunque el agua le cubre hasta la cintura, ya no me cabe duda de que Leo invierte mucho tiempo en el gimnasio. Su cuerpo está musculado, incluso en zonas que yo no sabía que podían muscularse. Avanza con una sonrisa de medio lado que hace que me tiemblen las piernas, así que decido meterme en el agua, para no sentirme tan expuesta. Ay, pero había olvidado que tengo el albornoz en los pies y...

Justo cuando creo que mi barbilla va a impactar con el bordillo (¿hola?, ¿qué estáis haciendo, manos?), noto que alguien me agarra fuerte por lo primero que pilla para evitar la caída. Al final la dependienta tenía razón y la tela de la braguita cede y no se desgarra (gracias a Dios) mientras alguien la sujeta y tira hacia atrás, consiguiendo que vuelva a la verticalidad. Lo ha hecho con tanta fuerza que mi espalda ha impactado contra su torso, de manera que me he quedado encajada en él. Me vuelvo para verle la cara, y César, con los ojos más oscuros que nunca, me dice:

—¿Estás bien? —Yo asiento, aturdida; después de unos segundos, su mano deja de agarrar mi biquini con brusquedad y da un paso atrás—. Perdona, ha sido lo primero que...

—¡Qué barbaridad, Cintia! ¿Te encuentras bien? —Escucho a Leo salir de la piscina y me da la mano para que escape de la trampa mortal que es mi albornoz—. ¿Te has hecho daño?

Me parece que tengo el biquini incrustado en las ingles, pero como la alternativa era ir de camino al dentista, no me voy a quejar. No se lo digo, claro, me limito a balbucear que sí. Busco con la mirada a César para darle las gracias, pero ya se aleja por el circuito de aguas termales. Mi agradecimiento tendrá que esperar, porque, además, todo el mundo me está mirando y hasta el gerente se ha acercado para preguntarme cómo estoy y recordarme que todas las superficies tienen tratamiento antideslizante.

—Sí, sí, ha sido culpa mía, no se preocupe.

El señor parece relajarse al comprobar que no voy a centrar el documental en este percance y se aleja deseándonos que disfrutemos del resto de las instalaciones. En cuanto se marcha, Leo, que aún no me ha soltado de la mano, me dice:

—Así que era verdad que mi reportera favorita es un poco patosilla.

—Soy un caso perdido, me caigo en lo más llano.

Leo, ensanchando aún más su sonrisa, hace que me coja de su brazo, con lo que nuestros costados desnudos se pegan. Y como sigue hablando, trato de centrarme en lo que dice, y no en que acaban de resucitar unas terminaciones nerviosas de mi cuerpo que ya tenía olvidadas.

—Entonces, tendré que hacer el *tremendo* esfuerzo de servirte de apoyo. Al fin y al cabo, soy un servidor público. —Me guiña un ojo y yo siento otra vez mis piernas flaquear—. Venga, vamos a meternos, que ahí dentro se está genial.

Con cuidado, nos introducimos en el agua, que está maravillosa. De hecho, todo sería maravilloso si no fuera porque, desde algún lugar, imagino un par de ojos oscuros que no me dejan disfrutar del todo de este momento.

Sin embargo, cuando tres horas más tarde salgo del balneario, soy una mujer nueva. El tratamiento relajante ha conseguido que me aísle de todas las preocupaciones. La tarde está bastante avanzada ya y la tonalidad parduzca que acompaña la puesta de sol le sienta bien a Lanjarón. La vida es tan encantadora que, como por arte de magia, las farolas se encienden en ese momento y yo lleno de aire los pulmones, un aire que está repleto del sonido de los pájaros dándose las buenas noches en las copas de los árboles.

En cuanto veo a los dos hombres que me esperan en la puerta, los músculos en mi espalda se tensan y la vida ya no me parece *tan* encantadora. No se miran entre sí y guardan una distancia prudencial de... siete metros. Leo, con el pelo seco y en perfecto desorden, está apoyado en la fachada, mirando el móvil; va vestido de forma elegante e informal, con unos chinos oscuros y una camisa celeste que le quedan genial. César, sin embargo, está detrás de su cámara, grabando la fachada del balneario; seguro que, como a mí, le gustaría más usar sus propias imágenes. Él también se ha cambiado de ropa, pero solo puedo saberlo porque antes era Nirvana y ahora, Pearl Jam. Su pelo está húmedo todavía y por eso parece que lo lleve aún más largo. Y pese a que no pueden ser más distintos, ambos parecen sincronizados a la hora de volverse hacia mí. Pero solo habla uno de ellos.

—¿Qué ven mis ojos? ¿También había peluquería ahí dentro? —me dice el diputado.

—¿Cómo? ¡Ah, lo dices por mi pelo! —Me sonrojo y trato de estirarme los mechones, como si me los fuera a alisar con simple fuerza de voluntad—. Me temo que el efecto planchado se ha anulado con el primer chapuzón.

Pero Leo niega con la cabeza, con la admiración propia de Llongueras, mientras me mira con una gran sonrisa.

—Ondas naturales, qué bonitas. —Me lanza el cumplido como si nada, y luego prosigue—: En fin, esto ha sido genial, pero me temo que he de despedirme. Tengo un compañero de partido que me deja quedarme en su casa a dormir a cambio de que esté toda la noche aguantando la poca atención que le prestamos a su pueblo. Necesitan farolas, asfaltar la calle principal y la declaración de localidad amiga de las golondrinas. Una noche maravillosa, vamos. ¿Y vosotros?

—Yo creo que podríamos dar por terminada la primera jornada de grabación. En realidad, hemos ido rapidísimo, y tú, César —me dirijo al aludido—, tienes que estar exhausto, así que...

—¿No quieres que grabe el pueblo por la noche? —me pregunta de sopetón.

Sí, sí que quiero, pero...

—Es que..., con la paliza que te has pegado esta mañana, me da cosa pedírtelo, la verdad —confieso.

Ahora me mira como si me hubiese expresado en un idioma muy difícil de entender, en alienígena o algo así. Desmonta la cámara y recoge el trípode con pericia; después se acerca a mí.

—No soy adivino, Cintia. Si quieres planos nocturnos, me los tienes que pedir —dice—. ¿Qué quieres que grabe?

—Nada concreto; había pensado en una panorámica desde algún mirador bonito —contesto en voz baja—. Te acompaño a buscarlo.

—No hace falta; has dicho que estás cansada y es mejor que te repongas porque mañana deberíamos ponernos en marcha temprano; para mí es fundamental aprovechar al máximo la luz del día. —Entonces se vuelve hacia Leo y yo contengo la respiración, porque si creía que el tono de César era frío cuando me hablaba a mí, ahora sí que la temperatura cae en picado—. Y a ti, *Leo*, te diré una cosa: lo menos que puedes hacer es escuchar a los compañeros de tu propio partido. Te recuerdo que te debes a ellos y a tus votantes. Eso, y ninguna otra cosa, es lo que significa ser un servidor público.

César remata la faena quedándose quieto, desafiando al diputado a que le responda. A favor de este, tengo que decir que ni se inmuta, como si estuviera más que acostumbrado a este tipo de situaciones.

—Ya, pero por muy servidor público que sea, todos deberíamos respetar nuestro horario laboral. Normalmente no me cuesta sacrificarlo todo por mi partido y mis votantes, pero hoy en concreto me apetece más tomarme una cerveza con Cintia. ¿Y sabes qué? Que eso es lo que voy a hacer. Y es lo que deberías hacer tú también porque pareces un poco tenso, a pesar de los cuidados del balneario. ¿Te vienes, César?

Por supuesto, el aludido tampoco se achanta y le contesta sin apenas pestañear:

—Por supuesto que no *deberíamos* tomarnos nada contigo. Eres quien financia nuestro proyecto y nuestra relación contigo *debería* ser estrictamente profesional. No vaya a ser que al final nos deniegues la subvención.

—La subvención es de Cintia; ya está solicitada y lleva su nombre y apellidos —repone Leo, mientras se sacude una pelusa imaginaria de la manga—. Es un proyecto precioso y ella es una gran profesional. La pena es que no esté pudiendo disfrutar de este primer día de trabajo como se merece, por tu culpa.

—Basta. —Por fin consigo rescatar mi voz, perdida en el fondo del Mar de la Incomodidad; ambos se giran hacia mí—. Creo que es importante para este proyecto que todos nos llevemos bien. A lo mejor una cerveza no es tan mala idea, César, ¿no crees?

Le miro esperanzada y, por un momento, creo que va a claudicar, pero después dirige su atención a Leo, niega con la cabeza y se esfuma cualquier esperanza.

—Yo me voy a grabar —sentencia.

Y en un santiamén, coge el equipo y se va. Yo dudo un instante sobre si ir tras él o no, pero estoy como Alejandro Sanz, con el corazón *partío*. Sobrepasada por la situación, reprimo un escalofrío y, antes de poder darle muchas vueltas más, me envuelve una fragancia maravillosa. Leo me ha puesto su chaqueta sobre los hombros y me mira con alegría, como si no le hubiera afectado en absoluto el encontronazo que acaba de protagonizar.

—Entonces —dice—, ¿dónde nos tomamos esa cerveza?

XI

Hemos acabado en un bar donde se está celebrando una despedida de soltera y nos hemos contagiado con demasiada facilidad del espíritu festivo. Al principio han venido tres o cuatro treintañeras ilusionadas preguntándole/suplicándole a Leo que hiciera de *stripper*. Si supieran que es un honorable representante público a lo mejor se lo pensaban dos veces. O no, están muy borrachas. Estamos. El diputado les ha respondido con su sonrisa encantadora que «esta noche, no», y ellas se han marchado entre risitas y codazos.

Deben de ser las tantas de la madrugada, porque la futura casadera y la dueña del local son amigas y esto no tiene pinta de que vaya a acabar en breve. Leo y yo estamos en una esquina, bebiendo con unas pajitas con forma de pene un licor que ya no sé distinguir.

—¿Sabes que, si te hago una foto ahora mismo, podría destruir tu imagen pública en un pispás? —le digo, horrorizada por mi mala pronunciación.

Él se ríe. No parece nada afectado por el alcohol. Tiene la camisa arremangada, el pelo dorado más desordenado que nunca y ninguna mancha en el pantalón, cosa que no podemos decir todas. Parece pensarse la respuesta y, finalmente, la descarta. Eso no puede ser, quiero saberlo todo de él. Todo, todo, todo. Y quiero ser su pajita con forma de pene.

—¿Qué ibas a decir? —le pregunto, envalentonada por el alcohol y por el ambiente lujurioso que impregna el aire.

—Nada, iba a hacer una broma; pero luego me he acordado de lo que César ha dicho esta tarde y he preferido callarme.

César. Mi libido cae en picado. ¿Seguirá grabando? Me da igual. No, no me da igual. Bueno, vale, ahora mismo me da igual, pero mañana no me lo dará. En fin.

—¿Qué broma? —digo mientras me tomo el licor amarillo este, que está buenisísimo.

—Te iba a decir que no me deberías hacer ninguna foto porque no se muerde la mano que te da de comer.

Lo dice con gesto encantador, como siempre, pero yo noto un pellizco de ansiedad tan fuerte que una parte del alcohol que corre por mis venas se evapora de golpe. Leo lo detecta y cambia su expresión a una más seria, lo que contrasta con los gritos de Lolita pidiendo más arroz con bacalao desde los altavoces.

—No tienes nada que temer, Cintia. No todos los políticos somos unos cabrones, como tu compañero piensa. Las generalizaciones son malas. Es como si yo concluyera que todos los periodistas están comprados, solo porque algunos sí lo están, ¿comprendes?

Sus palabras me sientan tan mal que, a este ritmo, voy a estar sobria en dos segundos.

—En Nazarí TV nadie estaba comprado. Mis compañeros y yo tratábamos de hacer las cosas de la forma más objetiva posible.

—Claro que sí, te creo. Y tú deberías confiar en mí cuando te digo que lo mío es absolutamente vocacional. Cada noche me acuesto feliz porque, gracias a mis decisiones y mi esfuerzo, estoy ayudando a muchas personas que lo necesitan. Cuando pienso en la política a nivel nacional, creo que esa sensación se debe multiplicar por mil, así que... me da igual si tengo que lidiar con gente como César. Y tampoco me importa enfrentarme a la oposición, que está empeñada en cortar de raíz mi carrera porque saben que tengo grandes aspiraciones. Soy capaz de dormir a pierna suelta aunque me critiquen, y dedicarles mi mejor sonrisa por mucho que me ofendan. Estoy convencido de que lo que hago es lo correcto, que es bueno para mucha gente, y eso me basta.

Le brillan los ojos, que ya de por sí los tiene preciosos. Son como dos esmeraldas; si no fuera porque quedaría raro, me gustaría acercarme para ver las infinitas tonalidades de verde que los colorean. Verde esperanza, verde ambición, verde que te quiero verde. Supongo que tiene razón, hay gente que se dedica a la política por el gusto de hacer el bien a los demás. A lo mejor influye que haya bebido más de la cuenta. Y puede que mi corazón se haya parado un ratito en cuanto él ha colocado su mano sobre la mía. Tiene los dedos muy largos, como de pianista, y muy suaves. Y un reloj un pelín ostentoso que marca...

—¡Las tres de la mañana! ¡Y mañana a las siete tengo que estar lista para aprovechar al máximo las mejores horas de luz!

Me pongo de pie tan rápido que tiro la silla, lo que provoca un estruendo de risas en la mesa de la despedida, donde todas están mucho más perjudicadas que nosotros. Leo se levanta también, pero él con mucho más estilo, y todas las mujeres del local arrancan a aplaudir. Él, en respuesta, les hace un gesto con la cabeza que creo haber visto en la peli de *Orgullo y prejuicio*, lo que genera un «Ay» generalizado entre las chicas, y también un «Joder, me entran ganas de dejar al Joaquín y casarme con él». Creo que ha llegado el momento de irnos de aquí, antes de provocar una ruptura prematrimonial.

Fuera la temperatura ha caído en picado, por lo que tengo frío, aunque lleve la chaqueta de Leo. Él se estará congelando, pero no se la devuelvo, porque no quiero que note que estoy temblando. No sé qué porcentaje de la tiritera se debe al frío o a que estemos los dos solos, caminando muy juntos. El tiempo que he pasado sin experimentar el contacto con ningún hombre desde la muerte de Juan le pasa factura a mi cuerpo y me duele. Un dolor que se arremolina en la parte baja del vientre y que es pura anticipación, pero dolor, al fin y al cabo. Sin embargo, cuando llegamos a la puerta del hotel, no lo tengo nada claro. A pesar de su brillante discurso de esta noche, es cierto que, si pasara algo con él, podría estar poniendo en peligro el proyecto. Y no me lo puedo permitir. Por no hablar de que, aunque todo el mundo piense que ya debería haber superado lo de Juan, a mí no me resulta tan sencillo. Así que, en cuanto quedamos frente a frente, oigo a mi boca decir:

—Genial, pues es aquí. Muchas gracias, lo he pasado genial. Toma tu chaqueta, que es genial también.

Me intento quitar la prenda, pero no fluye; las mangas se me quedan enganchadas y tengo que tirar de ellas con el hombro, dando saltos..., hasta que Leo me coge con suavidad y me la quita sin problemas. Yo echo de menos el calor que me proporcionaba, pero sobre todo lo bien que olía. Él ha vuelto a poner las manos con suavidad sobre mis brazos y, cuando lo miro, me parece que está más serio de lo habitual.

—¿Sabes una cosa? Serías una política nefasta, Cintia; eres demasiado transparente. —Yo no sé qué responder, así que le dejo seguir hablando—. Yo también lo he pasado genial, tanto que me muero de ganas de quedar otra vez contigo. Pero supongo que le estás dando vueltas a lo que ha dicho César y que necesitas un tiempo para decidirte. No importa, no hay prisa. Esperaré.

Se me llenan los ojos de lágrimas. Qué bonito, ¿no? Y qué ganas de mandarlo todo a la mierda y decirle que se deje de chorradas y que subamos a la habitación. Reprimo otro escalofrío. Demasiado frío y demasiadas emociones.

—Venga, métete ya en el hotel, para que yo me pueda ir tranquilo a casa de mi amigo.

Yo asiento y le doy un beso en la mejilla. Estoy un poco más de tiempo del necesario con mis labios pegados en su cara, porque el *after shave* debe de ser de la misma marca que su estupenda colonia, cuando le escucho decir:

—A ver, que mi autocontrol tiene un límite; hueles muy bien, eres preciosa y tengo mucho frío. —Baja la voz y dice—: Sé buena y no me provoques más, porque estoy a un paso de arrastrarte a tu habitación y empotrarte contra la pared.

¡Hala! ¿Los políticos también dicen esas cosas? Me sale una risa nerviosa mientras trato de reprimir la oleada de deseo que invade todo mi cuerpo. Cuando lo miro tiene los ojos oscuros y una sonrisa imposible. Me doy prisa en separarme, porque si no yo tampoco me hago responsable de mis actos. Justo cuando empujo la puerta, le oigo carraspear, así que me vuelvo:

—Oye, ¿estarás bien con el tarado ese que te has buscado como compañero?

—Claro, no te preocupes —le digo con seguridad—. Lo tengo todo bajo control.

Él asiente y me guiña el ojo; finalmente me meto en el hotel y me dirijo a mi habitación, andando en una línea que dista mucho de ser recta. Cuando llego, le echo un vistazo a la puerta de al lado, donde estará César durmiendo. Si soy tan transparente, Leo habrá detectado la mentira. En lo referente a mi compañero, no tengo nada bajo control.

XII

¿Qué son esos golpes? ¿Una procesión de Semana Santa? ¿Manolo el del Bombo? ¿La tercera guerra mundial? Me incorporo en la cama de golpe y enseguida me arrepiento de haberlo hecho. Todo da vueltas y las sienes me palpitan en sincronía con los impactos en la puerta. Miro el móvil y veo que marca las ocho y media. Me he quedado dormida y lo peor es que necesitaría otras ocho horas y media para recuperarme. El mundo se detiene un instante cuando escucho:

—Cintia, ¿estás bien?

Y siguen las vueltas. Es César, claro; y si no le respondo puede que tire la puerta abajo. Su voz no difiere mucho de su tono habitual, pero detecto un matiz de preocupación que hace que me dé prisa en contestar.

—¡Todo bien! —Dios mío, qué voz tan aguardentosa tengo—. Ve desayunando, que bajo en diez minutos.

—Querrás decir que desayune por segunda vez, ¿no?

No hace falta que le conteste, porque no era una pregunta como tal. Sus pasos se alejan y yo suelto todo el aire que retenía. Pero no tengo tiempo que perder. A pesar del mareo y del dolor de cabeza, comienzo a moverme de forma frenética y en un segundo estoy en la ducha, empapándome con agua bien fría para despejarme. No quiero imaginarme lo que estará pensando mi compi; seguro que es extremadamente puntual, tanto como yo todos los días de mi vida, excepto hoy. Hay que fastidiarse.

Salgo del cuarto de baño y elijo unos pantalones negros sueltos y una camiseta con amapolas, y creo que se ha hecho el silencio en la redacción de *Vogue* por lo mal que combinan. Además, voy sin maquillar y el pelo se secará a su aire, a lo Mufasa. Meto en la maleta las tres o cuatro cosas que saqué anoche y tengo que reconocer que, para el resacón que tengo, he hecho un gran trabajo. Me tiemblan las piernas, pero ya puedo bajar a enfrentarme a mi cámara. Trago saliva.

En cuanto llego a la cafetería del hotel, lo localizo y me acerco arrastrando los pies. Desde su camiseta, David Bowie me mira con unos ojos bicolores y gesto acusador. Pero lo más preocupante es que mi estómago se ha encogido por el asco que me provoca la visión de una tostada con mantequilla y mermelada de fresa. Aparto la mirada con violencia no vaya a ser que le vomite encima, lo que supondría la guinda del pastel. Ojalá hubiera parado en el segundo chupito; o en el sexto, al menos.

—¿Vas a quedarte ahí, de pie? —me pregunta, inclinando la cabeza, escaneando el nivel de mi resaca; es nivel Humphrey Bogart, me temo.

—Sí, yo... —No me atrevo a hacer una operación tan compleja como sentarme, pero no se lo confieso—. Lo lamento, César. Nunca me quedo dormida y soy muy puntual; lo que ocurre es que ayer bebí un poco y llegué algo más tarde de las dos al hotel.

—Para ser exactos, llegaste al hotel a las tres y cuarto —me corrige, entrecerrando los ojos.

—Bueno, sigue siendo más tarde de las dos. —Pese a todo, intento bromear, lo que tiene cierto mérito, aunque él no me lo reconozca.

—Y el *poco* alcohol que bebiste hizo que te pelearas con la puerta de tu habitación al menos durante cinco minutos. Iba a salir a ayudarte cuando al fin conseguiste abrirla.

Ups; vaya por Dios.

—Siento haberte despertado, César; es que intentaba meter la llave, pero no atinaba, y la bola de hierro enorme a la que estaba atada no hacía más que golpear la madera...

—El diputado debería haberte dejado en la habitación, si tan perjudicada estabas —sentencia mientras una oleada de calor tiñe mis mejillas de rojo—. ¿Él nos honrará con su presencia hoy?

—¿Qué? —Su ironía y mi lentitud de reflejos no combinan nada bien—. Ah. No, no; tiene una rueda de prensa en Granada. Si tú estás listo, podemos salir ya, porque yo no tengo... mucho apetito.

Se me queda mirando; ojalá no lo hiciera, porque hoy me siento un poco zarrapastrosa. Sobre todo si me comparo con él, que está fresco y limpito, con ese olorcito a naturaleza y vida sana que siempre le envuelve. ¿Y si yo huelo todavía a borrachuza? Lo peor de todo es que es tan sincero que sería capaz de decírmelo. Aguanto la respiración cuando se levanta, se acerca y coge aire para hablarme.

—Deberías comer algo —me dice—. Para que se te asiente el estómago.

Dicho lo cual, sale del restaurante. Bueno, podría haber sido peor; pero el tonito que ha usado... Me planteo hacerle caso, pero no me atrevo a comer nada por si mi cuerpo lo rechaza. Así que me apresuro y sigo a César fuera.

Continuamos toda la mañana grabando Lanjarón y yo no me encuentro mucho mejor. Esto sigue igual de precioso que ayer, pero no lo disfruto tanto porque hace más calor y no termino de remontar. Primero hemos grabado la embotelladora de agua, pero después hemos salido al exterior y ahí se ha agravado mi situación; el bochorno ha hecho que mi mareo se acentúe. No he querido decirle nada a César para no darle munición, así que hemos seguido nuestro recorrido por las fuentes y pilares del municipio.

De todas formas, él también debe de estar cansado por los excesos de ayer; va mucho más despacio y se detiene cada dos por tres. Cada vez que bebo de una fuente, y creo que lo hago de todas las que tiene el pueblo, me observa con el ceño fruncido, supongo que juzgándome. A mí me da igual, yo a lo mío, a beber y a echarme agua por la cara. Cuando tacho en mi libreta la última fuente, me vuelvo hacia César.

—Ya lo tenemos todo. Podemos pasar al siguiente pueblo, Órgiva.

Él tarda en asentir, pero finalmente lo hace. En cuanto veo mi coche, mi estómago vuelve a revolverse, como avisándome de que no es buena idea meterse ahí dentro y conducir por una carretera que probablemente tenga algunas curvas. Pero no me queda otra, así que...

—Oye, César —le digo tratando de controlar mi voz temblorosa—, ¿puedes conducir tú?

No me contesta, pero coge las llaves que le estoy tendiendo. Y yo me encuentro demasiado aturdida para interpretar el gesto de su cara, así que me siento en el lugar del copiloto y espero a que él también se meta en el coche. Con movimientos precisos, hace un gesto claramente exagerado para retirar el asiento del conductor hasta el final y ajusta los espejos al tamaño de una jirafa; por fin, arranca el vehículo.

Según mis apuntes, solo diez kilómetros separan ambas localidades. El viaje debería ser maravilloso, porque todo está lleno de naranjos y limones llenos de azahar, pero eso es para gente responsable que no se emborracha la noche anterior. Creo que solo han pasado un par de kilómetros cuando le ordeno a César que pare de inmediato.

Por fortuna hay un pequeño margen en la vía donde puede detener el coche. Yo salgo corriendo y, sintiéndolo mucho, detrás de un olivo centenario y precioso, vomito litros y litros de agua. Supongo que al árbol le dará igual el método de riego, pero yo lo considero ofensivo, así que le pido perdón. Aunque enseguida me encuentro mejor, en cuanto alzo la cabeza y veo a César apoyado en el capó de mi coche, me acerco a él arrastrando los pies. Agradezco que no sea nada expresivo, porque no quiero saber lo que piensa de mí en estos momentos.

—Oye, lo siento muchísimo. De verdad que yo no bebo nunca. —Esto es una exageración, pero, vamos, que mis límites son razonables—; anoche me debió de sentar mal la bebida porque...

—Conduce tú —me corta mientras me tiende las llaves con brusquedad.

Yo no las cojo, sino que me quedo mirándole a los ojos. Vale que él huela a hierba recién cortada y yo probablemente a vómito, pero ya está bien, ¿no? Jamás le he pegado un puñetazo a nadie, pero nunca me había sentido como ahora mismo. Él ve mis puños cerrados y un espejismo de sonrisa le cruza la cara, pero debo de habérmelo imaginado. Después dice:

—Si estás mareada —y ahora emplea un tono bastante suave—, es mejor que conduzcas tú.

—Ah, sí. —Me destenso; nada de puñetazos por ahora—. Es verdad; Juan siempre me lo decía.

Cojo las llaves y me meto en el coche. Ajusto el asiento y los espejos a la longitud de una persona normal y, con César ya dentro, arranco. Ahora que he hecho las paces con mi cuerpo, decido olvidarme de mi compañero para poder disfrutar de lo bonito que es todo esto. A lo largo del valle se elevan infinitos montículos surcados por anillos de frutales y olivos. En mi libreta pone que son bancales, una forma muy inteligente de convertir un plano inclinado en un terreno apto para el cultivo, como si fuera una escalera gigante. Y como tengo la vista puesta en la carretera, me da la sensación de estar atravesando un gran estanque verde, lleno de ondas circulares.

Nada más llegar a Órgiva, las elegantes torres simétricas de la iglesia nos sirven de referencia, porque allí es donde comenzaremos la grabación. Hay mucho movimiento y nos cuesta trabajo aparcar; no en vano esta es la capital de la comarca. Cuando lo conseguimos ya es la hora de comer, así que nos dirigimos a uno de los muchos restaurantes que hay en la plaza de la iglesia.

Mi acompañante pide unas migas y yo, nada. Tengo una pizca de hambre, pero mi estómago y yo todavía no somos muy buenos amigos y no me atrevo a...

—Traiga un caldo —dice César con despreocupación al camarero; y cuando se va, añade—: Si no lo quieres tú, me lo tomo yo también.

Se echa hacia atrás, repantigándose sobre la silla, y enseguida centra su atención en las majestuosas torres gemelas que tenemos delante. Ha pedido demasiada comida, pero qué le vamos a hacer. Yo también me acomodo en la silla y me fijo en que alrededor de nosotros pasan personas de lo más variopintas. Hay muchos vecinos del pueblo, y gente joven que va más rápido de lo que uno espera por estos lares. Pero también hay un montón de *hippies*, porque Órgiva cuenta con varias comunidades instaladas por aquí. El caso es que todo el mundo habla y se ríe, menos nosotros, que seguimos en nuestro incómodo silencio. Incómodo para mí, porque él no para de fijarse en todo lo que le rodea con gran interés.

En cuanto el camarero llega con nuestros platos, un olor maravilloso lo inunda todo y yo lo tengo claro: lo siento, César, pero te quedas sin sopa. Está buenísima y es justo lo que necesitaba para reactivarme. Cuando me la termino, me siento tan recuperada que de milagro no le robo el chorizo de sus migas. Tengo que reconocer que, al final, no ha sido tan mala idea pedirla.

Nos ponemos de nuevo en marcha y César impone otra vez un ritmo de grabación altísimo. Despachamos la iglesia en apenas una hora y, cuando salimos, se detiene frente a una ornamentada cruz de hierro para captarla con la cámara.

—¿Sabían ustedes que esa cruz nos la regaló Juan de Austria, el hermanastro de Felipe II? —Me vuelvo hacia el hombre que nos ha dicho eso de forma afable; un señor mayor con camisa de cuadros y bastón que se ha detenido junto a nosotros—. Fue para celebrar la Reconquista. Tiene ya unos añitos, es de 1546.

—Sí que es antigua... —le contesto con una gran sonrisa; mi ojo clínico me dice que no es el típico pesado, sino alguien interesante—. ¿Sabe? Estamos haciendo unos documentales de la Alpujarra y nada nos vendría mejor que un guía local. Porque es usted de aquí, ¿verdad?

—Desde que nací hace setenta años en aquella casa de allí. —Señala una construcción antigua y pequeña en el barrio de al lado—. He sido maestro de escuela en mi pueblo durante cincuenta años, así que imagínate. Me llamo Sebastián. —Me tiende la mano y yo se la estrecho—. Encantado.

—Yo soy Cintia y él es César, mi... el cámara.

«El» cámara deja de grabar y le tiende la mano con cordialidad, lo que no deja de sorprenderme. ¿Cuál es su rasero? No tengo ni idea, así que trato de concentrarme en nuestro nuevo amigo, ya que tengo la sensación de que es un filón televisivo.

—Se llama usted como el patrón de su pueblo, ¿verdad? —le pregunto.

—Así es, señorita. Aquí le tenemos mucha devoción —asevera—. ¿Saben lo que hizo por nosotros, verdad?

—Leí algo, pero me encantaría que me lo contase usted. ¿Le importaría que lo grabásemos?

Una gran sonrisa se dibuja en el rostro de Sebastián.

—No, qué va. A mi mujer le encantará verme en la tele.

Qué bonito. Llevará casado con ella la pila de años y todavía se le iluminan los ojos castaños al hablar de ella. En lo que yo he tardado en suspirar, César ya le ha colocado el micrófono de corbata. Ha situado a Sebastián en un encuadre perfecto, frente a un *tinao* cargado de macetas y adornos. Me hace un gesto con la cabeza cuando comienza a grabar.

—Cuéntenos, Sebastián, por qué le tienen tanta devoción a su patrón. ¿Es que hizo algún milagro? —pregunto.

—Uno no, muchos. A lo largo de los años nos ha librado de varias epidemias, pero de todos es conocido que una vez nos libró de desaparecer del mapa. —Asiento, pero no digo nada. Por experiencia sé que, si me quedo callada, la gente sigue hablando, que es lo que hace Sebastián—: Hace mucho tiempo, unas lluvias terribles cayeron sobre Órgiva y provocaron una gran riada que amenazaba con inundar todo el pueblo y llevárselo por delante. El desenlace parecía inevitable; nuestras casas y calles estaban sentenciadas a muerte, pero, de repente, una piedra de grandes dimensiones desvió el recorrido imparable que llevaban las aguas y evitó la catástrofe. Como si algo o alguien la hubiera puesto allí por arte de magia.

Sebastián hace una pausa dramática como si fuera Hitchcock; y yo estoy tan metida en la historia que no puedo evitar preguntar:

—¿Y qué relación tiene eso con san Sebastián?

—¡Tiene que ver todo con san Sebastián! Cuando el pueblo entero fue a la ermita para darle las gracias, se encontraron con que el santo —se detiene otra vez y yo reprimo las ganas de gritar: «¡¿Qué?! ¡¿Qué?!»—... ¡tenía los pies manchados de barro!

Escucho a mi lado una carcajada que le resta todo el protagonismo a la anécdota de Sebastián, aunque la haya narrado como un cuentacuentos profesional. Pero es que la risa de César es inesperadamente explosiva y alegre, tanto que me siento tentada de girar la cámara para grabarlo a él. Se le achinan los ojos y muestra unos dientes blancos y rectos que no había visto hasta ahora.

Es algo tan inaudito como los pies embarrados del santo, desde luego. Sacudo la cabeza y carraspeo para centrarme en mi entrevistado.

—Genial, Sebastián, debería usted dedicarse a esto, porque se expresa de maravilla.

—A veces hago de cicerone, como afición; tengo muchos conocimientos de mi pueblo, ¿para qué guardármelos, si los puedo compartir? Mirad, tenéis que grabar la fuente de Poyo Dios, donde Federico García Lorca escuchó una copla que le inspiraría a la hora de escribir *La casada infiel.* —Y se aclara la garganta antes de recitar—: «Que yo me la llevé al río, creyendo que era mozuela, pero tenía *marío*».

Lo ha recitado con una sonrisa pícara. En cuanto termina, Sebastián mira el reloj y hace una mueca.

—Me temo que os tengo que dejar. Mi mujer me espera en casa y no quiero preocuparla. Espero haberos sido de utilidad.

Mientras me despido de este hombre tan entrañable, César le quita el micrófono y le vuelve a dar la mano. Sebastián se va y el silencio regresa. Por fortuna, él tiene que recoger el equipo y yo tengo que posar la mirada con ahínco en cualquier palabra de mi libreta.

Impregnados por el olor a azahar, seguimos grabando el Barrio Alto y la Plaza de las Alpujarras. La luna nos sorprende trabajando, hasta que decido dar por terminada la jornada extenuante. Me duele la espalda y yo no llevo ningún peso; César tiene que estar exhausto. Cuando llegamos al hotel y recogemos las llaves, estoy a punto de proponer que vayamos a cenar juntos, pero entonces recibo una llamada de Leo. Según escucha su nombre, mi compañero desaparece y sé que ya no lo veré hasta el día siguiente.

XIII

De: cintial97@gmail.com
Para: victorialsanz@hotmail.com
Asunto: SOS, hermana

Hola, Victoria, ¿cómo estás? Espero que todo bien. Voy a aprovechar que hoy hemos terminado prontito para mandarte este correo desde la habitación del apartamento donde nos alojamos, en Carataunas. Es uno de los pueblos más pequeños de la Alpujarra. Parece mentira que todavía existan lugares como este, con su iglesia, su placita y sus doscientos habitantes. Tan blanco, tan sencillo, tan natural. Con sus casas enterradas en flores, su ayuntamiento de juguete, los susurros quietos en las paredes. ¿Cómo será vivir aquí siempre, sin la esclavitud del reloj? ¿Nos gustaría o nos volveríamos majaretas?

A mí no me importaría quedarme un tiempo. Venía tan acelerada por todo lo que ha pasado últimamente que esto es como una terapia de choque; una tirita para el alma; jarabe contra el estrés.

Ayer estuvimos en Cáñar, que no es mucho más grande. Otro pequeño laberinto blanco en mitad de la montaña. Un lugar donde uno de sus entretenimientos más importantes es jugar en una especie de frontón en el muro de la iglesia. Nosotros seguimos por la carretera hacia arriba y llegamos a un punto tan alto que se divisaba el mar y hasta la costa africana. César se volvió loco cuando lo vio. Bueno, esto es un decir; la «locura» fue que montó el equipo a una velocidad inusual y estuvo una hora toqueteando la cámara hasta que consiguió capturar su presa: esa línea azul que quedaba expuesta entre montañas.

Es un profesional como la copa de un pino.

Y es insoportable.

De hecho, me encuentro encerrada en mi habitación porque no puedo ni verlo. ¿Sabes que ahora quiere conducir él siempre? Dice que yo tengo «la cabeza en las nubes» (algo que tú también aseguras, pero no con el mismo tono). Es verdad que a veces me descuido, porque no quiero pasar por alto ninguna cosa sorprendente. Y, como es primavera, todo es precioso y me pongo bucólica con facilidad. Así que es cierto que he pegado un par de volantazos (no te preocupes, que no ha sido para tanto) por una carretera que no es la A92. Pero ¿por qué no se limita a pasarlo mal y a callarse como haría cualquier persona normal? No tenemos suficiente confianza para que me diga las cosas tan directas y con tan mala leche.

Y esos silencios criminales... A él no parece importarle; de hecho, le encanta estar callado, pero a mí me saca de quicio. A veces, cuando vamos en el coche tan calladísimos, fantaseo con estrangularle con mis propias manos, pero dejo de hacerlo enseguida. Primero, porque esa fue la causa de uno de mis volantazos, y, segundo, porque sé que, si lo ahogara, mientras me estuviera esforzando al máximo en asesinarle, él se las apañaría para decirme algo como: «No lo estás haciendo bien; apriétame un poco más por la parte de la yugular». ¡Aaag! ¡Es que no lo soporto!

Y tendrías que verlo cuando Leo me llama. Me clava la mirada de una forma tan acusadora que un día de estos le voy a estampar el teléfono en un ojo para que tenga que llevar un parche el resto de su vida. Le vendría bien, el parche; parecería un pirata grande y malvado.

Jolín, con lo bonito que empezó mi correo y he terminado hablando de muerte por asfixia y amputación de miembros. Pero esa es la dualidad de mi vida ahora mismo. Por un lado, estoy disfrutando como nunca antes porque esto es maravilloso, un lugar hecho de cosas esenciales: piedra, agua, flores. Pero toda esa paz que siento se va al garete por la tensión que mantengo con mi maravilloso compañero de aventuras.

En fin, guapa, hasta aquí las noticias alpujarreñas. Espero no aburrirte con mi correo. El tuyo contándome lo del desastre de la legislación italiana es mucho más entretenido. Lo que SÍ he encontrado muy interesante es la parte del Marco ese, al que no paras de insultar, pero que, si no he contado mal, aparece unas doce veces en el contenido de tu texto. Exijo detalles. ¿Habrá cannoli y mucho solomillo al pepe en tu boda? Che bellissimo, per favore!

Bueno, Victoria, sigue mandándome correos, porque ya sabes que aquí la cobertura no es muy buena.

Mil besitos,

Cintia

XIV

—¡Al pueblo de las brujas! —digo entrando en el coche.

Esta noche he dormido del tirón, arropada con una mantita y con la ventana abierta. Me he levantado de buen humor y con un nuevo lema en mi vida: «Yo puedo con César». Y eso incluye que, por supuesto, yo conduzco mi coche. Mi lema se tambalea cuando él, tras abrocharse con parsimonia el cinturón, me responde:

—¿Te refieres a Soportújar? Eso es un invento nuevo; hace diez años era famoso por ser muy bonito, no por su supuesta brujería.

Ah, se me olvidaba que, además de *tocanarices*, es experto en la Alpujarra. Es verdad que sabe mucho de la comarca, como si estuviera familiarizado con la zona. Sin embargo, yo tengo mis fuentes, además de mi lema, por supuesto.

—Te equivocas, esto no es nuevo; se remonta a la época de la Reconquista. Después de la expulsión de los moriscos hubo que repoblar la zona y a Soportújar llegaron, sobre todo, gallegos. Gente del norte con sus meigas, sus aquelarres y sus rituales mágicos. —Convoco con mis dedos una magia imaginaria y César me despacha una mirada asesina porque abandono el volante—. En fin, que todos los pueblos de la zona siempre han mirado con un poco de yuyu a los «brujos» de Soportújar.

—Es una campaña de *marketing* pura y dura —sentencia con frialdad.

Tranquila, Cin, tranquila.

—No lo es; ya te he dicho que tiene un fundamento histórico, y además circulan leyendas desde hace mucho tiempo. Ellos solo están poniendo en valor algo que les puede venir bien. Por si no te has dado cuenta, estos pueblos necesitan con urgencia que les entre dinero como sea.

—Mientras no lo conviertan en un parque de atracciones...

—¿Quién ha dicho nada de...?

Maldita sea, otro volantazo. Este tan fuerte —estaba mirando a ver si decía en serio lo del parque de atracciones— que él ha tenido que sujetarme el volante también. En el momento en el que volvemos a ocupar el lugar adecuado de la calzada, me dice, con frialdad:

—Insisto en que sería mejor que condujera yo. ¿Sabes? Después de lo que le pasó a tu novio, creo que deberías ser mucho más responsable al volante.

Tengo el corazón acelerado porque, aunque se haya pasado con lo de Juan, es verdad que hemos estado a punto de tener un accidente. No sé lo que me pasa, si yo conduzco bien; creo que se debe a su presencia, que me pone en tensión. Temblando, detengo el coche en el acceso a una finca, salgo y espero a que César me cambie el sitio. En cuanto abre la puerta, me dice:

—Perdona, me he puesto nervioso. Lo que te acabo de decir ha estado fuera de lugar.

Muevo la cabeza a ambos lados, sin saber a qué me estoy negando. Solo quiero que arranque el puñetero coche y que nos vayamos. Parece que va a insistir, pero finalmente coge las llaves. En cuanto nos subimos y arranca, me suena el teléfono. Es Leo.

—Hola —le saludo con voz seria.

—¡Eh! ¿Qué le pasa a mi reportera favorita? ¿Va todo

bien? —me pregunta mientras le bajo el volumen al móvil, porque Leo habla muy fuerte.

—Sí, sí, todo perfecto —digo, para disimular—. ¿Y tú? Me dijiste que el último pleno fue bien, ¿verdad?

—En la línea habitual —repone—; un montón de tus estimados políticos tirándonos trastos a la cabeza, sin más. Pero háblame de ti, ¿por dónde vais ya?

—Nos dirigimos a Soportújar.

—¡El pueblo de las brujas! ¿Y vais a pasar la noche allí? ¿No te da miedo? —Pone voz insinuante—. Una chica tan guapa, en un pueblo embrujado, quizá se deje seducir por el lado oscuro... Hum, qué bien suena.

Suelto una risita, pero me sale algo estrangulada por la tensión del momento, algo que no le pasa desapercibido a mi interlocutor.

—Eh, ¿me vas a contar qué te ocurre? —insiste.

—Pues...

—Ah, espera, seguro que estás en el coche con *Cesitar*...; pues respóndeme con monosílabos. ¿Es por él? —Por él y porque casi nos estampo contra un árbol, pero prefiero no entrar en detalles—. Me estás preocupando, ¿te ha hecho algo malo?

—No, qué va. Es solo que..., ya sabes.

—No, no lo sé, pero lo imagino. —Hace una nueva pausa y luego me pregunta—: ¿Necesitas que vaya y le pegue?

Ahora sí, suelto una carcajada, pero cuando veo que César tiene los nudillos blancos sobre el volante, miro por la ventana.

—No será necesario, pero gracias.

Escucho que alguien le llama y él tapa el teléfono para contestarle; siempre parece ocupado, aunque se las apaña para sacar un huequito para mí.

—Lo siento mucho, Cintia —me dice tras unos segundos—. Es que estoy en la sede del partido y esto es un follón. Entonces, ¿me puedo quedar relativamente tranquilo o...?

—Claro que sí. Todo va genial.

—Miedo me dan tus «geniales», pero para lo que necesites aquí estoy, ¿de acuerdo?

—No te preocupes y gracias por todo. Un beso.

—Adiós, preciosa.

Cuelgo. Y al siguiente parpadeo, César ya ha parado el coche en un pequeño terraplén al lado de la carretera. Menos mal que por estos lares apenas hay tráfico, porque estas maniobras no se aprenden en la autoescuela. Se vuelve hacia mí y me dice:

—Eso que acabas de hacer es de muy mala educación. La próxima vez que quieras intimidad para criticarme, mejor te esperas a salir del coche.

Jolín, ¿qué lleva, audífonos del futuro o qué? Pero eso no es lo importante. Lo importante es que, de repente, noto cómo una oleada de fuego me invade con violencia, como si me estuviera transformando en un dragón. Y entonces sé, con toda certeza, que César acaba de traspasar la línea de lo que estoy dispuesta a soportar. Lo hizo antes, con lo de Juan, pero es ahora cuando me recorre una ira incontenible y hasta me asusta lo que pueda salir de mi boca.

—Mira, César —empleo una voz tan diferente a la habitual que él abre un poco los ojos, casi con expectación—, la próxima vez que quiera criticarte, con Leo o con quien sea, lo haré con total libertad, sin ocultarme, para que te enteres de todo. Así sabrás que te considero la persona más insufrible del planeta. He aguantado hasta ahora con la esperanza de que tú mismo te dieras cuenta y cambiaras de actitud, pero, claro, es imposible. Es como cuando metes la mano en agua ardiendo y, al cabo de un ratito, ya no escuece tanto, pero otra persona viene, mete su mano en la misma agua y dice: «¡Joder, cómo quema!». ¡Pues igual! Como tú siempre convives contigo mismo no te das cuenta de lo insoportable que eres, pero yo lo flipo, lo flipo muchísimo con tu carácter.

—Estoy a punto de desconcentrarme porque él me hace

un leve gesto de aprobación con la cabeza, como si estuviera de acuerdo, así que me esfuerzo en proseguir con el mismo tono—: Si no quieres que nos llevemos bien, perfecto; no puedo obligarte. Pero exijo, como tu jefa que soy, que no me vuelvas a faltar al respeto nunca más.

—Yo no te faltaría al respeto jamás —responde con vehemencia, lo que me enfada aún más.

—Por supuesto que sí; me faltas al respeto cada vez que eres desagradable conmigo. —Él pretende objetar algo, pero yo no le dejo—. Y, por cierto, quiero que me des las llaves de mi coche ahora mismo. A partir de ahora conduzco yo. Siempre conduciré yo. Aunque tenga fiebre, aunque me quede sin brazos y sin piernas. —Se me está yendo el discurso, pero no estoy acostumbrada a este nivel de exaltación, así que sigo hablando de forma atropellada—: Y por la cuenta que me trae, me comprometo a centrarme muchísimo en la carretera; pero si, por alguna terrible circunstancia, nos estrellásemos, por ejemplo, con un jabalí, Dios no lo quiera, porque pobre jabalí, cuando lleguen los médicos a atendernos, aunque casi no pueda ni moverme, cogeré aire y les diré una cosa, una sola cosa. —Hago una pausa, ahora ya no sé ni de lo que estoy hablando—. Les diré: «No se preocupen, yo misma conduciré la ambulancia».

Hala, ya he terminado. Estoy resollando, como un toro a punto de embestir. Me imagino que doy un poco de miedo, pero desde luego César no parece nada asustado; si acaso está como... ¿interesado? Me da igual; este arranque de sinceridad brutal me ha dejado sin fuerzas y aprovecho los restos de energía que me quedan para apostillar el discurso.

—Pues eso es lo que hay, lo tomas o lo dejas. ¿Me estás entendiendo, César?

—Perfectamente, Cintia —afirma—. De hecho, por fin me hablas alto y claro. Así sí podremos avanzar.

¿Qué dice? ¿Me lo he imaginado o hay un destello de

reconocimiento en su voz? Entonces, para mi desconcierto, sale del coche. ¿Se va a largar y me va a dejar aquí, en mitad de la carretera? No, lo que hace es bordear el Micra y quedarse quieto a la altura de mi ventanilla abierta. Como estoy mirándole sin entender, se cruza de brazos y me dice:

—Comentabas antes que preferías conducir tú.

Ah, vale; eso. Abro la puerta con tanta violencia que casi le doy, pero por desgracia es como LeBron James, enorme pero ágil, y se aparta a tiempo. Una verdadera lástima no haberle dado en la entrepierna y dejarlo incapacitado para crear nuevos y pequeños seres del mal. Después doy un portazo tan fuerte que se habrá escuchado hasta en Motril y que me duele a mí más que a nadie. Lo que no evita que cuando me subo de nuevo, vuelva a dar otro igual. César, en cambio, lo hace con una suavidad exquisita, lo que me provoca un hormigueo en los dedos preocupante. Quiero pegarle, de verdad que sí.

Conduzco sin incidentes, a pesar de lo alterada que estoy, de las curvas impresionantes y de que una densa niebla se ha metido entre las montañas. El ambiente lúgubre nos puede venir muy bien para las grabaciones de hoy, pero ahora mismo lo único que quiero es llegar a la casa rural para perder de vista a César. En cuanto aparco, salimos del coche y me dirijo a él, sin mirarle:

—Tenemos la casa para nosotros hasta mañana; tiene dos habitaciones. Nos vemos aquí mismo en una hora.

—Yo no estoy cansado. Puedo comenzar ahora mismo.

—Yo sí necesito descansar. —«De ti», pero creo que se sobrentiende—. ¿De acuerdo, César?

Él asiente y, cuando le miro, un imperceptible destello de satisfacción le baila en la cara. Es el mal. Este es su pueblo, sin duda; seguro que su aquelarre le está preparando una fiesta de bienvenida. Pues pásalo bien,

César. Me vuelvo e introduzco el código que me enviaron en el candado de la puerta, que se abre sin problemas. Sin ningún preámbulo me dirijo al cuarto de baño y, tras quitarme la ropa, me meto en la ducha con el agua caliente a tope, hasta que consigo tranquilizarme un poco. Pero solo un poco.

XV

Diga lo que diga César, el pueblo da muchísimo miedo. Es verdad que yo no vería *El exorcista* ni bajo tortura, pero este lugar tiene algo misterioso, y más en un día como hoy. Hay tanta niebla que hemos tenido que emplear focos para poder grabar. Ya hemos atravesado el Puente Encantado, que nos ha llevado a la Cueva del Ojo de la Bruja, donde dice la leyenda que hay un portal que conecta con otros mundos (no lo vi, de lo contrario a lo mejor César estaría ahora mismo dándose un paseíto en otra dimensión). Ahora nos encontramos frente a una enorme cabeza de la bruja Baba Yaga, que nos muestra su sonrisa desdentada con descaro. Está ciega y tiene la melena gris. Me quedo mirándola fijamente con el cuerpo en tensión, lista para salir corriendo al primer e improbable parpadeo.

—No te preocupes, no eres su tipo —dice César sobresaltándome, porque no esperaba que me hablase—. Solo le gusta comerse a los niños de menos de nueve años.

—¿Cómo sabes eso? —le pregunto, un poco reacia.

Se encoge de hombros y sigue grabando. Me freno a tiempo de preguntarle si es familiar suyo, la madre de su padre, por ejemplo. Dejo de pensar en la bruja y me quedo contemplándolo; lo cierto es que su silueta encaja a la perfección en esta estampa. Va, como siempre, vestido de negro, y con la coleta un poco deshecha, tiene un aspecto algo salvaje. El foco que estamos usando le confiere un aspecto sobrenatural, como si fuera un vampiro o...

—Miauuu, miauuu.

Un gato negro acaba de materializarse de la nada y se ha puesto a maullar justo a mi lado, provocando que salte y, al aterrizar, me agarre a lo primero que he encontrado, que es... el brazo de César. Por desgracia también he golpeado la cámara y le he movido el plano, así que temo que me aparte con brusquedad, pero reacciona agarrándome por la cintura y atrayéndome hacia sí. Hago un esfuerzo por desengancharme porque, incomprensiblemente, hemos encajado como dos imanes, y me apresuro a disculparme.

—Perdona, te he fastidiado el plano —le digo con sequedad.

—No importa —responde él, con voz grave.

Entiendo que lo dice de verdad, porque la cortesía no va con él. Y aunque antes haya despotricado sobre el pueblo, sé que está disfrutando ante tantos estímulos visuales. Le dedica más de media hora al dragón de la fuente de San Roque, y otro tanto a la araña gigante y a la serpiente malévola que nos sorprenden en distintos lugares del pueblo. Calaveras, calderos, esqueletos... Aquí hay un poco de todo. Es evidente que tiene problemas con la escasa visibilidad, pero no se queja; al contrario, no para de jugar con los focos hasta conseguir lo que quiere. Sin embargo, cuando terminamos de grabar dos casas encantadas, la de Hansel y Gretel, y la residencia habitual de Baba Yaga (que descansa sobre dos patas de gallina), le veo hacer una mueca al echarse el trípode al hombro.

Tengo que obligarme a retroceder, porque mi mano ya iba muy dispuesta a ayudarle. Y tampoco le pregunto si está bien. No tenemos esa clase de relación. Una normal, vamos. Por eso me sorprende que me diga:

—Tengo que parar, me duele la espalda. ¿Comemos?

Son las tres de la tarde ya, lo de almorzar tenía que haber salido de mí. No es propio que se me olvide algo así, casi siempre tengo hambre. Pero, por otra parte, nuestras comidas son tan poco amenas que no es un momento que espere con especial ilusión; es más, tengo el estómago completamente cerrado desde la discusión de la mañana. Así que hoy me niego a almorzar con él.

—Yo no tengo hambre. Tú ve a comer donde quieras y pide la factura para que pueda pagártelo después. Nos vemos a las cinco aquí.

Justo antes de darle la espalda, él abre la boca para decir algo, pero no le doy tiempo a replicar y me alejo con rapidez. En el momento en el que doblo por una callejuela y lo pierdo de vista, la niebla se disipa como por arte de magia. A lo mejor no era un fenómeno meteorológico, sino el aura corrompida de César. Y otro hecho extraordinario es que mi estómago comienza a rugir. No es verdad que no tuviera hambre; estaba agazapada, esperando a que la liberaran de la tensión que tengo siempre que estoy con mi cámara.

Empiezo a callejear y, mientras descubro más cosas sorprendentes, como las piernas de una bruja incrustadas en la fachada de una casa porque ha tenido un accidente mientras volaba con su escoba, repaso todas las opciones que ofrece este pueblecito tan original. En la libreta tengo apuntado que a las afueras está el centro budista O Sel Ling y que admite visitas. Puede ser una buena opción, pero antes debo comer porque ahora lo único que da miedo real en este pueblo son los sonidos que salen de mi barriga. Como le he dicho a César que no tenía hambre, mejor me compro un bocata y me lo como en el coche. Es un buen plan.

Me meto en un bar y, por aquello de que voy a ir a un centro budista, renuncio al salchichón que me está llamando y decido comprarme un vegetal (aunque lleva atún, que, como todo el mundo sabe, es el fruto del atunero). Lo llevo en la mano, junto con una Coca-Cola, cuando, por supuesto, en la esquina de la terraza veo a César con un plato humeante en la mesa. Sufro una doble bofetada, la de la vergüenza porque me vea con el bocadillo después de decirle que no iba a comer y la de la envidia por el maravilloso guiso que tiene delante de él. No sé cuál de las dos duele más.

Aprieto el paso para salir del bar porque ¿qué le voy a decir?: «Perdona, es que te estoy evitando». Estoy un poco escondida, así que a lo mejor ni siquiera me ha visto. Pero lo que tengo claro es que necesito hacerle una visita al centro de meditación, porque dicen que es un lugar de paz y yo necesito cantidades industriales de eso ahora mismo; creo que hasta me tiemblan las manos.

En el coche, engullo el bocadillo, que está muy bueno, aunque necesitaría una docena más para calmar mi apetito. Introduzco la dirección de mi destino en el móvil, pero, por si acaso no hay cobertura, decido preguntarle a una lugareña.

—Perdón, ¿voy por aquí bien para el centro O Sel Ling?

—Para el centro O Sel... —me dice la señora, de unos cincuenta años y muy sonriente—. Ah, usted pregunta por el Joselín, ¿no? Sí, mire, tiene que tomar este desvío que tiene delante. No tiene pérdida, aunque le aviso de que el camino está un poco mal.

Le doy las gracias aguantando la risa. Solamente a los alpujarreños se les ocurriría llamar así al centro de meditación. Pero menos mal que la señora me ha avisado sobre el estado del camino; a medida que asciendo, la suspensión de mi coche se queja más y más. Me lo tomo como una prueba de determinación: solo consiguen llegar hasta al final los que persisten. Da igual si la motivación es hallar la serenidad o... alejarse lo máximo posible de alguien.

Por fin llego al *parking* y, en cuanto bajo del coche, veo los carteles que piden silencio. Lo cierto es que aquí la quietud es casi palpable. La estupa recorta el cielo con su exótica silueta y el aleteo de las coloridas banderas de plegaria surca el aire. Los movimientos de las pocas personas que veo son pausados. Además, no hace ni frío ni calor; es como si estuviera en otra época, en otro lugar y hasta en otra dimensión.

Han elegido bien, los budistas.

Tras pasar por la estatua de una diosa muy ornamentada y otra de un buda, me acerco a un mirador a contemplar las vistas del lugar. Las montañas se pliegan a mi alrededor e inspiro con profundidad para llenarme los pulmones de aire puro y de solemnidad.

Todo va bien. Los reportajes, que son lo importante, están saliendo adelante. En cada pueblo encuentro algo especial, que hace empequeñecer las expectativas que tenía de este viaje. Y, aunque no es el compañero ideal, estoy convencida de que César lo está registrando todo con maestría. Además, en las últimas horas, desde mi estallido de ira, se ha mostrado más relajado. Quizá, aunque no lleguemos a ser amigos, a partir de ahora podamos acercarnos.

Podamos acercarnos tanto que lo tenga justo a cinco metros, a la izquierda.

Noto el ruido ensordecedor que hace mi recién estrenada paz interior resquebrajándose. ¿Qué está haciendo aquí? Me esfuerzo en mirar hacia delante con rigidez, para que no note que lo he visto. No tengo ninguna duda de que es él y, de alguna manera, sé que me está observando. Decido —otra vez— hacerme la loca y marcharme como si nada. Para mi desgracia, soy una pésima actriz. Estoy convencida de que mis pasos parecen tan mecánicos que me falta chirriar. Para compensar, decido hacer un alto en el camino, como si de pronto estuviera interesadísima en contemplar el cielo. Cuento hasta diez y luego sigo caminando con mis andares de hojalata. Por Dios, Cintia, qué mal. Tienes veintiocho años, ¿se puede saber qué haces? Abandono el recinto con el convencimiento de que soy la única persona que ha salido de aquí mucho más estresada de lo que entró.

En media hora estoy de nuevo en un mirador precioso de Soportújar, donde dos brujas de piedra preparan una poción en un caldero. Espero que sea una contra la imbecilidad y que me den un poquito. Porque, además, pasan las cinco y César no aparece, claro, porque no tiene coche y tendrá que bajar andando, por mi culpa. Creo que al pobre le quedan dos horas de camino, algo que le va a venir estupendamente a su dolor de espalda.

—Que sea una ración doble de poción contra la estupidez, por favor —les digo a mis amigas, las brujas.

—Perdón por el retraso.

La voz de César suena a mi espalda. Me giro para observarlo y compruebo que no está sofocado; hasta lleva el pelo bien recogido, lo que significa que no ha bajado la montaña en plan explorador. Algún alma caritativa se habrá apiadado de él y lo ha traído en coche. Por otra parte, se ha disculpado, lo que indica que no está furioso. ¿Y si mi interpretación no ha sido tan mala, después de todo? A lo mejor se ha tragado lo de que no lo he visto. Decido seguir tentando la suerte.

—Nada, no te preocupes. —Hago un gesto magnánimo con la mano restándole importancia a su retraso—. ¿Qué... qué has hecho en este tiempo? Yo, al final, me he comido un bocata y he ido al centro budista, que no queda muy lejos... de aquí.

No me he atrevido a mirarle mientras lo decía, pero, como no hay respuesta, levanto la cara para enfrentarme a lo que sea. Y «lo que sea» es un César que se acerca un par de pasos hasta quedar a unos centímetros de mí y que, con un tono de sorpresa exagerado, me contesta:

—No me digas, ¿en serio?

Y luego, sin dejar de mirarme, niega con la cabeza; soy yo la que, roja como un tomate, rompo el contacto visual y me dirijo al coche para que coja el equipo. Vale, no se lo había tragado en ningún momento; me había visto en el bar y me había visto encima de la montaña. Y parecía respetar que no quisiera estar con él, pero mi jueguecito al despiste no le ha entusiasmado.

Reanudamos las grabaciones en silencio; cuando paso la hoja de la libreta para ver qué nos toca después, me la encuentro subrayada con colores fosforitos. Mañana es el turno del Barranco del Poqueira. Es un momento importante. Pero siento que me faltan las fuerzas para afrontarlo.

XVI

—¿Aquí me escuchas mejor, Chloe? —Me pongo de puntillas para facilitarle las cosas al satélite de comunicación que orbita alrededor de la Tierra, pero no parece que dé resultado.

—Regular, se entrecorta.

Mi amiga me ha llamado para contarme el último episodio de su vida en la granja; algo sobre un cerdo, un pato y una trifulca estando ella en medio.

—¡Qué rabia! —me quejo—. Estoy en mitad de un sendero y no te escucho bien.

—No te preocupes, ya hablamos en otro momento —suspira—. Solo te llamaba para desahogarme y, aunque creo que no me has escuchado, ya me encuentro mejor.

Chloe suena abatida. Le encanta el mundo audiovisual, por no hablar de que es levemente alérgica a la mayoría de los animales y plantas, pero lo está intentando por Ada. Desafiando la escasa cobertura, le digo una perogrullada, pero eso es lo que hacemos las amigas, claro.

—Deberías hablar con Ada y expresarle cómo te sientes. Tiene mucho carácter, pero te quiere; esto tiene que contar.

—Ya, pero es que está agobiadísima. A mí no me disgusta la granja, sobre todo porque estoy más tiempo con ella, pero...

Maldita cobertura.

—¿Chloe?

—... hablamos otro día, ¿vale?

—Perdóname. En cuanto pueda te llamo. Un besito.

Cuelgo y me quedo mirando el móvil con un poco de resentimiento, lo que provoca que apoye el pie sin querer en una piedra salpicada de rocío. Me resbalo y aterrizo de culo. Ha sido un golpe limpio, más vergonzoso que doloroso, y como el móvil está bien, lo primero que hago es mirar a derecha y a izquierda para comprobar que nadie me haya visto; entonces una mano enorme entra en mi campo de visión, la de César. A regañadientes, acepto su ayuda.

—Gracias.

No me responde; se limita a auparme como si no pesara nada. En cuanto retira su mano —áspera y cálida, en contraste con mis dedos, que casi siempre están semicongelados—, no me pregunta si estoy bien; se limita a echarme un vistazo general y me da la impresión de que se detiene un segundo en mi trasero, pero será porque tendré los vaqueros salpicados de marrón y verde, por la caída. No añade nada más y vuelve con su amada cámara.

Cojo una gran bocanada de aire mientras miro a mi alrededor. Estamos recorriendo el sendero natural que une los pueblos de Pampaneira, Bubión y Capileira. Me encuentro rodeada de todas las gamas posibles de verde, con el alegre murmullo del río que desciende desde Sierra Nevada. Puede que este sea el sitio más bonito en el que he estado nunca en mi vida. Puede que haya tenido este mismo pensamiento siete u ocho veces en los últimos tres días en los que hemos estado grabando el Barranco del Poqueira.

Ya me habían dicho que estos tres pueblos eran las niñas bonitas de la Alpujarra. Son tres charquitos blancos en la imponente montaña, con un trazado tan enrevesado y empinado que a veces tienes que usar las barandillas instaladas en las fachadas de las casas para avanzar por sus calles. Y hay agua por todas partes. Agua que tiene prioridad sobre las personas y pasa, orgullosa, por la mitad de las calles.

Acabamos de llegar a un preámbulo de casitas blancas que nos indica que el sendero se acaba y que hemos llegado a uno de los pueblos. Y yo busco una fuente para poder saciar mi sed y llenar mi cantimplora. Al momento la encuentro, pero, antes de abalanzarme sobre ella, me aseguro de que el agua no tenga ningún poder casamentero. Resulta que en la Alpujarra abundan las fuentes cuyas aguas son un remedio para acabar con la soltería, y dado que César no está con nadie (supongo) y yo tampoco, no quiero tentar al destino, bajo ningún concepto. No soy supersticiosa, pero en este caso no pienso correr absolutamente ningún riesgo. Así que, cuando compruebo que el agua es solo agua, bebo hasta hartarme. Después César hace lo propio.

En el momento en el que acaba, hace una mueca de dolor; unos gestos que cada vez son más evidentes. Menos mal que hoy, en cuanto terminemos de grabar al alcalde que nos queda, regresamos a Granada para descansar un día. Lo tenía previsto así, hacer una serie de recesos para lavar la ropa y comer algo que no fuera una maravillosa bomba de calorías. Y ahora me alegro, porque César tiene que recuperarse y yo necesito... recuperarme de él.

Sin preguntar, cojo la mochila para aliviarle el peso. Y sin preguntar también, él me la quita. Resoplo. Y de esta forma entramos al Ayuntamiento. Cuando nos redirigen al despacho del alcalde, me sorprendo al encontrarme allí a todo el equipo de gobierno.

—Hola... ¿Marco Antonio? —digo alzando la voz, porque están todos hablando a la vez.

—Aquí estoy —dice un hombre canoso y corpulento, dando un paso al frente.

—Ah, yo soy Cintia; encantada. —Alargo la mano

hacia él y se hace el silencio en el pequeñísimo despacho; Marco Antonio tarda unos segundos en devolverme el saludo—. Esto... Habíamos quedado para lo de los documentales que estamos haciendo sobre la Alpujarra. ¿Le parece que lo grabemos en un mirador con el pueblo de fondo?

—No —responde, tajante—. Lo haremos aquí, con todos mis compañeros y compañeras.

Vaya por Dios. Por alguna razón, este alcalde no está receptivo. Sé que no es del mismo color político que el gobierno de la Diputación, pero hasta ahora eso no me había supuesto ningún problema. Me armo de paciencia, ignoro el bufido de César y le digo con voz suave:

—Verá, Marco Antonio, la mayoría de los alcaldes que hemos entrevistado hasta ahora han aceptado hacerlo en algún lugar representativo del pueblo porque es más...

—No pienso moverme de aquí —me interrumpe.

Hala. Qué borde, ¿no? Por si fuera poco, el resto del equipo asiente, mostrándose de acuerdo con el exabrupto de su líder. Decido claudicar. Total, lo que no sabe Marco Antonio es que como se ponga muy farruco no lo pongo en el documental y listo. Cualquier cosa es mejor que un enfrentamiento directo, porque además este trabajo está vinculado a la Diputación y no quiero que Leo se vea envuelto en ningún conflicto.

—Está bien, como prefiera. —Ignoro que hay agujeros negros con menos tensión que el entrecejo de mi compañero ahora mismo y prosigo—: Pero lo que sí va a ser imposible es que salgan todos en el plano...

—Quiero salir con todo mi equipo —repone el alcalde, desafiante—. Es eso o nada.

Jolín con Marco Antonio, los tiene cuadrados. ¿Y ahora qué le digo? Pero no hace falta, porque de pronto una voz grave y contundente le responde por mí:

—Será nada, entonces. —Aguanto la respiración al escuchar unas palabras que podrían proceder del inframundo, aunque, en realidad, es solo un cámara con muy malas pulgas—. Es imposible que salgan todos por una cuestión de tiro de cámara. Usted decide.

Me pongo de mal humor al ver al alcalde vacilar. O sea que es un gallito conmigo, pero con César no tanto. Por cierto, tengo sentimientos enfrentados hacia mi compañero. Por un lado, quiero hacerle la ola por haber frenado al alcalde; pero, por otro, me gustaría decirle que rebaje el tono. Supongo que le tendrá alergia al concepto «políticamente correcto», pero debemos andarnos con cuidado. El caso es que finalmente Marco Antonio entra en razón y le dice a todo el mundo que le esperen fuera. También añade un escalofriante: «No os preocupéis, que me van a oír».

Tengo tantas ganas de terminar con esto que los minutos que trascurren entre que César monta la cámara y le coloca el micrófono de solapa al alcalde se me antojan horas. Al final, el operador me hace un gesto para indicarme que puedo empezar cuando quiera.

—Está bien, alcalde; yo querría que nos explicase cuáles son los principales atractivos de un pueblo tan bonito como este. También me gustaría que animase a todos los que vean este vídeo a que vengan y disfruten de este lugar maravilloso.

—Sí, eso es lo que tú quieres que te diga, pero lo que yo te voy a contar es algo muy diferente. —Ay, mi madre—. Te voy a hablar de todas y cada una de las carencias de nuestro pueblo y las razones por las que, aun siendo el más bonito de toda la comarca, no viene más gente a vernos. Porque la Diputación para la que tú trabajas nos promete muchas cosas, pero luego no hace nada. Nos dijeron que iban a adecentar las calles y las palabras se las ha llevado el viento. Aquí no aparece nadie, nunca.

¿Qué hago? ¿Lo corto? ¿Le dejo que termine? Miro a César, que por fortuna sigue callado; seguramente piense como yo, que es mejor dejar que se desahogue e intentar después rescatar algo de su discurso, si es que logra decir algo constructivo. Mientras tanto, Marco Antonio, muy rojo y con una vena latiéndole de forma preocupante en la sien, sigue a lo suyo.

—Se creerán que, como me mandan un equipo de televisión, yo ya me voy a quedar contento. ¡Se equivocan! —Marco Antonio afila su mirada y añade—: Encima nos envían a una chiquilla sin experiencia que debe de estar todavía estudiando Periodismo, si es que eso es lo que estudias, y no eres simplemente la hija de alguien de la Diputación que cumple órdenes de su papaíto. ¿Qué tienes, quince años...?

En un segundo, la escena cambia por completo. César pasa de estar detrás de nosotros a delante del alcalde, metiéndose en el plano. Con voz siniestramente tranquila, le dice a Marco Antonio, que se encoge un poco ante la contundente presencia del cámara:

—Cintia es una profesional excelente y en toda su vida se va a cruzar con una periodista mejor. Así que le exijo que se disculpe ahora mismo.

—¡No pienso disculparme por decir lo que pienso! —contrataca el alcalde, subiendo el tono.

—Debería hacerlo, si lo que piensa es una gilipollez —le contesta César, con frialdad.

—¡Me acabas de insultar! ¡En mi propio Ayuntamiento! ¡Es intolerable! —responde el alcalde, señalando con el dedo al cámara.

—¡Vale! ¡Es suficiente! —Me pongo en medio de los dos y, como están tan cerca el uno del otro, intento separarlos, pero el alcalde sigue gritando.

—¡Por supuesto que no es suficiente! ¡Pienso dar una rueda de prensa mañana mismo para decirle a todo el mundo que a esto es a lo que se dedica el señor Leonardo García de Valdivia, a mandar a sus secuaces para hostigar a los alcaldes de la oposición!

Palidezco mientras sigo mediando entre los dos. No quiero que se celebre esa rueda de prensa y tengo que evitarlo por todos los medios. Por eso, cuando noto que César abre la boca para responderle, me giro hacia él y le pongo las dos manos en el pecho, para intentar aplacarlo. Descarto un pensamiento del todo inapropiado sobre pectorales como los de Iron Man y le suplico a mi compañero con la mirada que lo deje estar. Y tal vez sea por la sorpresa de mi inesperado contacto (creo que es la primera vez que lo toco a conciencia), pero él cierra la boca de inmediato y ni siquiera protesta cuando el alcalde se pega un tirón brusco del micro de corbata para quitárselo.

Marco Antonio se dirige a la puerta del despacho resoplando y gritando:

—¡Os vais a enterar! ¡Ahora mismo llamo a la dirección provincial de mi partido y mañana saldrá en todos los medios de Granada y de Andalucía que la Diputación me ha insultado! —Y abandona el despacho.

No, no, no. Retiro las manos del cuerpo de César para taparme la cara en un intento inútil de esconderme. ¿Cómo se han podido liar tanto las cosas? ¿De verdad Leo se va a ver implicado en todo esto? Siento un agobio tan grande que necesito que me dé el aire de inmediato, así que, como de todas maneras César nunca me deja que le ayude a recoger, salgo de este despacho infernal arrastrando los pies. Todo el mundo me mira en los pasillos del Ayuntamiento, porque con total seguridad habrán escuchado los gritos, pero yo trato de ignorarlos. Como una autómata, abandono el consistorio y no me detengo hasta que llego a un portal cualquiera, justo al lado de donde esta mañana dejamos nuestro coche. Me siento en el escalón y agacho la cabeza. Qué follón.

Al cabo de unos segundos, dejo de estar sola; levanto la vista y veo a César, que me mira sin apenas pestañear. Parece extrañado de verme en esta posición. Me pregunta:

—¿Qué te ocurre? ¿Estás bien?

Y por alguna razón, el hecho de que no parezca en

absoluto preocupado por lo que nos acaba de pasar y que ni siquiera comprenda la envergadura del problema me hace estallar contra él.

—¿Que qué me ocurre? —Me levanto del escalón como con un resorte—. Te diré lo que me ocurre, César: ¡que temo que todo el trabajo que he estado haciendo en los últimos meses se haya ido al garete porque tú no has sido capaz de mantener la boca cerrada!

—Te estaba insultando; alguien tenía que pararle los pies —argumenta con calma.

—¡Ya lo hubiera hecho yo, y de una manera más sutil! ¡No necesito que tú, precisamente tú, me defiendas! —le grito.

Él no responde de inmediato, pero, tras una pausa, vuelve a hablar con voz pausada:

—He esperado, Cintia, pero no lo hacías.

—¡Porque estaba aguardando a que la ofensa del alcalde fuese más grande que las repercusiones que pudiera tener un estallido de ira como el tuyo!

—Yo no he estallado de ira; ni siquiera he alzado la voz —razona—. Y tenemos pruebas, porque está todo grabado. En el caso de que esto saliera a la luz, y de que no sea el farol que sin duda es, el que saldría perdiendo es él, que es el único que ha perdido los papeles ahí dentro.

—¡Claro, César! —exclamo—. ¡Porque hemos nacido ayer, el bien triunfa sobre el mal y un pequeño *hobbit* es capaz de derrocar a un ojo mastodóntico de fuego! ¡Tú sabes muy bien cómo funciona esto! ¡Da igual que tengamos las imágenes grabadas! ¡Da igual que llevemos razón! Hemos ofrecido carnaza a la oposición y lo van a exprimir al máximo. Y mañana, por nuestra culpa, se va a celebrar una rueda de prensa para atacar a Leo, con lo bien que se está portando con nosotros...

—Oh, por eso no te preocupes —la actitud de César ha cambiado por completo; ya no desprende tranquilidad alguna y sus ojos parecen carbón antes de arder—, seguro que si hablas con *tu diputado* de Turismo, él lo entenderá perfectamente.

De nuevo me invade una oleada de calor abrasadora, pero esta vez sé que no gritaré ni me pondré a divagar. Me acerco a él y, a pesar de que la diferencia de altura es notable, siento que la ira me eleva. Con los dientes apretados, le digo:

—Cuando te dije que no estaba dispuesta a consentirte ni una falta de respeto más, hablaba en serio, César. —Y, mirándolo a los ojos, añado—: Estás despedido.

Él se queda muy quieto y, al cabo de unos segundos, pestañea. Todos lo hacemos, incluso varias veces al cabo de un minuto, pero en el caso de César ha resultado ser un gesto exagerado, como si le acabara de pegar un bofetón. Cuando da un paso atrás, toda mi ira se esfuma de golpe y es reemplazada por frustración. Todavía no me creo que le haya dedicado una frase tan manida como: «Estás despedido», pero por otra parte...

—César, un momento —le digo, pero no me mira; se ha girado y está rebuscando algo en la mochila—. Oye, siento haberte dicho algo así con tan poca sutileza, pero de verdad que creo que esto no funciona. No hacemos un buen equipo; no trabajamos bien juntos, y algo que podría ser divertido es, en cambio, una tortura.

No responde. Al final, encuentra lo que estaba buscando y me lo tiende. Es un disco duro.

—Toma; aquí están las imágenes que he grabado hasta ahora. Descárgalas y me devuelves el disco cuando puedas; no hay prisa. —Cierra la mochila, antes de decirme—: Si no te importa, ábreme el coche.

—Claro. —Hago lo que me pide; diría que estoy un pelín sobrepasada por las circunstancias—. Pero... ¿para qué?

—Para coger mis cosas —responde abriendo el maletero.

—¿A qué te refieres? —le pregunto con aprensión mientras me sitúo a su lado—. ¿Para qué quieres coger tus cosas si regresamos ahora mismo a Granada?

—No; volveré por mi cuenta, no te preocupes —me dice mientras saca su maleta y la une al resto del equipo.

—¡No, por favor! ¡Déjame que te lleve! Está anocheciendo ya. ¿Cómo vas a regresar?

Mientras lo apila todo, me despacha una mirada orgullosa y dice:

—Ese no es tu problema ya.

Dios mío; si fuera otra persona, me pondría a suplicar, pero ya lo conozco lo suficiente para saber que no va a cambiar de opinión. Así que intento cambiar de táctica.

—Escucha: déjame llevarte y así, durante el camino, calculamos lo que te tengo que pagar...

—Me has echado porque es una tortura trabajar conmigo —me interrumpe mientras se agacha un poco para quedar a mi altura—. No me tienes que indemnizar.

—No, pero sí te tengo que pagar el trabajo que has realizado estos días. —Todavía no me creo que le haya echado; y de malas maneras, además. Indalecio a mi lado es un querubín—. Durante el viaje de vuelta, hablamos con tranquilidad de lo que te tengo que ingresar...

—Cincuenta euros. —Me extiende una mano—. Dame cincuenta euros ahora mismo y estamos en paz.

No sé qué cálculo ha hecho César, pero, en cualquier caso, está mal. Y, sin embargo, me está mirando con tanta impaciencia que yo no encuentro otra salida que abrir mi bolso, sacar el billete y dárselo. Él lo coge y se lo mete en el bolsillo trasero del pantalón. Luego coge todo el equipo, además de su equipaje, y, sin decir una palabra más, se va. ¡Se va!

Sigo paralizada, sin entender muy bien qué ha pasado, pero tras unos segundos miro a un lado y me doy cuenta de que tengo público: una pareja de ancianitos con sendos bastones, sentados en un banco. Están comiendo pipas mientras me miran sin disimulo. Uno de ellos aprovecha para decir:

—Que sepas que no hay autobuses hasta mañana.

Gracias, señor. Me meto en mi coche y me planteo hacer un último intento con César; llamarle y pedirle que me deje acercarlo a su casa. Pero sé que no va a servir para nada, así que arranco y me marcho de allí. Debería telefonear a Leo para contarle lo sucedido, pero sigo bloqueada. Cuando veo en el espejo retrovisor el pueblo empequeñecerse en la distancia me pregunto cómo es posible que, en un sitio tan precioso, haya sucedido algo tan horrible.

XVII

Creo que es la segunda vez que los Backstreet Boys me piden desde la radio que deje de jugar con su corazón. Pero es lo que tiene llevar dentro del coche más de una hora y media, mirando con fijación enfermiza una casa en la Bola de Oro. La casa de César, en concreto (que sigue al lado de la de Indalecio, por cierto). En teoría pretendo devolverle el disco duro. La verdad es muy distinta: quiero suplicarle que vuelva conmigo. Ahora suenan Antonio Orozco y Malú, que se piden perdón mutuamente a sabiendas de que no los conceden. Vaya por Dios.

Resulta que en una noche pueden pasar muchas cosas. En realidad, solo pasó una, pero fue más que suficiente. En cuanto llegué a mi casa, donde un Juan lánguido me dio la bienvenida, deshice la maleta y después conecté el disco duro con las imágenes a mi ordenador. Entonces la perspectiva del caso César cambió por completo. Me da igual su carácter; no me puedo permitir el lujo de renunciar al mejor cámara de todos los tiempos.

Tan solo fue necesario reproducir el primer vídeo para comprobar que, si en la tele hacía maravillas con la publicidad, el encanto de la Alpujarra, unido a su talento excepcional, es una combinación ganadora. El castillo de Lanjarón que grabamos al principio estaba en ruinas, pero a través de los ojos de César la fortaleza cobraba vida. Me pareció escuchar el grito que dio aquel capitán morisco que se arrojó al vacío desde la torre más alta, prefiriendo la muerte a la captura. Él se recreaba en detalles que yo ni siquiera había percibido.

César no grababa cascadas, sino el jolgorio del agua; el aguante tenaz de un cortijo abandonado, la agonía de la nieve en mayo o cómo un sendero te desafiaba a recorrerlo. Todo lo que no expresaba en palabras lo decía con las imágenes, y era sorprendente la sensibilidad que manifestaba. Si a eso le unimos un completo dominio de la técnica y que la luz era su amiga íntima, el resultado era una completa genialidad.

Trago saliva. Esto que pretendo hacer ahora (si es que aparece, si es que no sigue todavía atravesando montañas, ríos y páramos desiertos) va a ser muy complicado. Ya es difícil hablar con él un día normal; hoy, que estará enrabietado, será imposible. Pero me da igual. Tengo que devolverle el disco duro. Y convencerlo para que regrese conmigo.

Suena el teléfono y aparece el nombre de Leo. Descuelgo enseguida.

—¡Hola! —le saludo.

—Hey, ¿cómo estás, reportera favorita? —me dice alzando la voz; como siempre, está en un sitio con muchísima gente—. ¿Más tranquila que ayer?

—Sí, gracias. Después de contarte todo lo que pasó con el alcalde beligerante, me calmé. Creía que te ibas a enfadar, ¿sabes?

—Al contrario, te pido disculpas porque tendría que haberte avisado de que Marco Antonio siempre está creando problemas. Eso no ayuda a reconstruir la imagen que tienes de los políticos, algo en lo que tengo cierto interés personal.

Ay, cálmate, estómago.

—No te preocupes por eso, si el CIS me pregunta, les diré que los políticos están ganando muchos enteros últimamente. —Lo escucho reír y creo que hasta se me pone el vello de punta—. Pero, entonces, ¿no has recibido ninguna denuncia por parte de la oposición?

—Qué va, si hasta en su propio partido están hartos de él. Además, como dijo César, que en paz descanse, está todo grabado, así que más le vale olvidarse del asunto. ¿Has hablado ya con alguien al que le interese el puesto de cámara?

Uy. Claro, que Leo no sabe que he cambiado de opinión con respecto a César. Ayer lo veía muy claro, pero eso fue antes de la revelación, así que tengo que actualizar esa información.

—Bueno, he de confesarte que César no está enterrado... del todo.

—Ah, ¿no? —pregunta, confundido—. Creo que ayer tus palabras exactas fueron: «Estoy hasta al moño de aguantar sus gilipolleces». Y me hablaste de una amiga tuya que a lo mejor estaba interesada...

Vaya, qué explícita fui con César. Y lo de Chloe... Creo que no debo meter más cizaña en su relación ofreciéndole el puesto de trabajo. Además, que quiero a César. A ver si logro hacérselo entender a Leo.

—Ya, pero, verás, eso fue antes de ver las imágenes que había grabado. Es... excepcional, ¿sabes? No había visto nada igual en mi vida. Casi no hay que montarlo; el encuadre, la iluminación, el sonido... Todo es perfecto. Así que aquí estoy, frente a su casa, para pedirle que, por favor, por favor, por favor, vuelva a ser mi cámara; porque no quiero a ningún otro, solo a él.

—Vaya, pues menudo cabrón con suerte —dice Leo, que, de repente, debe de haberse apartado a un sitio más silencioso—. Seguro que no todos los días tiene a una chica como tú esperándole en la puerta de casa, para suplicarle que vuelva con ella. —Me río y antes de que pueda responderle nada, añade—: Aun así, ten cuidado, no me fío de él; a veces parece hasta un poco peligroso.

—¿Peligroso? Yo no diría eso; más bien es... vehemente. Y con Marco Antonio hasta me defendió. Yo creo que lo que tengo que hacer es dejarle su espacio, como el artista que es. —Me muerdo el labio mientras reflexiono—. Es que... si sueño con montar una pequeña productora y dedicarme a esto, contar con alguien tan talentoso me situará en otra categoría, ¿entiendes?

—¿Ese es tu sueño? ¿Montar una productora? —me pregunta Leo con interés.

—Sí, puede ser. Una que haga proyectos como este: vídeos hechos con tanto cariño como profesionalidad, que además sirvan para ayudar a los demás. Me parece una buena dedicación.

—Claro; yo también estoy en política por vocación, para ayudar a los demás, lo que pasa es que a una escala mayor. —No sé si iniciar un debate sobre escalas del bien, pero lo dejo pasar; sobre todo cuando cambia a un tema mucho más interesante—: Me dijiste que te marchabas otra vez mañana, ¿verdad? Qué rabia, me encantaría verte hoy; pero las elecciones generales están a la vuelta de la esquina y me acaban de nombrar director de campaña en Granada. Estoy hasta arriba de trabajo.

Como siempre me pasa con Leo, cuando me dice que no puede quedar conmigo, siento una mezcla de tristeza y alivio difícil de procesar. Ignoro esos sentimientos contradictorios y me centro en la noticia que me acaba de dar.

—Madre mía, director de campaña en Granada... ¿Te felicito o te doy el pésame?

Leo se ríe.

—No, mujer, felicítame. Es una oportunidad para adquirir más visibilidad; si se cumplen los pronósticos, arrasaremos en nuestra provincia y me podré atribuir cierto mérito.

—Derechito a la presidencia del Gobierno —bromeo.

—Pasito a pasito... Así que no te descuides mucho,

que, si seguimos viéndonos, a lo mejor deberías ir preparándote como primera dama.

Casi me atraganto por la sorpresa, pero logro rehacerme, entre risas.

—¡La ilusión de mi vida! ¡Primera dama! En mi lista de prioridades está situado entre médico forense y taxidermista, creo.

—Así que no te hace ilusión... —repone él, con rapidez—. Pues estamos en paz; a ver si te crees que me encanta emparejarme con alguien que aspira a montar una miniproductora con un socio psicópata.

—¡Pero bueno! —exclamo, indignada.

—Es broma, Cintia —aclara—. Pero lo que sí te digo totalmente en serio es que me encantaría verte esta noche.

—A mí también —le digo, con el corazón acelerado.

Escucho que le llaman al otro lado de la línea y él les contesta: «¡Voy!», así que se avecina la despedida.

—Oye, tengo que despedirme ya. Pero antes déjame darte un consejo: si César no quiere volver, no insistas. Estoy convencido de que tú podrías grabar igual de bien que él.

Eso no es verdad, pero me lo tomo como el halago que pretende ser.

—Está bien. Solo le suplicaré lo justo.

—Por favor; te suplico que no le supliques —me dice, para terminar—. Un beso, preciosa.

—Otro para ti.

En el momento en el que cuelgo, me doy cuenta de que han pasado otros veinte minutos y César sigue sin aparecer. Tampoco me coge el móvil y yo voy a tener que poner en práctica un plan desesperado. Me aseguro de que llevo el disco duro en mi bolso y me dirijo a su casa. Llamo al timbre y espero. Nada. Son las dos de la tarde. ¿Todavía no ha regresado? ¿Y si le ha pasado algo?

Algo se me retuerce por dentro. En serio, ¿y si le ha pasado algo por mi culpa?

Estoy tan necesitada de respuestas que no lo pienso mucho antes de actuar. Me dirijo a la casa de al lado, la de Indalecio, y toco el timbre. Ya me importa un comino que acepte volver a trabajar conmigo o no; necesito asegurarme de que esté bien. Al cabo de unos segundos la puerta se abre, yo aguanto la respiración y aparece una señora de más de ochenta años, de aspecto bondadoso. Me quedo paralizada hasta que irrumpe en la escena un perrito color canela ladrando y saltando, loco por reclamar mi atención. Enseguida me agacho para acariciarlo.

—Hola, perdone que la moleste, pero... ¿ha visto a César?

—Rudy, ven aquí —le dice al perro con ternura—. Normalmente no es tan cariñoso con desconocidos, pero se ve que le has gustado. Es el perro de César; yo soy Nita, su abuela.

Que César tenga abuela y perro le otorga una dimensión desconocida. Una donde él puede dar cariño y necesitarlo. Es rarísimo. Dios mío, ahora que he descubierto que tiene sentimientos, necesito saber con urgencia que no le ha pasado nada malo.

—Disculpe, Nita, que me haya presentado así, sin avisar. Yo soy Cintia, una... amiga de su nieto; necesito devolverle una cosa que le pertenece —saco el disco duro del bolso— y, sobre todo, saber si se encuentra bien.

Rudy no deja de lamerme la mano. En este caso, lo de los parecidos entre mascota y dueño no se cumple en absoluto.

—Sí, bonita, sí. Llegó esta mañana temprano tras varios días fuera. —El aire se expande en mis pulmones al oír la noticia—. Vino a saludarme, pero después dijo que iba a hacer deporte. Si quieres, yo se lo doy.

Me tiende la mano para que le dé el disco duro. Y yo no tengo más remedio que desprenderme de él, no voy a iniciar un forcejeo con una señora octogenaria que, además, tiene pinta de ser un pedazo de pan. Cuando se lo entrego, siento una pena tan inmensa que tengo ganas de llorar. Me he quedado sin excusa para presentarme aquí y lo mismo hasta me bloquea el móvil. Como no me muevo del sitio, Nita se ve obligada a preguntar:

—¿Quieres esperarlo aquí? Desde el salón se ve la puerta de su casa, así podrás saber cuándo llega.

Señora, ¿qué ha pasado con sus genes? ¿De verdad es usted la madre de Indalecio y la abuela de César? Pero con esta reflexión recuerdo que estoy en la misma casa que habita mi exjefe y es suficiente para hacerme rechazar la amable oferta.

—No, muchísimas gracias —le digo alejándome, mientras Rudy se pone a... gimotear, qué cosa más linda—. Dígale a César que me alegro de que haya llegado bien. Gracias.

Nita se despide y la puerta se cierra con suavidad pasados unos segundos. Llego a mi coche y, en vez de entrar, me pongo a pegarme cabezazos suaves contra él cuando escucho una voz conocida a mi espalda.

—¿Qué haces?

César. Cuando me vuelvo y lo veo, vestido como si viniera de jugar al fútbol, tengo ganas de abalanzarme sobre él, porque tiene un aspecto estupendo. Vamos, se ve que lo ha dado todo en el partido, porque varios mechones se le han escapado de la coleta y aún está algo acalorado, pero es curioso que siga oliendo tan bien, a árboles grandotes como pinos, robles o yo qué sé. Verlo sano y salvo me provoca tanto alivio que se lo tengo que decir.

—Qué alegría que estés bien. No paraba de pensar en todo lo malo que te podía haber ocurrido por mi culpa, ¿sabes?

Él entrecierra los ojos, como si no me entendiera.

—¿Sí? Ayer parecías bastante convencida de que no querías volver a verme. —No lo dice con acritud; más bien constata un hecho—. No tenías por qué preocuparte. Tengo unos amigos en Trevélez que vinieron a buscarme y he pasado la noche con ellos.

Abuela, perro, amigos. ¿Qué me he perdido? ¿El año pasado fue elegido míster Simpatía en la feria? Pero vamos a lo que vamos.

—Ya; la verdad es que no estoy aquí solo por eso, sino porque quería hablar contigo sobre lo que ocurrió ayer. Yo... —Me mira de una forma tan directa, con los ojos tan oscuros, que decido posponer el mal rato—. ¿Podemos dar un paseo? ¿Por favor?

Creo que se va a negar. Me merezco que se niegue. Cuando arranca a andar no sé si es una victoria o un fracaso, hasta que se gira hacia mí y me pregunta:

—¿Vamos?

Bien. Por lo menos me va a dejar explicarme. Me sitúo a su lado. Él va en manga corta y yo con abrigo. Es que ni para eso nos ponemos de acuerdo. Pienso en distintas estrategias para afrontar la situación. Valorar su talento, elogiarle. Pero en el último momento recuerdo que el hombre que tengo al lado valora la franqueza por encima de todo, así que a ella recurro.

—Tienes razón cuando dices que ayer no quería verte más, César. —Me cuesta muchísimo sincerarme, así que no lo miro y además bajo la voz—. Me resultas insoportable la mayor parte del tiempo... Bueno, siempre. —¿Me estoy pasando? Ni idea, pero ahora ya no puedo parar—. Nunca había conocido a nadie como tú, tan... arisco. Yo suelo caerle bien a todo el mundo, pero a ti no hay manera, es como si no me soportaras, como si lo mejor que pueda esperar de ti es el silencio. Dime, ¿es una sensación o es que no me tragas?

Me he parado, obligándolo a detenerse a él también. Estamos en mitad de la acera, frente a frente, mientras la gente nos esquiva sin darse cuenta de lo dramático de la situación. Y es muy dramática, porque le acabo de preguntar a una persona si no me traga y se lo está pensando... un montón.

—La cuestión no es que yo no te trague a ti, Cintia —responde al fin—, sino que tú no me tragas a mí. Y al margen de que es injusto, porque apenas hemos interactuado de verdad, te empeñas en ocultar que te caigo fatal e intentas comportarte como si fueras mi amiga de toda la vida. Si no eres sincera, no podemos avanzar.

—Pero... no es culpa mía que no hayamos interactuado —me defiendo—. Acabamos de estar una semana juntos, tan juntos como los participantes de Gran Hermano, pero me ha resultado imposible llegar a ti porque siempre estás callado. Es más, en realidad, nos conocemos desde hace años; si hubieras tenido interés, ya podríamos ser colegas de toda la vida.

Me estaba escuchando con atención hasta que he dicho lo último, que ha resoplado. ¿Por qué ha resoplado? Presiento que se avecina una verdad incómoda antes de que me dé la réplica.

—En la tele me ignorabas. Como todos —relata con voz monótona, casi aburrido—. Era el hijo del jefe déspota y nadie nunca me dio una oportunidad. Ni siquiera alguien tan encantador como tú. Lo cierto es que no me importaba. Cuando comprobé que para ser amigo de mis compañeros tenía que poner de vuelta y media a mi padre, asumí que no tenía elección. Porque era un jefe terrible, pero es un buen padre. Era una situación delicada.

Anda. Eso no me lo esperaba. Trato de recordar un día cualquiera en la tele. César yendo a grabar anuncios, solo o con algún comercial, que no eran fijos y que entraban y salían de la plantilla con facilidad. O César solo, en su cubículo, montando publicidad. Aunque casi nunca lo veía ahí, porque se rumoreaba que le gustaba trabajar por la noche. A lo mejor no le gustaba, sino que se sentía más cómodo en ese horario. Una oleada de calor me invade cuando la imagen de buena persona que tengo de mí misma se tambalea. Jamás me paré a pensar en él, en lo aislado que debía de sentirse. Enseguida encuentro algo a lo que aferrarme. ¡Quiero seguir pensando que soy la mejor persona del mundo, leñe!

—¡Pero es que eres muy antipático, César! —le digo, casi gritando.

Para mi sorpresa, él se ríe. Y yo me fijo de nuevo en que tiene una sonrisa bonita, con los colmillos que le sobresalen un pelín, pero blanquísimos. Y ahora, Cintia, céntrate en lo importante: ¿por qué se ríe cuando lo insulto?

—Puedo llegar a ser antipático, sí, con la gente con la que no me interesa ser simpático. Se trata de coherencia.

—O sea que volvemos al principio: que te caigo mal porque fui una capulla en la tele contigo —le digo, resumiendo; lo de pedirle que vuelva a aceptar el trabajo cada vez se pone más difícil, pero trato de sonar firme en lo que pregunto a continuación—: ¿Es irreversible?

Él vuelve a sonreír. Qué rara está siendo esta conversación y qué bien ha hecho César al ponerse manga corta esta mañana.

—¿Y a qué viene este interés repentino en que nos llevemos bien? —me pregunta, y me repatea el deje de diversión que detecto—. Si no recuerdo mal, ayer me despediste de malas maneras. Me debes un disco duro, por cierto.

—Lo tiene tu abuela. —Él arquea una ceja, pero sigue esperando una respuesta. Pues nada, a tragarme el orgullo—. César, yo... quiero pedirte que vuelvas a ser mi cámara. Este proyecto es importante para mí y no quiero que lo haga ningún otro. Cuando ayer vi las imágenes... Si ahora busco otro cámara, voy a hacer una comparación odiosa, ¿sabes? Como si hubiera comenzado por la tarta de chocolate y luego siguiera con una menestra de verduras al vapor.

Él no dice nada sobre el bello símil que acaba salir de mis labios y se cruza de brazos. Decido cambiar de táctica.

—Podemos intentar partir de cero, olvidarnos de la

desafortunada etapa de la tele. —No le ha gustado el término políticamente correcto que he empleado; miro de nuevo el coche que tenemos al lado—. O, bueno, simplemente yo puedo intentar no hablarte; no te molestaré, iremos casi por separado...

—No me molesta tu presencia, Cintia. Y claro que quiero que me hables, no soy un robot.

—¿Ah, no? —Uy—. Es decir, que sé que no eres un robot, pero como te gusta tanto estar callado, creía que así te sentirías más cómodo. No sé, César, estoy dando palos de ciego. ¿Qué puedo ofrecerte para que vuelvas conmigo?

Un viandante malinterpreta la situación y se queda observándonos. Este, por lo menos, no ha sacado las pipas, pero como no se dé prisa en mirar al frente, se va a estampar contra la farola.

—Nada. No me puedes ofrecer nada. —Me desinflo como un globo; sin embargo, él no ha terminado aún—. No hace falta; esta mañana yo ya había decidido llamarte pidiendo que me readmitieras.

—¿Qué? —grazno, cual cuervo.

—Sí. Esta noche he llegado a la conclusión de que tenía que haber esperado a que reaccionaras tú. Ya he comprobado que, a veces, cuando te sientes acorralada, terminas imponiéndote; pero como me adelanté, no te dejé resolverlo a ti. A veces soy impulsivo, perdóname.

Esta conversación cada vez me recuerda más a cuando me monté en el *Jaguar* de Isla Mágica. Salí riendo y con lágrimas en los ojos. Pues igual.

—Claro que te perdono, porque estoy contentísima de que vuelvas —le digo, pero también me pellizco el puente de la nariz—. A ver si lo entiendo... ¿Me has dejado arrastrarme todo este tiempo cuando ya tenías decidido que ibas a volver?

—¿Qué quieres que te diga? —Se encoge de hombros—. Nadie había comparado mi forma de grabar con una tarta de chocolate.

Obligo a mis ojos a desengancharse de su sonrisa, seguro que por la falta de costumbre. Cuando poco a poco desaparece, a mí me entran ganas de estirarle los carrillos. Le cambia todo el gesto cuando se relaja y parece mucho más... vulnerable. Abandono esa estela de pensamientos erráticos cuando lo veo echarse la mano al bolsillo y sacar la cartera. Oh..., no.

—Toma, mi sueldo. —Le brillan los ojos mientras me tiende el billete de cincuenta; lo está disfrutando... un montón.

—Te lo deberías quedar, como indemnización.

—Al parecer, alguien debería repasar nuestro convenio colectivo. —Insiste para que tome el billete—. Cógelo; ya te he dicho que no hago esto por dinero.

—¿Y por qué lo haces? —pregunto mientras me guardo el dichoso billete.

Vuelve a encogerse de hombros.

—Por la experiencia —contesta.

Después se vuelve y se dirige a su casa. Cuando pienso que ya no se va a despedir, se gira y, en el último momento, me dice:

—¿A las siete en punto aquí, mañana?

—Claro —afirmo y añado—: Tenemos que aprovechar al máximo las horas de luz.

Él me mira con los ojos oscuros y brillantes, y, al final, asiente. Yo sigo sobrepasada, pero asiento igualmente. Pues eso; hasta mañana a las siete en punto, César.

XVIII

Empieza a ser una costumbre esto de hacer guardia frente a la casa de César. Sin embargo, cuando a las siete en punto lo veo aparecer, con una camiseta de rayas horizontales verdes y marrones, y unas bermudas *beige* con bolsillos, no siento la aprensión de siempre. Tampoco cuando, tras saludarme, coloca con meticulosidad su maleta y el abultado equipo. Nos ponemos en marcha y es evidente que, tras la charla de ayer, el interior del coche ha dejado de parecer una supernova a puntito de reventar. Aun así, cuando después de salir de Granada un silencio plomizo vuelve a instalarse entre nosotros, yo activo el plan que he preparado.

—Oye, ¿te apetece escuchar algo de música? —le pregunto con fingida despreocupación.

—Eso depende —me responde, con cautela.

—¿De qué depende? ¿De según cómo se mire?

Niega con la cabeza, y yo me muerdo el carrillo. Llegará el día, Cintia, en que este hombre se ría de tus chistes malos, pero hoy no es ese día.

—Depende de la música que me vayas a poner —especifica—. Si es Pablo Alborán en bucle..., paso.

—¡Pero bueno! —No sé si indignarme porque me haya calificado automáticamente como fan de ese cantante o porque se haya metido con mi amadísimo Pablo—.

No, estoy segura de que te va a gustar; coge mi móvil y abre la carpeta que pone...

Vaya. No me dio tiempo a cambiarle el nombre y lleva uno provisional y vergonzoso. Ojalá pudiera retroceder en el tiempo y estrangular a la Cintia del pasado, pero él me pregunta que cuál es y yo no tengo más remedio que contestar:

—La que pone... «Reconquista».

Lo digo tan bajo que no sé cómo me oye. Pero me ha escuchado porque enseguida los acordes de Nirvana empiezan a resonar en el interior de mi coche. Quizá piense que me he puesto en plan pedante y que el nombre se debe a lo de la reconquista de las Alpujarras. De todas formas, subo el volumen con la esperanza de que los gritos de Kurt Cobain me ahorren una conversación incómoda. Sin embargo...

—¿A quién se supone que tienes que reconquistar? ¿A mí? —me pregunta.

—Eeeh... —Gracias, César, por dejarlo pasar—. No, o sea, reconquistar suena un poco fuerte y por supuesto no quiero hacerlo en plan... Vamos, que... ¿A ti no te pasa que a veces haces cosas estupidísimas? Pues esta es una de ellas; no sé por qué la llamé así. —A lo mejor, si me pongo más roja, me convierto en una fuente de energía renovable—. ¿Te gusta, por lo menos?

No lo miro, pero sé que me está observando, con esos dos láseres negros que tiene. Respiro, aliviada, cuando noto que centra su interés en mi móvil, probablemente viendo el contenido de «Reconquista». En la radio comienza a sonar los Black Keys y él sigue callado. Menuda tontería he hecho...

—Me gusta tanto que, si no fuera porque el móvil tiene una funda de Hello Kitty, pensaría que es el mío el que está conectado a los altavoces —me dice, y yo me vuelvo hacia él para ver si es ironía o algo así, pero me lo está diciendo en serio—. ¿La operación Reconquista ha incluido espionaje o pirateo informático?

—Perdona, ¿acabas de bromear? ¿Pero tú sabes hacer eso? —contrataco, un poco mareada por los altos y bajos que está teniendo la conversación.

—Hoy el día va de revelaciones, al parecer. Yo soy capaz de bromear y tú de reconquistar.

Capullo.

—Uy, pues a ver si voy a echar de menos al César taciturno y desagradable. —Escucho un resoplido a mi lado y sonrío—. Es fácil acertar contigo; las camisetas que llevas me han dado muchas pistas. Y mírate cómo vas vestido hoy, pareces una versión andaluza y saludable de Kurt Cobain.

Lo miro de reojo. No está sonriendo, pero casi. Me lo tomo como una pequeña victoria.

—Gracias —dice, de pronto, aunque suena fuera de lugar.

—¿Por qué, por compararte con tu idolatrado pero malogrado Cobain? —le digo, haciéndome la tonta.

—No. Por hacer este recopilatorio pensando en lo que me gustaría a mí —responde.

—No tienes por qué darlas; disfruté preparándolo. Antes hacía muchas selecciones musicales, pero hacía tiempo que no... —Hacía un año y once meses, para ser exactos, pero no voy a entrar en detalles porque veo que mi voz se apaga al recordar los millones de recopilatorios que le hacía a Juan cuando vivía; cambio el rumbo del discurso—: A mí es que me gusta toda la música. Incluso, no te lo vas a creer, Pablo Alborán.

César no me sigue la broma; se limita a observarme, como cuando está con la cámara y quiere percibir cosas que no se ven a simple vista. Menos mal que el desvío de Lanjarón llega justo a tiempo y que Metallica nos deleita con su *Nothing Else Matters*, porque no quiero sentirme tan expuesta. En ese sentido, la carretera de la Alpujarra también me ayuda, porque no me permito distraerme con nada.

A medida que pasan las canciones y nos acercamos

a nuestro objetivo de hoy, el camino se complica. La pendiente es tan acentuada que la vía se retuerce sobre sí misma y no paramos de caracolear una y otra vez. Sin apartar la vista de la carretera, le pregunto a César:

—Hoy vamos a La Tahá. No he estado nunca; ¿tú la conoces?

—Sí. Mi padre y yo somos de Órgiva, así que conozco bien toda la zona. —Ah, ahora entiendo que sepa tantas cosas de la Alpujarra—. El sitio al que vamos tiene un montón de cosas bonitas para grabar.

—Son siete pueblecitos unidos por senderos, ¿no? —Y los recito, porque yo soy así de empollona—: Pitres es la capital, pero luego le siguen Capilerilla, Mecina, Mecinilla, Fondales, Ferreirola y Atalbéitar. ¿Cuánto crees que tardaremos en grabarlos?

—Eso lo tendrás que decidir tú. Un día o un mes. —Mira por la ventana y dice—: Allí es mejor olvidarse del reloj y dejarse llevar.

—Qué bien suena eso —admito—. ¿Sabes? En mi libreta tengo apuntadas un montón de cosas: lavaderos, molinos y puentes, pero creo que tienes razón y que lo que deberíamos hacer es improvisar. Y podríamos tomar muchos planos subjetivos para contarlo todo como en primera persona. Conseguir que el espectador se sorprenda con nuestros descubrimientos.

Dejo de hablar, para no aturullar a César con mi cháchara, aunque lo veo asentir. Justo cuando pienso que mi coche va a hacerme una peineta de tanto subir y girar, llegamos a Pitres. En cuanto me bajo, el pueblo me recompensa enseguida el mal rato del trayecto. Porque, de repente, me he bajado en otra época, una en la que, como decía César, los relojes y los móviles están fuera de lugar. Puede que se deba al trazado irregular de las calles, que se adapta a los vaivenes de la montaña. Todo es curvilíneo, sinuoso y perfecto. Las casitas son bajas, con techos planos llamados *terraos*, rematados con una chimenea. Aunque estamos en primavera, huele a leña y a hogar. Es precioso.

Me vuelvo hacia César para comentárselo y de repente veo que ha montado la cámara en un soporte con contrapesos y lo ha atado con varios arneses a su cuerpo. No puedo evitar exclamar:

—¡Tienes una *steadycam*!

Él se encoge de hombros, lo que contrasta con mi efusividad. La *steady* permite obtener unos planos en movimiento muy naturales y estables. Quedará genial.

—Yo también pensé que sería bueno grabar planos subjetivos en esta parte del recorrido. Y esto aporta estabilidad —dice.

—Lo que pasa es que pesa, ¿no? ¿Y si nos turnamos? —Me mira con tan mala cara que enseguida reculo—. Bueno, al menos ahora sí podré llevar el resto del equipo.

Y no espero a que me responda, porque ya sería el colmo que también cargara con la mochila. Por fortuna no me dice nada. Muy bien, porque no pensaba claudicar. Ahora, a cargar con esta mochila que debe de pesar unas dos toneladas.

Comenzamos a grabar las calles de Pitres. Es un día de primavera radiante y fresquito, perfecto para trabajar. Cuando nos detenemos frente a un *tinao* con las vigas y la piedra de la fachada pintados de blanco, César pone ese gesto como de halcón acechando su presa. Y luego se centra en una buganvilla que adorna la fachada de un edificio. Por supuesto, yo no sabía qué planta era, pero él me lo ha dicho. Yo lo dejo hacer. Llevo la libreta, pero solo para apuntar sensaciones.

Decidimos parar para comer antes de comenzar por el sendero que une los pueblos. Pedimos un poco de todo: sopa *pimentona*, setas del terreno, papas *aliñás* y costillas adobadas. De postre, bombones de higo. Bebemos un vasito de mosto para probarlo, pero luego nos pasamos a los refrescos. Y así, tan llenos que podríamos hacer el sendero rodando, salimos a campo abierto.

Entones es cuando de verdad me doy cuenta de lo que César quería decir. Si nos descuidamos, podríamos envejecer aquí, porque me gustaría grabarlo todo, cada centímetro del camino, cada casita encalada en los pueblos que atravesamos. Hablamos poco, porque no quiero interrumpir a César, absorto en su tarea. Su mirada rapaz cobra aquí su máxima expresión, deseoso de atraparlo todo: el gato gris que mete su patita en la fuente, la anciana vestida de negro asomada al balcón lleno de jarapas de colores o una oveja que nos mira, cerrando primero un ojo y luego otro.

Esto es tan bonito... Veo una fuente con unos azulejos curiosos, donde aparecen el sol, la luna... Por supuesto, un poco desestabilizada por la supermochila que llevo, tropiezo con una piedra y casi meto la cabeza bajo el caño. De repente me asalta un pensamiento muy triste que tiene que ver con Juan. Yo siempre he sido muy torpe, siempre estoy dando traspiés. Al principio, se reía; pero después se enfadaba. No sé por qué me he acordado de ese detalle insignificante justo ahora, pero...

—Toma —tengo la cantimplora de César enfrente y yo me sobresalto, porque no lo había oído acercarse—, ¿quieres agua?

—Eh... —Me restriego los ojos con disimulo; espero que César confunda la humedad de mis ojos con algún tipo de alergia—. No, no hace falta, gracias. Además, si tengo sed, ¡aquí tengo una fuente!

Me agacho hacia el chorro con violencia, para que mi acompañante no perciba ni rastro de vulnerabilidad. Justo cuando estoy tragando un buche digno de un elefante, le oigo decir:

—Cintia, mejor no...

¡Dios mío! ¿Pero esto qué es? En cuanto mi cerebro procesa lo que estoy tragando —agua, sí, pero con gas y con un fuerte sabor a hierro—, empiezo a toser y creo que me voy a ahogar. Esta vez, cuando César me tiende de nuevo su cantimplora, casi la vacío, porque necesito quitarme el sabor anterior. Cuando estoy más recuperada, le digo:

—Pero... ¿qué demonios es esto?

—Es «La gaseosa», es una fuente muy popular aquí. Da agua ferruginosa con gas natural.

—Es verdad, lo tengo en mi libreta. ¡Podrías haberme avisado! —prosigo con mi rabieta completamente injustificada, pero así son las rabietas.

Él se limita a asentir, sin quitarme los ojos de encima. Por Dios, qué sabor tan fuerte tiene esta agua. Me estoy limpiando la boca con el antebrazo cuando veo que César hace un mohín al reemprender la marcha. Le duele. ¡Pues claro que le duele! Si yo estoy agotada, y solo llevo la mochila, él tiene que tener la espalda machacada. Tenemos que parar ya.

—Venga, hasta aquí hemos llegado por hoy —le digo—. Se está poniendo el sol y esto es muy bonito, pero no quiero quedarme aquí cuando oscurezca.

—Espera un poco; justo aquí al lado hay una acequia donde el agua es roja y tiñe las piedras de un tono anaranjado que...

—Mañana —le digo, y descubro que he nacido para mandar—. Necesitas descansar, y yo también.

Por un momento, como tiene esa mirada tan intensa, creo que se va a plantar, pero antes de que pueda preocuparme por la posibilidad de tener que llevarme a César a rastras, este ladea la cabeza y dice:

—Vale, jefa.

—Así me gusta.

Mi despotismo queda eclipsado cuando cojo con demasiado ímpetu la mochila y me desequilibro tanto que estoy a punto de volcar. No lo hago porque César me coge del brazo y lo impide. Y luego, en un tono mucho más suave de lo que es habitual en él, me dice:

—Deja que la lleve yo, por favor. —Y suena casi a súplica—. La he cargado mucho; casi es más grande que tú.

—No —respondo con firmeza.

Sigue cogiéndome el brazo. Estamos bastante cerca,

por lo que me doy cuenta de una serie de detalles que no había percibido antes, como que tiene las cejas gruesas, pero bien trazadas, y una nariz con carácter, recta y un poco ancha en la base. Pero también es llamativa su boca, tanto por los labios carnosos como por el arco de cupido, extrañamente delicado para un rostro tan masculino.

Por un segundo, una certeza me golpea con violencia: César es muy guapo.

A ver, antes ya sabía que no estaba mal, pero entre que no lo había mirado con atención y que casi siempre tiene la cara oculta por el pelo, me había pasado desapercibido. Estoy tan sorprendida que transcurren bastantes segundos hasta que me doy cuenta de que lo sigo mirando fijamente y hasta tengo el ceño fruncido. Lo frunzo aún más cuando él hace un amago de sonreír. Entonces aprovecha para quitarme la mochila mastodóntica y colgársela al hombro. Después, echa a andar en dirección al coche. Y yo estoy tan desbordada por el descubrimiento que acabo de hacer que no rechisto nada de nada; me limito a seguirle con cuidado de no tropezar.

XIX

Te juro que echo de menos hasta los tubos de escape de los autobuses, Cintia. Y a los sopladores de hojas, que solo trabajan de siete a ocho de la mañana. Y la interminable cola de la caja rápida del Carrefour. La ansiedad de un buen atasco...

Como estoy terminando de meter mis cosas en la mochila, tengo a Chloe al teléfono con el manos libres, así que sus gritos resuenan por toda la habitación. Quién iba a pensar que la vida en la granja le iba a generar, en vez de tranquilidad, un desasosiego mayor que si viviera en Hong Kong. No sé qué decirle, porque no quiero agravar la situación. Pero si esto sigue así...

—¡... no me gustan las tetas de las vacas! Se estiran como si fueran guantes de goma y siempre pienso que les hago un daño terrible y que me morderán. Y son enormes, Cintia, enormes. ¡Las tetas y las vacas! ¡Y huelen! ¡Huelen a animal! ¡Aquí todo huele a animal! ¡Yo huelo a animal!

—Eh, Chloe, tranquila. Seguro que hueles tan bien como siempre, a canela con un toque de naranja.

—¡Y a boñiga!

—¡Qué va! —repongo con energía—. Te echas tanta colonia que estoy convencida de que hasta las vacas huelen ahora a bizcocho. Oye, Chloe, tienes que hablar ya con Ada: si le explicas lo desgraciada que eres, no te obligará a estar allí, en la granja, todo el día.

—¿Cómo quieres que se lo diga? Está agobiadísima, tenemos muchísimo trabajo. Nos levantamos al amanecer para dar de comer a los animales, limpiamos, ordeñamos, hacemos quesos, llevamos todos los productos y hortalizas a comercios y casas cercanos... Ella no necesita una preocupación más. Además de que ya sabes cómo es.

—Ya, pero...

—¿Y tú? Tú también has sido abducida por el mundo rural. ¿No estás hasta las narices?

—A mí siguen sin apasionarme los tubos de escape de los autobuses, lo siento. —Chloe se ríe por primera vez, menos mal—. Lo que pasa es que esto es precioso, ¿sabes? Y además estoy haciendo lo que me gusta, así que... no es lo mismo.

—Me alegro muchísimo por ti, Cintia. ¿Te queda mucho?

—Todavía tenemos que grabar más de la mitad de los pueblos. Nos entretuvimos mucho en La Tahá, y después en Pórtugos también se nos fue un poco la pinza. Es que descubrimos unas cascadas de agua naranja espectaculares. De todas formas, vamos más rápido de lo que planeé, porque el ritmo de trabajo no puede ser más intenso. No hacemos otra cosa que grabar.

—Ya me imagino. ¿Qué otra cosa ibas a hacer con *Siesar*?

—¿Con quién?

—Pues con tu maravilloso compañero de trabajo, con el hijo de Indalecio.

Le pego un manotazo al teléfono para quitar el altavoz, no vaya a ser que el sonido se filtre a través de la pared que separa mi habitación de la de César. Dios mío, ¿lo llamábamos así? Qué crueles, no me extraña que estuviera cabreado conmigo. Además, con lo observador que es, seguro que lo sabía. Siento un pellizco en el estómago mientras compruebo que he cortado la llamada con Chloe sin querer. La vuelvo a llamar, pero falla la conexión. No tengo ni idea de si es ella o soy yo la que no tiene cobertura, pero me contento con mandarle un mensaje diciéndole que hable con Ada. Ella me manda una cara angustiada, junto a una vaca y un corazón.

¿La habrá oído César? Espero que no, porque en esta segunda etapa del viaje la cosa va mucho mejor. Seguimos sin hablar mucho. Bueno, más bien él sigue sin hablar mucho, yo me hincho. Y creo que no le importa. Vamos, estoy segurísima de que no le importa, porque veo a César muy capaz de decirme que le dé un respiro si piensa que me estoy pasando de la raya. Y no ha vuelto a salir el tema de Leo, con el que hablo cada mañana muy temprano, cuando sale del gimnasio (sí, va cada día) de camino a la peluquería (¡sí, va cada día!). Está liadísimo con la preparación de la campaña, pero siempre encuentra un hueco para charlar conmigo.

Salgo de mi habitación sin hacer ruido. Esta casa rural que he alquilado en Pórtugos es sencilla pero muy acogedora, con su chimenea, sus alfombras y su balcón con unas vistas impresionantes. Trago saliva cuando veo que la puerta de la habitación de César está entreabierta. ¿Habrá escuchado el mote? Espero que no, pero enseguida dejo de preocuparme porque escucho un sonido alarmante. Lo escucho chistar, como quejándose por algo. César nunca se queja. Aparto la prudencia y empujo su puerta para ver qué pasa.

Me lo encuentro sentado en la cama, de espaldas a mí (una buena espalda, dicho sea de paso), solo con unos pantalones cortos. Tiene un brazo completamente estirado porque está intentando echarse crema en una zona a la que es imposible que llegue. Es un relajante muscular, porque conozco la marca. En la mesita de noche, además, hay una caja de ibuprofeno.

Esto es increíble. A saber cuántos días lleva así. Se

me olvida que me he colado en su habitación sin permiso y exclamo, indignada:

—¡No me lo puedo creer!

César pega un bote y a continuación, aunque solo puedo ver su cara de perfil, un gesto de dolor le cruza la cara. Eso hace que aún me enfade más con él.

—¿Por qué no me has dicho que te duele? ¡Lo intuía, pero creía que tu sinceridad patológica te llevaría a decirme que te encontrabas mal! ¿No sabes que ocultar la verdad es una forma de mentir?

César siempre elige unos momentos muy raros para reírse; este es uno de ellos. Pero tras la carcajada, cierra los ojos, como si reírse tampoco le viniera bien a su espalda. Lo más increíble de todo es que hace un amago de ponerse la camiseta para levantarse y comenzar a moverse, como si nada. Yo me acerco un poco más para evitar que se ponga de pie.

—¿A dónde crees que vas? ¿De verdad piensas que vamos a grabar hoy? Además, no hace falta. ¡Si vamos rapidísimo! ¡No paramos ni un segundo, no nos entretenemos con nada! ¡A veces creo que somos drones!

Otra carcajada. Y otro gesto de dolor. ¡Es increíble!

—¿Ahora te hago gracia? ¿Me paso la vida intentando hacerte reír y es ahora cuando lo haces? ¡Me entran ganas de despedirte otra vez, César!

Por el bien de la espalda de mi compañero debería cambiar de táctica, porque él no para de reírse y de cerrar los ojos por el dolor. Es una risa contagiosa, que casi desbarata mis planes de imponerme a toda costa, pero es cierto que me preocupa su espalda. Le pongo la mano en el hombro para decirle que se tranquilice y las risas se detienen de forma abrupta. Así que esta era la técnica adecuada. Seguro que ha sido por la impresión; tengo siempre la mano gélida, lo que contrasta con su piel caliente, así que la retiro.

—Perdona —le digo—. Sé que debe de haber zombis con manos más apetecibles que las mías, pero...

—No es eso, es que no me lo esperaba. —No se esperaba que alguien vivo pudiera tener esa temperatura corporal, lo entiendo—. Termino de ponerme la crema y nos vamos.

—No, César, no nos vamos a ningún lado. Y no te puedes poner tú mismo la crema, no llegas. Dámela.

Me mira a los ojos y yo le aguanto la mirada, en esta ocasión sin pestañear. Es importante que me deje hacerlo. Puede que no sea lo más apropiado del mundo, y que no estemos en ese punto de nuestra frágil relación, pero él necesita algo y yo puedo dárselo, no hay otra forma de verlo. Finalmente, me tiende el tubito y yo rodeo la cama y me pongo de rodillas para que su espalda quede delante.

Tendrá los músculos hechos polvo, no se lo discuto, pero desde luego no se aprecia a simple vista. Vamos, lo que quiero decir es que es una espalda... magnífica; ni siquiera sabía que las espaldas pudieran ser así, tan fuertes. Y otra cosa que me llama la atención es el color, como el de la canela. A ver, que sé cómo es su piel, pero es que ahora mismo tengo ante mí una extensión enorme, sin imperfecciones, salvo por algunos lunares dispersos y chiquititos como si lo hubieran espolvoreado con azúcar moreno. Y no sé si está en tensión, porque se le notan un montón de músculos que...

Hablando de músculos: a lo mejor debería centrarme en lo que se supone que debo hacer, antes de convertirme en una mirona de espaldas. Pero antes... Sin pensármelo mucho, aguanto la respiración y me meto las manos por debajo de la camiseta, sobre mi barriga calentita. Casi grito. ¿Qué le pasa a mi sistema circulatorio? ¿No había presupuesto para que me alcanzase a los dedos o qué? Como estoy tardando un poco, él se vuelve, de forma poco fluida por el dolor y haciendo que yo me tambalee sobre el colchón. Se queda mirándome el bulto bajo la camiseta.

—¿Qué haces?

—Calentándome las manos —le contesto e intento hacerle gracia añadiendo—: Los polos son para el verano.

Una chispa de algo le cruza la mirada, pero lo oculta enseguida, mientras se da la vuelta de nuevo. Mis manos ya no están tan frías, así que me echo una cantidad considerable de crema y comienzo a extenderla por la zona que me ha dicho. Tiene la piel muy caliente, y la temperatura de mis manos debe de resultarle un poco desagradable, porque se tensa muchísimo en cuanto lo toco. Espero que no sea peor el remedio que la enfermedad. Enseguida localizo la contractura, porque la inflamación salta de un lado a otro en cuanto paso los dedos por encima, llegando incluso a crujir. Esto tiene que dolerle una barbaridad.

Sin poder evitarlo, hundo mis nudillos en la zona afectada, lo que altera de forma considerable la respiración de César, pero yo aprieto con más fuerza. No soy una sádica, es que sé que, aunque ahora mismo esté viendo las estrellas, es lo necesario para desentumecer el músculo. De hecho, lo hago una y otra vez, ya no solo con los nudillos, sino con la palma de la mano y hasta con el antebrazo, porque la contractura es grande y necesita más fuerza de la que tienen mis dedos.

Me encanta dar masajes; Juan decía que se me daban muy bien. En realidad, lo que me gusta es recibirlos, pero cuando los doy soy capaz de imaginar lo que provocarían en mi espalda esos movimientos. En fin, es un proceso complejo de egoísmo generoso. Y sé con exactitud lo que está sintiendo César en este momento: un dolor agudo con un contrapunto de alivio. Quiere que lo deje en paz y que, al mismo tiempo, no pare nunca. Ese tira y afloja es lo que hace que, al cabo de unos minutos, note cómo el músculo se va relajando. Siento algo satisfactorio cuando lo veo echar la cabeza hacia adelante, descansando el cuello, relajándose al fin. Si continúo amasando la zona un poco más, es por compensar la parte dolorosa del tratamiento, porque sé que ya no puedo hacer más. Así que finalmente le doy una palmadita suave en el lugar afectado y digo:

—Vale; esto ya está.

Me levanto de la cama y la rodeo para verle la cara. César es tan grande que, él sentado y yo de pie, casi estamos a la misma altura. Continúa con los ojos cerrados, bastante tiempo, tanto que me asaltan dudas. ¿Se habrá mareado? ¿Lo habré dejado paralítico? Me inclino un poco hacia él para comprobar que esté bien y en ese momento abre los ojos. Entonces soy yo la que aguanta la respiración. Tiene la mirada diferente, brillante y... agradecida. Nunca había visto unos ojos tan oscuros como los suyos, pero hoy no son amenazantes, sino que, de una forma extraña, es un negro que desprende calidez; como si fueran una cueva donde cobijarse.

La cueva desaparece cuando él parpadea; al abrir los ojos de nuevo, ya no me mira a los ojos, sino a... mi boca. Y es en ese preciso instante cuando me doy cuenta de que estamos demasiado cerca, porque antes quería comprobar que estuviera bien... y ahí sigo.

¿Qué demonios estoy haciendo?

Me aparto con brusquedad y cojo su camiseta. Con una diligencia propia de una empleada de Zara, la doblo y se la tiendo.

—Toma, querrás ponerte esto.

Él tarda en levantar el brazo para cogerla, pero lo hace. Tengo ganas de salir corriendo hacia la habitación para evitar que se prolongue este momento incómodo, pero entonces él dice, con voz ronca:

—Gracias.

—No hay de qué, tú hubieras hecho lo mismo por mí —suelto atropelladamente.

Eso no es verdad. Probablemente, ni él se hubiera ofrecido ni yo me hubiera dejado. Pero ya está hecho, así que mientras se pone la camiseta me limito a hacer lo que más me apetece del mundo, que es perderlo de vista. Sin embargo, justo cuando voy a salir de la habitación, él dice:

—Dame veinte minutos y nos vamos.

Me giro hacia él, suspirando. Con camiseta, todo es más llevadero. Aunque esta no sea de ningún grupo de música, sino sencilla y de algodón, y se ciña un poco demasiado.

—Hoy no vamos a ninguna parte, César. No soy Cintia de Jesús y no he obrado ningún milagro; tu espalda te ha dado un aviso y tienes que descansar.

—Me encuentro bien. Llevaré la cámara más pequeña, que necesita un trípode y baterías que no pesan nada —insiste; le veo cerrar los puños, lo que no le viene bien a su espalda—. Me ducho y nos vamos.

No me quiere dar la opción de replicar, imponiendo su enorme envergadura al pasar por mi lado y obligándome a apartarme para ir al cuarto de baño. Pero la lleva clara. Ya que he pasado el mal rato de darle un masaje del todo inapropiado, no pienso provocarle una nueva lesión, a ver si se va a convertir en costumbre. Sin embargo, soy una experta en evitar los enfrentamientos directos, así que...

—Está bien, César, tú ganas: grabamos hoy, pero con una condición.

Él se vuelve, ceñudo. No se fía de mí ni un pelo y hace bien.

—Hoy nos cambiamos los roles —le digo acercándome a él con una gran sonrisa; después de todo, yo tengo la última palabra—. Tú llevas la libreta y yo me encargo de la grabación.

Lo bueno de que alguien sea tan silencioso como César es que si está enfadado (que lo está), no se nota (mucho). De todas formas, no puede quejarse, le estoy dejando llevar la cámara de un lado a otro, aunque yo cargo con el resto del equipo que, en efecto, es mucho más ligero que el que usa normalmente. No ha ayudado que, nada más salir, un hombre mayor con gorra se nos haya quedado mirando y haya expresado su parecer:

—Anda que no han cambiado los tiempos; ella cargada como una mula y él tan grande, con la camarita.

—Está malo, señor —le he contestado, para defender a un César al que he preferido no mirar.

—Bah.

A mi espalda, alguien desprende malas vibraciones, pero lo ignoro. De todas formas, cuento con unas aliadas inesperadas en Busquístar que sé que están haciendo las delicias de mi compañero. Millones de macetas salpican de colores un pueblo que parece haberse extraviado de la otra orilla del Mediterráneo. Casi palpo la impotencia de César por no poder grabarlas. Su cabezonería por tener que llevar el equipo no la entiendo, pero eso sí conmueve. Así que trataré de hacerlo muy bien para compensarlo.

Localizo un jardín de rosales variados y planto el trípode. Como estoy empleando la estrategia del avestruz, alargo la mano para que César me dé la cámara sin tener que mirarlo a los ojos, y él me la ofrece con una reticencia ofensiva. La coloco con soltura en la pletina y miro los botones para familiarizarme con el aparato. Fácil. Me dispongo a hacer balance de blancos, pero enseguida noto que algo va mal. Miro por el visor y no distingo nada. Está encendida, ¿no? ¿Qué pasa? Comienzo a agobiarme...

César se acerca y le quita la tapa al objetivo.

Leñe.

—Son los nervios. Te prometo que sé grabar —me defiendo.

Para mi sorpresa, él no se ríe de mí, sino que asiente.

—Ya lo sé. Y seguro que lo haces bien. Pero ¿podríamos hacerlo como siempre? —Y añade tres o cuatro segundos más tarde—: Por favor.

Casi sucumbo, porque no estoy acostumbrada a que

me pida las cosas de esa manera. Y aunque algo cálido se ha extendido por mi pecho, me cierro en banda. Soy un tronco, inflexible. Es por su bien.

—No. Lo siento por Busquístar, pero hoy grabo yo. —Echa los hombros hacia abajo, en señal de derrota, y yo siento una oleada de compasión—. Es que cuando te he visto hoy... César, soy una jefa horrible; no estamos respetando horarios de trabajo, vamos a lo bruto y estás así por mi culpa. Ayer grabamos durante siete horas seguidas, y atravesando un camino empedrado. A partir de ahora...

—A partir de ahora seguimos como siempre —me corta—. Esto no es un trabajo normal, lo sabía cuando lo acepté. No hay que fichar; si estamos en mitad de un sendero y acaba la jornada laboral, no vamos a interrumpirlo. Me gusta cómo lo estás gestionando. Me gusta que lo tengas todo previsto, pero también que te dejes llevar. Me gusta este proyecto y me gustas tú. Y ahora, ya que no quieres ceder, déjame que te enseñe a enfocar con esta cámara, no porque no sepas grabar, sino porque tiene truco y es complicado.

Empieza a manipular el aparato con soltura. Al mismo tiempo, emplea una serie de tecnicismos que no entiendo muy bien, pero al segundo tiene una rosa amarilla perfectamente encuadrada y me pide que le dé al Rec. Yo obedezco. Y después, cuando se aleja dando grandes zancadas y se sienta en un banco cercano echando humo, sigo grabando más planos. Me centro en un abrevadero y en una fuente, en el señor con un sombrero de paja y en las sillas dispuestas en la puerta de una casa. No paro de percibir estímulos y mi dominio de la técnica es precario, así que estoy muy concentrada en mi trabajo.

Pero de fondo en mi mente no para de reproducirse el clásico de Manu Chao *Me gustas tú*.

XX

«En Trevélez tocarás el cielo».

Sonrío al mirar el cartel, porque me encanta el juego de palabras, ya que nos encontramos en el pueblo más alto de Andalucía. El viento serrano me alborota el pelo y hace que eche en falta mi chaqueta. Delante de mí tengo la maravillosa visión de un pueblo que se agarra al pico más alto de la península ibérica. Es tan vertical que podría parecer peligroso, pero, una vez más, las casitas se adaptan a la pendiente con la misma naturalidad que lo haría un árbol o un río.

Es muy bonito, así que me alegro de que César ya esté recuperado y pueda ser él quien lo grabe. Esta mañana me ha jurado que se encontraba perfectamente, pero yo no me fiaba y le he obligado a enseñarme la espalda para comprobar que, en efecto, no había ni rastro de la contractura. Menos mal, porque no iba a poder contener al león un día más. Estaba segura de que si hoy se lo impedía, César, que, como siempre, tiene un poco cara de pirata (pero de los de película, no de los que tenían escorbuto), se me iba a amotinar. El caso es que ahora lo tengo delante, aferrado a su amada cámara (la grande), mientras capta una panorámica de Trevélez en este mirador situado a la salida del pueblo. Ha sido él el que ha sugerido que empezásemos por el final, y ha acertado.

En cuanto terminamos de recoger, nos metemos en el coche y vamos hacia la plaza del pueblo. Me acuerdo de Leo al pasar por delante de un cartel electoral. Estoy un poco preocupada porque esta mañana no me ha llamado y él no suele faltar... Oh, no. Parece que lo he invocado. Tengo el móvil conectado al manos libres del coche y en la pantalla aparece el nombre del diputado. Me niego a mirar a mi derecha, pero la temperatura del coche asciende unos setenta y cinco grados de golpe. Daría mi vida por cortar y llamarle después, pero no se me ocurre ninguna razón objetiva para hacerlo, así que descuelgo.

—¿Sí? —digo con la misma alegría que si estuviera en el corredor de la muerte.

—¿Cómo está mi reina de las Alpujarras?

No estoy segura al cien por cien, pero creo que he escuchado una arcada a mi lado. Yo me afano en bajarle el volumen al teléfono, porque Leo tiene la costumbre de hablar como si estuviera en una plaza de toros a rebosar de gente con banderitas ondeantes. Aun así, se escucha altísimo.

—Bien, todo bien. Estamos en Trevélez —digo corriendo para llegar a la parte importante—, y te tengo en manos libres, porque vamos en el coche.

—Ah, entonces, ¿me está escuchando César? —pregunta Leo, y yo me pongo tan nerviosa que solo soy capaz de asentir con la cabeza—. ¡Hola, César!

Tampoco es que conozca a Leo de toda la vida, pero lo ha dicho con tantísima alegría, como si fueran colegas desde el colegio, que sé que lo hace para provocarlo. Por supuesto, el cámara no dice nada, lo que me hace a mí soltar, como una idiota:

—¡Hola! —Dios mío, estoy viendo ya la plaza a la que nos dirigimos, pero parece estar tan lejos como Cincinnati—. Bueno..., ¿qué te cuentas?

—Pues te cuento lo de todos los días. Ya hemos redactado el desglose del programa electoral para la provincia, pero no paro de tener reuniones con todo el mundo, reuniones en las que la gente pide, pide y pide más. Y yo prometo, prometo y prometo más.

—Claro, por prometer que no quede —repone César, con voz alta y clara.

—¡Vaya! ¡Eso suena... interesante! —digo yo casi al mismo tiempo, para intentar tapar lo que ha dicho César.

A lo mejor lo he conseguido, porque Leo se ríe.

—Qué mala política serías, Cintia, siempre te lo digo. Sé que piensas que es aburrido, pero no está tan mal. Eso sí, ayer mi madre me dijo que podría poner un parquecito al lado de su casa y la mandé a paseo. —No puedo evitar reírme, a pesar de que hay buzos profesionales que jamás han sentido una presión parecida a la mía ahora mismo—. Aunque si me amenaza con dejar de hacerme la comida, supongo que tendré que ceder, al final.

—Eso es prevaricación —informa César, porque de repente es experto en el código penal.

—¿Qué? —pregunta Leo.

—Nada, nada —intervengo yo, mientras le lanzo una mirada de advertencia a César; me sorprende lo que veo en su cara porque hacía tiempo que no aparecía ese gesto destructor—. ¿Cuándo empieza la campaña? Aquí estamos algo desconectados.

—En tres días arrancamos, *nena*.

Nunca había visto a nadie abandonar un coche en marcha, creí que eso solo lo hacían los héroes en las películas de acción, pero, por lo visto, también pueden hacerlo los cámaras cabreados. Menos mal que no iba muy rápido y que ya estamos al lado de la plaza a la que nos dirigimos, pero, aun así, lo miro para comprobar que ha aterrizado bien. Ha aterrizado estupendamente. Como he parado el coche por precaución, él aprovecha para sacar el trípode y la cámara con gestos bruscos. Y finalmente cierra la puerta tan fuerte que dudo que alguna vez podamos abrirla de nuevo. Me centro en lo que Leo me está contando.

—... una entrevista para una revista que no sé cuál es, pero que tiene difusión en el ámbito nacional. Así que me tengo que ir ya, preciosa. Hoy es que no he podido ni ir al gimnasio, pero mañana te llamo a la hora de siempre. —Hace una pausa y añade con sorna—: ¡Chao, César!

—No, ya no está, se ha... bajado. —A lo Tom Cruise, pero no lo especifico—. Pues hasta mañana, entonces; que vaya bien la entrevista.

—Seguro que sí; cuídate, preciosa. —Y cuelga.

Si me quisiera cuidar, daría media vuelta y me iría bien lejos. Lo cierto es que me cambiaría por cualquiera ahora mismo, incluso por el bicho verde de ojos saltones que escala por la ventanilla de mi coche. Pero como eso no va a suceder, me conformo con no encontrar nunca aparcamiento y posponer el mal rato hasta la eternidad. Por supuesto, un autobús se marcha justo ahora y me acaba de dejar un huequito libre. Pues nada, allá vamos.

César está de espaldas; hoy lleva una camisa de cuadros a modo de chaqueta y unos vaqueros negros rotos. Aunque es temprano, ya se le han salido varios mechones de la coleta, lo que siempre le confiere un aspecto un poquito salvaje que ahora mismo preferiría evitar. Me encojo cuando escucho el terrible crujido que hace el trípode cuando coloca encima la cámara, su adorada cámara, porque eso no presagia nada bueno. Se pone a grabar inmediatamente, pero... ¿se habrá dado cuenta de que está delante de un contenedor?

Podría demorarme un poquito si voy al maletero a buscar mi chaqueta, porque hace un poco de biruji, pero decido ser valiente y me dirijo hacia él. En realidad, no tiene razones objetivas para enfadarse, yo no he hecho nada malo. Tengo la razón de mi parte, lo que siempre es un plus. De pronto, se gira y me atraviesa con su mirada negra azabache y el plus estalla como una pompa de jabón.

—¿Hablas con él todos los días? —me pregunta.

¿Así va a comenzar esta discusión? Pues vale.

—Eeeh, ¿sí?

—Pero nunca delante de mí —especifica.

—A ver, no ha sido algo premeditado —a lo mejor esto no es verdad del todo—; simplemente le dije a Leo que era mejor que hablásemos muy temprano para...

«Evitar que me montaras una escena como esta», pero eso me lo callo.

—Para ocultármelo.

—No, o sea...

—¿Cómo era eso que me dijiste ayer? Que ocultar información era como mentir, ¿no? —Se acerca a mí, tanto que tengo que inclinar la cabeza hacia arriba, y cuando habla no alza la voz, no le hace falta—. ¿Y sabes por qué me mientes, Cintia? Me mientes porque te da vergüenza que sepa que te has liado con un tío lamentable.

Antes de pensar en la respuesta correcta, ya estoy gritando.

—¡Leo no es lamentable! ¡No me hables así! ¡Además, yo no me he liado con nadie! Él y yo solo estamos... intentándolo, pero despacio, y... ¿sabes qué? Que no tengo que darte ninguna explicación sobre mi vida personal porque no te afecta en absoluto.

Se produce otro de los célebres parpadeos de César, como si le hubiera dicho algo muy ofensivo. Por otra parte, creía que ya no podíamos estar más cerca, pero está claro que me equivocaba. Ahora, con el paso que acaba de dar, ya sí es físicamente imposible.

—Claro que me afecta. —Trago saliva y él sigue hablando—: Es mi trabajo también. Lo estás poniendo en peligro. Parece mentira que no sepas cómo funcionan los políticos, con la experiencia que tienes y lo inteligente que eres.

Ojalá fuera más alta, para igualar la situación. Pero no lo soy, así que intento suplirlo hablando con contundencia.

—¿Por qué piensas que soy tonta, César? ¿Por qué parece que te importa a ti más que a mí un proyecto que he puesto en marcha yo y que...?

—¡Hombre, César! ¡Qué alegría! ¿Pero cómo no me has avisado de que estabas aquí?

Un hombre de nuestra edad se cuela de pronto en la discusión y le da un abrazo a César. A mí me entran ganas de apartarlo de malas maneras por interrumpirnos; sin embargo, en cuanto veo la reacción de César, me quedo petrificada. Le está devolviendo el abrazo, pero no como hacen todos los tíos, al estilo de «Yo, Tarzán; tú, Chita», no; le da un abrazo corto, sentido y apretado. Cuando se separa, le dice:

—Jorge, tío, qué alegría verte.

Como todo lo que dice César, suena con una sinceridad aplastante. Es decir, no es una frase hecha; es que se alegra de verdad. Me conmovería si no fuera porque aún tengo ganas de zarandearlo. Entonces el tal Jorge le responde, también emocionado:

—¿Sabes que Lucía se va a poner hecha una furia cuando sepa que no nos has dicho que venías, no?

—Nos vimos hace nada; además, es que no tenía tiempo de visitaros, estoy trabajando. —De pronto parece acordarse de mí y me mira; toda la alegría que le había provocado el encuentro con su amigo se esfuma y es reemplazada por su ya conocida frialdad—. Ya sabes, con lo de los reportajes de la Alpujarra que te conté.

—Ah, sí, el trabajo que parecía hecho a tu medida —asegura Jorge, mientras se vuelve hacia mí; qué pedazo de sonrisa tiene este hombre, me está resultando imposible seguir odiándolo—. En fin, tú debes de ser la famosa Cintia; su jefa, ¿no?

—No; es decir, sí que soy Cintia, pero que no soy su... su... su nada.

Estoy casi segura de que César ha puesto los ojos en blanco, pero la carcajada que se le escapa a Jorge hace que le dedique toda mi atención al desconocido. El

individuo en cuestión no es muy alto, tiene el pelo castaño y los ojos del mismo color, pero hay algo que le
hace brillar: el gesto de buena persona que invade todos
sus rasgos. Y no para de sonreír. ¿Cómo pueden ser amigos estos dos? Después de mirarme unos segundos (los
mismos que yo a él, claro), achina los ojos y dice, con voz
suave:

—Eres su compañera, al menos. —Yo me encojo de
hombros porque sigo emberrinchada, pero entonces
me abraza mientras me dice que se llama Jorge; no era
consciente de que tenía muchísimo frío y hasta lo echo
de menos cuando se separa de inmediato—. Te preguntaría cómo llevas trabajar con este sieso, pero me parece
que intuyo la respuesta.

—Pues lo llevo regular, la verdad —le respondo, cruzándome de brazos y reprimiendo un escalofrío. ¿Quedaría raro que le diga al desconocido que me abrace otra vez?

—Bueno, estarás contento, César —dice volviéndose
a mi cámara/ogro—. Es muy sincera.

—No siempre. —Ha cambiado el tono, ahora me mira
de otra forma que me hace pensar que la discusión ya
no le interesa; me desconcierta ver que se quita la camisa y me la tiende—. Póntela; tienes frío.

Mi orgullo me dice que la rechace; mis pezones du-
ros como el diamante, que me deje de chorradas. Los
pezones pueden resultar muy convincentes. Alargo la
mano, no sin antes preguntar:

—Pero ¿y tú?

—Estaré bien —responde.

Me pongo la camisa de César, que está muy calentita
porque él, además de cámara y doble de Mr. Hyde, podría ser horno en sus ratos libres. Por no hablar de que
huele de maravilla, a bosque y a limpio; es demasiado
tarde cuando me descubro con los ojos cerrados esni-
fando ese olor sencillo y reconfortante. Cuando los abro,
enfoco a César, al que parece habérsele olvidado el rifirrafe número un millón que acabamos de tener, y luego

a Jorge, que, por supuesto, está sonriendo mientras suelta, por lo bajini:

—Qué interesante. —Da una palmada y me dice—: Bueno, Cintia, ¿qué necesitas grabar en mi pueblo? Acabo de decidir que mi farmacia puede prescindir un día de mis servicios y que mi ayudante Teresita ya está suficientemente preparada para sustituirme. Si te interesa, me tienes a tu entera disposición para todo lo que necesites.

—¿De verdad? ¡No me lo puedo creer! —exclamo dando saltitos—. ¡Cómo ha mejorado el día en un minuto! Tengo una *camisamanta* y un cicerone. Además, te expresas muy bien y tienes muy buena presencia, seguro que quedas genial en cámara.

—Escucha, César, lo que dice tu jefa —le dice a su amigo señalándose a sí mismo—. Tengo muy buena presencia; es decir, que piensa que soy guapísimo, ¿tú crees que eso iguala el marcador, por fin?

—Lo que creo es que deberías llamar a Lucía, a ver si puede escaquearse también, porque ella sí que es guapa y se expresa a la perfección, no como tú, que eres un paleto —repone el cámara.

—Uy, habló el que nació en la Gran Vía de Colón, vamos... —contrataca el farmacéutico.

Siguen hablando mientras César le coloca el micro de corbata y yo los miro como si estuviera en un partido de pimpón. Están empleando el lenguaje de los amigos, cargado de referencias que son imposibles de interpretar para mí, pero no me siento fuera de lugar porque los dos me lanzan miradas de complicidad. Sí, también mi hosquísimo compañero de aventuras trata de incluirme. Y de pronto siento una curiosidad insólita por saber más detalles de su vida, por conocer cómo ha terminado siendo como es. Complicado. Con capas. Imprevisible. Desagradable. Atento, a veces.

Y también tengo curiosidad, me da coraje reconocerlo, por conocer a Lucía, porque César ha dicho que es guapa y me ha resultado chocante. Hasta he sentido una punzada de envidia, porque debe de ser alguien deslumbrante para atravesar la coraza de este hombre. A ver, que me dijo que yo le gustaba, pero creo que fue un error a la hora de expresarse, o tal vez se refería a algo parecido a que te gusten los ponis o la *Macarena*. ¿Cómo será César enamorado? ¿Le mandará cabezas de caballo a las chicas con las que sale? ¿Las invitará a un concierto de AC/DC de esos en los que el cantante debería de moverse con bastón? ¿O les regalará flores cuyo nombre conoce con exactitud?

—Cuando quieras —dice César.

—¿El qué? —respondo, saliendo de mis profundas y absurdas cavilaciones.

—Que cuando quieras dejas de mirarme como si fuera un sudoku y empiezas a entrevistar a Jorge.

—Ah, sí, claro.

Jolín. Espero no haber estado mucho tiempo absorta en mi contemplación, pero las dos cejas levantadas de Jorge no me hacen ser optimista. Qué más da. Carraspeo.

—Bueno, Jorge, farmacéutico de Trevélez. ¿Cómo es tu pueblo?

—Sencillo —responde, sin pensar—. Vivimos en uno de los lugares más altos de España y hay que atravesar una carretera infernal para llegar aquí, lo que lo hace algo inaccesible, pero como lo son todas las cosas que merecen la pena en la vida. —Durante un segundo temo que vaya a parar porque ha desviado la mirada hacia su amigo, pero enseguida retoma su discurso—: Y quien llega a Trevélez encuentra un tesoro. El de la tranquilidad. Mira, aquí todo es práctico y fácil de entender. Tenemos tres barrios, ¿verdad? ¿Cómo crees que se llaman? Barrio Alto, Barrio Medio y Barrio Bajo. ¿Y sabes cómo se llama una de nuestras calles principales? Cuesta. Y vaya si cuesta. No podemos olvidar que estamos encaramados al pico más alto de la península, el Mulhacén, que debe su nombre al rey Muley Hacén.

Él pidió ser enterrado en un lugar precioso, apartado de la gente, y aunque al pobre no se le concedió ese honor (sus restos descansan en la Alhambra), sí le dio su nombre a esta montaña tan impresionante. Y si la historia te da igual y no es suficiente para venir, pues..., ya sabes..., ¡hínchate de comer jamón de Trevélez, famoso en el mundo entero!

Me quedo tan pasmada, porque lo ha hecho tan bien, que arranco a aplaudir, lo que provoca que Jorge se sonroje. Pero es que no ha hecho falta ni que le pregunte. Me pongo otra vez a pegar saltitos (hoy me ha dado por ahí), y cuando me giro hacia César lo pillo observándome con una sonrisa tan franca que hace que me detenga de inmediato, porque nunca le había visto esa expresión. Él parece sorprendido porque haya abandonado mis ridículos botecitos, y como si quisiera que los reanudara, me dice:

—Qué bien lo ha hecho el capullo este, ¿eh? Siempre igual, se las lleva a todas con su labia.

Yo solo soy capaz de asentir mientras me planteo la posibilidad de decirle: «Oye, César, ¿tú sabes que hay una cosa que se llama trastorno bipolar y que requiere medicación?». Al mismo tiempo, Jorge está entusiasmado contándome que, desde hace poco, cada barrio de Trevélez tiene una de las casitas que aparecen en el cuento de *Los tres cerditos* (la de paja, la de madera y la de ladrillos), para que los niños se entretengan buscándolas mientras recorren el pueblo. Lo dice mientras se intenta quitar el micro a tirones, y yo acudo a ayudarle por si ha olvidado que su amigo es un poco quisquilloso con su equipo. Aprovecha que estoy cerca de él para comentarme algo indeciso:

—Cintia, se me acaba de ocurrir... ¿Y si os quedáis esta noche a dormir en nuestra casa? Es que Lucía sale tarde de trabajar y, si no, apenas va a tener tiempo de ver a César. Vamos, que entiendo que no te apetezca meterte en la casa de unos desconocidos, que además no es que sea una mansión, pero a nosotros nos encantaría. Estoy dispuesto a cocinarte además un plato típico de la zona, e incluso podrías grabarme y...

—Jorge —le interrumpo, porque temo que me ofrezca a su primogénito si sigue hablando—. Te iba a decir que sí en cuanto me lo has propuesto, no tienes que sobornarme más.

Él, cómo no, sonríe. Y después se dirige a César.

—Es maravillosa, César. Ma-ra-vi-llo-sa.

Está de cachondeo, claro; seguro que César me había retratado como una tirana y le sorprende que sea una persona normal. Negando con la cabeza, agarro la mochila y me dirijo al coche, porque no quiero escuchar la terrible contestación que puede salir de la boca de mi compañero, algo como: «Eso es porque no la conoces» o incluso: «Le dieron el carné de conducir en una tómbola». Me pongo a hacer mucho ruido adrede, abriendo el maletero, recolocando las cosas, metiendo el trípode..., un concierto de sonidos que tapan tres palabras que segurísimo he entendido mal.

—Ya lo sé.

XXI

—¡¡César!! ¡¡Dos veces en una semana, qué alegría!!

Esta mujer que ha volado hacia los brazos de César y que debe agradecerle a Dios que él tenga buenos reflejos y la fuerza de los Masters del Universo debe de ser Lucía. Ha sido todo tan rápido que apenas he tenido tiempo para distinguir unos ojos azules preciosos y un pelo castaño claro recogido en una coleta alta que parece tener vida propia. Y también me he fijado en otra cosa: comparte con su marido el mismo gesto amable y conciliador. César también la estrecha a ella con fuerza. Tanta fuerza que temo que le haga daño. Será por eso que me pongo a mirar hacia otro lado, sintiéndome un poco violenta.

—Eh, eh, ya está bien —interviene Jorge, con voz divertida—. Que vosotros dos tenéis un pasado.

Lucía se aparta un poco, pero no se suelta. Vaya, ella es bonita de verdad. Y tiene una voz cantarina cuando le responde a su esposo:

—No te pongas celoso; sabes que al final te elegí a ti. E hice bien, porque menudo despegado estás hecho, César. —Lucía le hace un mohín a su amigo, mientras continúan agarrados; a lo mejor deberían dejar de hacerlo, ¿no? Por Jorge y tal—. ¿Así que te plantas en nuestro pueblo y no nos dices que estás aquí?

—Sabes que he estado ocupado —le responde él con

una suavidad insólita—. En cuanto termine de grabar los reportajes, me vengo un par de días a daros la lata por aquí.

Me invade una tristeza inexplicable. Se le ve tan suelto, tan cómodo, tan... agarradito a su amiga. Amiga que de pronto se vuelve hacia mí, como si acabara de reparar en mi presencia. Yo aguanto la respiración. Pero solo un segundo. Porque tiene unos ojos tan azules como expresivos y solo percibo cosas buenas en ellos. Y una especie de aprobación que no sabía que necesitaba.

—Perdona, qué maleducada soy —dice separándose al fin de César; se acerca a mí y me da dos besos efusivos a los que yo respondo de igual manera—. Tú debes de ser Cintia. César no para de hablar de ti.

—No, pero... —Me pongo colorada con violencia; a saber qué les ha contado—. Te aseguro que soy una buena persona.

Se hace un silencio, que es interrumpido primero por la carcajada de Jorge y luego por otra muy parecida de Lucía. Miro a César, que se ha cruzado de brazos y que me mira con fijeza. ¿Alguien me puede explicar qué pasa aquí? Cuando el matrimonio deja de desternillarse, Lucía es la que habla:

—Por supuesto que eres una buena persona. César nunca elegiría trabajar con alguien que no lo fuera. —Definitivamente, él no sabe que le llamaba *Siesar*, gracias al cielo—. Bueno, vamos a hablar de temas prácticos. ¿Por qué estáis en la cocina? —Se vuelve hacia Jorge—. ¿Les has enseñado ya la casa? ¿Les has explicado las opciones que tienen para dormir?

—Eh, no...

—Ya veo, te has limitado a cortar jamón y a servirles vino; menudo anfitrión estás hecho...

—Ha cortado muy bien el jamón —me veo en la necesidad de decir—. Y tenéis una cocina preciosa. Y unas copas de vino enormes que deben de ser dificilísimas de almacenar.

Estoy nerviosa. Cuando estoy nerviosa digo tonterías. Por fortuna, Lucía acude en mi auxilio.

—Lo son; pero aquí el caballero no escatima en gastos en lo que a comida y bebida se refiere —dice pasándole un brazo por la cintura a Jorge.

—Mujer, para una afición que tengo...

César carraspea y añade:

—Y que tengas toda la sección del Decathlon dedicada a senderismo y acampada, los cromos de fútbol de Panini, la colección de hierbas medicinales...

—¡Eso es por trabajo! —se defiende Jorge.

—Los DVD de *Friends*, la incursión breve pero intensa en el mundo de la filatelia, los discos de vinilo aunque no tenemos tocadiscos... —continúa enumerando Lucía.

—¡Vale, vale! ¡Soy un tío inquieto y vosotros unos muermos! Seguro que Cintia tiene alguna afición original, ¿verdad?

—Pues... —Sí, sí la tengo, pero ¿la digo? Venga, allá vamos—: Tengo treinta y cinco ejemplares de *El principito* en diferentes idiomas. No sé si te vale. La empecé con mi padre, porque, como era mi libro preferido, me traía una edición diferente cada vez que viajaba. No es que lo hiciera mucho, porque tenía que cuidarnos a mi hermana y a mí, pero... Luego la he ido ampliando yo por mi cuenta.

Me encojo de hombros y nadie dice nada durante unos cuantos segundos. Tenía que haber hablado de mi colección de azucarillos, que es más normal. Es Jorge el encargado de romper el silencio:

—Acabas de dejar a la altura del betún mi colección de copas de balón, lo sabes, ¿no?

El matrimonio se ríe y César... sigue mirándome. Casi puedo oír los engranajes de su mente añadiendo una pieza que no encaja en el puzle que tiene de mí: la de que tengo sensibilidad. Si me dejara, se la mostraría más a menudo, pero con el tipo de relación que tenemos, a veces es imposible. Como si se percatara del duelo de miradas que estamos protagonizando, Lucía decide intervenir y me dice:

—Lo que estaba diciendo antes de este inciso es que me tenéis que decir si preferís dormir uno en el sofá y otro en la habitación de invitados, que cuenta con dos camas separadas, o...

—El sofá es terriblemente incómodo —apunta Jorge—. Lo sé por experiencia; aquí la señora lo compró como instrumento de castigo para que quedase claro que, si dormía ahí, era por algo.

—A lo mejor solo les queda la opción de la habitación porque esta noche el sofá, al final, está ocupado —le responde Lucía con una sonrisa peligrosa.

Están de broma, pero de todas formas intervengo:

—Dormiremos en la cama de invitados. Digo, en la habitación, en la habitación de invitados. —Miro a César, porque, aunque Lucía me estaba hablando a mí, es una decisión que nos concierne a los dos—. Vamos, si a ti no te importa compartir la habitación conmigo. Lo mismo prefieres que estemos separados, en cuyo caso lo echamos a suerte. O no, directamente duermo yo en el sofá, porque la fortuna y yo somos como...

—Claro que no me importa —me corta él con tanta brusquedad que, si hubiera añadido un insulto, no me hubiera extrañado.

No es cosa mía; se ha hecho el silencio otra vez en la cocina. Todo el buen ambiente que reinaba hasta hace dos segundos se acaba de evaporar. De nuevo es Lucía la que acude al rescate, dirigiéndose a mí:

—Oye, Cintia, ¿te apetece darte una ducha? Ven, que te enseño la casa y la habitación, para que deshagas la maleta. Creo que te gustará porque la hemos reformado. Los anteriores dueños usaban ese cuarto para curar jamones, pero nosotros la hemos aislado y ahora es muy calentita. En Trevélez casi todas las viviendas tenían antes una, ¿sabes?

Me ha cogido del brazo y me está enseñando la casa —que tiene un diseño tradicional, pero con muebles modernos—. Ese dato de las habitaciones es muy interesante, que no se me olvide apuntarlo en la libreta. En realidad, quiero prestar atención a todo lo que me dice, y yo me centro tanto en escucharla que casi no le doy vueltas a qué le habrá llevado a César a ponerse así. Casi.

La ducha, calentita y con hidromasaje, me ha sentado fenomenal. Me he secado el pelo, pero como aún está un poco húmedo, me lo he dejado suelto. Me he puesto un jersey fino con un estampado de tréboles chiquitines de cuatro hojas y mis vaqueros acampanados. Voy cómoda, calentita y de buen humor. Ni el mismísimo César va a conseguir arrancarme mi sonrisa. Espero.

Un aroma delicioso me golpea en cuanto abro la puerta de la cocina. Enseguida me encuentro con una escena idílica. Lucía, muy sonriente, está haciendo una ensalada con unos tomates del tamaño de la cabeza de un bebé. César está terminando de grabar a Jorge, que acaba de meter unas cuantas truchas rellenas de jamón en el horno. En cuanto me ve, apaga la cámara y se acerca a mí.

—He grabado todos los pasos de la receta, por si te apetece incluirlo en el reportaje. —Yo asiento, pero no digo nada; al parecer mi enfado no se ha colado por el desagüe, tal y como pensaba—. Sobre lo de antes...

Tenemos una ilusión de falsa privacidad, porque la cocina de Lucía y Jorge es grande, y ellos están atareadísimos. Él está arrastrando la silla de izquierda a derecha y viceversa, y ella está mirando con interés un libro de cocina que si le diera la vuelta sería mejor, porque está al revés. Me centro de nuevo en César, que lleva el pelo suelto y está intentando en vano metérselo tras la oreja. Me entran ganas de ayudarle en su cometido, pero no lo hago porque sería raro y porque sigo enfadada con él. Así que endurezco el tono y le digo:

—¿Qué pasa con lo de antes?

—Te quería pedir perdón, porque no te he hablado bien, pero es que has dicho algo tan tonto que me he ofuscado.

Escucho a alguien chasquear la lengua; Jorge, creo.

—A ver, César —me pellizco el puente de la nariz—, si te estás disculpando, a lo mejor no deberías decirme que he dicho una tontería.

—Pero es que es verdad. ¿Cómo puedes pensar que yo tenga algún inconveniente en dormir en la misma habitación que tú? —dice, alzando la voz.

—¿Me lo preguntas en serio? —digo pegándome un tirón del cuello del jersey que, por desgracia, es de los que pican—. Esta mañana, si Jorge llega a aparecer medio minuto más tarde, Trevélez hubiera acogido su primer combate de lucha libre en la plaza del pueblo. ¡Te has puesto como un energúmeno con la llamada de Leo!

—Porque tengo razón; pero olvidemos a ese impresentable ahora mismo. —Abro la boca, pero él continúa—: Lo que quiero decirte es que hay quien piensa que me estoy portando como un gilipollas contigo porque estoy haciéndote creer que me caes mal cuando no es así. Incluso en la tele, cuando te oía llamarme *Siesar* a grito pelado en redacción, ni siquiera conseguía que me cayeses mal. —Hace una pausa y me mira a los ojos con intensidad—. Eres divertida, imprevisible, amable y dulce. Y encima eres preciosa. ¿A qué hombre le importaría compartir habitación con alguien así? A ninguno. Pues yo no soy la excepción. Es tan obvio que me ha parecido ridículo que me lo preguntaras y por eso he reaccionado así, no por ningún otro motivo. Y ahora, si todo ha quedado aclarado, me gustaría cenar, porque tengo hambre.

Hala. Solo soy capaz de asentir, y de una forma poco fluida. Sin embargo, para él debe de ser suficiente, porque coge la ensalada y sale de la cocina, como si nada. Yo miro a sus amigos, que, a decir verdad, no parecen demasiado sorprendidos, como si ya estuvieran acostumbrados a estos estallidos de César. Con toda la tranquilidad del mundo, Jorge levanta su copa y dice:

—Por la sinceridad.

Lucía se ríe, mientras bebe un sorbo de vino, y yo cojo una tercera copa, que supongo que será de César, pero me da igual, y le pego un gran buche.

Sin decir nada (¿qué voy a decir?), nos vamos también nosotros al salón. Allí enseguida fluye la conversación entre los tres amigos, y a mí me cuesta seguirles el ritmo, porque no estoy acostumbrada a recibir panegíricos como el que mi compañero acaba de soltarme y mi cerebro quiere regodearse en él. Mientras Lucía relata un caso de infarto que terminó siendo gases, yo no paro de pensar en cosas como que sí sabía lo de *Siesar*. Pero lo mejor ha sido lo de divertida, imprevisible, amable y dulce. No, no es cierto, lo que hace que se me encoja el estómago, porque eso sí que no me lo esperaba en absoluto, es que me haya dicho que soy preciosa. Eso sí que...

—El otro día vi a Andrea.

Ha sido Jorge el que ha dicho esa frase; y no ha elevado el tono de voz ni nada por el estilo, pero el silencio que se ha generado justo después se ha hecho tan pesado que ha disipado la nube de brillantina en la que me hallaba envuelta. Miro a César, a mi izquierda. Sigue masticando, como si nada. Pero irradia tanta tensión que no me extrañaría que las ventanas temblasen a nuestro alrededor.

—Jorge, déjalo, anda —apunta Lucía, negando con la cabeza.

—No, mujer, si lo digo porque la noté muy desmejorada —repone Jorge—. Vamos, ya sabéis que ella se cuida muchísimo, pero desde luego no está en su mejor momento. ¡Creo que ni siquiera llevaba las uñas pintadas!

César coge la servilleta y se limpia, como si nada.

—Bueno, eso ya no importa nada en absoluto. Me da

igual lo que haga con su vida. Incluso podía vivir sin la información de que ahora lleva las uñas sin pintar.

Uf, ese tono...; lo siento, Jorge, pero menos mal que lo está empleando contigo y no conmigo. Aunque su amigo parece inmune a la gelidez de César.

—Lo único que quiero transmitirte es que, si a mí me sucediera lo que a ti, me encantaría oír que ella está hecha polvo, y eso es lo único que estoy haciendo.

—Ya, y yo te conozco desde hace muchos años y sé que no es verdad, que lo dices porque crees que es lo que necesito oír, así que mejor te callas y...

—Cintia, ya que Jorge ha cocinado, ¿te parece bien que vayamos nosotras a recoger y a fregar los platos? —me dice Lucía, y a mí me parece escuchar la trompeta del Séptimo de Caballería.

—Sí, por favor. —Me levanto de golpe, deseosa de huir de la escena—. Te ayudo encantada, Lucía.

Ya en la cocina, ambas llegamos a un acuerdo tácito de que ella enjuaga y yo coloco las cosas en el lavavajillas. Cuando tras meter una cacerola y tres platos de la forma menos inteligente posible ya he ocupado la totalidad de la bandeja de abajo, revisamos el acuerdo y nos cambiamos las posiciones. Estoy frotando con diligencia la bandeja del horno cuando Lucía me dice:

—¿César te ha hablado de Andrea?

—Es que César me cuenta muy poco de él, la verdad. Casi siempre soy yo la que habla —le confieso con amargura, pero luego recuerdo que estoy criticándolo con su mejor amiga y añado—: Pero, vamos, que no me quejo, que es muy... guay.

Por Dios, si hay una palabra que define fatal a César, es guay. A Lucía, de hecho, le entra la risa floja y casi se le escurre un vaso de las manos.

—No te preocupes, Cintia. De verdad que entiendo que César te tenga desconcertada. Siempre ha sido especial; desde que lo conozco tiene las ideas muy claras, con una brújula muy fiable para saber distinguir lo bueno de lo malo. Y en el momento en el que detecta una injusticia, la combate, no es capaz de mirar a otro lado.

—Eso es verdad. El otro día no paró hasta que un frutero me devolvió el dinero que había pagado por unas naranjas que resultaron tener unos gusanitos pequeñitos pero abundantes, sobre todo las del fondo de la bolsa.

—Exacto. —Se ríe otra vez, pero empieza a secarse las manos como si fuera a operar a un paciente, y sé que se ha puesto nerviosa—. Yo..., bueno, nosotros estuvimos saliendo hace mucho tiempo, ¿sabes? Éramos amigos desde el colegio y, al pasar al instituto, me enamoré perdidamente de él. Es que... es único. Cuando se abre, cuando te deja entrar, te sientes una privilegiada. Y segura. Y valiosa. Es generoso y... quizá te sorprenda, pero es muy divertido, con un sentido del humor particular y hasta arisco, pero genial.

Tengo la boca seca. Mi imaginación solapa la imagen de la mujer que tengo delante con la de César, ambos mucho más jóvenes. Y no sé por qué, me los imagino enrollándose, como uno se enrolla a los quince años, que se te va la vida en ello... Me doy un manotazo mental para ahuyentar la imagen desagradabilísima que acabo de crear. Hace mucho tiempo que no me lío con nadie y no me viene bien recrear ese tipo de escenas, eso es todo.

—Bueno, ¿y qué pasó? —Hala, qué borde he sonado, ¿no? Enseguida rebajo el tono—. Está claro que no seguís juntos.

—Pasó que..., cuando llevábamos apenas dos meses juntos, me invitó a tomar algo y me dijo: «Lucía, lo he intentado, pero no estoy enamorado de ti. Sin embargo, eres mi mejor amiga y una de las personas que más quiero en el mundo. ¿Cómo lo hacemos para que esto acabe bien? ¿Necesitas maldecirme? ¿Pegarme? ¿Distanciarte de mí un tiempo? Yo haré todo lo que me pidas, pero, por favor, no te alejes de mí porque no sé si podría superarlo».

—Guau. Eso es... —¿terrible? ¿Precioso? ¿Inasimilable?— muy César. ¿Y qué hiciste tú?

—Lo mandé a la mierda —afirma, tajante—, porque eso era lo que necesitaba hacer. Y luego pasé de él durante una temporada para curarme las heridas, pero... ¿Sabes? Si en las rupturas se elimina el componente de odio, y yo no podía odiarle porque no había jugado conmigo, ni me había engañado, ni ninguna otra cosa reprochable..., es más fácil. Así que volví a hablarle porque lo echaba de menos. Además, pese a su apego por la verdad, no protesta cuando decimos que fui yo la que le dejé a él, lo cual, viniendo de don sincero, tiene mucho mérito. Pero lo definitivo fue que, al cabo de unos años, César me presentó a un amigo que se llamaba Jorge con el que conecté desde el principio. Con César la vida me parecía emocionante; con Jorge, amable. Y ahora me alegro de no haberme emparejado con *Siesar*.

Ahora soy yo la que suelta una carcajada, pero Lucía se pone seria antes de continuar:

—El caso es que..., al poco tiempo de que Jorge y yo comenzáramos a salir, César conoció a una chica mientras estaba trabajando para una campaña de publicidad en verano. Es modelo y se llama Andrea. ¿Recuerdas lo que te he dicho antes de que César sabía distinguir muy bien entre el bien y el mal? Bueno, pues con Andrea el radar se le escacharró por completo. Es verdad que es guapísima, pero guapísima en plan... No sé cómo explicarte, es deslumbrante. Alta, rubia, ojos azules..., preciosa.

Vale, Lucía, ya lo pillo. Es un ángel de Victoria's Secret. Continúa con el relato, por favor.

—Empezaron a salir y César parecía otro. Yo lo miraba y no me lo podía creer: podía parecer un cambio positivo; con ella se mostraba más risueño, más hablador, menos riguroso..., dentro de lo que cabe, claro. Pero es que... ¡no era él! Hasta comenzó a peinarse bien y a cuidar su vestuario, cuando él siempre ha sido un poco...

desastre maravilloso, ya me entiendes. No sé. Jorge y yo se lo decíamos, pero no nos hacía caso.

—¿Y entonces?

—Entonces, después de dos años de una relación con muchísimos altos y bajos, se comprometieron. —Aguanto la respiración; César casi se casó con Jennifer Lawrence, al parecer; mis manos frías están a punto de cristalizar—. Pero poco antes de celebrar la boda, él la pilló en la cama con otro. Fue terrible.

Me he llevado las dos manos a la boca. Y así es como me descubre César, que acaba de entrar a la cocina. No sé qué expresión tengo en la cara, pero enseguida se acerca y me pregunta:

—¿Qué te pasa? ¿Te encuentras bien? —Me repasa de arriba abajo, con preocupación—. ¿Demasiada cena? ¿El vino? Te has tomado tres copas de las de Jorge, quizá es demasiado...

—No, no, todo bien. ¿Y tú, estás bien tú? —¿Pero qué hago? Ni que acabara de pillar a su novia in fraganti; me esfuerzo por reaccionar—. Pues claro que estás bien. Perfecto. Yo... El pelo, así despeinado, creo que te sienta bien. En fin, ¿nos vamos al salón? Venga, vamos para el salón.

Ahí dejo a César, con el ceño más fruncido que nunca, mirando a Lucía y atando cabos a la velocidad de la luz. Cuando llego al salón, Jorge, que está sentado en un sillón, exclama:

—¡Cintia! Siéntate aquí. —Palmea el sofá que hay justo a su lado y yo obedezco—. César no quiere, pero tienes que convencerle. Quedaría genial para vuestro documental que hicieseis una excursión a la laguna de Vacares, en Sierra Nevada. Visualmente es espectacular, pero lo mejor de todo es que está encantada.

—Ya empezamos —murmura César, que acaba de sentarse a mi lado en el sofá.

—Todo el mundo por aquí piensa que es verdad —apunta Lucía, desde el otro sillón.

—¿Sí? —pregunto con interés—. ¿Por qué? ¿Qué pasa con esa laguna?

—Hay varias teorías... —comienza a decir Jorge.

—Leyendas, tío, leyendas —le interrumpe César—, hablemos con propiedad.

—... la más popular es la de la sirena... —continúa Jorge, ignorando a su amigo—. Bueno, no es una sirena, es una ondina, porque vive en agua dulce. Por las noches se transforma en un ave blanca de gran tamaño para engañar a los hombres incautos y atraerlos al agua, donde los devora sin piedad. La *teoría* —y dice esta palabra con todo el retintín del mundo— es que una vez la criatura se enamoró de verdad de un viajero. Y les iba bastante bien hasta que él descubrió cierta gruta donde estaban los esqueletos de todos los hombres que ella había matado con anterioridad; se asustó y huyó despavorido. Cuando pasas la noche allí se escuchan perfectamente los lamentos de la ondina, que sigue bastante cabreada.

—Anda, ¡qué interesante! —Me pongo a aplaudir y todo—. Tienes razón, quedaría genial en el reportaje; si además es un sitio bonito...

—Es espectacular —dice Jorge—, tiene forma de ojo y es de un azul precioso. Hay quien dice que está directamente conectada con el mar Mediterráneo y que el agua es salada.

—¿Ah, también? —interviene César y finge interés—. Un momento; entonces, ¿podríamos seguir considerándola una ondina? Hablando *con rigor*, si el agua es salada, es una sirena.

Lucía aguanta la risa; pero a mí la historia me ha encantado y yo ya he tomado una decisión.

—Está decidido. Mañana vamos a la laguna de Vacares.

—¡Sííí! —exclama Jorge.

Nos levantamos los dos al mismo tiempo y casi nos abrazamos de lo contentos que estamos, pero como no tenemos ninguna confianza empezamos a darnos tortazos en el brazo y hasta nos chocamos las manos como si fuésemos del Bronx. Cuando pasa el arrebato, César considera oportuno decir:

—No creo que sea buena idea. Es una excursión muy exigente y encima tenemos que cargar con el equipo. No sé si ambos tenemos el estado físico adecuado para hacerlo.

Eso corta mi euforia de golpe.

—Es verdad, tú no tienes la espalda como para hacer ese tipo de senderos —digo.

—¿Qué le pasa a tu espalda? —pregunta Lucía, con una voz muy profesional.

—Mi espalda está bien —nos responde César—. A mí me preocupas más tú, la verdad.

Ahora me siento terriblemente ofendida.

—¿Yo? ¿Qué pasa conmigo? Piensas que soy torpe, ¿verdad? Que si siempre tropiezo en llano, en Sierra Nevada puedo acabar rodando hasta Motril. Es eso, ¿no?

—No pienso que seas torpe en absoluto. Sí eres muy despistada, y ese es el origen de muchos de tus percances. —Ah, eso lo puedo admitir; lo bueno de César es que no lo adorna, piensa eso y punto—. Mira, tú tienes la última palabra. Yo lo único que quiero apuntar es que es una excursión dura y que no vamos a un *camping*, porque por la noche allí el viento da tarea.

—¿Cómo que por la noche? ¿No podemos ir y venir en el día? —le pregunto a Lucía, porque no descarto que Jorge está conchabado con la ondina, dado el interés que muestra por que vayamos.

—No, está lejos. Y encima supongo que querréis tomar planos por el camino... Tendríais que pasar la noche allí —responde Lucía.

—Es que... —me voy desinflando—. Yo nunca he ido de *camping* y a lo mejor es un poco arriesgado. Además, no tenemos ni tienda de campaña ni nada...

César y Lucía bufan al mismo tiempo, y esta añade:

—Buena cosa has dicho...

—¡Yo tengo de todo! ¡Ven, que te lo enseño! ¡Y yo me encargo de comunicárselo al Parque de Sierra Nevada, para que no haya ningún problema! —grita Jorge, desapareciendo por el pasillo—. ¡Ah, cómo me gustaría ir con vosotros, pero otro día más sin aparecer por la farmacia es demasiado! ¡Vamos, Cintia!

Su entusiasmo es contagioso y antes de poder evitarlo ya lo estoy siguiendo. Se ha detenido frente a un armario que podría surtir a una tienda pequeña especializada en acampadas. Asiento mientras me explica millones de cosas de las que entiendo aproximadamente un uno por ciento, mientras escucho a Lucía y a César reírse en el salón. Pasa el tiempo y yo ya he aprendido cuáles son las ventajas e inconvenientes de los sacos de dormir abiertos y cerrados, cuando aparece Lucía para mirarme con compasión y desearme buenas noches. Una hora después, segura de haber ascendido a un rango bastante elevado dentro de los Boy Scouts, me dirijo a la habitación de invitados, donde supongo que César ya estará roncando, pero me lo encuentro tendido en la cama, con un mapa en la mano.

Trato de no concederle importancia al hecho de que esté en camiseta y pantalones cortos, ni en que tiene unas piernas fuertes con poco vello, ni en cómo se le marca el bíceps del brazo con el que se sujeta la cabeza. Aparentar normalidad es la clave para que la situación no se vuelva rara. Cojo mi ropa para dormir y me voy al cuarto de baño, donde me lavo los dientes y me cambio en un santiamén.

Yo duermo siempre con la equipación del Granada C. F. Algo incongruente porque odio el fútbol; tal vez sea por eso, porque me da sueño. En fin, es algo que hago desde pequeña y que hasta este justo instante no me había parecido un problema. El caso es que entro a toda velocidad a la habitación y espero que César ya se haya dormido y no vaya a mencionar nada...

—Si me lo hubieras dicho, habría traído mi equipación y echábamos una pachanga antes de dormir —dice muy serio.

Sonrío, a mi pesar, mientras retiro la colcha de mi cama. Pero me encanta cuando estamos relajados y bromea conmigo. Me vuelvo para responderle cualquier tontería cuando lo pillo mirándome el trasero. Como no se pone en absoluto nervioso, sino que se toma su tiempo para volver a mis ojos, termino convenciéndome de que lo que estaba haciendo, en realidad, era leyendo la marca patrocinadora del equipo.

—Así que mañana nos vamos de excursión —dice, con tranquilidad.

Yo me meto entre unas sábanas que huelen a flores. Por Dios, qué maravilla de colchón. Algo me dice que mañana a esta hora no estaré tan cómoda. Me giro hacia César, que también está tumbado mirándome. Hay algo demasiado íntimo en esta escena, a pesar de que una mesita de noche actúa como barrera de castidad entre nosotros. ¿Cuánto tiempo hacía que no dormía con un chico? Sé la respuesta con exactitud, pero ahora no quiero centrarme en eso. Por otra parte, esto es, literalmente, dormir con un chico, sin ninguna otra connotación. Así que, si puedo dejar de mover compulsivamente la pierna izquierda, mejor. Debería centrarme en lo importante, que es hablar de lo de mañana.

—Creo que, aunque le rompamos el corazón a Jorge, no deberíamos ir si piensas que es arriesgado. Sinceramente, tú eres el más sensato de los dos. Así que...

—Sensato suena tremendamente aburrido —repone con un suspiro—. Se te ve ilusionada con la idea, crucemos los dedos y hagámoslo.

—¿De verdad? —Si ensancho más la sonrisa, se me va a salir de la cara—. ¡Qué bien!

Él me devuelve el gesto. La luz de la lamparita es cálida, lo que vuelve amable sus facciones; unas pestañas tupidas en las que no había reparado delinean sus ojos oscuros como si los tuviera pintados y me estoy fijando en que no tiene los labios nada resecos y que...

—¿Apagamos la luz? —digo, de pronto, sobresaltándome hasta a mí misma.

Y no espero respuesta, con brusquedad, tiro del cordoncito de la lámpara. La oscuridad hace que el silencio sea aún más intenso. Me froto los ojos, porque sigo viendo a César ahí, como si me lo hubiera tatuado por dentro. Estoy enfrascada en borrar una imagen mental, que es algo complicadísimo, cuando le escucho darse la vuelta y decir, finalmente:

—Buenas noches, Cintia.

Su respiración se acompasa, aunque no sé si está dormido. Creo que me va a costar mucho conciliar el sueño, pero me coge por sorpresa y duermo mejor de lo que lo he hecho en muchos meses.

XXII

En cuanto abro los ojos pienso en tres cosas a la vez: que he dormido como un bebé, que tengo que asomarme a la ventana y ver si el tiempo me da una excusa para no tener que embarcarme en la locura que inicié ayer, y que César no ronca ni tan solo un poquito. Cuando me giro para observar a mi compañero, su cama está vacía. Me hubiera gustado verlo con la guardia baja, con esa expresión vulnerable que todos tenemos cuando dormimos; en cambio, él habrá podido recrearse con la postura ridícula que adopto para descansar, con los dos brazos estirados hacia arriba como si me estuvieran atracando. En fin.

Aparto las cortinas y, aunque aún no ha amanecido, veo algunas estrellas, así que el cielo está despejado. Siento una mezcla de entusiasmo y miedo en el estómago demasiado difícil de interpretar sin haber desayunado primero. Voy al baño, donde me doy una ducha rápida para espabilarme y me coloco el *look* de Barbie montañera, porque a Lucía le va mucho el rosa. No me falta un detalle..., excepto el calzado, porque yo tengo pies de niña de once años, y la amiga de César es una mujer normal. Ayer todo el mundo coincidía en que eso iba a suponer un problema, pero yo insistí en que mis deportivas servirían. Estoy convencida de que esa será la menor de mis preocupaciones cuando estemos a casi tres mil metros de altitud.

Después de mandarle un mensaje a Leo contándole mis planes para hoy y avisarle de que probablemente no tendré cobertura para hablar, llego a la cocina, donde hay una actividad frenética. Jorge está cocinando algo con salchichas que pretende meter en un táper para que nos lo llevemos a la acampada; Lucía, más que doctora, parece regentar una cafetería por la diligencia con la que prepara el desayuno, y César está colocando los cubiertos en la mesa, pero interrumpe su tarea en cuanto entro. Me echa un vistazo y sonríe, seguramente porque no ha visto nada tan rosa en su vida. Lucía repara en mi presencia y dice:

—¡Buenos días, Cintia! Espero que hayas descansado bien.

—He dormido increíble, hacía tiempo que no descansaba tanto —respondo—. Debe de ser la cama, que es muy cómoda...

—O por la compañía —salta Jorge.

—¿Té, verdad? —repone de inmediato Lucía—. César dice que eres más de infusiones que de café. Y que te gusta con un poquito de leche caliente aparte.

—Y que no nos dejemos engañar por las apariencias, que te zampas dos tostadas enteras con mantequilla y mermelada de fresa por la mañana —añade Jorge poniendo un montón de pan crujiente sobre la mesa—. Y algo dulce para terminar, tipo cruasán o, si no, una *cookie*, un *minidonut*, rosquilla o similar.

Miro a César, sorprendida porque me conozca tan bien. A ver, yo también sé con exactitud lo que le gusta: café solo doble sin azúcar, achicharrando, en vaso de cristal, y un bocadillo de jamón con tomate, cuando está de buen humor, o un sándwich mixto, si se levanta con el día cruzado. Llevamos ya un tiempo trabajando juntos, no debería impactarme tanto que conozcamos este tipo de detalles. Mientras, él está rebuscando algo en el frigorífico, así que solo le veo la espalda, lo que me recuerda...

—César, ¿cómo estás? ¿Te duele la espalda? Si te molesta, no vamos.

Él se vuelve con un gesto pillín que le da brillo a su mirada.

—¿Buscando excusas para no ir, jefa?

—¿Te duele o no? —digo cruzándome de brazos, porque ya me conozco esa maniobra de evasión para no responderme; como no me contesta, añado—: Algunas veces creo que quieres lesionarte para denunciarme y que me metan en la cárcel por abuso y extorsión laboral.

—¿Eso existe? —pregunta Jorge.

—No lo sé —comenta César—; aquí, mi jefa, tiene algunas lagunas en cuanto al convenio colectivo al que estamos sujetos.

—De repente hoy eres graciosísimo, César, pero ¿te duele? —insisto.

César niega con la cabeza, y creo ver, por el rabillo del ojo, que Lucía y Jorge nos miran con un gesto bobalicón que decido pasar por alto; me estoy limitando a preocuparme por el cien por cien de la plantilla que tengo a mi cargo, que es César. Es mi anfitriona la que termina respondiéndome:

—Está bien, Cintia; esta mañana se ha levantado con alguna molestia, pero con la crema que le he aplicado, no le pasará nada.

—Ah, que tú le has puesto... —empiezo a decir y me asalta una sensación rara que me hace no saber cómo continuar la frase, pero me oigo decir—: Claro, para eso eres doctora, muy bien. —Me vuelvo hacia él—. Pero cuando no esté Lucía yo puedo hacerlo, si quieres, vamos; si lo necesitas y ves que no llegas y tal... En fin, ¿desayunamos? Que al final se nos va a hacer tarde.

Sí, vamos a desayunar, que no sé a qué viene esa preocupación repentina porque César no tenga confianza suficiente para pedirme que le ponga la crema. Todo el mundo se sienta a la mesa y comenzamos a hablar de la excursión, aunque mi compañero es el último en unirse, ya que se ha quedado un ratito mirándome.

Terminamos y no nos dejan recoger nada, porque el sol acaba de salir y la pareja nos recomienda que no nos demoremos más. Así que, en un abrir y cerrar de ojos, allá vamos, completamente equipados con nuestras mochilas, y César, además, con el equipo de la cámara pequeña, porque, por mucho que ha insistido, yo no le he dejado llevar la de mayor tamaño.

Nuestro itinerario comienza en el Barrio Medio del pueblo. Nos despedimos de un entusiasta Jorge detrás del Ayuntamiento. César ha tenido que cortarle porque estaba tan emocionado que no nos dejaba irnos. Y en cuanto comenzamos a caminar, me doy cuenta de que no exageraba cuando decía que esto merecía la pena.

El camino enseguida nos obsequia con una serie de estampas para demostrarnos que sobran los motivos para recorrerlo: un puente de cuento, el jaleoso río Trevélez que nos acompaña en todo momento y el abrazo abundante de la vegetación. El cuchicheo de los insectos nos recuerda a cada paso que nos estamos adentrando en un mundo más suyo que nuestro. Y en esta primera parte del trayecto, las mariposas se dan el relevo para acompañarnos: las hay elegantes, en blanco y negro; cítricas, como de naranja y limón; y también aparecen otras lisas, mucho más discretas.

Mientras César graba un racimo de flores acampanadas que gracias a él sé que son dedaleras, me doy cuenta de que tengo un primer problema grave. El terreno está encharcado y no llevamos ni una hora andando cuando me noto los pies chorreando, ya que llevo zapatillas de deporte, en vez de las botas que todo el mundo ha insistido en que me ponga, en especial, César. Por eso es de vital importancia que no se entere de esa circunstancia. Aprovecho que él está distraído grabando un cortijo abandonado para mirarme con resentimiento los pies, porque estoy incómoda de coj...

—Toma, anda, cámbiate —me dice César alargándome unas botitas de montaña rosas sequitas y calentitas—. Como son un par de números más que tu talla, le he pedido a Lucía también los calcetines más gordos que tenía. A ver si podemos hacer un apaño. Si no, tendremos que volver.

—No vamos...

La mirada de César no admite réplica y sé que esta batalla no la puedo ganar; como esta mañana he conseguido que se trajera la cámara pequeña y no la grande, que era la que él proponía, me he venido arriba, pero en esto tendré que ceder yo. Y menos mal, porque en cuanto me las pongo compruebo que las botas son una bendición. Y César no me ha dado uno, sino dos calcetines gruesos, lo que hace que se ajusten a la perfección a mi pie. Así sí puedo continuar. Mi orgullo apaleado no me impide darle las gracias, a lo que él responde con un leve gesto de asentimiento, y luego sigue grabando dedaleras.

Estaba yo pensando que tampoco era para tanto la subida hasta que sí ha comenzado a serlo. Dios mío, cómo me duelen las piernas; pero lo peor no es eso, lo peor es que me asfixio. Sé que mi forma física no es la mejor, pero esto es diferente, es algo... preocupante. A medida que vamos subiendo, noto la cabeza como entumecida y comienzan a palpitarme los oídos. Me da mucha rabia, porque esto es precioso, precioso de verdad, pero no lo estoy pudiendo disfrutar tanto como me gustaría.

Como no quiero que César lo note, y César lo nota todo, decido acelerar el paso para distanciarme de él. Es una idea pésima, porque el esfuerzo intensifica todos mis síntomas, pero si me quedo rezagada, él va a atar cabos. Tras un trecho que recorro como si fuera el gato con botas, decido sentarme en una piedra para recuperar el aliento, cuando le oigo decir, justo detrás, también con la respiración alterada:

—¿Se puede saber por qué vas tan rápido? Nos vas a matar. En montaña, lo aconsejable son pasitos pequeños con mucha frecuencia; en cambio, tú estás dando unas zancadas que...

Se detiene en cuanto me ve y yo me pregunto qué aspecto tendré para que él haya mudado su expresión del enfado a la preocupación en menos de un segundo. Me alarga su cantimplora.

—Bebe —me ordena—. Y no vuelvas a separarte de mí.

Yo asiento. Odio sentirme tan débil, lo odio tanto que, en cuanto termino de beber, aprieto los dientes y me levanto. Mi físico no me acompaña, pero a fuerza de voluntad nadie me gana. Le devuelvo la cantimplora a César y me dispongo a darme la vuelta para seguir ascendiendo cuando me agarra la muñeca y me atrae hacia él para que lo mire a los ojos.

—Cintia, podemos darnos la vuelta. No tienes que demostrarle nada a nadie. A mí por supuesto que no. Y a ti tampoco, porque ya has escalado montañas más altas que esta. Por favor, si te encuentras mal, volvamos; a veces lo más valiente es claudicar.

Qué bonito. Lleva gorro, gafas de sol y una braga para cubrirse la boca; y, aun así, su preocupación ha traspasado todas esas barreras. Al final, elegí un buen compañero de aventuras. Difícil, pero con buen corazón. Es mi Shrek particular. Solo que César no es verde y, sobre todo, muy guapo. De hecho, si no estuviera empezando algo con Leo, quién sabe si me hubiera planteado tener algo con él. Desde luego no sería una relación nada fácil, pero sí sería intensa. Y sincera. Lo que ocurre es que, a lo mejor, y solo a lo mejor, aquí, en mitad de una crisis en la montaña, no es el momento más adecuado para tener este tipo de reflexiones. Debería centrarme en demostrarle a mi compañero que su preocupación es infundada porque, de hecho, me siento más recuperada. Mientras me deshago con suavidad de su agarre, le digo:

—Eso es muy bonito, pero ya estoy bien. —Sonrío, aunque no lo podrá ver, porque llevo una bufanda como la del pitufo friolero—. ¿Y tú? ¿No será que te duele la espalda y no sabes cómo decírmelo?

—Yo nunca miento, Cintia; si tuviera problemas graves te lo diría. Tú, en cambio, no eres nada fiable —suspira—. Venga, si eres tan cabezota como para querer seguir, será mejor que nos pongamos en marcha ya. Pero no te separes de mí.

—Creía que era yo la jefa.

—Una que hace que mi padre parezca Amancio Ortega, por lo mal que llevas el negocio.

—¡Eh!

Le doy un palmetazo en el brazo, pero me río. Vamos, es que me tengo que refrenar un poco, porque me ha hecho un montón de gracia. Y como estoy aún un poco aturdida, no puedo analizar el alcance de la broma que acaba de hacer, pero creo que el hecho de que se atreva a ironizar conmigo sobre las nulas capacidades de mando de Indalecio supone un logro y un acercamiento. Más que nada porque sé que adora a su padre. Esto, unido a la pausa y que he abandonado las zancadas kilométricas, hace que el camino sea más llevadero.

Continuamos ascendiendo por una vereda, y aquí el terreno sigue estando encharcado, así que me alegro mucho de llevar las botas. Se me está acelerando la respiración y los oídos me zumban de nuevo cuando, de pronto, César, que puede pasarse horas en silencio, comienza a hablar sin parar. Me está contando no sé qué historia de la cámara y del filtro que está usando hoy, además de la técnica que emplea para conseguir un buen enfoque. Después, como si hubiera desayunado lengua, añade:

—Este es el río Culo de Perro.

—¿En... serio? —pregunto entre jadeos.

—Sí, me lo ha explicado Jorge; es porque nace de una

laguna que tiene forma de perro haciendo sus necesidades; ya sabemos que lo de Trevélez con las nomenclaturas da mucho juego...

Sonrío. Luego, mientras continuamos con nuestro ascenso y vamos cruzando varios puentes a uno y otro lado del río, César hace que me fije en unas flores rojas que se llaman amapolas de Sierra Nevada. También en las siemprevivas. Y me hace mucho hincapié en la estrella de las nieves. Incluso después de grabar una, la coge y me la ofrece para que observe lo bonita que es. La acepto, claro; es preciosa, con su forma curiosa y sus colores blancos y verdes; además, está salpicada por unas florecitas amarillas muy llamativas.

—Gracias.

Me limito a ese escueto agradecimiento, porque estoy reservando fuerzas. No soy tonta, sé a qué se debe la repentina locuacidad de mi compañero: me está entreteniendo. En cualquier otra circunstancia se me saltarían las lágrimas ante un detalle tan bonito, pero si lloro, gasto energía, y la necesito toda o no llegaré. Ya hemos alcanzado el Refugio del Horcajo, y recuerdo que ahora queda lo más difícil, pero también que nos estamos aproximando a nuestro objetivo.

César se come un bocadillo, y yo mordisqueo el mío, más que nada para no preocuparle, pero es una de esas veces en la vida en las que no tengo ni chispita de hambre. Después de grabar la Alcazaba y el Mulhacén, cuyas cimas se aprecian a la perfección desde donde nos encontramos, continuamos el ascenso por una acequia, y con mucho esfuerzo seguimos hasta el río Juntillas. No tengo ni idea del río que es, pero César, el parlanchín, me lo cuenta.

Yo apenas lo oigo. Me limito a dar un paso tras otro. Estoy plenamente centrada en mi esfuerzo, en mi respiración y en las protestas de mis piernas. Lo bueno de las situaciones límite es que exigen una plena concentración en lo que se está haciendo. Y yo lo estaría disfrutando si no fuera por el martilleo que siento en las sienes, como si estuviera al lado de un altavoz en un concierto de música tribal. Es insoportable.

—Estoy molido, vamos a hacer un descanso —me dice César, aunque no respira como un jabalí resfriado, como yo—. Estamos llegando, pero tenemos mucho material y de buena calidad; no hace falta grabar la laguna.

—Por supuesto... que... la vamos a grabar —respondo.

Él masculla algo que no entiendo antes de preguntarme, con los dientes apretados:

—Del uno al diez, dime qué nivel de molestia estás soportando. Y, por una vez, sé sincera, por favor.

—Bah, tres o cuatro —le miento.

—Mentirosa —repone al instante—. O me dices la verdad o me doy la vuelta ahora mismo.

—¡Vale! —le grito, y oigo a alguien en mi cabeza decir: «Shhh»; aun así, sigo haciéndolo—. ¿Qué quieres que te diga? ¿Que le pongo a mi dolor un ocho, porque nueve lo reservo para el parto y diez para cuando me muera? ¿Te sientes mejor ahora, sabiéndolo? A veces decir la verdad es una gilipollez, César, porque ahora estás preocupado tú y yo no pienso darme la vuelta bajo ningún concepto; no ahora que estamos tan cerca.

—Decir la verdad no es nunca una gilipollez; nos ayuda a comunicarnos —contesta él, y yo paso de replicarle, por lo que él continúa hablando mientras rebusca algo en su enorme mochila, hasta que lo encuentra y me lo da—. Tómate una aspirina y bebe mucho. Tienes mal de altura, Cintia, y no es ninguna tontería. Si en media hora no hemos llegado a la laguna, damos media vuelta. Y punto.

Vuelve a cerrar su mochila y se la coloca airado; coge también la mía, lo que es casi físicamente imposible, porque también lleva la cámara, pero no me atrevo a protestar. Está muy cabreado. Y sé que es muy capaz de cumplir su amenaza, aunque estemos a puntito de llegar, así que me trago la pastilla, el agua y la impotencia. Y volvemos a caminar, en silencio, mientras César no para de mirar al reloj, con aires de Cronos, el titán del tiempo.

Y pasa como en las películas, que es en el minuto veintinueve y medio cuando la laguna de Vacares se digna a aparecer ante nosotros con todo su esplendor. Es... espectacular. Enseguida entiendo que sea el origen de muchas leyendas, porque tiene un color azul oscuro, casi negro. No creo que sea verdad que esté conectada con el mar Mediterráneo, pero es cierto que tiene una profundidad insólita. Y está flanqueada por dos lenguas de nieve que la hacen parecer un ojo al que solo le falta parpadear. Que no lo haga, por favor, o mi corazón agotado no lo podrá resistir.

Aunque tampoco creo que me diera cuenta, porque, en cuanto la he visto, he caído de rodillas y un torrente de lágrimas me nublan la mirada. El dolor de cabeza se ha mitigado bastante con la aspirina, pero mis piernas han dejado de responderme; creo que nunca había llevado mi cuerpo tan al límite. Y, pese a todo, me siento tan feliz que me giro hacia César, que continúa pegado a mí, y le digo:

—No ha sido para tanto, ¿verdad?

Veo que se le achinan los ojos un instante, pero enseguida adopta un gesto más serio.

—¿Mejor, con la aspirina? —me pregunta.

—Mucho mejor. A partir de ahora, siempre siempre siempre te voy a decir la verdad, César.

—La adrenalina te está haciendo decir cosas raras, me temo —dice, tratando de no sonreír—. De acuerdo, voy a grabar unos planos de la laguna ahora que la luz sigue siendo buena.

Coge la cámara y se aleja solo unos pasos para instalarla. Entonces le grito:

—¡Cuidado con la ondina! No seas panoli y si ves a una mujer guapísima no te acerques a ella.

—¡Vale! —dice sin inmutarse, mientras enfoca la laguna—. Además, seguro que está de muy mal humor.

—¿Qué? —No entiendo—. ¿Por qué?

Sin dejar de grabar, me responde, con voz suave:

—Porque hoy tiene competencia.

XXIII

No sabía que las tiendas de campaña podían ser tan pequeñas. Después de cenar las salchichas que ha cocinado Jorge, nos hemos metido en esta latita de sardinas con cierre de cremallera. Tengo el cuerpo tan pegado a un lateral que probablemente se distinguirá mi silueta por fuera. Es la única manera de no invadir el espacio de César, que es más grande que nunca y que está tumbado a mi lado, dentro de su saco. Parece tranquilo, usando como almohada su propio brazo embutido en una camiseta térmica y mirando el techo de la tienda. Y eso es lo que me obligo a hacer yo también, para serenarme. No se está tan mal, aquí dentro. Entre la ropa y el saco, hace un tipo de frío soportable. Mis manos están congeladas, pero eso me pasa en la playa, en agosto. Intento serenar la respiración; no quiero que mi acompañante se dé cuenta de mi incomodidad y diga algo al respecto, cosa que no me extrañaría, porque...

—Cintia —me dice, de pronto—. ¿Crees que, si te alejas un poco más de mí, lograrás traspasar la tela de la tienda o que eso no es físicamente posible?

Vaya. Lo ha dicho con seriedad, pero empiezo a distinguir matices en sus tonos desganados. Este esconde una diversión sin límites.

—Es que no sé si te has dado cuenta de que estamos juntísimos.

—Sí. Para mí no supone ningún problema. ¿Y para ti? —Voy a mentirle y asegurarle que no, pero él añade, con maldad—: ¿Y para el diputado de Turismo, lo supondrá?

—Por supuesto que no —le digo con rotundidad—. Porque no estoy haciendo nada malo. —No creo que sea buena idea seguir hablando de Leo, así que decido decírselo, sin rodeos—: Oye, creo que es mejor que cambiemos de tema. Te recuerdo que estamos en la tienda de campaña más pequeña del mercado, a tres mil metros de altura. Yo soy emocionalmente inestable; tú no eres nada razonable cuando se trata de Leo. Si nos enfadamos, pasaremos la noche en compañía de una ondina terrorífica, así que mejor dejarlo.

Él parece pensárselo; tras un momento, se gira hacia mí, provocando un pequeño terremoto en nuestro hábitat, y al final me dice:

—Lo que ocurre es que yo no tengo sueño y tú estás tan alterada que no creo que vayas a dormirte así como así. Y lo cierto es que tengo muchas ganas de preguntarte sobre este tema, porque, aunque creas que no, sí que me afecta. Hagamos un trato: te prometo que yo no me enfado digas lo que digas, siempre y cuando tú seas sincera conmigo.

A mí me apetecería más meterme en la laguna helada ahora mismo, pero César ha sido buenísimo hoy conmigo. Ha estado apoyándome y dándome espacio siempre que lo he necesitado. Y ahora solo me ha pedido sinceridad. Creo que puedo hacerlo.

—Venga, saca el detector de mentiras y dispara.

—No me hace falta ningún detector contigo. —Me vuelvo hacia él, provocando un nuevo bamboleo en la tienda, pero es que no lo entiendo, hasta que me lo aclara—: No eres sincera, pero eres transparente. —Y como para evitar que me lo piense mejor, añade deprisa y con tono tenso—: ¿En qué punto estáis el diputado y tú? ¿Estáis saliendo o no?

—Yo diría que... —comienzo a frotarme las manos fuera del saco para ver si entran en calor— nos gustamos y estamos tanteándonos. Pero a excepción del día de Lanjarón, todavía no he tenido ninguna cita con él. Estamos muy ocupados, porque él tiene un trabajo muy absorbente que le encanta y yo estoy metida de lleno en esto. Por otra parte, mi situación es delicada porque todavía me estoy recuperando de lo de Juan. —Suspiro—. Juan era mi novio, que murió...

—Sé quién era Juan y lo que le pasó —me interrumpe con suavidad—. El otro día te lo eché en cara, por desgracia.

—Ah, sí, lo había olvidado. No te preocupes; lo cierto es que estuve a punto de matarnos —admito—. Es que, aunque trabajábamos juntos, no sabía si te habías enterado de lo que pasó, porque como por aquel entonces apenas teníamos relación...

—Te recuerdo aquellos meses —asegura, mirándome a los ojos; no hay compasión, sino esa calidez que de vez en cuando desprende su mirada—. Todo en ti era silencio.

—Yo... —digo, tragando saliva—. No recuerdo mucho sobre esa etapa. Tomé algunas pastillas que me dejaban grogui. Iba a trabajar, pero todo estaba amortiguado. Las dejé en cuanto me sentí un poco mejor, no me gustaban. —No quiero seguir recordando aquello, así que decido desviar la conversación hacia él—: ¿Tú has necesitado medicarte de esa forma alguna vez?

—No —repone con sencillez—. Quiero decir que no he llegado a medicarme, no que no lo haya necesitado; quizá debía haberlo hecho y me hubiera ahorrado algo de sufrimiento.

Lo observo. Ahora no me mira; ha vuelto a centrar su atención en el techo de la tienda. Y yo me muerdo el labio para frenar una pregunta que casi se me escapa. Quiero que me hable de Andrea, conocerle un poco mejor, pero no pretendo meter la pata.

—¿Qué? —Vuelve a mirarme y le brillan los ojos—. ¿No quieres saber cuándo he tocado fondo? Vaya periodista de pacotilla. O a lo mejor es que Lucía te puso al día con todo lujo de detalles y ya no te hace falta.

Ahora soy yo la que miro al techo, pero sin poder evitar reírme. Esto de la sinceridad es incómodo de narices, aunque noto un frenesí en mi interior que no sentía desde que jugaba a atrevimiento, beso o verdad. El subidón de adrenalina me hace continuar hablando.

—Me lo contó todo, sí. Y siento mucho lo que pasó y me cae muy mal Andrea, aunque no la conozca y tenga entendido que es como la hermana guapa de Scarlett Johansson. Te mereces alguien bueno, César, porque si quitas lo desagradable, frío y distante que eres la mayor parte del tiempo, en el fondo eres una gran persona. —Él resopla, divertido; yo me envalentono—. Me gustaría retroceder en el tiempo para verte enamorado; me cuesta imaginarlo, la verdad.

Él abre un poco los ojos, sorprendido. Y yo temo haber dicho algo inapropiado. Me apresuro a disculparme:

—¿Demasiada sinceridad, tal vez? Soy nueva en esto, perdóname.

—No, no —repone él—. Lo que eres es poco perspicaz.

—¿A qué te refieres? —le digo, incorporándome un poco, porque no le sigo.

Él se limita a reírse, mientras niega con la cabeza. Voy a insistir, cuando él se me adelanta:

—Vale, volvamos a ti, que te has quedado a medias. Me decías que tú necesitas ir despacio. ¿Pero qué pasa con el diputado?

—¿Te costaría mucho llamarlo Leo?

—Por encima de mi cadáver —sentencia—. Me parece fundamental que no olvidemos a qué se dedica.

—De acuerdo, César —suspiro—. Pues *Leo* está muy centrado en su carrera porque sabe que va a llegar muy lejos. Sus aspiraciones pasan por convertirse en diputado nacional o incluso algo más, ¿entiendes? Así que... no sé si es realista pensar que lo nuestro pueda tener algún futuro, porque yo no me definiría como una persona ambiciosa, soy más de disfrutar por el camino. Si a eso le sumamos que, además, cargo con algún que otro trauma, no creo que sea muy buen partido para él, la verdad.

—Si te deja escapar es otra señal inequívoca de que muy listo no es —repone.

No sé con qué parte de su comentario quedarme, con la que pretende ofender a Leo o el elogio que supone para mí. El caso es que agradezco estar ocupada frotándome las manos en mi inútil intento de que entren en calor, porque así tengo algo que hacer. Me incorporo un poco y les echo el aliento para ver si así consigo sentirlas. Antes de que pueda reaccionar, él se me acerca, me coge las dos manos y se las mete por debajo de su camiseta.

Cuando mis dedos entran en contacto con la piel caliente de su abdomen, que, por cierto, está duro como una tabla de planchar, hace una mueca, pero no me suelta, se limita a mirarme a los ojos. La postura me ha forzado a estar tan cerca que, pese a que la luz solo proviene de una lamparita encima de nuestras cabezas, descubro vetas de marrón oscuro en sus iris. El caso es que, en tiempo récord, el frío es cosa del pasado; y no solo en las manos, donde el contraste de temperatura me ha provocado un picor extremo en la punta de los dedos, sino que mi cuerpo al completo ha pasado de ser hielo a estar incandescente. Ya he dejado de observar los distintos tipos de oscuro que se arremolinan en sus pupilas y ahora me estoy preguntando si usará vaselina para tener los labios tan suaves. ¿Qué...?

—Gracias —digo recuperando mis manos y el sentido común—. No tenías por qué hacer algo tan sumamente desagradable.

—No ha sido tan sumamente desagradable —repone—. Además, tú lo hiciste el otro día por mí.

—No es lo mismo, yo me calenté mis propias manos. Y, además, yo...

—Tú tienes un amago de relación con el político del que dependen nuestros reportajes —sentencia.

No hay maldad en sus palabras; empiezo a entender que él no dice las cosas para hacerme daño. Solo está preocupado por nuestro proyecto. Así que decido responderle con su tan ansiada sinceridad. Es lo menos que puedo hacer.

—La subvención es nuestra, César —afirmo con contundencia—. Y él me gusta. Me gusta de verdad. Y yo creo que le gusto a él. Así que no es un amago, es un principio de relación.

Inspira hondo y tras unos segundos dice:

—Está bien.

Vuelve a tumbarse. Nunca le había visto ese gesto en la cara, pero no es bueno. Supongo que sigue preocupado por la viabilidad del proyecto. Si fuera cualquier otra persona, no una con la que choco tantísimo, me plantearía que estuviese dolido por... Pero no puede ser. Vale que ayer me soltó un montón de piropos, pero lo hizo para compensar su brusquedad, casi obligado por sus amigos. Además, como dijo la misma Lucía, se trata de don sincero; si sintiese algo por mí, me lo habría dicho. Y le saco de quicio constantemente... Es imposible. Y menos mal, porque si no estaríamos en una situación bastante complicada.

Hablando de situaciones complicadas, en cuanto me tiendo me doy cuenta de una circunstancia terrible. Como estamos en silencio, el fuerte viento grita a nuestro alrededor. Y aunque César parecía saber lo que hacía cuando ha montado la tienda, esta se zarandea violentamente de vez en cuando. Eso complica lo que tengo que decir a continuación, pero aun así...

—César —le llamo.

—Sé que lo he propuesto yo, pero ya he tenido suficientes confesiones sinceras por hoy. —No suena enfadado, sino muy cansado—. Vamos a intentar dormir.

—El problema es que me hago pipí. —Él se incorpora de inmediato y me mira, alzando una ceja—. Pero, vamos, solo te lo digo para que lo sepas y para que estés atento por si tardara mucho en volver.

—De ninguna manera vas a ir sola. Te acompaño.

—No me vas a acompañar —le digo, aunque maldita la gracia que me hace ir sola en mitad de la montaña, con la cantidad de cosas que me ha contado Jorge sobre esta laguna—. Es mi última palabra.

Y antes de terminar de decirlo, él ya ha abierto la tienda y se está poniendo las botas. Tengo más posibilidades de parar un tren en marcha que de impedir que me acompañe. No me queda otra que tragarme toda la vergüenza que me causa este asunto. Yo también me calzo las botas.

En cuanto salimos, los dos nos quedamos paralizados cuando vemos la luna y las estrellas reflejándose en la superficie de la laguna. El viento ulula y es lo único que rompe el silencio plomizo que nos envuelve. Es tan mágico que la ondina debe de ser lo más normalito que habite en el agua. Podríamos seguir contemplando la escena de forma indefinida si no fuera por el inmenso frío que hace. Ah, y por mi problemilla acuciante. Estamos cerrando nuestros abrigos cuando veo algo moviéndose entre las rocas.

—¡¡Aaah!! —grito—. ¡¡La ondina!!

César se vuelve hacia donde yo estoy señalando y aunque casi no le veo la cara, sé que está riéndose.

—Calma, es solo un zorro.

—¿Qué? ¿Eso pretende ser una frase tranquilizadora? ¡La ondina no existe! ¡Los zorros son carnívoros!

—No nos hará nada. Venga, vamos a alejarnos un poco para que puedas hacer tus cosas —dice mientras cierra la tienda y coge la mochila que lleva la comida.

—¡Que no quiero que vengas conmigo! —grito, y de forma incongruente añado—: ¡Pero no me dejes sola!

Soy muy consciente de que estoy siendo inaguantable, pero, por alguna razón, él, en vez de hacerme la peseta y dejar que me las apañe sola, me agarra de la mano y comienza a tirar de mí para alejarnos un poco de la tienda. Una ráfaga de viento casi me tira, pero él me sostiene con más fuerza, hasta que nos detenemos.

—Vamos, Cintia, y no te preocupes por nada, que yo no miro. Además, con el ruido del viento no escucharé nada —dice girándose con una voz sorprendentemente amable—. Pero no tardes, que no me fío del zorro.

—Nos va a atacar, ¿verdad? —digo mientras me bajo con dificultad los pantalones.

—Por supuesto que no, pero hurgará en nuestras cosas si no aparecemos pronto.

Me agacho. Y pese a las ganas que tengo, no sale nada. Estoy bloqueada. No puedo dejar de pensar que la ondina está en alguna parte observando mi culo en pompa. Y en César. Y en que no me he traído pañuelos y me va a tocar hacer una serie de veinte sentadillas cuando termine. Eso si alguna vez consigo vencer mi bloqueo, claro.

—César. No me sale. Es que me da mucha vergüenza. Y encima ahora ha parado el viento y vas a escucharme, y...

Entonces él hace algo sorprendente. Empieza a cantar. Flojito al principio; más fuerte después. Enseguida reconozco la canción: *Wishlist*, de Pearl Jam. Tiene una voz preciosa, grave pero con un toque ronco, que consigue que me evada de la ridícula situación en la que me encuentro. Por fin mi cuerpo se relaja y hago lo que he venido a hacer. Noto tanto alivio, y la canción es tan bonita, que suelto un suspiro flojito. De hecho, aunque hace tiempo que he acabado y ya tengo los pantalones puestos, no lo aviso, porque quién lo iba a decir, pero estoy experimentando un arrebato de felicidad. Estoy en un lugar imposible, con una luna preciosa sobre mi cabeza, escuchando una canción que siempre me ha parecido mágica. Poco a poco César va bajando el volumen, hasta que me pregunta:

—¿Has terminado? —Yo camino para ponerme frente a él; cuando ve que tengo los ojos brillantes, levanta el brazo en dirección a mi cara, pero en el último momento se mete las manos en los bolsillos, antes de añadir—: Menos mal, tardabas tanto que temía que estuvieras haciendo también lo otro.

Intento pegarle un puñetazo, pero él, con una agilidad digna de un cinturón negro, me atrapa la mano antes de que impacte. Sonríe y me la aprieta; después me suelta y se vuelve para reemprender el camino hacia la tienda.

Una vez allí, me dice que me meta mientras él esconde un poco de comida entre las piedras, porque eso mantendrá al zorro entretenido y hará que nos deje en paz. No sé, César parece saber de todo y hacerlo todo bien; es increíble. Cuando por fin entra en la tienda, yo ya estoy tapadita y mucho más tranquila. Él hace las operaciones pertinentes hasta que logra meterse en su saco. Estamos en silencio, y creo que al fin me voy a quedar dormida, pero antes quiero decir algo:

—Perdona por todo el trabajo que te estoy dando, César. Has sido muy bueno conmigo hoy.

Tarda un rato en responder; tanto que lo escucho ya entre la bruma del sueño.

—Ha sido un placer, Cintia.

Si lo dice él, será verdad.

XXIV

Aún está oscuro, pero sé que no voy a poder conciliar el sueño más. No he dormido tan mal. Puede que incluso haya un par de zonas de mi cuerpo que no parezcan haber sido arrolladas por un camión. En cuanto abro los ojos descubro la cara de César a tan solo unos centímetros de la mía, respirando pausadamente. Aunque una cortina de pelo oscuro le tapa parte del rostro (un pelo grueso que creo que es la fuente del olor a algo silvestre y limpio que lo envuelve siempre), percibo las líneas marcadas de sus pómulos. El comienzo de una barba espesa tapa parte de su mandíbula que, aunque ahora mismo está relajada, sigue siendo cuadrada y fuerte. El contraste entre la energía que desprende durante el día y lo desprotegido que se ve ahora mismo remueve algo en mi interior. Me imagino blandiendo una espada, enfrentándome a una manada de lobos que nos atacan desde todos lados...

Abre los ojos de golpe, y yo hago justo lo contrario. Estoy dormida. Debe parecer que estoy dormida. Relajo la respiración, destenso las facciones de la cara...

—Estás despierta; se te mueven un montón los párpados —me dice, con una voz limpia y clara.

Abro los ojos y cualquier indicio de vulnerabilidad ha desaparecido. No es de esas personas que, al despertar, necesiten un periodo de adaptación al mundo de los vivos; es de los que pasan al control de mandos en cuestión de centésimas de segundo. Encima no está ni un poquito hinchado; vamos, que enseguida adquiere su habitual y encantador desaliño. Tenía que haber dejado a los lobos actuar.

—Sí, es verdad —digo con resignación y con ronquera, como siempre por las mañanas—. En fin, ¿nos ponemos en marcha?

—Claro.

Se sienta y con facilidad doma su pelo, haciéndose una coleta. Qué suerte. Yo debo de parecer la niña de *The Ring*. En cuanto nos abrigamos, abrimos la tienda y veo que César sale a toda velocidad para montar la cámara sobre el trípode. Enseguida entiendo por qué.

Está amaneciendo. En mi vida he visto muchos amaneceres. Recuerdo uno con Juan en Portugal: el sol emergía del mar como si fuera una bola de fuego y fue precioso. Pero esto es otra historia.

Todo lo que nos rodea es dorado y gris, lo que lo convierte en el escenario de un sueño, uno donde la laguna y su profunda opacidad acapara toda la atención. Arriba, el cielo es un muestrario de color, con franjas naranjas, rosas y negras que lo recorren de un lado a otro. Rodeados de montañas, bajo este techo multicolor, es como si nos hubiéramos levantado en cualquier otro planeta, uno magnífico y sin estrenar. Tengo el corazón encogido ante tanta belleza y de vez en cuando me obligo a respirar. El aire es gélido, pero tan puro que durante unos segundos me bajo la bufanda para paladearlo.

Mientras lo graba todo, César está en éxtasis, así que le acompaño, compartiendo nuestro silencio. Hemos ido a un lugar más elevado para captar la laguna en todo su esplendor. Nos movemos por impulsos, parándonos y deleitándonos con cada estampa. Él lo registra todo en un disco duro; yo, en mi memoria. Hay veces que somos muy conscientes de que estamos en el presente, pero generando recuerdos futuros. Y este me acompañará hasta el día en que me muera. Por la mirada que me despacha mi compañero una de las veces, sé que compartimos los derroteros de nuestros pensamientos.

Al cabo de un tiempo indeterminado, cuando el sol se ha despojado de su timidez inicial y derrama con generosidad su luz sobre el valle, César me hace un gesto y yo sé que ya ha terminado. Volvemos a la zona de acampada y apenas hablamos mientras desayunamos un batido que Jorge nos preparó y que sabe a plátano y a miel; lo acompañamos con un poco de pan, aceite y queso. Después desmontamos la tienda, cargamos todo en la mochila, repasamos mil veces que no dejamos nada de basura y, finalmente, nos vamos.

El descenso tiene sus cositas. Por una parte, es genial, ya que vamos mucho más rápido; solo nos detenemos para grabar lo que nos llama la atención, como uno de los rebaños de vacas más felices del mundo o un águila planeando sobre nuestras cabezas en plena persecución de un conejo. Pero, por otra parte, tengo el cuerpo destrozado por las agujetas de ayer y por el precario descanso de la noche. Y aunque César me ha dicho varias veces que voy demasiado rápido (tanto que ahora mismo no lo veo), cuando intento ir despacio me duelen las rodillas al retenerme, así que prácticamente voy corriendo cuando ocurre lo inevitable:

Velocidad supersónica + desnivel pronunciado + piedra malévola = tortazo épico.

—No, no, no —me maldigo a mí misma sujetándome el tobillo dolorido—. No quiero ser siempre yo la torpe. ¿Por qué no se cae César por una vez?

—Porque parecías el muñequito de Sonic ladera abajo, Cintia —me responde el aludido, que acaba de llegar.

Genial, ahora me duele el tobillo y tengo la cara encendida por la vergüenza. Pero César ni se ha inmutado por mi comentario solidario; se limita a agacharse y a cogerme el pie con más cuidado del que merezco. Empieza a rotarlo con suavidad y me trago un gemido.

—¿Te duele? —me pregunta, escrutándome con la mirada.

Niego con la cabeza. No quiero que me duela, y el dolor es psicológico; lo leí en algún libro en el que, seguramente, al lado había una imagen de la Tierra con forma de cubo. César coge aire en un intento admirable de mantener la compostura.

—Cintia, por una vez en tu vida, sé sincera y dime si te molesta, si te duele o si crees que habrá que amputar; esto último es broma, pero necesito saber el alcance de la lesión.

Suspiro y cierro los ojos.

—No puedo apoyarlo —admito.

De inmediato, César afloja el agarre y deposita mi pie con suavidad sobre el suelo. Reflexiona un momento y después, con determinación, inicia una cadena de acciones: coge nuestras mochilas y el equipo, lo pone detrás de una roca con forma de gorro de Papá Noel, mira el sitio una vez más y regresa a mi lado. Me alarga la cámara pequeña y me pregunta:

—¿Puedes llevarla?

—Sí, claro —digo, un poco perdida.

—Pues vamos. Ya vendré después a por nuestras cosas con Jorge.

Y antes de que pueda preguntarle a qué se refiere, me envuelve su olor a madera y a todas las hierbas del campo porque estoy en sus brazos, retomando el sendero de vuelta.

—¿Estás loco? —le pregunto; y me hubiera puesto a patalear si no fuera porque tengo el tobillo como un tronco de baobab—. Quedan más de tres horas de camino, ¡no puedes llevarme!

—¿Prefieres que venga un helicóptero a rescatarte? —pregunta, sin detenerse—. Esto es menos peliculero, pero más rápido.

En realidad, no se me ocurre nada más peliculero que esto, pero aparto el pensamiento e insisto:

—César, te lo estoy diciendo en serio. Te vas a hacer daño en la espalda.

—No pasa nada —replica mientras yo espero que el pelo me siga oliendo a frutas del bosque, porque él, probablemente por la postura, no para de aspirarlo—. A veces llevo trípodes más pesados que tú. Lo importante es que no muevas el tobillo.

No estoy nada convencida. A ver, que César es un tío fuerte, y ahora mismo me lleva como si pesara como una pluma, pero el recorrido tiene partes difíciles y aún estamos muy lejos. De hecho, a los veinte minutos el ritmo de mi compañero decae y su respiración alterada me hace cosquillas en las mejillas. La situación es exasperante, pero me limito a secarle con impotencia las gotitas de sudor que de vez en cuando se le forman en la frente.

Mucho más tarde comprendo que César está al borde de la extenuación cuando los descansos se producen cada cinco minutos. Ahora voy sobre su espalda. Sobre su inmensa y probablemente dolorida espalda. Sus manos alrededor de mis muslos me sujetan con fuerza, pero sin apretarme demasiado. Lo cierto es que al principio tanta cercanía me resultó chocante, porque él y yo siempre guardamos una distancia mínima de seguridad, pero desde anoche esas barreras han caído con estrépito. Me siento mal por pensar que la espalda de mi compañero es el colchón más confortable del mundo, pero... de pronto miro al frente y veo algo tan ilógico que mi cerebro tarda en procesarlo.

—Mira, César, ¡es Jorge! Y... Leo.

Estará al límite de sus fuerzas, pero noto que me aprieta con fuerza, pegándome aún más a él. Sin embargo, en cuanto se produce el encuentro con la extraña pareja, nada puede evitar que, mientras yo resumo lo que ha pasado, pase de la espalda de mi compañero a los brazos de Leo. Todos disponen que es fundamental que un médico me vea cuanto antes, así que, sin apenas poder despedirme, vamos camino al centro de salud de Trevélez, que, según Jorge, está a menos de media hora de distancia. Enseguida me encuentro envuelta en la fragancia de la colonia de Leo. Es exquisita, pero estamos tan cerca y él se echa tanta cantidad que resulta un poco abrumadora.

—¡Menos mal que os hemos encontrado a tiempo! —dice mi nuevo portador; viste de forma deportiva, pero, de alguna manera, el abrigo parece más una trenca que una prenda de montaña—. A tu maravilloso compañero parecía que le iba a dar algo. ¡Y qué forma de llevarte es esa, como si fueras un saco de patatas!

—Eso ha sido al final; en realidad ha tenido mucho mérito —siento la necesidad de defenderlo—. No sé cuánto tiempo me ha llevado en brazos; y aquí el camino es más llano, pero antes ha sido terrible...

—Bah, si hiciera *crossfit*, como yo, no hubiera tenido ningún problema. —Voy a replicar, pero detecto un matiz de inseguridad que me frena y que se confirma con su siguiente pregunta—: ¿Te alegras de verme?

—Claro que me alegro. Lo que no entiendo es cómo has aparecido en mitad de la montaña, justo cuando más lo necesitaba.

Sonríe, complacido, antes de responder:

—Quería darte una sorpresa, así que he venido a Trevélez. Como te llamaba y no me cogías, he preguntado a los vecinos si habían visto a una chica y un chico con una cámara, y me han dicho que hace dos noches dormisteis en casa de la médica y del farmacéutico. Total, que así he conocido a Jorge, que estaba preocupado porque tardabais demasiado en dar señales de vida.

—¿Y habéis decidido venir a por nosotros?

—¡Claro! Yo lo he hecho por intereses puramente profesionales, veía peligrar mi proyecto de promoción turística de la Alpujarra. —Me guiña un ojo; a él se le está acelerando también la respiración, pero ya veo el pueblo muy cerca—. Además, puedes estar muy orgullosa de que te lleve en brazos el «soltero de oro de la política española».

—¿Y eso? —le pregunto sin evitar sonreír, porque él parece muy contento.

—Así lo ha dispuesto la revista *¡Qué cosas!*, en un artículo que ha sacado sobre los políticos más guapos de toda España. Como vives un poco desconectada, no te puedes imaginar el revuelo que se ha generado; en mi partido están como locos, y la oposición está que trina. —Leo sonríe a un grupo de chicas jóvenes que se separan para dejarnos paso; todas dejan de ver el móvil para devolverle el gesto—. Es increíble que este tipo de publicaciones te dé más publicidad que todos los años de trabajo que llevo.

—Ya; más que increíble, es triste —repongo.

Uy. Eso me lo podía haber guardado para mí, pero se me ha debido de contagiar de César y su manía por decir las cosas como uno las piensa. Tampoco ayuda que el tobillo me esté palpitando de dolor. Leo malinterpreta mi comentario y dice:

—No te pongas celosa, preciosa. En el mismo artículo dije que sí, que estaba soltero, pero que tenía a «alguien» en el horizonte. ¿Tú no la conocerás, por casualidad?

No puedo evitar reírme. A pesar de que no sé cómo me voy a quitar la bota y de que no puedo dejar de pensar en cómo estará César. Entretanto, llegamos al centro de salud, donde me sientan en una silla de ruedas. Veo a Leo flexionar los brazos para desentumecerlos. Se ve que es más fácil lanzar ruedas de tractores que llevarme a mí por Sierra Nevada. El caso es que, en poco tiempo, Lucía sale de una consulta y en cuanto llega a mi lado, me abraza.

—Cintia, he conseguido contactar con Jorge y ya me lo ha contado todo. ¿Cómo estás?

—Bien; me duele un poco, pero ¿y ellos? ¿Y César? Ha cargado conmigo durante demasiado tiempo. Temo que se haya hecho daño en la espalda.

—Tú preocúpate de lo importante, que es tu tobillo —me dice Leo para tranquilizarme; después se gira hacia Lucía—. Por cierto, yo soy Leo, diputado de Turismo y, sobre todo, amigo de Cintia.

Lucía le da la mano, pero enseguida se centra en mí.

—Vale, te voy a explorar para ver si te podemos tratar aquí. —Ahora sí, se gira hacia Leo—. Si no te importa, espera aquí fuera.

—Faltaría más; no quiero estorbar. De hecho, aprovecharé para visitar a unos compañeros de partido. —Se agacha y me da un beso en la mejilla—. Avísame si hay que llevarte a cualquier parte.

Antes de que pueda responderle, Lucía ya me está arrastrando al interior de una consulta. Tras una exploración tan delicada como dolorosa, llega a la conclusión de que se trata de... un esguince leve.

—¿Un esguince? ¿Leve? ¿No puede ser una rotura, aunque sea una pequeñita? —Lucía se ríe mientras me está vendando la zona, que, gracias a Dios, por lo menos está morada e inflamada—. Dios mío, soy lo peor. César me va a matar cuando se entere.

—No digas eso; los esguinces son muy dolorosos, también los que no son graves. Era imposible que bajaras de la montaña por tu propio pie, te lo dice una profesional. Y por César no te preocupes; estoy convencida de que no le ha importado llevarte.

—Ya, eso es porque no le has visto al final; el pobre no podía...

—Cintia —me dice Lucía, mirándome a los ojos—. Créeme, no le ha importado.

A lo mejor es el relajante que me han dado, que hace que no esté muy fina, pero me parece que Lucía lleva quieta un montón de tiempo mirándome a los ojos. Es algún tipo de comunicación no verbal que no está funcionando porque mi mente está más dispersa de lo habitual y que se ve interrumpida cuando tocan a la puerta.

—Toc, toc. —Aparece la dorada cabeza de Leo y dice—: ¿Cómo va todo?

—Bien, bien. Al parecer es un simple esguince —le respondo mientras me miro el tobillo con resentimiento; qué menos que una fractura, ¿no? Después me dirijo a la doctora—. Lucía, dado que al parecer es más cuento que otra cosa, ¿tú crees que, si aplico hielo y me drogo convenientemente, mañana podré estar lista?

—No es cuento y de ninguna manera deberías levantarte mañana. Lo ideal es que estés, al menos, dos días de reposo absoluto. Si te quedas en mi casa, mejor, porque así yo voy echándote un vistazo de vez en cuando, pero tú decides.

Dicho esto, sale de la consulta.

—Un poco borde, la doctora, ¿no? —comenta Leo.

—¿Quién, Lucía? —le pregunto, sorprendida.

—Me acaba de echar una miradita... Esta es de las que votan a los otros, fijo.

—No sé; debes de haberla malinterpretado. Es encantadora. Y yo encima voy a tener que abusar de su hospitalidad, porque ahora tengo que quedarme con ellos mucho más tiempo del previsto...

Me paro en seco, porque, en cuestión de segundos, la actitud de Leo ha cambiado por completo. Primero comprueba que la puerta está cerrada y, además, echa el pestillo. Después comienza a acercarse a mí, con el sigilo de un depredador y con las pupilas tan oscuras que sus ojos ya no son claros. Cuando llega a la altura de la camilla, baja la cabeza y me susurra al oído:

—La campaña comienza en tres días; vámonos los dos a un hotel —ronronea—. Estoy teniendo algunos problemas para borrar de mi mente la fea imagen de ti y el capullo de tu compañero, durmiendo juntos en una tiendecita de campaña.

Después desciende y clava la nariz en mi cuello, donde aspira profundamente. Mi cuerpo reacciona de forma exagerada, con taquicardias incluidas y con remolinos de deseo en la zona del bajo vientre. Por instinto, sorprendiéndome incluso a mí misma, le agarro por los hombros y me arqueo hacia él. Eso le hace sonreír y adornar su propuesta.

—Yo no soy médico, pero seguro que podría aplicarte una terapia de choque —le habla a mi cuello—: nos encerramos en una habitación y no paro de hacértelo hasta que te olvides de todo y solo sepas pronunciar mi nombre; ¿qué te parece?

Me tira del pelo hacia un lado para dejarme aún más expuesta y con la otra mano me acerca a él, hasta que comienza a succionarme. Esto es juego sucio, ni siquiera sé lo que me ha dicho, solo quiero que no se detenga. Mi cuerpo ha tomado el control, y no parece importarle que estemos en un lugar público, sobre una camilla. Hago un amago de buscar su boca con la mía para besarle, pero él intensifica la presión que ejerce sobre mi cuello. Mi respiración es tan ruidosa que tardo en darme cuenta de que estoy escuchando una incongruente musiquilla, la sintonía de un partido político, hasta que Leo se detiene, me suelta y saca el móvil de su bolsillo.

—Mierda —dice, con los ojos brillantes y también jadeando—. Me llaman de la sede. Tengo que atender esta llamada, disculpa.

Descuelga y suelta un «¡Dime!» malhumorado antes de abrir la puerta y abandonar la consulta. Ha desaparecido tan rápido que siento su ausencia como un cubo de agua helada. Cierro los ojos con fuerza, porque el dolor de tobillo ha reaparecido en todo su esplendor, pero sobre todo porque una ola de frío polar me ha invadido todo el cuerpo, peor que el que sentí esta mañana cuando estaba en la cumbre de la montaña, rodeada de nieve.

Trato de serenarme. No entiendo a qué viene esta sensación de vacío inmensa. Leo y yo somos adultos. Siempre que no nos pillen, podemos hacer lo que queramos en una camilla médica, al margen de la incomodidad y de que probablemente no sería una escena que escribiría Jane Austen. Entonces, ¿qué es lo que me pasa?

Juan. Cuando regrese a casa me voy a encontrar con un fantasma muy enfadado. Sin embargo, para qué nos vamos a engañar, hay alguien que me preocupa aún más. Alguien que está muy vivo. Pienso en César y siento una vergüenza inexplicable al acordarme de él. No tengo tiempo de analizarlo, porque debo tomar una decisión en cuanto a lo del hotel. ¿Qué hago? ¿Me fío de Leo o admito que mi compañero tiene razón, y debería separar lo personal de lo profesional?

Antes de decidirme, el diputado regresa. Al parecer este va a ser uno de esos momentos en los que yo misma me voy a sorprender de mi propia respuesta, porque no tengo ni idea de cuál va a ser. Todo ese desasosiego hace que tarde en darme cuenta de que el hombre que se marchó no tiene nada que ver con el que ha entrado a la habitación. Adiós, dios de la seducción; hola, diputado cabreado.

—Esto es increíble —dice, sin dejar de teclear en el móvil—. Que dicen los de arriba que las propuestas medioambientales para la provincia son muy flojas. Hay que rehacerlo y me lo dejan todo a mí; menuda panda de inútiles.

—¿Eso quiere decir que te tienes que ir? —pregunto, colocándome el pelo a ambos lados del cuello para evitar que se vea una más que probable marca.

—Sí, preciosa, lo siento mucho. Con suerte, vendré a verte el día antes de que comience la campaña, si me puedo escapar —dice todavía con la vista puesta en el móvil; cuando al fin me mira, ha regresado el Leo cautivador y acorta la distancia que nos separa—. Siempre tengo mucho cuidado de comportarme bien en sitios públicos, pero no sé qué hubiera pasado en esta camilla si no llegan a interrumpirnos... Pensaré en ello de forma recurrente mientras soporto largos y soporíferos mítines, te lo prometo.

Me quedo mirándole a los ojos un segundo y abro la boca para decirle que, al margen de lo bien que se nos da jugar a los médicos, quizá deberíamos hablar cinco minutos sobre lo que acaba de pasar y sincerarnos un poco, pero él parece tener mucha prisa. En ese instante, además, entra Lucía con unas muletas.

—Tendrás que llevar esto al principio... ¿Estás bien? —me pregunta.

—Sí. —No; la verdad es que está siendo un día de locos y necesito un poco de tiempo para gestionarlo—. Claro que sí.

—De acuerdo —me dice, no muy convencida—. ¿Has decidido ya si vienes a casa o...?

—Sí, se va contigo —responde Leo—. Mi plan para raptarla se ha ido al garete por razones de fuerza mayor.

—Mejor para ella —contesta Lucía, con resolución—. Pues venga, Cintia, que yo ya he terminado aquí y puedo llevarte a casa en coche.

—¿Tienes noticias de Jorge? ¿Está bien César? —le pregunto, ignorando el feo gesto que hace Leo cuando escucha el nombre de este último.

—Sí, acaban de llegar a casa, con todas vuestras cosas. César está descansando ahora, pero está bien.

—¿Ves? No hacía falta tanta preocupación —apostilla Leo.

—Venga, Cintia —dice Lucía sin prestarle atención al diputado—, vamos a ver cómo te manejas con las muletas.

Mal. Acabo de descubrir que son como dos palillos chinos gigantes y yo termino siempre pidiendo tenedor en el wok. Pero no pasa nada, con esfuerzo y paciencia, llegamos al coche de Lucía, donde me despido de Leo de forma precipitada. Tan precipitada que, cuando me va a dar un beso en la boca, yo me giro en el último momento y me lo acaba dando en el ojo. En fin. Cuando cierro la puerta y Lucía arranca el coche, le digo adiós con la mano mientras su figura se empequeñece. Al final no he tenido que tomar ninguna decisión; y por más que intente mitigarlo, una poderosa sensación de alivio me recorre de la cabeza a los pies, pasando por mi maltrecho tobillo.

XXV

Esta mañana, al abrir los ojos, me he encontrado con la incómoda imagen de tres cabezas (las de César, Jorge y Lucía) inclinadas sobre mi tobillo, examinándolo como si fuera un cacharro estropeado. Menos mal que, al menos, tengo las uñas de los pies pintaditas de celeste pitufo. El caso es que yo soy la responsable de esta escena, porque ayer durante la cena, después de dos días de absoluta inactividad, tuve una rabieta y dije que hoy retomábamos las grabaciones, estuviese como estuviese. Lucía objetaba que era demasiado pronto, pero yo ya me encuentro bien.

A ver, me duele. Pero es algo soportable. En cambio, permanecer en esta casa ajena, donde me han tratado como una reina, pero que no dejo de ser una intrusa, me parece inaguantable. Gran parte de esta sensación se debe a que César se ha vuelto a cerrar en banda conmigo. No se lo reprocho; me ha visto el pañuelo que llevo tapándome el cuello y sabe lo que hay debajo. Me salté a la torera sus recomendaciones y ahora tengo que apechugar. Eso no quita que haya resultado ser un enfermero la mar de eficaz, llevándome en brazos cuando necesitaba subir las escaleras y preguntándome si necesitaba algo, pero nada más. Incluso dudo que hayamos compartido habitación, porque por las noches los calmantes me hacían caer rendida muy temprano y por las mañanas, él ya se había levantado cuando me despertaba.

Mientras tanto, Leo sigue sin dar señales de vida, abducido por las propuestas medioambientales de su programa electoral. Al parecer, el protocolo de Kioto peligra seriamente no tanto por lo que sucede en Estados Unidos o en China como por las medidas que se lleven a cabo en la provincia de Granada. Parpadeo un par de veces antes de volver a la realidad; esa en la que mi tobillo está siendo protagonista de un detallado escrutinio.

—Aún sigue un poco hinchado —dice Lucía, con su particular *presentono*.

—Pero si no es nada... —argumenta Jorge, que se ha convertido en mi gran aliado.

César está callado, mirándome a la cara, por lo que yo mantengo un gesto neutro con el que me haría rica en Las Vegas. Después desplaza la vista al pañuelo. Cuando vuelve a mis ojos sé que es inevitable que esté viendo cómo se extiende un rojo violento que me llega hasta el nacimiento del pelo. Por fortuna, deja de observarme cuando Lucía anuncia el temido veredicto:

—Está mucho mejor, pero yo esperaría un par de días más, para que se cure del todo.

—¡Pero estoy mucho mejor, lo acabas de decir! —repongo, con cabezonería—. Por favor, Lucía, dame tu bendición, porque César no va a querer que nos marchemos hasta que lo hagas, y no quiero retrasarme más. Junio avanza y me preocupa que tengamos que grabar en pleno verano, bajo un sol abrasador.

—Yo lo veo bien —insiste Jorge, el único al que he conseguido ablandar con mi discurso—. Además, es su tobillo. No hay nadie más interesado que ella en que se cure de la forma adecuada.

Eso presupondría una madurez por mi parte que no tengo, pero ha sonado muy convincente. Al fin, veo a Lucía suspirar.

—Vale, pero no des ni un solo paso sin muletas. Y te

voy a recetar un relajante para que, cuando acabes el que te vas a llevar, te lo sigas tomando en caso de que el dolor reaparezca.

Me pongo tan contenta que hago un amago de saltar de la cama, lo que provoca un «¡Ni se te ocurra!» por parte del matrimonio. Pero no hacía falta, porque César se había teletransportado a mi lado y me está agarrando del hombro para evitar cualquier movimiento absurdo por mi parte. Eso sí, con la misma presteza que me ha cogido, me suelta. Y después se va, probablemente a prepararlo todo para nuestra partida.

La casa se llena de una actividad frenética, a pesar de lo temprano que es. Lucía me está ayudando a hacer mi maleta. Qué buena es. En realidad, sé que lo hace por César, porque, aunque ahora mismo no sea la persona favorita de mi compañero, ella ha actuado todos estos días bajo el lema «Los amigos de mis amigos son mis amigos». Y nos hemos reído mucho juntas, a pesar de las molestias ocasionadas por mi cojera. También ahora, cuando sin querer he metido en la mochila un portarretrato pequeño con una foto de su boda, creyendo que era mi móvil.

Tocan al timbre y Lucía baja para abrir. En ese momento aparece en la habitación César, como si fuera un elfo doméstico aplicado, y me coge en brazos, con la intención de bajarme por las escaleras. Apartando el olor a bosque floreciente que me golpea, tenerlo tan cerca, cuando en realidad lo noto tan distante, provoca que mi cuerpo se tense como un tirachinas. Su aliento fresco me impacta cuando me dice en voz baja:

—Respira, Cintia; te suelto en cuanto lleguemos abajo.

—¿Qué? No; si te estoy muy agradecida, César, y no he tenido tiempo de darte las gracias por todo... —Tensa aún más la mandíbula; ya debería haber aprendido que con este hombre solo funciona una cosa, que es decir la verdad—. Lo que pasa es que sé que estás enfadado y no sé cómo actuar, sinceramente.

Él me mira a los ojos, pero no dice nada. Y así llegamos a la cocina, enganchados a nuestros respectivos iris, tratando de entendernos mutuamente, sin mucho éxito. La burbuja que habíamos creado se revienta en cuanto escucho una voz inesperada a unos metros de donde nos encontramos.

—Caramba, César, ya es la segunda vez que te veo con Cintia encima. Tú y yo vamos a tener una conversación seria sobre acoso laboral.

Anda, mira quién ha venido después de dos días sin llamar. Leo, con americana y vaqueros, se acerca a nosotros con sus andares felinos y una sonrisa muy bonita que no le llega a los ojos. Lucía y Jorge, con un dónut en la mano cada uno, permanecen en una esquina de su propia cocina, expectantes. El diputado se ha quedado muy cerca, con los brazos extendidos, esperando, por lo visto, a que sea traspasada a él. Empiezo a tener complejo de paquete de Amazon, pero antes de que pueda objetar cualquier cosa, escucho la réplica de César:

—Cuando quieras mantenemos esa conversación —le reta, sin intención alguna de soltarme—; una conversación o lo que sea.

—No, no —reacciono yo, deshaciéndome de su agarre y poniendo, por supuesto, el pie afectado en el suelo; oigo a Lucía chasquear la lengua, pero la ignoro—. Si no me tiene que coger nadie, porque yo puedo andar perfectamente.

—Entonces —repone Leo con frialdad—, ¿por qué se empeña este en llevarte en brazos siempre?

—No me lleva siempre en brazos, solo cuando necesito subir y bajar las escaleras —le digo, y me acerco a él—. ¡Qué... bien que estés aquí! ¿Cómo es que has venido?

—Te dije que quería verte antes de que comenzara la campaña, pero a todos los problemas que he tenido con el programa, he tenido que sumar que se me ha roto el coche. Menos mal que estos días me han asignado un vehículo oficial y me he podido escapar a verte.

—Espera un momento —interviene César—. ¿Me estás diciendo que estás usando un vehículo pagado por la Diputación para ver a Cintia?

—Soy diputado de Turismo y tengo derecho a un coche oficial. Y no he venido solo por placer; te recuerdo que Cintia trabaja para mí. Ah, espera, y tú también, por cierto.

El aludido se adelanta dos pasos y se planta delante de Leo. Tienen la misma altura, lo que pasa es que, en este tipo de situaciones, la elegancia innata de Leo sale desfavorecida en comparación con el aire macarra de César. La voz del cámara no puede sonar más fría cuando le dice:

—Yo solo trabajo para ella.

Si no fuera por la tensión del ambiente, se me habría escapado la risa al ver cómo Jorge y Lucía asienten, satisfechos con la respuesta de su amigo. De hecho, están chocando sus dónuts sin ningún disimulo. Cuando veo que Leo coge aire para replicar, le agarro del brazo y le digo:

—Voy a coger las muletas y nos vamos a grabar Cástaras. Nos acompañas, ¿verdad?

Ahora el que chasquea la lengua es César, pero trato de ignorarlo. Hasta él debería entender que, con objetividad, no es conveniente que el diputado de Turismo se marche a casa en estas circunstancias, si se ha tomado la molestia de desplazarse hasta Trevélez. Cuando consigo que Leo asienta, agradezco poder centrarme en las despedidas de Lucía y de Jorge para aligerar un poco el ambiente. Mientras, César carga el equipo en mi coche.

Mi Nissan Micra parece un poco intimidado por el Audi A6 con cristales tintados aparcado justo detrás, con un chófer trajeado apoyado en el capó. Miro alternativamente los dos vehículos y pienso: «Houston, tenemos un problema». Yo no puedo conducir, pero mientras trato de decidir a qué coche dirijo mis torpes pasos, en mi mente Héroes del Silencio se desgañita cantando *Entre dos tierras*.

En el momento en el que César cierra el maletero, se vuelve hacia mí y me hace una pregunta que me descoloca:

—¿Qué es lo que más quieres en el mundo?

—A mi hermana.

No me ha hecho falta pensar la respuesta, claro, pero he tardado unos segundos en hacerlo porque me ha pillado desprevenida. César asiente y se me acerca.

—Pues por tu hermana, Cintia, hazme caso esta vez. Ni se te ocurra subirte a ese coche oficial.

Sin esperar mi respuesta, se mete en mi Micra y arranca el motor. Justo en ese instante, Leo, sin despedirse de mis anfitriones, me abre la puerta del Audi y me dice:

—¿Vamos?

Trago saliva. Noto la mirada de César por el retrovisor y también la del chófer. También es verdad que una furgoneta está parada desde hace un ratito porque le estamos bloqueando el paso. Así que doy dos pasos en dirección al diputado y veo que él ensancha la sonrisa. Eso lo hace todavía más difícil.

—Escucha, Leo —me oigo decir—. Me parece que no es buena idea que vaya contigo en tu coche; no sé si es una cuestión de principios o de imagen, pero creo que, por el bien de los dos, no debo montarme en él.

—No entiendo —dice el diputado—. Sabes que yo más que nadie me preocupo por las apariencias, pero no veo cuál es el problema en este caso. Este es un coche de la Diputación; tú estás haciendo un trabajo para ella. ¿Qué tiene de malo que te subas? Si te sientes mejor, puedes aprovechar todo el trayecto para darme la monserga sobre Cástaras o por el pueblucho que prefieras.

—Ese es el problema, Leo. —Intento pasar por alto lo de *pueblucho*, aunque me parece que el diputado de Turismo no debería hablar así de ninguna localidad de su provincia—. A lo mejor, si me subo en ese coche, yo no querré hablar de los reportajes, sino, por ejemplo, de la situación en la que nos encontramos tú y yo. Porque, sí, es verdad que trabajo para ti, pero por mucho que disfraces esto de visita institucional, tú hoy no has venido a verme para supervisar mi proyecto. Como también estoy convencida de que no le haces esto —me bajo el pañuelo, donde todavía se aprecia la marca de sus dientes— a todas las personas que trabajan para ti. Vamos, eso espero, al menos.

Se echa para atrás, con los ojos muy abiertos. No se esperaba esta reacción mía. A decir verdad, yo tampoco. Tardo en darme cuenta de que una euforia desconocida me recorre de arriba abajo, como una especie de liberación. ¿Así es como se siente César todo el rato? Mola. Mola tanto que decido continuar:

—Y sé que debes de estar estresadísimo, pero ¿cómo puedes estar dos días enteros sin llamarme, habiéndonos despedido en un centro de salud? ¿De verdad en cuarenta y ocho horas no has dispuesto de ni un solo minuto para preguntarme cómo estoy?

No sabía lo mucho que me había afectado su silencio de estos días hasta que lo he exteriorizado. Él parece sorprendido, pero más que nada, ofendido. De hecho, me agarra del codo para que me acerque a él y me dice al oído, con voz grave:

—Eso es injusto. No sabía que teníamos ese tipo de relación; de hecho, vamos tan despacio que no estaba seguro ni de que hubiera una relación, ¿y ahora me echas en cara que no te llamo?

—Me propusiste estar dos días encerrados en una habitación de hotel —le respondo en el mismo tono—. Llámame mojigata, si quieres, pero para mí eso es ir a toda pastilla.

Se separa de mí y me mira a los ojos. El puñetero sol sale en ese momento entre las nubes y derrama toda su luz sobre el diputado, como en un cuadro de la Anunciación, coloreando sus ojos de un verde brillante y plateado. Hay algo peligroso en su mirada, algo que no había visto antes. Pero de pronto cambia su expresión; se le suavizan los rasgos y vuelve la versión anterior de Leo, esa que hizo que se me paralizara el corazón nada más verlo.

—Perdóname, Cintia, tienes toda la razón —admite—. Es la campaña, que me tiene desquiciado. Las encuestas no son tan favorables como nos gustaría. Es cierto que tenemos que hablar, pero prefiero hacerlo cuando todo acabe y yo no sea un manojo de nervios. Y con respecto a lo del coche, ve en el tuyo, si así estás más cómoda. Faltaría más.

—Vale. Nos vemos en...

Pero él ya se ha metido en el Audi y ha cerrado la puerta. Y yo caigo en que la furgoneta, cuyo conductor debe de ser la persona más paciente del mundo, sigue estando bloqueada por nuestra culpa, así que me apresuro (todo lo que una persona patosa puede apresurarse con unas muletas) en subirme a mi coche. César, que si está feliz por haberse salido con la suya, no lo demuestra, me ayuda con el aparatoso proceso de meterme en el coche. Me abrocho el cinturón y al fin nos marchamos.

Tengo el corazón a mil por hora; los pensamientos me rebotan como en un frontón y la euforia ha dado paso a otra cosa más oscura. En la radio suena el final de una canción de Oasis que se está alargando demasiado. Y encima, César, tan callado como un espectro, no para de mirar por el espejo retrovisor con el ceño fruncido. ¿Se creerá que tiene el poder de fulminar políticos con sus ojos negros? En una ocasión, hasta pega un volantazo. Me está poniendo nerviosísima, así que le digo:

—¿Puedes aparcar tu odio hacia Leo durante, no sé, los veinte o treinta minutos que nos quedan hasta llegar?

—No es eso —me responde.

—¿No? ¿Qué es, entonces? —Pero no le dejo que responda y sigo hablando—: Mira, César, como te he dicho esta mañana, sé que estás enfadado y lo respeto. Lo respeto porque sé que piensas que me he saltado a la torera todos tus consejos sobre que no hiciera nada con Leo para evitar complicaciones. Pero, por esa misma razón, deberías intentar contenerte con el diputado. Porque si quieres que yo no me enamore de él para no perjudicar nuestro trabajo, tú deberías dejar de odiarlo por el mismo motivo, ¿no crees?

César no me contesta y yo pongo el aire acondicionado a máxima potencia con el chorro dándome en la cara. Las curvas endemoniadas y el dolor del tobillo no ayudan, pero lo peor es el pañolito en el cuello, que me agobia mucho. Estoy intentando separármelo de la piel hasta que oigo a César decir:

—Aquí solo estoy yo. Quítate el pañuelo y después, si quieres, te lo vuelves a poner. —Sigo mareada, pero no lo suficiente para no detectar la tensión que esconden sus palabras; sin embargo, nada me prepara para la pregunta que hace a continuación—: ¿Lo disfrutaste?

Uy, qué improcedente.

—¿Qué? —Pero como lo he escuchado muy bien, le respondo—: Eso no te concierne.

—Si lo disfrutaste, es verdad que no me concierne.

—¿Pero qué...? —Anda, ya no estoy mareada; estoy indignada—. Explícate, César, porque no entiendo cuál es la parte que te concierne en el proceso de que Leo me muerda el cuello.

En ese justo instante, nos detenemos para que pase un rebaño de ovejas. César aprovecha para mirarme; ahora tiene los ojos opacos, como una noche sin luna o como una ausencia de esperanza. Su voz sale como la lija cuando afirma:

—Te explicaré por qué creo que me concierne, Cintia. Hace unos días me dijiste que os lo estabais tomando con calma, que aún no había sucedido nada importante entre vosotros, pero de pronto, después de que pasaras la noche conmigo en la montaña, apareces con eso en el cuello. Y por más que lo pienso, no sé cuándo pudo ocurrir. ¿Cuando te llevaba al centro de salud? ¿Mientras te estaban explorando? En cualquier caso, qué repentino, ¿no? Todo parece indicar que le urgía marcarte —señala a las ovejitas que tenemos delante—; marcarte como si fueras ganado.

Me fijo en que todos los animales tienen una *A* pintada en el costado. Trago saliva. ¿Y yo? ¿He sido marcada también? Para bien y para mal, César no estaba allí cuando sucedió. No sabe que el mismo Leo reconoció que no le había gustado que durmiese con él; pero tampoco sabe cómo reaccioné yo cuando el diputado se abalanzó sobre mí. Prefiero pensar que no hubo ninguna intención, que los dos nos dejamos llevar por la pasión del momento. Y me molesta que me vea débil, que piense que no sé manejar la situación con Leo. Así que abro la boca y lanzo una estocada:

—Aun así, sigue sin concernirte. —Y añado—: Y, por cierto, sí que lo disfruté.

Se produce otro de sus parpadeos lentos, acompañado de una profunda inspiración. Y estamos tan concentrados el uno en el otro que nos sobresaltamos cuando nos pitan. No sé si ha sido el coche de Leo o la furgoneta que hay detrás. ¿Es la misma que había en el pueblo? Tiene que estar de nosotros hasta las narices. César es el primero en reaccionar y arranca de nuevo el coche. Yo sigo mareada, aunque ya no es por las curvas, sino por la conversación que acabamos de mantener. Cuando me suena el móvil y veo que es Leo, trago saliva. Todo es susceptible de empeorar.

—Hola —respondo con voz ahogada.

—Cintia, me temo que voy a tener que dar la vuelta, lo siento mucho. Me han llamado de nuevo de la sede, que los carteles están mal impresos y esta noche tienen que estar listos. —Baja mucho la voz, tanto que me hago daño al pegarme muchísimo el teléfono a la cara—. Me da rabia tener que irme así, pero no puedo hacer nada al respecto.

—Oh. —Qué mal, necesito hablar con él—. Entonces, ya no te veo en... ¿dos semanas?

—Como mínimo. Tal vez pueda hacer un esfuerzo y escaparme a algún mitin que haya por la zona, pero estáis muy alejados de cualquier núcleo importante, así que no te quiero engañar: lo veo difícil.

No se puede ir así, con las cosas tan tensas entre nosotros. Me trago el orgullo y hasta la vergüenza que siento al decir:

—Leo, nosotros, estemos en el punto en el que estemos..., ¿estamos bien?

La respuesta del diputado no se hace esperar.

—Pues mira, ahora que lo preguntas... —Aguanto la respiración; lo que no esperaba es que Leo de pronto alzase tantísimo la voz—. No sé cómo estas tú, pero yo solo puedo pensar en retomar lo que el otro día comenzamos en la camilla. Me debes tres días encerrados en un hotel, recuérdalo. —Hace una pausa y añade—: Un beso, reportera favorita.

Sin esperar respuesta, cuelga. He intentado bajar el volumen del móvil, pero ha dado igual. Está claro que su objetivo era que César lo escuchara, y lo ha conseguido. Me molesta que parezca más preocupado por mi compañero que por nosotros. Me gustaría llamarlo y decírselo, pero por primera vez me asalta el temor *real* de lo que pasaría si Leo y yo discutiésemos. La subvención está oficialmente solicitada, yo misma lo vi. Aunque eso debería tranquilizarme, termino quitándome el pañuelo, porque me muero de calor. Bajo la ventanilla y saco la cabeza, en un intento de sentirme mejor.

No sirve para nada.

XXVI

Cástaras es un lugar maravilloso para serenar el ánimo, incluso para alguien que, como yo, llegó al borde de la histeria. Es tan pequeñito que en este momento no cuenta ni con bares ni tiendas. Pero no hacen falta, si los habitantes son los más hospitalarios del mundo. Nos vieron llegar, a mí, con muletas, y a César, cargado con todo el equipo, y hasta nos dieron cobijo en uno de sus hogares, con lo que no hemos tenido que alquilar ninguna casa rural. Y nos hemos ido mucho más gordos de lo que llegamos, gracias a una maravillosa dieta compuesta de choto al ajillo y, de postre, potaje de castañas. Todo muy ligerito, vamos.

Leo no me ha llamado y tampoco me coge el teléfono, pero como no puedo hacer nada el respecto, he decidido pausar los sentimientos y hacer como él, volcarme en el trabajo. Al margen de todo, es una pena que no nos pudiera acompañar a Cástaras, porque el pueblo está ondeando una bandera de auxilio que nadie parece ver. Hemos grabado una mina abandonada y un balneario cerrado que antes aprovechaba sus aguas con propiedades para curar enfermedades de la piel (estoy tentada de echarme un poco en el cuello, a ver si desaparece de una vez el maldito chupetón). Hay también cortijos preciosos, algunos adquiridos por extranjeros que los han rehabilitado, pero la mayoría están en ruinas. Son muy pocos los que quedan viviendo aquí y alguien debería actuar ya.

—Me gustaría grabar un cortijo restaurado e incluirlo en los documentales; tal vez consigamos que alguien se anime y decida invertir en la comarca —digo en cuanto salimos de Cástaras.

—Es una buena idea —me contesta César.

Hombre, ya nos hablamos otra vez. Creo que ayer no nos cruzamos ni una sola palabra más allá de «Graba esto» o «Pásame la batería». No, miento: anoche me preguntó si me había tomado la pastilla. Le dije que no, puso los ojos en blanco y se levantó para traerme un vaso de agua y la medicina. Lo que me recuerda...

—¡Vaya por Dios! —digo tras comprobar que el relajante no está en mi bolso—. No encuentro las pastillas, creo que me las he dejado sobre la mesita de noche.

—No importa, yo guardé las que me dio Lucía. —Hace una pausa, antes de añadir—: Cintia, eres despistadísima.

Lo miro. No me había dado cuenta de que hoy se ha puesto la camiseta que más me gusta de su repertorio, una que pone: «Nunca discuto; solo explico por qué llevo razón». Es muy él. Pero lo que me ha empujado a mirarlo no ha sido su ropa, sino el tono que acaba de utilizar. Está alucinado por lo despistada que puedo ser. Sin poder evitarlo, me echo a reír.

—Ya lo sé. Es que pienso muchas cosas al mismo tiempo y a veces tiendo a desconectar. Seguramente es algún déficit, pero...

—No es un déficit, es un rasgo tuyo —repone; como sus facciones se han suavizado al fin, noto que el corazón se me ensancha, porque llevaba oprimido desde ayer—. Pero es llamativo. Tu despiste es la razón de que tengas tantos accidentes y también de que no...

—duda; eso es raro, la verdad, ¿puede ser la primera vez que lo veo dudar?—, de que no veas cosas que son evidentes.

—¿Estás diciéndome, con una sutileza muy impropia de ti, que soy cortita?

Se ríe. Percibo que no quiere, pero no lo ha podido evitar. El caso es que mi corazón se detiene al escucharlo; me encanta su risa. Todavía con una sonrisa en los labios, me dice:

—No, mi comentario solo constata un descubrimiento que acabo de hacer: si no te doy información específica, serás incapaz de sumar dos y dos.

—Dos y dos son cuatro —repongo—. Y me estoy perdiendo en esta conversación. ¿A qué te refieres?

—Lo sabrás a su debido tiempo.

—¿Y cuándo será eso?

—En cuanto se me presente una oportunidad —dice en plan enigmático.

Cuando César y yo estamos bien, las nubes desaparecen del cielo y hasta la carretera tiene menos curvas. Así, en cuanto atravesamos una densa masa de castaños, llegamos a Juviles. Según mis apuntes, es uno de los pueblos con menos habitantes de la Alpujarra, pero enseguida se nota que han sacado sus garras para hacerse notar. Exprimen al máximo todo lo que tienen: naturaleza, historia y... jamones. Es un pueblo de cuento, blanco y recoleto. En cuanto nos bajamos del coche, intento andar sin muletas y no me duele. César me ve y frunce el ceño.

—¿Y tus muletas? —pregunta—. ¿Ya las has perdido?

—Que no —digo un poco ofendida; tampoco soy tan desastre... todo el rato—. Este pueblo es prácticamente llano, voy a intentar caminar sin ellas.

—No deberías...

—Si me duele, volvemos, ¿de acuerdo? —Y le pongo cara de ángel a la única persona que, cien por cien seguro, es inmune a mis encantos.

Me sorprendo cuando asiente. Eso sí, tiene el ceño

tan fruncido que no descarto que en cualquier momento vaya él mismo a por las muletas.

—Bueno, venga, infórmame sobre qué grabamos aquí —me dice.

—Pues además de callejear, déjame mirar... —Abro mi libreta, por la página de Juviles—. La fortaleza, que es del siglo VIII; un lavadero antiguo... Pero todo eso será esta tarde; ahora nos vamos a cazar gigantes.

—¿Cómo?

—Lo que oyes —digo, disfrutando de su cara de sorpresa—. Sígueme, que tenemos que localizar el Barrio Bajo.

No tiene pérdida; en poco tiempo salimos del pueblo y llegamos a una imponente pared vertical de piedra de unos cuarenta metros de altura donde se aprecia un hueco que recuerda, más o menos, a una huella de grandes dimensiones.

—Ahí lo tienes —le señalo a César cuando lo veo—. La constancia empírica de que aquí vive, o al menos vivió, un gigante malhumorado que dejó su huella al darle una patada a la montaña.

—Tampoco es que sea una huella muy definida —replica César, mientras monta la cámara.

—Ya empezamos... Pues que sepas que todo el mundo coincide en que este es un sitio mágico. Y yo también creo que tiene algo.

Es verdad. Será la quietud, la vegetación que nos rodea o la sorprendente superficie de piedra que tenemos delante, pero... Una ráfaga fuerte de viento se levanta, nos revuelve a los dos el pelo y hace que la cámara se tambalee sobre el trípode. César lo estabiliza con las manos hasta que el viento desaparece. Después se vuelve hacia mí.

—Dile a tu gigante que se esté quietecito y que no me toque la cámara.

—Se lo vas a decir tú mismo, porque ahora vamos a grabar la Cueva de la Umbría, que es donde supuestamente duerme —le digo, divertida—. Pobre gigante, la que se le viene encima.

—¿Te pondrías de parte del gigante? —pregunta, mientras hace un paneo vertical de la enorme pared.

Me pienso la respuesta.

—Hoy, que estás de buen humor, no.

Se ríe otra vez. No me acostumbro a ese sonido y no quiero hacerlo, porque si lo hago, dejaré de experimentar la sensación de victoria que obtengo cada vez que lo consigo.

Así de relajados nos pasamos toda la mañana grabando. Hacemos una pausa para comernos unas setas con jamón. Carlos, el dueño del bar, nos dice que es una pena que no hayamos venido en agosto, porque en las fiestas hacen una verbena y lanzan fuegos artificiales.

—Es muy divertido, viene mucha gente de toda la comarca —nos cuenta.

—Y hoy es víspera de San Juan —le digo recordando que es 23 de junio—. ¿Cómo lo celebráis?

—Con una tradición muy particular que consiste en regalar macetas —contesta, muy sonriente—. Bueno, son los mozos enamorados los que, por la noche, roban macetas para las chicas que les gustan. Cuanto más bonita sea la planta, más enamorado está el chico.

—Anda, qué cosa más curiosa —reprimo mi efusividad, porque me ha parecido una costumbre bonita de verdad, pero estoy con dos hombretones que dudo que me entiendan—. ¿Y qué otras fiestas tenéis?

—La fiesta de la matanza, donde hacemos morcilla y longaniza, comemos cocido y buñuelos de chocolate.

—Esa es mucho menos romántica —señalo.

—Pero más sabrosa —apunta César.

—Desde luego —respondemos Carlos y yo.

Cuando acabamos, le propongo a mi compañero que paremos para que pueda descansar, pero se empeña en continuar. Si me dice una vez más lo de aprovechar las mejores horas de luz, le voy a dar un capirotazo. El caso es que no accede a ir a la pensión hasta que el sol comienza a ponerse.

Cogemos las llaves de nuestras respectivas habitaciones y me sorprendo pensando en que esta noche echaré de menos a César. Llevamos casi una semana durmiendo juntos (en Cástaras también compartimos habitación) y me gustaba, porque desde lo de Juan, y a excepción de mi hermana, he pasado todas las noches sola. Hay algo reconfortante en sentir la respiración de otra persona a tu lado. Pero, claro, no hay absolutamente ninguna razón objetiva para que durmamos juntos hoy, así que pido dos habitaciones. Y seguro que él está deseando tener un poquito de privacidad. Sin embargo, no me ha dado tiempo ni a abrir la maleta cuando tocan a mi puerta; cuando la abro, compruebo que es él.

—¿Y si voy a por unos bocatas, nos los comemos juntos y después nos vamos a ese sitio que quieres grabar por la noche?

—Claro —respondo, contenta, porque al parecer no está tan harto de mí—. Pero voy yo, que tú estarás agotado.

—Ni hablar —dice ya en el pasillo—. Y pon el pie en alto.

—¡Pide el *ticket*!

Siempre se le olvida. Y a César no se le olvida nada, así que puede que lo haga adrede, pero eso no es serio. Él no debe pagar nada. En fin, la habitación es pequeña, pero acogedora. Abro la ventana y me quedo un rato contemplando el atardecer, rodeada de las flores de mi balconcito. En poco tiempo llaman a la puerta: es César, con los dos bocadillos. Va a saludarme cuando se queda mirando el balcón un instante y, acto seguido, corre hacia su cuarto.

Me aparto en cuanto llega, cargado con el trípode y la cámara. Monta el equipo en el balcón en un nanosegundo y se pone a grabar. Este tipo de arrebatos artísticos ya le habían sucedido antes, pero no con tanta... precipitación. Me asomo un poco para cotillear qué puede haberle llamado tanto la atención y solo veo unos geranios rojos. Es verdad que el sol está a punto de ponerse tras las montañas, con lo que en el exterior la luz es dorada y, en este ambiente vaporoso, las flores parecen tres pinceladas descuidadas de granate, verde y marrón. Como casi no cabe en el saliente, César está luchando contra la gravedad y el contraluz para tomar el plano perfecto. Pero cuando finaliza la grabación y se vuelve hacia mí, tiene un gesto de satisfacción tan grande que no me cabe duda de que lo ha conseguido.

Me viene a la mente un recuerdo y, sin pensarlo mucho, lo comparto con él:

—Antes de mi fatídico último día en la tele, solo fui a grabar un día contigo, porque fallaron el resto de los cámaras del informativo. Seguro que no lo recuerdas, pero le hicimos una entrevista a...

—A un poeta sirio llamado Adonis. Sí que lo recuerdo.

Ah, qué buena memoria.

—Sí, exacto. No sé tú, pero yo disfruté muchísimo con la entrevista. Nos contó que, según él, la poesía es el mejor género que existe, porque sirve para mejorar la realidad. También dijo algo así como que para hacer poesía no era necesario ser escritor. Que los pintores y hasta los bailarines pueden ser poetas, que los amantes lo son con frecuencia... —Hago una pausa, e intento tragarme las emociones que todavía me despiertan sus palabras; después, sin dejar de mirar a mi compañero, continúo—: Yo creo que tú, con la cámara, no grabas, sino que haces poesía.

César se ha quedado muy quieto. Pero más quieto que el escritorio de la habitación. Inquietantemente quieto, podríamos decir. De pronto parpadea, gracias al cielo; traga, gracias a las estrellas, y coge uno de los bocadillos que me ha traído. Con la voz un poco tomada, me dice:

—Venga, que se nos enfría.

Yo asiento, paso por alto que un bocadillo de jamón no se enfría y comienzo a devorarlo, sentada en mi cama.

Él escoge la silla y también come, en silencio. ¿Ha estado fuera de lugar lo que le he dicho? A veces me paso de intensita, pero es que tiene un talento extraordinario, y no sé si es consciente de ello. Por otra parte, en la tele nunca tuve oportunidad de decírselo.

—¿Sabes otra cosa que haces muy bien, César? —le digo, en un intento de recuperar la normalidad.

Niega con la cabeza.

—Comprar bocadillos de jamón.

Sonríe, al fin. Uf, menos mal. No sé qué ha ocurrido, pero todo se ha vuelto a aligerar, y me paso el resto de la cena hablando de naderías.

En cuanto terminamos, lo recogemos todo, y ahora que ya es de noche, podemos ir a grabar lo que tengo en mente. Me parece que le va a encantar. Yo, desde luego, estoy emocionada. Según llegamos al aparcamiento del Mirador de Los Llanillos, nos bajamos del coche.

No tengo que indicarle a mi compañero a qué hemos venido, porque enseguida lo entiende. Un cielo cubierto de purpurina se alza sobre nuestras cabezas. La lástima es que la luna aún está bastante llena; de lo contrario, veríamos muchísimas más. De todas formas, espero que le haya gustado a César, que está de pie, mirando hacia arriba.

—Hace poco declararon este mirador «parque estelar» —le informo—. Es precioso, ¿verdad?

Cuando agacha la mirada hacia mí, contengo la respiración. No sé identificar lo que veo en sus ojos, pero es intenso, es bonito y es doloroso. Incluso está cerrando y abriendo las manos a sus costados, en un gesto nervioso que no le había visto hasta ahora. Quiere decirme algo y a la vez no quiere que me entere. Pero César es muy valiente. ¿Qué...?

Me quedo inmóvil. A ver si al final sí que está enamorado de mí. Intento decirme lo mismo que otras veces que me lo he planteado, que supongo que, si fuera así, me lo hubiera dicho, pero ahora que lo miro con detenimiento, me lo replanteo. La última vez que hablamos le dejé claro que quería intentarlo con Leo, así que, por muy sincero que sea, a nadie le gusta declararse si la otra persona no comparte sus sentimientos.

¿Debería preguntarle? Qué idea tan terrible, ¿no? Además, como la respuesta sea que sí, menudo follón. Ya es un lío que Leo no me coja el teléfono, si ahora añadimos los sentimientos de César a la ecuación, esto va a parecer un culebrón turco. Exacto, eso es. Me estoy montando una película. Ni siquiera sé si le caigo bien. Y está recuperándose de lo de Andrea. A lo mejor es solo que me hace ilusión imaginarme que alguien tan sólido e inexpugnable como él pueda sentirse atraído por alguien tan normalita como yo. Eso es.

El caso es que llevamos un tiempo con la mirada fija el uno en el otro, bajo un silencioso manto de estrellas que nos guiñan, como animándonos a... ¿qué? No lo sé, pero decido ser yo la que desatasque la situación.

—Bueno, pues coge un par de planos y nos vamos, si te parece bien.

—Claro.

Nuestras voces han sonado distintas, las dos. Y mientras César graba el firmamento, yo no dejo de mirarlo a él, hasta que me acuerdo de Leo y entonces dejo de hacerlo.

Esta noche he dormido fatal, me ha costado levantarme y ahora voy justa de tiempo para desayunar. Pero es que quería lavarme el pelo, ya que después de dar tantísimas vueltas en la cama parecía Jon Bon Jovi de joven. Salgo al pasillo y le pego una patada a algo de pequeño tamaño que sale disparado. Ha sido tan rápido que no lo he llegado a ver, pero creo que se ha metido debajo de un aparador que tengo delante.

Me arrodillo para mirar por debajo del mueble y, aparte de maravillarme de que no haya ni una sola pelusa y prometerme que pondré una reseña positiva de la pensión en Tripadvisor, veo un objeto pequeño. Tardo en poder cogerlo, porque está muy al fondo, pero al final lo consigo. Aparte de sonreír cuando lo tengo en las manos, no sé qué pensar.

Es un pen. Con forma de Darth Vader. Puede ser que se le haya caído a alguien o puede que no. Me meto de nuevo en mi habitación y enciendo mi portátil, que tarda lo de siempre en arrancar, una eternidad. Cuando lo hace, introduzco el pen y emergen unas diez mil advertencias de un posible apocalipsis informático en caso de que abra ese archivo desconocido. Las ignoro y, cuando veo una carpeta que pone «Para Cintia», contengo el aliento.

Hago doble clic en el documento y aparece la maceta de geranios que ayer grabó César en mi balcón. Es una imagen, pero parece un cuadro; como una combinación explosiva de colores y emociones. Solo dura diez segundos, pero son diez segundos en los que no respiro. Cuando la pantalla se queda en negro, reacciono. Alguien me ha regalado la maceta más bonita del mundo en la noche de San Juan, como hacen los enamorados, según la tradición. Y ese alguien me espera para desayunar.

XXVII

Una parte de mí esperaba encontrar a un César esquizofrénico, bebiendo un *whisky* con hielo para templar los nervios, pero nada más alejado de la realidad. Viste con otra de mis camisetas preferidas, la de los Beatles cruzando civilizadamente por el paso de peatones, y las bermudas *beige* con bolsillos. Está tomando un café y otro bocadillo de jamón, mientras lee el *Marca* con atención. Me acerco a la barra y me pido un té, al quedarme sin excusa para pedirme el *whisky* yo. Nada para comer, porque tengo el estómago tan cerrado que no entraría ni una triste pipa. No dispongo de una estrategia sobre cómo afrontar la situación, así que me limito a sentarme a su lado y apoyarme en la mesa, que está muy coja, con lo que vuelco parte de su café sobre el platito.

—Uy, perdona —le digo.

—No importa —me responde.

Vuelve a centrarse en unas noticias deportivas que, teniendo en cuenta que es verano, probablemente hablen del estado del césped de La Romareda, pero que al parecer despierta todo el interés de mi compañero. Me traen el té y yo aprovecho para calentarme las manos, porque, a pesar de que hace calor, yo no las siento, para variar. Hay un tintineo molesto en el ambiente, pero no logro identificar la causa, hasta que, de pronto, César pone una mano en mi pierna desnuda, porque llevo unos pantalones vaqueros cortos. Su acción tiene dos consecuencias: que cese el incómodo sonido y que yo deje de respirar. Me mira a los ojos mientras dice:

—No creo que este tic sea bueno para tu tobillo, ni para todo lo que hay sobre la mesa. —Ah, que estaba moviendo la pierna de forma compulsiva, no me había dado cuenta. César suspira, cierra el periódico y me dice—: ¿Qué pasa, Cintia?

—¿Qué pasa? —Durante una fracción de segundo me planteo que no haya sido César el que ha puesto al pequeño Darth Vader y todo su revolucionario contenido en mi puerta, pero es imposible porque la imagen la grabó él, así que le respondo, un poquito agresiva—: ¿Cómo que qué pasa? ¿Después de lo que acabas de hacer, esperas que desayune un mollete, tan tranquila?

—Si te apetece...

—¡No me apetece! Vamos a ver, César —le enseño al minivillano de *La guerra de las galaxias*—, ¿esto significa lo que creo que significa?

Suspira. Sin prisa alguna, se inclina hacia mí y comienza a hablar:

—Como no sé lo que tú crees que significa, te diré lo que significa para mí. Significa que me gustas tanto que me da miedo pensar en lo que estaría dispuesto a hacer por una risa tuya. Pero también que me encanta enfadarte, sacarte de quicio y que me grites. Quiero afectarte, como tú haces conmigo. Y encima eres preciosa, preciosa de verdad. No he pegado ojo ni una puta noche de las que hemos compartido juntos; me preocupaba que se me fuera la olla y no poder controlar las ganas que tengo de besarte. En la tienda de campaña, teniéndote tan cerca, pero sin poder tocarte, pensé que me volvía loco. Y anoche, cuando volviste a eclipsar a todas las estrellas del universo, también tuve problemas para controlarme. Eso es lo que significa, Cintia.

Se echa hacia atrás y, aunque no lo ha hecho con

violencia, el respaldo de la silla cruje. Yo me he quedado petrificada. Intento aplacar la euforia que me producen sus palabras, palabras que nunca nadie me había dedicado antes, y me imagino que las meto en un bote y lo cierro al vacío. No puedo dejarme llevar, maldita sea; está Leo, está la subvención y... Tengo que aclarárselo. No soporto que la gente sufra por mi culpa, y menos él. Así que, aunque me quemen las frases que tengo que pronunciar a continuación, se lo digo de todos modos.

—Eso es... Creo que es lo más bonito que me han dicho nunca, pero, como te dije, Leo y yo tenemos algo, aunque ahora mismo nos encontremos en punto muerto. Veras, debes saber que soy una persona extremadamente fiel, en un nivel casi enfermizo. Creo que es porque he sufrido muchas pérdidas importantes en mi vida: mi madre, mi padre, Juan..., y si dejo entrar a una persona en mi corazón, llega para quedarse. Por eso, sintiéndolo mucho, yo no...

—No te disculpes —me interrumpe, con suavidad—. Estás siendo sincera, no puedo recriminarte nada. Y no te preocupes; si tú no cambias de opinión, yo no volveré a mencionarlo. —Baja el tono y vuelve a acercarse a mí—. Pero es importante que entiendas que tienes otra posibilidad; una que va más allá de encerrarte durante tres días en un hotel. Yo con tres días no tendría ni para empezar, por cierto; pero, además, te ofrecería mucho más.

Me reta con la mirada a que diga algo, pero a mí se me ha olvidado hablar, así que vuelve a poner distancia entre nosotros y, con una floritura, hace el gesto universal de que le traigan la cuenta. La camarera, guapa, con un *piercing* en la ceja, en la nariz, en el ombligo y a buen seguro que en muchos sitios más, se acerca con coquetería y le dice que son cuatro euros. Él le deja un billete de cinco y le dice: «Estamos en paz». Lo estarán ellos dos. Yo estoy en pleno estado de ebullición.

Se levanta y comienza a alejarse. Es entonces cuando

me obligo a reaccionar. Lo persigo, le voy a agarrar del brazo, pero en el último momento decido darle un tirón a su camiseta, como si estuviéramos jugando al pillapilla, y logro que se pare. Cuando se vuelve y me mira, me invade un sentimiento profundo de admiración, porque no hay nada de debilidad en él. Acaba de desnudar su corazón, me lo acaba de ofrecer en una bandejita, y la única que tiene un tembleque poco saludable soy yo. Aun así, tengo que soltar esto que tengo dentro o no podré retomar la normalidad, si es que eso es posible.

—¿Seguro que quieres continuar trabajando conmigo? Me has dicho que sufres. No quiero que lo hagas. De hecho, si alguien me dice que quiere hacerte daño sería capaz de pegarle, César; pero si ese alguien soy yo..., ¿qué hago? ¿Y qué ha pasado? Hasta hace unos días pensaba que me soportabas con dificultad y ahora me dices... —Me abrazo a mí misma y sigo—: Yo no creo que esté a la altura de unos sentimientos tan bonitos como los que me acabas de expresar. Pero, incomprensiblemente, ha sucedido, y ahora yo no quiero hacerte daño.

Él escoge este momento para sonreír. Hoy está distinto, o tal vez es que lo veo diferente yo. Está más alto, más masculino, más... todo. Y, por primera vez, mi estómago se gira cuando se me acerca y percibo su exuberante olor a limpio.

—Como tampoco es que me apasione estar todo el día declarándome, vamos a zanjar el tema de una vez: claro que mereces la pena, lo mereces todo. Es más, estoy seguro de que te mereces a alguien mejor que yo, pero viendo quién es la alternativa, apuesto por mí. Y por supuesto que quiero seguir trabajando contigo, me encanta lo que estamos haciendo. Y ya, para finalizar, si yo sufro o dejo de sufrir es mi problema. —Se aparta y concluye—: ¿Podemos continuar? Se nos están yendo las mejores horas de luz.

No espera a que le diga nada, sino que se da la vuelta y se dirige a la pensión para recoger nuestras cosas. Yo pongo el piloto automático y le sigo. Subimos a nuestras habitaciones, cogemos las maletas y pago en recepción; creo que me han dicho que son ochenta euros, pero si me hubieran dicho que eran diez mil los hubiera pagado igual, así de fuera de control estoy. Cuando nos metemos en el coche, César pone Green Day a todo volumen, seguramente para llenar el silencio, porque, aunque yo normalmente no paro de hablar, hoy no sé qué decir. Cuando tras unos minutos baja el sonido, vuelvo a aguantar la respiración antes de escuchar su pregunta:

—¿Qué vamos a hacer?

—No tengo ni idea —le respondo, contenta de no tener que seguir fingiendo que todo es normal—. Esto es raro de narices. No puedo dejar de darle vueltas y más vueltas...

—Me refiero a qué vamos a grabar hoy —me corta.

—Ah, sí —le digo, enrojeciendo en tiempo récord; miro la libreta para disimular, pero es como si estuviera escrita en arameo—. Creo recordar que era... Bérchules. Sí, ese es el pueblo que toca hoy.

—¿Y qué vamos a encontrar allí? —sigue preguntando con tranquilidad.

—Pues es un pueblo tan bonito como el resto; hay muchos *tinaos*... —digo, un poco más centrada y encontrando el pueblo en cuestión en la dichosa libreta—. Pero lo más llamativo es que celebran la Nochevieja en agosto.

—Ah, sí, eso —repone él, poco entusiasmado.

César ha regresado en todo su esplendor y a mí eso me viene estupendamente.

—¿Cómo que «Ah, sí, eso»? Si tú vivieras a más de cien kilómetros de la capital, con una carretera sin una línea recta y vieras como año tras año la gente se marcha del pueblo, también recurrirías a la imaginación para reinventarte. Además, esto se lleva haciendo ya desde 1994.

—¿Y por qué lo hacen? Digo que por qué celebran las campanadas en verano.

—¿No lo sabes? —Qué raro, es algo con mucha repercusión en la comarca y él suele conocer este tipo de cosas; tiene toda la pinta de que lo hace para distraerme, pero como funciona, lo dejo pasar—. Lo hacen porque en la Navidad de ese año hubo una gran tormenta y en Nochevieja los habitantes de Bérchules, uva en mano, no pudieron celebrar las campanadas debido a un apagón. Decidieron pasarlo a una época donde no era probable que lloviese, en verano. Y desde entonces unas diez mil personas acuden a un pueblo de ochocientos habitantes para comerse las uvas en agosto.

Termino mi relato justo cuando estamos entrando en el pueblo. En cuanto aparcamos, el encanto alpujarreño sale en mi auxilio. Como siempre, el blanco, la quietud y las calles serpenteantes ayudan a serenarme. En poco tiempo, y aunque parecía imposible, estamos como siempre: César rodeado de silencio, afanándose en capturar cualquier imagen llamativa, y yo, a su lado, haciendo anotaciones en mi libreta y con mi mente divagando aquí y allá. Recorremos el sendero que nos lleva a la pedanía de Alcútar, donde, entre otras cosas, grabamos un lavadero y una cueva.

El día se pasa volando y, a excepción de un único momento de tensión provocada por otra preciosa fuente cuya agua cura el mal de la soltería (ninguno de los dos bebimos), todo ha vuelto a su cauce. Cuando después de haber cenado en su habitación un par de ensaladas (para compensar el abuso cometido en el almuerzo, donde ha caído el enésimo plato alpujarreño) nos hemos despedido, todo ha ido bien, sin tensiones.

Miro el móvil para ver si tengo alguna llamada de Leo, pero nada en absoluto. Lo único que sé, por las noticias, es que hoy han recibido la visita del líder nacional de su partido y han dado un mitin en el Palacio de los Deportes de Granada. En la foto del diario digital aparece él, con el pelo un poco más corto, lo que le sienta genial; pero ni siquiera el maquillaje logra esconder las ojeras que tiene. Después llamo a mi hermana, pero no me lo coge y cuelgo enseguida, porque me acuerdo de que tenía un acto con el embajador. Luego pienso en hablar con Chloe, pero en su nueva vida se acuesta cuando se pone el sol, así que estará dormida o contando ovejitas (literalmente).

Bloqueo el móvil y lo tiro a un lado de la cama. Da un bote desproporcionado, se cae y se estrella por la parte de la pantalla, por supuesto. Por suerte, no se ha roto.

Abro la ventana y me envuelve el fresquito de la noche alpujarreña; las estrellas no son tan abundantes como la noche anterior, pero ahí están. Sé por qué no me quiero ir a la cama, a pesar de lo cansada que estoy. Hay un momento entre que cierras los ojos y que el sueño te secuestra en el que los pensamientos fluyen con total libertad, sin censuras.

No quiero recordar las palabras de César y lo que me han hecho sentir. Llevo todo el día tratando de reprimir los sentimientos que me producen porque, si él no me gusta a mí, ¿a qué viene esa sensación de victoria, de satisfacción absoluta, de felicidad, incluso? Termino durmiéndome en el alféizar, envuelta en una manta y con millones de estrellas atentas a lo que pasa por aquí.

XXVIII

—... así que esta es la razón por la que a Yegen, dentro del municipio de Alpujarra de la Sierra, se le conoce como «El Pueblo Libro», porque han sido muchos los escritores que han sucumbido a los encantos de la zona. Pedro Antonio de Alarcón dijo que era «chico y verde como un oasis» y el hispanista inglés Gerald Brenan, autor de *Al sur de Granada*, vivió aquí durante catorce años.

Qué bien se explica Yanira, se nota que se gana la vida como guía local. Además, queda genial en cámara, porque tiene unos rasgos muy exóticos y expresivos. Nos encontramos en la plaza de la iglesia de Yegen, al lado de una fuente tan escandalosa que hemos tenido que apartarnos un poco para que el sonido ambiente no ensuciara el del micro. Hace calor, pero los plataneros nos dan una sombra estupenda. Yo no sabía qué árboles eran; me lo han dicho Yanira y César, los dos a la vez. Y cuando les he preguntado que dónde estaban los plátanos, los dos se han reído, también a la vez. Al parecer, es absurdo pensar que el platanero dé plátanos, qué cosas. Yo me lo he tomado con deportividad. Creo que el maquillaje de ella es excesivo y que al hablar está cometiendo el terrible error de mirar a la cámara en vez de a mí, con lo que parece un presidente dirigiéndose al pueblo, pero todo bien.

Detrás de la cámara, César asiente con frecuencia de forma imperceptible. Siempre es muy crítico con las estrategias de fomento del turismo de los pueblos, pero en el caso de Yegen, no tiene nada que objetar. Le parece tan estupendo como a mí que en una de sus plazas haya una maravillosa escultura del Principito montado en su planeta. Y ha sonreído ampliamente cuando Yanira nos ha explicado que la antigua cabina de teléfonos, ya en desuso, se ha convertido en un punto de intercambio de libros. De hecho, se ha vuelto y me ha susurrado: «Qué chulo, tenemos que grabarlo». Es verdad que está chulo. Como también es verdad que Yanira tiene unos ojos verdes espectaculares y es casi tan alta como él. Ahora sigue hablando, aunque ya no la estemos grabando. Parece una cotorra.

—En realidad, la capital de Alpujarra de la Sierra es Mecina Bombarón, donde nació Aben Aboo, el último líder que tuvo la rebelión de los moriscos. Sucedió a su primo Aben Humeya, que es una figura histórica muy interesante; si queréis os hablo también de él.

Se lo ha preguntado a César. De hecho, Yanira parece haberse olvidado de mi presencia desde hace un ratito, en concreto, desde lo de los plátanos. Mi compañero le sonríe —¡cuántas sonrisas hoy!—, pero no contesta, se limita a mirarme a mí para que yo decida. Buen cámara. No sé qué me pasa, pero noto una bola de agresividad aumentando de tamaño en mi estómago y tengo que controlarme antes de hablar:

—Pero Fernando de Válor y Córdoba, es decir, Aben Humeya, era, como su propio nombre indica, de Válor, ¿verdad? —digo con un tono repipi que me asusta hasta a mí, pero continúo—: Ese es el siguiente pueblo que vamos a grabar, y allí ya he quedado con otra persona para que nos hable de la fiesta de moros y cristianos y que nos cuente toda su historia. Así que no hace falta, pero muchas gracias.

—Qué pena —repone Yanira y hace un puchero, ¡un

puchero! La bola de agresividad ya es una señora bola de demolición en mi interior—. A mí es que Aben Humeya es una figura histórica que me fascina. Con tan solo veinte años se atrevió a liderar a los moriscos frente al ejército del gran Felipe II. Y le dio bastante tarea al gran monarca, solo que, al final, fue un lío de faldas lo que acabó con él, lo que indica que también debía de ser alguien muy... pasional.

Ha pronunciado «pasional» con un tono fuera de lugar, un tono casi orgásmico, y además ha resultado violento porque en ese momento César estaba a pocos centímetros de su cara quitándole el micro. Me muero de ganas de saber qué hizo Aben Humeya para pifiarla, pero ni aunque me pegaran dos tiros le preguntaría...

—¿Qué hizo? —le pregunta César con tranquilidad mientras guarda el micro en su estuchito, ajeno a los puñales que le estoy lanzando.

—Ah, ¿quieres saberlo? Pues yo te lo cuento —le responde Yanira, complaciente—. Se acostó con la mujer de uno de sus aliados, y este no se lo tomó muy bien, como imaginarás; así que el cornudo consiguió apoyos suficientes para sublevarse y matarlo. —Se acerca a César y le dice, con voz sugerente—: Es una pena. Siempre me lo he imaginado un poco salvaje; moreno, alto, fuerte, con los ojos oscuros y el pelo un poco largo...

—¡Para! —grito, provocando que César y ella se vuelvan hacia mí; en ese momento mi teléfono comienza a sonar y yo aprovecho la coyuntura para decir—: ¡Para de sonar, móvil! ¿Qué hubiera pasado si hubiera interrumpido la grabación? ¡Madre mía, menos mal! Bueno, voy a cogerlo, que es mi hermana. Yo... Vale.

Madre mía. ¿Qué ha sido eso, Cintia? Aunque lo tengo clarísimo, después tendré tiempo de recriminármelo, porque ahora tengo que responder a Victoria.

—¡Hola, guapa! —me saluda mi hermana—. Perdona, que ayer no pude cogerte. ¿Qué haces?

—El ridículo más espantoso —le respondo sin dudar.

—Emm... ¿Por qué?

—Por celos —admito, mientras miro como Yanira vuelve al ataque con César; le ha puesto una mano encima del hombro y le está diciendo algo al oído—. Unos celos absurdos que no deberían estar ahí, pero que, desde luego, están.

—Qué raro; nunca te vi celosa con Juan —me responde mi hermana, extrañada—. A ver si es que el diputadito está jugando contigo, ¿voy a tener que cabrearme con él?

—El diputado está apagado o fuera de cobertura, al menos para mí. Pero no; ese es el problema, que no es con el diputado.

—¿Ah, no? ¿Con quién, entonces?

—Es un poco largo y confuso de explicar; vamos, que no lo entiendo ni yo, así que... —Cuando veo que César le devuelve la sonrisa, y que va a responder a algo que ella le ha propuesto, tengo que darme la vuelta—. Victoria, ¿tú crees que yo soy de esas personas horribles que, aunque no les guste alguien, les encanta que vayan detrás de ella? Un poco como el perro del hortelano, ¿sabes lo que quiero decir?

—Estoy absolutamente convencida de que no —responde con rotundidad mi hermana—. Eres la mejor persona que conozco, Cintia, no eres capaz de hacerle daño ni a una mosca. ¿No será que ese alguien misterioso te gusta de verdad?

—No —le contesto.

—¿Estás segura? —insiste.

—Sí, porque de lo contrario... ¿Recuerdas a la tripulación del Apolo 13 cuando iban caminito a la luna y se les explotó el tanque de oxígeno?

—No, pero qué putada, ¿no?

—Sí, pero eso fue un problemilla sin importancia en comparación con la situación a la que me tendría que enfrentar yo.

Victoria suspira al otro lado de la línea, donde se

escucha un torrente de palabras italianas a toda velocidad.

—Oye, tengo que colgarte, pero me gustaría que me lo explicaras todo. Llámame cuando estés más tranquila, ¿vale? Y recuerda que los del Apolo 13 sobrevivieron. ¿O esos fueron los que...?

—No, no, ellos sobrevivieron —le digo masajeándome las sienes, que me han comenzado a palpitar.

—Pues eso. Un *bacio, bellisima*.

Cuelgo a mi hermana y tomo una buena bocanada de aire puro antes de darme la vuelta y enfrentarme a la terrible posibilidad de que César y Yanira estén revolcándose por el suelo, a la sombra de unos árboles que no son tan frutales como parecen. Sin embargo, no hay ni rastro de la guía, solo veo a mi compañero, terminando de recoger el equipo. Siento una felicidad tan repentina que me sale a borbotones, por lo que me cuesta mucho disimularla cuando me acerco a él y le pregunto, con aire indiferente:

—¿Y... Yanira? —Me ha salido fatal, porque hasta me he reído al final.

—Se ha ido —responde, con tono monocorde—. Me ha pedido que me despida de ti.

—¿En serio? —Vaya, eso es...

—No, es broma. Se ha ido muy enfadada contigo, por tu extraño comportamiento; y conmigo, por haber rechazado su propuesta de pasarme por su casa y divertirnos un rato.

Me obligo a dejar de boquear como un pececito al que sacan del agua. Otra vez una oleada de calor hace que me ponga de un rojo intenso mientras esquivo su mirada. Modular mi voz para que suene normal requiere de un esfuerzo titánico que solo consigo a medias.

—Pues que sepas que... —y una vez más en mi vida, estoy diciendo exactamente lo opuesto de lo que me gustaría decir— podrías irte con ella. No muchísimo tiempo, para no retrasarnos, pero algo rápido... Puedo esperar en el bar, tomándome algo, mientras vosotros... En fin, que entiendo que tú tienes necesidades, así que...

Un gato pasa por mi lado mirándome con desprecio. Yo también lo haría, amigo, si pudiera desdoblarme. César se me acerca y baja un poco la cabeza para que no pueda evitar su mirada, por mucho que lo esté intentando. En sus ojos hay diversión, eso está claro, pero hay algo todavía más evidente que solo le había visto cuando son las cuatro de la tarde y aún no nos ha dado tiempo a comer. Me responde, con voz calmada:

—Sí que tengo necesidades. No puedes imaginarte cuántas. —Me quedo enganchada a la intensidad de su mirada y de sus palabras, y tras una pausa añade—: Pero no quiero que sea ella quien me las alivie. —Y, dicho esto, se aleja un poco y pregunta—: ¿Qué hacemos ahora, Cintia?

Estoy a punto de caer de nuevo en la trampa, pero esta vez soy capaz de reaccionar. Trago saliva y obligo a mi voz a sonar firme cuando digo:

—Ahora grabamos la casa de Gerard Brenan y el museo fotográfico del pueblo. Y después... comeremos.

Menos mal que, pese a todo mi revuelo interno, nos encontramos en la Alpujarra profunda, un lugar donde es fácil relativizarlo todo. La sencillez de la gente, el sonido del agua y que la vista nunca encuentre grandes obstáculos, más allá de una montaña lejana o el cielo azul, aleja cualquier rastro de ansiedad. En otro contexto estaría desesperada porque Leo no solo no me llama, es que tampoco contesta mis mensajes; más que en una campaña electoral, parece que esté en una trinchera en Afganistán. Y luego está lo de César, pero como él actúa con total normalidad, es fácil aparentarla.

Así que seguimos adelante; en Válor, la alcaldesa nos habla de Aben Humeya y nos cuenta, emocionada, la cantidad ingente de pólvora que gastan cada mes de septiembre en la representación de moros y cristianos, para imitar los trabucos de la época. Me ha pasado varios vídeos de gran calidad con imágenes de los festejos para que las incorporemos al reportaje; van a quedar genial.

De camino al siguiente municipio, el de Nevada, suena mi teléfono, que cada vez parece estar más fuera de lugar en este contexto. César conduce hoy (ahora que mi tobillo está bien, nos turnamos), así que miro la pantalla para ver quién me llama. Aunque supongo que si fuese Leo se generaría una situación bastante incómoda, reconozco que me encantaría leer su nombre. Necesito ver si se encuentra bien, si me echa de menos, si... Si nada, porque no es él, sino Chloe. Tengo muchas ganas de hablar con ella, pero es inevitable el nudo de decepción que siento en el pecho.

—Hey, Chloe, ¿qué tal va todo?

—Pues... regular. Me duele el estómago y hace dos días que no salgo de la cama si no es para ir al baño. Al parecer, la responsable ha sido una lechuga asesina que no enjuagué demasiado bien. Además, tengo urticaria porque soy alérgica a los nabos. A ver, que los nabos no me hacen mucha gracia eso ya lo sabía yo, pero de ahí a ser alérgica...

Suspiro; odio escucharla tan abatida. Decido saltarme a la torera mi lema de apoyar pero no aconsejar y le digo:

—Escucha, Chloe. No puedes seguir así. Tienes que hablar con Ada ya.

—No puede, ahora está eliminando las lechugas asesinas y...

—Chloe, te lo estoy diciendo en serio —la interrumpo y no sé de dónde sale esta nueva faceta de mi carácter, pero, aun así, continúo—: Llamas a tu novia, le dices que se lave muy bien las manitas, y luego habláis. Tienes que poner fin a esta situación que te ha llevado a estar postrada en la cama con ronchas por toda la cara.

—Y por el culito —especifica.

—Y por el culito —añado; si Chloe intuyera que César está escuchando parte de la conversación me mataría, pero no lo sabrá nunca—. Pues eso, que creo que ella debería darse cuenta, pero si no lo hace, se lo tendrás que decir tú.

—Es que no sabes la tarea que dan las lechugas, Cintia.

—Me lo imagino. Estará muy ocupada, pero para eso existen las palabras. Habla, Chloe, comunícate. Dile la verdad. Ada es muy buena, te entenderá. —Y me reservo el arma definitiva que seguro que funcionará—. Acuérdate de lo que dice Shakira: «Siempre supe que es mejor, cuando hay que hablar de dos, empezar por uno mismo».

Hace una pausa, asimilando la profundidad inmensa de la frase.

—¿Eso lo dijo Shakira?

—Sí, hace mucho tiempo: aún era morena y lloraba y facturaba a partes iguales.

—Me encanta Shakira morena —dice Chloe, con voz soñadora.

—A mí también. Entonces, ¿vas a hablar con Ada?

—Sí. Aunque después de ir al baño. —Creo que es una urgencia, así que temo que cuelgue sin despedirse, pero consigue decir, con precipitación—: Te quiero mucho, Cintia.

—Yo también te quiero.

Cuelgo y suspiro. Espero que se arreglen; son una de las parejas más estables que conozco. Entonces recuerdo que César está a mi lado, le miro y me sorprendo de lo que veo.

—¿A qué viene esa cara de satisfacción? —le pregunto.

—Nada, es que acabas de soltarle a tu amiga un discurso que podría haber firmado yo. Yo hubiera mencionado a Guns N' Roses en vez de a Shakira, pero por lo demás... A lo mejor no eres un caso perdido.

Dicho esto, César comienza a realizar las maniobras pertinentes para aparcar. Siempre se apoya en el reposacabezas de mi asiento para hacerlo; es extraño, mi padre también tenía esa costumbre, pero no me parecía un gesto tan arrebatadoramente masculino y desde luego cuando lo hacía mi estómago se quedaba quietecito en su sitio. Por otra parte, ¿tendrá razón? ¿Hasta ese punto me está influyendo, que ya voy por ahí predicando las ventajas de la sinceridad? No lo sé, así que me limito a encogerme de hombros.

—Bueno, ya sabes lo que dicen: que todo se pega menos la hermosura —digo.

Él termina de aparcar y me mira, ocultando una sonrisa.

¿Te digo la réplica obvia o no? —Otra vez me encojo de hombros porque casi no lo escucho; estoy pensando en que ahora sonríe mucho y que eso es un gran inconveniente—. Que no te puedo pegar nada de mi hermosura porque eres, sencillamente, perfecta.

Y sale del coche, dispuesto a grabar Mairena, dentro de Nevada. Yo le sigo unos segundos después, cuando me aseguro de que mis piernas me van a responder. Más o menos.

XXIX

Ya no sé ni en el día de la semana en el que nos encontramos. Después de Mairena, grabamos Júbar, Laroles y Picena. Todos forman parte del municipio de Nevada, donde recorrimos varios senderos, uno de los cuales incluía un tesoro: un castaño milenario. No le preguntamos la edad, pero César y yo nos propusimos abrazarlo entre los dos y no pudimos. Nos sacamos una foto muy chula allí. Y también lo pasamos genial grabando una de las rutas para bicicleta de montaña de las que abundan por aquí.

Hoy hemos llegado a Ugíjar y estamos en una casita rural, en la habitación de mi compañero, exhaustos. Él está sentado frente a un pequeño escritorio, volcando unas imágenes en su ordenador, y yo estoy retrepada en la cama en una pose de orangután relajado, pero me da igual. Son las siete de la tarde y, entre el calor y el cansancio, podría quedarme dormida en cualquier momento.

—¿Vamos? —dice César, todavía mirando el ordenador—. He visto una plaza que con la luz del atardecer puede...

—Ni hablar —le corto en seco—. Me declaro en huelga y no pienso trabajar hasta mañana.

—Puedo ir yo solo, si... —repone, volviéndose— quieres.

Me incorporo un poco para mirarle, porque su voz no ha sonado como siempre. Se supone que está tranquilo, pero ya empiezo a conocerlo bien. Es la mandíbula, un poco apretada. Y la respiración, como contenida. Entonces me doy cuenta de lo que puede ocurrirle. A lo mejor la pose no era tan de orangután como parecía. Estoy tumbada de cualquier manera, en su cama, con ropa deportiva porque lo único que me quedaba limpio era una camiseta de tirantes roja y unas mallas negras y cortas. Pero también es verdad que mi pelo, negro y larguísimo, se extiende como si fuera un abanico sobre la almohada porque tenía calor. Las piernas un poco separadas porque es lo que uno hace cuando está cómodo. Ah, y estoy descalza.

Ah, y soy idiota, también.

Poco a poco me incorporo del todo hasta quedarme sentada, con los pies en el suelo. Encorvo la espalda, como si fuera el jorobado de Notre Dame, en un intento de compensar la desafortunada pose de calendario Pirelli que acabo de protagonizar. Y necesito decir algo, lo que sea, para acabar con este pequeño pero intenso silencio que se acaba de generar.

—Yo creo —carraspeo, con la garganta seca— que deberías descansar. De hecho, me voy a mi cuarto para que te puedas echar un rato.

—No te vayas —me dice, y hay algo en su tono que me genera un pellizco en el estómago—. No he dormido una siesta en mi vida y no lo voy a hacer hoy. Es solo que...

—¿Qué? Puedes descansar, aunque no duermas.

Él abre la boca, pero después la cierra; algo le preocupa y no sabe cómo decírmelo, y eso es alarmante para alguien que dice todo lo que piensa, sin filtros. Cuando veo que finalmente toma la decisión de soltarlo, me alegro y me tenso a partes iguales.

—Es que no deberíamos perder tiempo, porque cada día que pasa es un gasto más para ti. ¿Tú has hecho bien las cuentas, Cintia? Porque a mí no me salen. Es imposible que vayas a ganar dinero con esto.

Ah, eso. Suelto el aire, aliviada.

—Ya lo sé. El dinero de la subvención no cubre los gastos, pero no me importa. Espera un momento... ¿Es por eso que siempre quieres ir tan rápido? ¿Para abaratar costes? —Se encoge de hombros, y el pellizco empieza a ser algo preocupante—. Eso es... muy bonito por tu parte, pero lo tengo todo controlado, sobre todo tu sueldo; eso te garantizo que es intocable.

Parece ofendido cuando digo esto último.

—Ya te he dicho que no hago esto por dinero; me gusta y me viene bien después de tantos años grabando anuncios en la tele. Pero no sabía si eras consciente de que la subvención no es suficiente para cubrir los gastos, dado que tus dotes empresariales son... dudosas.

—¡Eh! —protesto, ofendida, pero también conmovida por su preocupación genuina—. Mira, César, ya sabía que este proyecto era deficitario, pero pretendo que sea el primero de muchos; podría montar una productora en el futuro y esta sería mi carta de presentación. Es una especie de inversión. Tú eres mi empleado, no debes preocuparte por eso. Y, de hecho, acabo de tomar una serie de decisiones estratégicas.

—Ay, qué miedo —murmura.

Me levanto de la cama y comienzo a pasearme por la habitación.

—La primera es que, como estamos lindando ya con la Alpujarra almeriense, es hora de regresar. En Nevada terminamos con los pueblos de la parte alta. Y ya hemos grabado algunos de la parte media. Lo que quiero decir es que vamos bastante bien, así que nos merecemos un descanso. Lo necesita tu espalda y lo necesita mi ropa, que huele a jabalí.

—Eso no es verdad. —Y al final añade—: Tú hueles a verbena.

—¿A petardos y a sangría? ¿A eso huelo yo?

Se ríe. Vamos, que se dobla por la mitad y hasta se le saltan las lágrimas. Me quedo embelesada viendo su descontrol, aunque no entienda a qué se deba. Finalmente, coge aire y me lo explica:

—La verbena es una planta, Cintia. Huele muy bien, como a limón.

—Ah, menos mal. Bueno, a lo que íbamos, que nos volvemos en cuanto grabemos Ugíjar.

—Vale, pero nos volvemos por un camino diferente y grabamos los pueblos que nos faltan de la Alpujarra Media; así aprovechamos el viaje de vuelta.

Me cruzo de brazos antes de responderle:

—Tus inevitables dotes de mando te convierten en un empleado muy respondón. Ya veremos. Y la siguiente medida es que esta noche tenemos cena de empresa. Creía que te entusiasmaban los bocadillos y por eso te pedías uno cada noche, pero veo que lo haces para no arruinarme. Hoy voy a reservar en un sitio chulo y nos damos un homenaje. ¿Te parece bien?

Ahora el que se cruza de brazos es él y pregunta:

—¿Y si pagamos a medias?

—Por supuesto que no. Y te diré algo: no vas a conseguir ser empleado del mes si sigues así.

Se levanta de la silla y me dice con voz suave mientras pasa por mi lado, dirección a la puerta:

—Yo creo que sí.

Sale del cuarto y yo disfruto de lo que está a punto de ocurrir, porque no me creo que, por una vez en la vida, no sea yo la que está a punto de hacer el ridículo. Cuando vuelve a entrar, está sonrojado y yo tengo que apretar fuerte la tapa del bote donde estoy metiendo todos mis sentimientos para que no se desborden. Sin embargo, es difícil cuando admite, con sencillez:

—Esta es mi habitación.

Tengo un problema, lo sé muy bien, pero eso no es un obstáculo para que me vaya a mi cuarto subida en una nube, partiéndome de risa.

* * *

No mentía cuando decía que la mayoría de mi ropa estaba sucia. Lo único que he podido salvar ha sido un vestido blanco con ramilletes de florecitas violetas, suelto y con tirantes. Es muy corto, pero como voy con zapatillas (no me he traído tacones, como es lógico), la posibilidad de enseñar el culete es mínima, siempre y cuando no haga movimientos bruscos. De todas formas, con este tipo de vestidos siempre parezco más una niña que otra cosa. Para que no me moleste, me recojo el pelo usando una técnica muy sencilla que aprendí en un tutorial que se llamaba «Pelu para lelas».

No me maquillo, solo me echo *gloss* en los labios. Me encantaría taparme los trillones de pecas que me han salido, pero... supongo que es lo mejor. No quiero que esto parezca una cita. Lo único que pretendo es que coma bien. La idea de que haya podido pasar hambre para no perjudicarme económicamente hace que se me encoja el estómago. Aunque es César, alias «Siempre digo la verdad»; me lo hubiera mencionado, ¿no? Pero también es César, alias «Me entrego sin límites». No sé quién puede más.

Es agotador pensar todo el rato en sus sentimientos al tiempo que trato de no dedicarle ni un segundo a los míos; ojalá cuando vuelva a Granada pueda ver a Leo y me demuestre que los gestos tan feos que detecté la última vez que nos vimos fueron solo fruto de su estrés. Antes de salir de la habitación, miro mi móvil como tantas veces a lo largo del día, con la esperanza de que aparezca el nombre del diputado en la pantalla, pero eso nunca sucede.

Pues nada, a cenar.

Bajo las escaleras estrechas de la casita donde nos alojamos y lo que encuentro me pilla con la guardia baja. En la entrada está César, apoyado en una columna, mirando el móvil con poco interés. Pero lo que me impacta es ver que se ha arreglado. A ver, no es que se haya puesto un esmoquin, pero se nota que ha hecho un esfuerzo. Tiene el pelo aún húmedo y bien peinado, de manera que le llega casi a los hombros; me recuerda a Antonio Banderas en *Desperado*; se ha puesto una camisa negra sin una sola arruga (¿cómo, César, cómo es posible?) y lleva pantalones vaqueros largos, también negros. Oscuro, grande y... tentador, maldita sea.

De pronto alza la vista hacia mí, seguramente extrañado porque alguien lleve parado en mitad de las escaleras alrededor de un minuto. Así es como queda descartada la posibilidad de darme la vuelta, regresar a mi habitación, llorar porque no tengo algo mejor que ponerme y bajar igual que estoy. Pero la inseguridad no me dura nada. La cara de admiración que pone cuando me ve es tan desproporcionada que siento la tentación de girarme para comprobar si Penélope Cruz está detrás de mí. Con movimientos suaves, guarda el móvil, coge aire y traga saliva, sin poder dejar de mirarme. Me recorre con la mirada desde los pies hasta la cabeza, tan lento que alguien podría pensar que mido 1.80 y tengo las piernas kilométricas. Cuando termina el escrutinio, se acerca y me ofrece la mano. Yo pienso que Kate Winslet no estaría tan nerviosa como yo cuando Leonardo DiCaprio hizo lo propio en la escena de *Titanic*. Lo peor es que no se la doy, porque me he bloqueado por completo.

—Solo te ofrezco la mano para que termines de bajar las escaleras —sonríe César—. Es una situación potencialmente peligrosa: escalones desiguales y tu mente a mil por hora. Estás preciosa, por cierto.

—Qué va; tú sí que... —Gracias a Dios, me detengo antes de oírme decir: «Estás precioso»; me limito a coger su mano—. Gracias.

Tiene la deferencia de no soltar un aullido cuando me toca los dedos congelados; al contrario, me los envuelve con fuerza como si quisiera transmitirme su calor. Cuando los escalones se terminan y nos quedamos mirándonos, yo pienso un montón de cosas a la vez. Que vuelvo a ser muy baja en comparación con él, que mi mano se está sublevando y no le da la gana de cumplir el mandato de soltarse, y que debería dejar de aspirar el olor a árboles que lo envuelve como si fuera una yonqui.

Y es ese instante, ese preciso instante, el que elige Leo para llamarme.

Lo compruebo cuando mi mano finalmente decide hacerme caso y saco el móvil del bolso. Sé que César me está mirando, y yo, como buena cobarde que soy, no me atrevo a hacer lo mismo. Sin embargo, creo que es de justicia no ocultarme y tener esta conversación delante de él. Puede que sea violento, puede que finalmente no vayamos a cenar o que lo hagamos cada uno por nuestro lado, pero quizá esto sirva para recordarnos a los dos cómo están las cosas. Quizá hayamos tenido suerte, después de todo. Estoy tan nerviosa que descuelgo de inmediato.

—¿Sí?

—Estoy hasta los cojones. ¡Me va a dar un puto infarto! —Nunca le había escuchado ese tono de voz y casi se me cae el móvil de las manos—. ¿Cuándo me vais a dar el informe? ¿Cuando acabe la campaña y no me sirva de nada?

Dios mío. Si después de todo este tiempo me está llamando por error, puede que este sea el momento más patético de toda mi vida. Más incluso que cuando, por un descuido, en la tele insertaron el teléfono de la línea erótica mientras salía yo presentando el informativo.

—Eh... ¿Hola? Soy Cintia, Leo —digo, tratando de parecer entera.

—¿Qué...? ¡Cintia! —Uy, qué cambio de voz tan impresionante, parece un lector de audiolibros pasando de villano a héroe—. ¿Sabes lo que ha pasado? Que como estaba pensando en ti, me he equivocado y he marcado tu número sin querer. —Lo dicho: peor que lo de la línea erótica—. Me encantaría hablar contigo, preciosa, pero ahora mismo me pillas fatal; ya te dije que hasta después de la campaña...

—Te recuerdo que has sido tú el que me ha llamado —le digo, liberando una pequeñísima parte de mi resentimiento, y añado—: Por error.

—Hey, no te enfades, preciosa, que no tienes ni idea de lo estresante que es esto. Oye, de verdad que me encantaría poder hablar contigo, pero es que no funciona la megafonía y el presi está a punto de pronunciar su discurso. Hablamos después, ¿de acuerdo?

—Como... —ha colgado, pero decido terminar la frase de todos modos—: quieras.

Esto es increíble. Tengo ganas de estrellar el móvil contra la pared, pero me limito a guardarlo en el bolso, con las manos poco firmes. Por primera vez me asalta la certeza de que si Leo no tuviera nada que ver con la subvención, lo habría mandado a la mierda ya. Eso me recuerda que no he tenido esta conversación en privado, sino con público, lo que lo hace aún más bochornoso. Levanto la cabeza dispuesta a enfrentarme a un «Te lo dije» del tamaño de la catedral de Burgos, pero en su lugar veo un rostro aséptico, que se está guardando muy bien lo que piensa al respecto. De hecho, lo único que dice es:

—¿Vamos?

La cena. Uf, no hay nada que me apetezca menos. Soy una egoísta, lo sé, pero no tengo fuerzas para ir, así que le digo:

—Es que yo no tengo mucha...

—Ah, no, ni hablar. —Me coge de la mano y me arrastra hacia la puerta—. Llevas un mes matándome de hambre y ahora que por fin me vas a dar de cenar en condiciones no te vas a echar para atrás. Te denuncio al sindicato o a quien haga falta. Vamos.

Pero se ha parado antes de abrir la puerta. Aunque sigue tirando de mí, me está dando la posibilidad de que me niegue de verdad. De subir a la habitación y pasarme una noche terrible maldiciendo a Leo. Miro a César y en sus ojos veo preocupación y... un destello de algo que termina envolviéndome a mí también. Así que dejo de oponer resistencia y él aprovecha para sacarme del hotel. Me suelta la mano en cuanto salimos, y yo echo de menos sus dedos fuertes y cálidos al instante, pero miro hacia adelante y me dispongo a, por lo menos, disfrutar de la cena.

XXX

—Dios mío, César, te has comido tres platos de arroz. ¿Cuánto tiempo llevas pasando hambre conmigo?

—No paso nada de hambre contigo. Pero no hay que tirar comida y esto está muy bueno. Te recuerdo, además, que tú llevas dos y medio.

Es verdad que este «arroz liberal», plato típico de Ugíjar, está riquísimo. He llegado con el estómago cerrado, pero, entre el vino y que el sitio es muy bonito, he conseguido relajarme y olvidarme de lo ocurrido con Leo. Esta noche tengo que tener una conversación muy seria conmigo misma; por el momento, voy a dejarlo estar. Al principio, César ha llevado la batuta de la conversación, pero ahora vuelvo a ser yo la que lleva la voz cantante.

—No paro de darle vueltas... ¿Cómo es posible que tu camisa esté impecablemente planchada después de tantos días encerrada en una maleta?

Él se remueve en su asiento. Se avecina una verdad incómoda para él. Me encanta que no pueda mentir; es... adorable.

—Mi abuela me plancha las camisas —admite, finalmente.

—¡No! —reacciono de forma exagerada—. ¿Me estás diciendo que tú, a tus treinta y... cuántos?

—Treinta y dos —me aclara.

—¿Con treinta y dos años no sabes plancharte tus propias camisas? ¿Que prefieres abusar de una pobre mujer de ochenta años y obligarla a hacerlo?

—Vamos a ver. —Se echa hacia atrás y continúa hablando—: Tiene noventa y uno —me tapo la boca con las dos manos, exagerando mi consternación, pero él lo ignora—, y yo no la obligo a nada, es ella la que no soporta que tenga la ropa arrugada. No te dejes engañar por su apariencia de abuelita de Caperucita, no te puedes hacer una idea de cómo se las gasta. Es imposible contradecirla.

No será tan malvada cuando su mirada se ha suavizado al hablar de ella, adquiriendo un color parecido al del chocolate caliente.

—¿Estás muy unido a ella? —me aventuro a preguntar.

—Claro, mi abuela fue quien me crio. Bueno, ella y su hijo; mi padre, vamos. —En el último momento añade—: Mi madre se desentendió de mí cuando yo era muy pequeño; gracias a mi abuela, casi no noté su ausencia.

Eso no es verdad, lo detecto enseguida. Sin embargo, no está mintiendo; es lo que él quiere creer y a lo que se aferra con uñas y dientes. Y yo debería callarme, pero llevo dos copas de vino y tengo una curiosidad infinita, así que no me puedo contener:

—¿Puedo preguntarte qué pasó con tu madre?

Él toma un buen sorbo de vino y clava los ojos en mí.

—Puedes preguntarme lo que quieras, siempre. —Después, coge aire y dice—: Ella tiene una fuerte vocación por su... trabajo y creyó que no era compatible con la crianza de un niño pequeño, así que, simplemente, priorizó su carrera.

—¿En serio? Pero ¿a qué se dedica? ¿Es astronauta?

Él niega con la cabeza. Luego, sin separar sus ojos de los míos, sonríe de forma rara, hasta que me lo aclara.

—Política. Alcaldesa de una importante capital europea desde hace unos veinte años; antes fue concejala en ese mismo Ayuntamiento, en la oposición y en el gobierno.

—Un momento. —El tenedor se me cae en el plato mientras mi cerebro une los puntos—. ¿Me estás diciendo que tu madre es... Margarita Galdós, la alcaldesa de Copenhague?

César asiente, con una expresión difícil de leer, mientras trato de procesar la información. Sé de Margarita Galdós porque de vez en cuando sale en las noticias que una granadina lleva gobernando en la capital danesa desde hace un montón de tiempo, pero poco más. No es muy dada a las entrevistas; por lo menos, no por estos lares.

—¿Cómo es posible que no haya trascendido que tú eres su hijo y que Indalecio es... o fue su pareja?

—Mis padres solo estuvieron un par de años juntos. Ambos eran granadinos, pero se conocieron en el extranjero. Por aquel entonces mi padre trabajaba como corresponsal en Europa para Telecinco y mi madre tenía una beca para completar sus estudios de Ciencias Políticas en Copenhague. Aún no era nadie, pero apuntaba alto, así que cuando se quedó embarazada por accidente, no quiso tenerme. Mi padre insistió y ella cedió, aunque le dejó muy claro que él tendría que implicarse mucho más en mis cuidados. Creo que mi padre siempre pensó que, en cuanto me tuviera en brazos, ella cambiaría de opinión, pero yo debía de ser un bebé muy feo, porque no se ablandó lo más mínimo.

—Es imposible que fueses un bebé feo —le digo, distraída, deseando saber más—. ¿Y entonces qué pasó?

Sonríe y se acerca a mí.

—Eres tan despistada que a veces haces cumplidos sin darte cuenta. —Yo abro los ojos, intentando recordar qué he dicho, pero él retoma su discurso—: Cuando me tuvieron, ellos dos vivían juntos, pero apenas se veían; la chispa se fue apagando y mi padre comprendió que, con el trabajo que tenía, era imposible criarme a mí, solo, en el extranjero. Al cabo de un año regresó a Granada conmigo, porque aquí al menos contaría con el apoyo de mi abuela. Dejó de ser corresponsal, trabajó en distintos medios granadinos y, al final, pasó a dirigir una tele local; nada de eso le entusiasmaba, pero al menos le permitió cierta conciliación. Aun así, sin mi abuela hubiera sido imposible; prácticamente me crie en su floristería, que no era un mal sitio para crecer.

—De ahí tu pasión por las flores... —digo encajando las piezas del puzle que tengo delante—. ¿Y tu madre permitió que te fueras así como así?

—No dio señales de vida hasta hace unos años, cuando de repente comenzó a interesarse por mí —repone, antes de endurecer el tono—. Se compró una casa aquí, donde pretendía que hubiera encantadores reencuentros familiares, pero... va a ser que no.

César enfadado siempre intimida. César enfadado por un motivo íntimo y personal resulta imponente. Quizá debería cambiar de tema, pero me hice periodista por un motivo y ese motivo se está manifestando de forma virulenta ahora mismo. Dejo el vino, me paso al agua, y le pregunto:

—¿Por eso odias la política? ¿Porque fue lo que te robó a tu madre?

—Yo no odio la política; los políticos me caen antipáticos, seguro que por la experiencia personal que he tenido. Pero la política es necesaria. Margarita, por ejemplo, ha hecho un trabajo extraordinario en Copenhague. Ha reducido el nivel de desempleo a mínimos históricos y es responsable en gran parte de que sea una de las capitales más sostenibles y respetuosas con el medio ambiente de todo el mundo. —Toma aire antes de seguir hablando—: Tal y como lo planteó ella, tuvo que elegir entre ser la persona más importante del mundo para alguien o mejorarle la vida a mucha gente; escogió lo segundo y yo lo respeto. Pero ahora no quiero que se acerque a mí. Tenemos que ser consecuentes con las decisiones que tomamos.

Tiene ese aire decidido que lo caracteriza, pero también la mirada velada. No soporto verlo triste, sobre todo si es por el interrogatorio que acabo de hacerle, así que decido decir la chorrada más rápida que se me ocurre:

—¿Sabes qué es lo peor de todo lo que me has contado, César?

—Ni idea, creo que hay varias cosas donde elegir —admite él, con tranquilidad.

—Pues que ya no voy a poder seguir odiando a tu padre. Es más, ahora me cae fenomenal.

César casi escupe el agua que estaba bebiendo.

—¿Pero... lo odiabas? Soy consciente de que era un jefe un poco desastroso, pero de ahí a odiarlo...

—Te recuerdo que fui la primera a la que despidió, antes de que la tele cerrara. Fue una lección de humildad, porque creía que era prácticamente imprescindible, y, sin embargo, a él no le tembló el pulso a la hora de echarme. Además, fue un poco... —Me obligo a serenar mi voz, porque aquello sigue afectándome a pesar del tiempo que ha pasado—. Yo creo que hasta lo disfrutó.

—Eso no es cierto —repone César, de inmediato, y yo voy a replicarle que él no estaba allí, pero enseguida añade—: Aunque tampoco lo sintió, eso es verdad.

—Vaya, qué bien —digo pasándome al vino de nuevo.

—En cuanto me enteré de que te había echado, fui a su despacho para preguntarle si se había vuelto loco, y que por qué te echaba precisamente a ti. Él me contestó que te despedía porque tú eras la única que no le preocupabas. Sabía que encontrarías algo mejor, y que, incomprensiblemente, te estabas conformando con la miseria en la que se había convertido su empresa.

Si fuera cualquier otro, pensaría que miente, pero esa posibilidad queda descartada. Así que, pese a la incredulidad que me provoca, sus palabras me emocionan y trato de disimularlo pagando la cuenta que el camarero nos ha dejado en una insinuación clara de que debemos irnos ya. Tras un leve forcejeo con mi acompañante, pago y salimos del local.

Ugíjar nos recibe con una temperatura perfecta y difuminado por la luz amarilla de las farolas, pero yo sigo dándole vueltas a lo último que ha dicho César. Aunque el reconocimiento de Indalecio es bienvenido, lo que más me ha gustado ha sido que él preguntara por mí. Como si ya por aquel entonces se preocupara por lo que me ocurría, algo que no me merecía, porque yo jamás le presté atención. Eso me lleva a decirle unas palabras que llevo mucho tiempo rumiando:

—Siento mucho no haberte ayudado a integrarte en la tele, César. Es algo que jamás me perdonaré.

Él camina con las manos metidas en los bolsillos, mirando al frente.

—Tranquila; ni siquiera te dabas cuenta, así que no hiciste nada con mala intención.

—Pero eso es peor. Ser bueno de verdad implica no solo ayudar a los que lo piden, sino detectar quién lo está pasando mal a tu alrededor y echarle una mano.

Pasamos por debajo de un árbol donde una familia de grillos se lo está pasando en grande. Se callan un segundo y, acto seguido, continúan con la fiesta. César también reanuda la conversación unos segundos después:

—Cada uno tiene sus propias circunstancias. Tú tuviste dos etapas en la tele. Cuando llegaste eras tan alegre que imponías; un torbellino, un motor, una fuente de energía... Tu nombre era el más escuchado en cada departamento, todo pasaba por tus manos. Después sucedió lo de Juan, y te fuiste a un lugar oscuro, del que, por fortuna, regresaste. Poco a poco retomaste la normalidad, aunque...

—... aunque nunca volví a ser como antes.

He completado yo la frase para ahorrárselo a él. Me detengo en mitad de la calle, porque mi acompañante ha hecho lo mismo; me sorprende ver que alarga la mano hacia mi cara. Aguanto la respiración porque creo que va a acariciarme cuando con el pulgar retira una lágrima que se me había escapado. Repite la operación con paciencia, tres, cuatro y hasta cinco veces. Cuando me limpia la última, dice:

—No fue un cambio a peor. Te volviste más serena, más profunda, más madura. —Y añade—: Por lo que veo, se te dan bien las remontadas. Así que cuando lo superes del todo, serás invencible.

Me reta con la mirada a contradecirlo, con tanta intensidad que termino asintiendo. Cuando lo hago, reanuda la marcha. Yo me apresuro para colocarme a su lado.

—¿Cómo sabes que no lo he superado aún? Ya han pasado casi dos años, todo el mundo lo da por sentado.

—Te observo —dice, como si nada, y luego se gira hacia mí—. Háblame de Juan. Lo vi alguna vez, de lejos, cuando venía a recogerte. Debía de ser un tío increíble. —Y luego parece pensarlo mejor—. O no, porque tus gustos son cuestionables.

Aprovecho para darle un pellizco en el bíceps, cosa que no consigo porque lo flexiona y es tan inútil como intentarlo con una farola.

—¿De verdad quieres que te hable de Juan? —le pregunto—. Lo digo porque todo el mundo trata de evitar el tema, como si los accidentes de moto fueran contagiosos.

—No tengo moto, así que no me preocupa.

Hemos llegado a la casa donde nos hospedamos. Entramos, pero en vez de dirigirse al salón, César nos conduce al gran patio interior y nos sentamos en un banquito que hay bajo un jazmín retorcido y exuberante. Esto es muy bonito; si no fuera porque hoy el cielo está nublado, se verían un montón de estrellas. César sigue callado, esperando, así que la oferta para hablar de Juan sigue en pie. Y yo, a pesar de que es tarde y de que ha comenzado a refrescar, decido aprovecharla, porque casi nadie quiere nunca oírme hablar de mi novio muerto.

—Cuando lo conocí, ambos teníamos quince años. Llegó a mi instituto en mitad de curso, y en cuanto lo vi cruzar la puerta de la clase, me enamoré. Era bastante guapo, pero, sobre todo, era alegre y alocado, aún más que yo. Hablaba por los codos y le gustaba la música tanto como a mí. Éramos muy parecidos, la verdad. Cuando me pidió salir, aunque sabía que me iba a costar una buena pelea con mi hermana, le dije que sí.

—¿Con tu hermana por qué? —se extraña él.

—Porque ella tenía mi custodia. —Suspiro al darme cuenta de que me tengo que remontar unos cuantos años atrás para contextualizar ese hecho—. Mi madre murió cuando yo era un bebé y con catorce años mi padre nos dejó también. Como Victoria ya era mayor de edad, no dudó en hacerse cargo de mí. Tuvo que ser muy duro para ella, porque aún estaba acabando sus estudios en la universidad, pero también es cierto que siempre nos hemos llevado muy bien, así que la situación no fue tan dramática como podría parecer. Yo no le di demasiados problemas, excepto con lo de Juan. A Victoria nunca le hizo mucha gracia mi novio, pero, tras muchos años juntos, lo tuvo que aceptar.

—¿Y por qué a Victoria no le gustaba Juan?

—Pues por lo mismo que a todas las madres no les suelen gustar los novios adolescentes de sus hijas: porque no quería verme sufrir, y cuando estás enamorada, aunque todo vaya medianamente bien, sufres.

—¿Pero sufrías... mucho? —me pregunta con tiento.

—Un poco —admito—. Es que yo, cuando me enamoro, puedo llegar a ser muy pesada, ¿sabes? Recuerdo que, al principio de la relación, como éramos casi niños, le hacía selecciones musicales, le escribía cartas, le compraba regalos... Y él me correspondía, más o menos. Después, pasaron los años y yo seguía en la misma línea. Él, en cambio... A ver, me quería, porque esas cosas se notan, pero había un poco de desajuste.

—¿Qué tipo de desajuste? —inquiere él, frunciendo el ceño.

—Pues..., mira, por ejemplo, para su último cumpleaños yo le grabé un informativo especial en su honor. No se emitió, claro, era para que lo tuviera de recuerdo. Hice noticias con sus principales logros académicos, deportivos y laborales; entrevisté a toda su familia y a sus amigos; impliqué a mucha gente de la tele y me llevó casi un mes hacerlo. Le encantó, porque quedó genial —digo entusiasmada, porque recuerdo la ilusión que le hizo—. Pero luego llegó mi cumple y él... me regaló colonia. Era la que me gustaba, pero... no sé si me entiendes. Además, siempre que hablaba del futuro, él se callaba. A mí me daba igual casarme o no, pero sí quería formalizar de alguna manera lo nuestro. Sin embargo, a él eso le agobiaba.

César me está escuchando con atención, pero no dice nada, lo que no me da pistas sobre qué le parece mi relato. A lo mejor piensa que Juan era un ingrato, por lo que me apresuro a corregir ese posible fallo de percepción, mientras reprimo un escalofrío porque de pronto se ha levantado un poco de viento.

—Como te digo, no creo que fuera su culpa; es más bien un tema de desproporción por mi parte. Soy como una adicta al amor. Fíjate si soy pesada que se ha muerto y sigo sin poder olvidarle...

—Deja de decir eso —dice con un tono tan duro que me desconcierta.

—¿El... qué? —titubeo ante su reacción.

—Que eres pesada porque querías a tu novio con todas tus fuerzas y te hubiera gustado que él te correspondiese de la misma manera. —Se levanta del banco—. Tienes frío; ¿nos vamos?

—Claro.

Un poco desorientada, lo sigo. Mi habitación está en

la primera planta, justo al lado de las escaleras, así que no debería de tener problemas para aguantarme las ganas de llorar que de pronto me han asaltado. No sé si es por recordar a Juan o por la reacción de César. Será que le ha sorprendido esa faceta mía, lo agobiante que puedo llegar a ser. O a lo mejor vuelvo a estar exagerando y lo único que ocurre es que le ha dado un ataque de sueño. Antes de entrar en la casa, trato de recuperar la normalidad entre nosotros diciéndole un comentario cualquiera.

—Qué pena que hoy no se vean las estrellas, ¿verdad? —Me sale la voz a trompicones y un pelín temblorosa, pero sigo hablando—: El cielo está un poco cubierto.

Entonces sucede algo tan repentino que tardo en procesarlo. Me encuentro con la espalda pegada a la pared, con las manos de César sujetándome por los hombros sin hacerme daño, pero inmovilizándome. Tiene su cara a unos pocos centímetros de la mía y sus ojos son del color del carbón mientras dice:

—Cintia..., con qué poco te conformas. Eres exquisita, maravillosa, y ni siquiera lo sabes. Estar contigo es un privilegio. —Mira arriba y luego a mí—. ¿Quieres ver las estrellas? Yo subo al cielo y te quito las nubes, una a una, para que puedas contemplarlas. Subiría todas las noches, a lo largo de los años, y no me cansaría nunca de hacerlo por ti. ¿Me entiendes?

No respondo. Y ahora él ya no podría limpiarme las lágrimas con un dedo aunque quisiera, porque es un reguero lo que cae de mis ojos. Y, sin embargo, eso no le frena para repetirme, con suavidad, la pregunta que me ha hecho:

—¿Me entiendes?

Asiento, y al hacerlo escucho en mi interior el sonido de un bote haciéndose añicos, liberando una explosión de sentimientos que había intentado retener durante los últimos días. Entre lágrimas, contemplo, embelesada, el rostro de un hombre que es capaz de provocarme mil emociones diferentes. Y mis hipidos no son suficientes para tapar esa voz grave que, ahora sí, dejo que me erice la piel de los brazos. Ni siquiera la congestión por la barraquera es capaz de evitar que aspire su aroma, a campo y a un millón de cosas sin estrenar. No sé si ha sido ahora o hace bastante tiempo, pero me he enamorado de César y esto ya no hay quien lo pare. Lo peor, o lo mejor, no lo sé, es que noto el instante exacto en el que él se percata del cambio, porque una sonrisa lenta y preciosa se adueña de su boca y, con los ojos brillantes, me dice:

—Por fin, Cintia. Una cursilada más y hubiera tenido que tirar todas mis camisetas y cambiarlas por otras de La Oreja de Van Gogh.

Más lágrimas salen disparadas de mis ojos; estas creo que son por la risa. Me siento pletórica, aterrada, preocupada y poderosa. Ni Rafael Santandreu podría gestionar el caldo de cultivo emocional que se cuece en mi interior ahora mismo. Porque ahora sí que tengo un problema con Leo. César capta el rumbo de mis pensamientos y, aunque continúa con los ojos brillantes, suaviza el agarre y termina separándose un poco de mí, antes de ir, como siempre, directo al grano.

—¿Qué te preocupa? ¿Él o la subvención?

—Las dos cosas —admito, entre hipidos—. No me coge el teléfono ni me llama, excepto esta noche, que hemos hablado por error; supongo que eso quiere decir que no está colgadísimo por mí, pero hay una posibilidad de que sus sentimientos estén congelados porque ahora mismo está abducido por la campaña. Si eso es así, no me gustaría provocarle ningún daño; de verdad que me dio una oportunidad en un momento en el que yo lo necesitaba mucho. Por otra parte, se supone que tengo garantizado el dinero, pero...

—Ha solicitado la subvención para tu proyecto; no la retirará porque no querrá exponerse a ningún escándalo. Además, aunque yo no confíe en él, tú sí; y es lo único a lo que podemos aferrarnos —razona—. Y con respecto a hacerle daño... Si eres sincera y le explicas lo que ha pasado, solo le queda aceptarlo. No lo vas a engañar, porque eres incapaz. Y yo, aunque me tenga que atar con una cuerda, no pienso dar un solo paso hasta que tú arregles la situación. Lo nuestro no va a empezar con una mentira, lo tengo claro.

Eso es precioso. Y meritorio, porque me está mirando con tanta hambre que casi me mareo. Mi cara debe de ser parecida, porque niega con la cabeza y se ríe; después se acerca a mi oído y provoca que todo mi vello se ponga de punta cuando me susurra:

—¿Te ha quedado claro, Cintia? Soluciónalo cuanto antes, porque hasta que no lo hagas, no te tocaré, ni te morderé, ni te recorreré entera, con los dedos y con la lengua. Tampoco te haré el amor, ni te haré gritar de placer. Necesito tener vía libre, y entonces no me detendré hasta que solo sepas decir mi nombre, de la misma manera que la mayoría de las veces yo solo recuerdo el tuyo. Así que date prisa, porque te estás perdiendo todo eso y de paso me estás matando a mí; parezco un adolescente salido y solo tú puedes ponerle remedio a eso.

No me toca, pero sus palabras me acarician todo el cuerpo con lentitud, de tal manera que tengo que ahogar un gemido de frustración cuando veo que se separa de mí. Eso le provoca una sonrisa; se ve que le resulta muy gratificante verme tan descontrolada. Una especie de venganza porque él tiene sus propios frentes abiertos en el interior de su abultado pantalón. Me entra la risa floja cuando le escucho decir:

—Pues nada, ahora, a descansar.

Sí, claro, a descansar. Pero después de darnos una ducha bien fría. Por turnos, claro.

XXXI

Ugíjar, 28/06

¡Hey, Victoria!

¿A qué no te esperabas esto? ¡Una postal! Hoy hemos grabado la iglesia de Ugíjar. En su interior descansa la Virgen del Martirio. Cuenta la leyenda que, durante la rebelión de los moriscos, la imagen fue hasta pisoteada porque la usaron como puente para cruzar una acequia, y al final acabó en un pozo. Al cabo de unos años aquella oquedad se iluminó, atrayendo la curiosidad de los vecinos. Cuando estos llegaron, escucharon: «Martirio es mi nombre, Martirio me llamo». Desde entonces se convirtió en la Virgen del Martirio, considerada la patrona de la Alpujarra.

Creo que nunca había estado en un sitio tan bonito, Victoria. Más que un pueblo, es un sueño.

Tengo muchas cosas que contarte.

Te quiero.

C.

Cádiar, 29/06

¡Hola!

Sé que estas postales te llegarán después de que hayamos hablado por teléfono, pero creo que tienen su encanto. En Cádiar tienen la Fuente del Vino, que por desgracia no está activa ahora mismo porque solo funciona en otoño, durante las fiestas.

Vamos ya de vuelta a Granada, Victoria, ojalá estuvieras allí, porque necesito hablar contigo. Además, esto es tan diferente del mundo real que temo que, al regresar a la civilización, la burbuja en la que me encuentro estalle de golpe.

Te quiero.

C.

Lobras, 30/06

¡Qué bonito es este pueblo, Victoria! Un montón de casas apiñaditas en lo alto de un cerro. Aquí siempre huele a naturaleza, a árboles y a hierbas aromáticas.

Es tan pequeño y, sin embargo, es suficiente. Me gustaría vivir aquí para siempre. Pero tú me visitarías de vez en cuando, ¿verdad?

Te quiero.

C.

XXXII

—Creo que la panorámica que grabamos ayer en Almegíjar, con el pueblo iluminado por la noche bajo la cruz del cerro, es lo más bonito que hemos visto hasta le fecha —sentencio.

—Dices lo mismo de cada sitio al que vamos —comenta César a mi lado, en el coche—. Eres un poco veleta.

Ha acercado su dedo índice a mi brazo, pero, al final, se lo piensa mejor y rectifica. Yo finjo que no lo he visto y sigo aparcando el coche en Torvizcón, el pueblo que nos toca hoy. Durante todos estos días, César ha demostrado una voluntad férrea y no me ha rozado ni por accidente. Que ambos seamos moralmente admirables no quita que quiera tirarme de los pelos. Ambos sentimientos encajan a la perfección en el estado de exaltación en el que me encuentro, oscilando entre la felicidad y el pánico con una facilidad pasmosa.

Leo sigue sin llamarme; de todas formas, la conversación que tenemos pendiente no la podemos mantener por teléfono. Lo bueno es que el fantasma de Juan no aparece por ninguna parte. Creía que la noche en la que todo cambió iba a estar esperándome en la habitación, muy enfadado, pero en aquel momento la única que parecía flotar era yo. Sigo flotando, de hecho. Y por mucho que me pesen todas las preocupaciones que me persiguen, no consiguen hacerme poner los pies en el suelo.

En cuanto salgo del coche en Torvizcón, sí hay una cosa que está a punto de hacerme caer. En concreto, dos cerdos que pasan por mi lado a toda velocidad. Cuando me estabilizo y veo a César con los ojos muy abiertos por la sorpresa, me entra la risa y procedo a explicárselo.

—Estos deben de ser los marranillos de San Antón —sigue mirándome, exigiendo que le dé más detalles—. Los tienen sueltos durante todo el año y todos los vecinos les dan de comer. Al final, durante las fiestas de San Antón los sortean y luego... —Aquí viene la parte incómoda—. Pues luego pasa lo que les suele pasar a todos los cerdos, claro.

—Pareces afectada por su destino —dice él, con su curiosidad satisfecha, mientras coge el equipo—, pero luego bien que te pides el plato alpujarreño.

—Te encantan mis contradicciones para echármelas en cara, ¿verdad? —Le apunto con el dedo.

Él se ríe mientras cierra la puerta del maletero. Se acerca, pero solo un poco, y dice:

—Yo diría que me encantas, a secas —concluye.

Y ya está, consigue hacerme despegar una vez más mientras se dedica a grabar los primeros planos del pueblo en el que nos encontramos. Un pueblo que además parece un escenario creado en exclusiva para nosotros, con su laberinto de calles blancas, estrechas y bien conservadas. Sin móviles, sin tiempo, sin ruidos... Estos días parecen estar hechos de la sustancia de los sueños, más que de la realidad.

Por eso cuando al día siguiente ocupo el asiento de copiloto para regresar a Granada, la ansiedad se apodera de mí. Ni siquiera el olor a bosque que siempre desprende César, y que se ha convertido en el mejor ambientador de mi coche, puede calmarme. Esta etapa toca ya a su fin; cuando dentro de unos días regresemos para grabar la Alpujarra Baja, será, para bien o para mal, de otra manera. Siento vértigo.

—Llevas callada cinco insufribles minutos. Y sin música. Eso es inaceptable —dice César, disfrazando con humor la mirada de reojo que me despacha.

Me obligo a reaccionar y enciendo la radio. Sin embargo, decido responder, porque es César y no lo va a dejar pasar, por mucho que estemos escuchando en primicia la nueva canción de Coldplay y que, para variar, sea maravillosa.

—Me asusta lo que pueda pasar en Granada. La reacción de Leo, que se enfade...

Me interrumpo de golpe porque el locutor acaba de decir algo que ha hecho que se me ponga el vello de punta; subo el volumen de la radio, pero es inútil, porque ya ha dicho lo que yo quería oír, así que le pregunto a César:

—¿Has oído lo que acaba de decir?

—Sí... —responde, desconcertado—, que por fin podemos escuchar esta canción porque es 2 de julio, la fecha de lanzamiento...

—Dios mío. Soy lo peor. —Me tapo la cara con las manos y echo el cuerpo hacia adelante, intentando, sin éxito alguno, hacerme una bolita.

Escucho el sonido del intermitente y, al cabo de unos segundos, el coche se detiene. Él se desabrocha el cinturón y uno a uno me va despegando los dedos para que los separe de la cara. En el momento en que sus ojos aparecen en mi campo de visión siento el habitual chute de adrenalina que él me provoca, y como sigue cogiéndome la mano, su contacto cálido crea una onda que se extiende por todo mi cuerpo en cuestión de segundos. Definitivamente, soy lo peor.

—Cintia, ¿qué ocurre? —inquiere.

Yo suspiro antes de responder:

—Si es 2 de julio, entonces hoy se cumplen dos años del accidente de Juan. Y yo estoy tan... —iba a decir feliz, pero es tan vergonzoso que cambio de palabra en el último instante— distraída que ni siquiera me he dado cuenta. Pero es que acabo de caer en que tampoco he llamado a Encarna, su madre, últimamente. ¿Cómo puedo ser tan egoísta? —Y ya que estamos, vamos a por el *pack* completo—. Y eso es lo que pienso que he sido también con Leo, la verdad. Él no se espera lo que va a pasar, quizá hasta esté ilusionado esperando mi regreso, y, en vez de eso, voy yo y me enamoro de otro mientras él está trabajando duro...

—Suficiente, Cintia —dice con severidad, pero sin soltarme las manos—. Vamos a aclarar las cosas, una a una.

Yo asiento, aunque no creo que haya nada que pueda decirme para que me sienta mejor, así que lo miro con escepticismo cuando empieza a hablar:

—¿Por qué dices que eres egoísta? Con respecto a lo de Leo —es la primera vez que le escucho decir su nombre sin un tono peyorativo; lo valoro, aunque una vez probé el *kimchi* y puse la misma cara que él tiene ahora mismo—, no podemos controlar su reacción, eso es cosa suya, pero sí nos hemos controlado nosotros para no ofenderlo. Y no ha sido nada fácil por mi parte, te lo aseguro. De hecho, me atrevería a decir que es una de las cosas más difíciles que he hecho nunca. Así que lo que debería hacer el diputado —volvemos a las andadas— es valorarlo. Mucho.

El tema le escuece, es evidente, pero inspira hondo y continúa hablando en un tono más suave:

—Y con respecto a Juan, lo siento mucho, Cintia; lamento que este día te haga rememorar la pesadilla que viviste hace justo dos años. Pero es solo una fecha, una convención social. Lo recuerdas cada día, no necesitas un día concreto para eso. Solo tú sabes lo que lo quisiste, solo tú sabes lo mal que lo has pasado y por eso nadie te puede juzgar. Y eso incluye a su madre, que llevará el duelo de la mejor manera que pueda. Y yo... —duda; siempre que César duda se cuadriplican mis habituales ganas de abrazarlo—, a pesar de cuáles son mis sentimientos hacia ti, quiero que sepas que puedes hablarme de él cuando quieras. Me gustará más o menos, pero es parte de tu historia y yo lo quiero todo de ti.

Guau. Mira que a lo largo de los últimos días me he enfrentado a varias situaciones en las que creía que iba a ser imposible no poder frenar las ganas de besarlo, pero esta es la peor de todas. No sé si es porque ha dicho que lo quiere todo de mí o porque tengo a pocos centímetros de mi cara la poderosa curva de su mandíbula, pero contemplar desde la distancia esa boca perfecta comienza a ser algo antinatural. Él parece detectarlo; se le engancha la mirada en mis labios y, después de inspirar, vuelve a poner el coche en marcha.

—Espero que el diputado lo valore —murmura, y repite—: mucho.

Gracias a las palabras de César, al paisaje y al recopilatorio de Lost Frequencies, poco a poco consigo serenarme. Aprovecho para hablar por teléfono con mi hermana, que no hace más que preguntarme cuándo llego a casa, supongo que porque tendrá algo importante que contarme y prefiere que la escuche a solas. También he llamado a Encarna. No estaba contenta conmigo, era evidente. De hecho, al final, casi me ha colgado, pero soy muy consciente de que es un día difícil para ella. Ahora yo tampoco puedo dejar de rememorar aquel fatídico día. Por eso, cuando llegamos a Granada, que nos recibe con un aguacero corto pero intenso, le digo a César:

—Vamos para tu casa, te ayudo a descargar y luego iré al cementerio. Me apetece acercarme un ratito.

—Claro —responde—. Pero prefiero acompañarte, aunque me quedaré en el coche, por supuesto. Lo cierto es que no tengo ganas de llegar a casa todavía.

—Anda —me sorprendo—, creía que no sabías mentir. Es imposible que no tengas ganas de llegar a tu casa, dejar que Rudy te demuestre con babas lo mucho que te ha echado de menos, explotar a tu abuelita para que te planche toda tu ropa, darte una buena ducha —parte en la que prefiero no recrearme—, poner tu propia música sin miedo a que, de repente, se cuele Ed Sheeran en el repertorio, tirarte en el sofá viendo tu supertele...

—¿Por qué sabes que tengo una supertele?

—Eres cámara. Tienes una tele de sesenta pulgadas, mínimo —contesto yo, muy segura.

—Setenta y cinco, para ser exactos —me corrige, y sigue diciendo—: Pero me sorprende lo perspicaz que eres, de repente.

—Tenemos los roles cambiados —admito—. Yo, perspicaz; tú, mentiroso.

—Yo no he mentido. A pesar de lo tentador que has pintado mi regreso a casa, prefiero ir contigo.

—¿Al cementerio? —pregunto, extrañada.

Él toma el desvío correspondiente y añade, sin dudar:

—A donde sea.

César se queda en la parte más artística del cementerio, esa que la gente asegura que es preciosa, aunque yo preferiría disfrutar del repiqueteo de la lluvia ácida sobre mi cabeza antes que venir por gusto. He estado aquí, rota por el dolor, demasiadas veces. Hay un ángel de piedra que, aunque tiene los ojos cerrados, parece a punto de abrirlos y perseguirme con la mirada. Su cara me recuerda a alguien familiar, pero no...

—¡Ostras, Pe! —digo tras percatarme de que la persona con la que me acabo de chocar es mi amiga—. Perdona, que no te había visto.

—No te preocupes, yo iba mirando el suelo y tampoco me he dado cuenta —responde ella, que sigue con la cabeza gacha.

—¿Estás bien? —le pregunto, porque tiene un aspecto terrible—. ¿Has venido por Juan, no?

—No, no. Acabo de enterrar a una compañera de trabajo; ha sido algo repentino y muy... duro.

—Oh, lo siento muchísimo —digo mientras la abrazo.

Está tan afectada que, aunque me rodea con los brazos, casi no aprieta. No importa; yo la cojo todo lo fuerte que puedo, como hacíamos cuando apenas éramos unas niñas. En aquella época estábamos tan unidas que pensábamos que nos podíamos comunicar con la mente; a menudo lo intentábamos y hasta funcionaba. Así que pienso con todas mis fuerzas: «Pe, te echo de menos; déjame ayudarte. Háblame, cuéntamelo todo, como hacías antes. ¿Por qué te alejaste de mí, por qué...?».

—Tengo que irme —dice, con voz tensa, separándose de mí.

Nuestra telepatía se escacharró hace tiempo, está claro, así que me veo obligada a recurrir al lenguaje oral.

—Te acompaño al coche —propongo, situándome junto a ella.

—No, no hace falta. De verdad que necesito estar sola. Pero... gracias.

Siempre he creído que la frase «Necesito estar sola» es menos fiable que una adolescente con novio asegurando que se va a dormir a casa de su amiga, pero Pe lo ha dicho de forma que no admite réplica. De hecho, ya se aleja de mí. Otra vez.

Suspiro, miro hacia arriba y me encuentro con dos ojos de piedra cerrados, pero clavados en mí. Acelero el paso para alejarme del hermoso y siniestro angelote mientras desecho un pensamiento desagradable que se cruza por mi mente. No se parece a Leo. Leo no tiene alas, ni es de piedra, así que no se parece en nada. Ni siquiera sé por qué estoy pensando en eso.

La tumba de Juan dos ramitos de flores frescas, uno de hortensias y otro de azaleas (ahora sé esas cosas). Seguramente las habrá traído Encarna esta mañana. Me preparo para sumergirme en el estado de abatimiento profundo que siempre me asalta cuando estoy en este sitio, pero, de pronto, recuerdo la cantidad de veces que Juan y yo teníamos que volvernos a casa porque cuando llegábamos al supermercado nos dábamos cuenta de que se nos había olvidado la lista de la compra. Me acuerdo también de nuestros problemas graves para darle la vuelta a la tortilla de patata, que acababa casi siempre en el fregadero; del día de nuestra graduación, cuando aquel pterodáctilo (era una paloma, pero una bien gorda) planeó sobre nuestras cabezas e impidió que fuéramos la pareja más elegante de la tarde; cuando compró aquellas cucharas completamente planas, y cuando, nada más conocernos, el profesor nos dijo que escribiésemos un poema, yo se lo dediqué claramente a él pensando que no íbamos a tener que leerlo delante de la clase y *sí* hubo que hacerlo...

Es la primera vez que me pasa: estoy sonriendo frente a la tumba de Juan. Parpadeo un par de veces y veo su fantasma, justo a mi lado. Dándome bastante igual que la gente me tome por loca, le digo en voz alta:

—Creo que por fin estoy superando tu muerte. ¿A ti te molesta?

No contesta, claro. Su fantasma nunca dice nada; todo lo contrario a Juan, que no callaba. Y aunque me habría encantado que me respondiera que no, que no le molesta que al fin pase página, lo cierto es que, si hubiera hablado, me habría dado un susto tremendo. Así que creo que lo que sucede a continuación es la mejor opción de todas, dadas las circunstancias. Cuando sopla una leve ráfaga de aire, la imagen se va difuminando hasta volverse transparente por completo. Cojo una bocanada de aire, pongo la mano en el frío mármol y digo:

—Voy a aprovechar el presente. Pero quiero que sepas que te quise muchísimo y que siempre te querré. Deséame suerte, Juan, donde quiera que estés.

Y sin más, me doy la vuelta y me marcho de allí. Por primera vez, no estoy hecha un mar de lágrimas, sino con la sensación de que peso bastantes kilos menos. A pesar del bochorno que hace, aspiro el aire y me da la sensación de que me llega hasta lo más hondo de los pulmones. He elegido una ruta diferente para volver, y no tengo que enfrentarme al inquietante ángel. En cuanto salgo y distingo la silueta de César, apoyado en el capó, él levanta la cabeza y yo le sonrío. Tras observarme como suele hacer, analizando cada gesto y cada mirada, me devuelve la sonrisa y sostiene:

—Me alegro de que te hayas dado cuenta de que, si te quería, lo que más desearía en el mundo es que fueses feliz.

Asiento, porque estoy de acuerdo. Me meto en el coche y él hace lo propio. Me siento eufórica, contentísima. Me gustaría ir con César al cine, a cenar y, en general, a disfrutar de él. Pero, claro, por prudencia lo mejor sería que nos separásemos ya. De pronto, me dice:

—¿Te apetece ver las imágenes que hemos grabado?

—¡Me encantaría! —grito, así que me obligo a rebajar el tono—. ¿En tu casa o en la mía?

Él me mira un segundo, tratando de mantenerse inmune a las connotaciones de la pregunta, pero al final soy yo la que contesto:

—Paramos en la tuya para descargar, pero mejor nos vamos a la mía. No vaya a ser que aparezca tu padre, y aún no estoy preparada para ese encuentro. Aunque ya me cae fenomenal, por supuesto.

—Falsa...

Me regaña, con suavidad. Y yo no puedo evitar reírme. Me siento feliz, y aunque estar juntos en mi casa sin poder tocarle será una tortura, me encuentro en ese punto del enamoramiento en que más tortura me parece estar un solo minuto sin él.

XXXIII

Lo primero que pienso cuando meto la llave en mi cerradura y veo que no está echada es en lo contento que se va a poner el insistente comercial de Securitas Direct cuando descubra que, efectivamente, me han robado la casa por no tener alarma. Pero se trata de una conclusión precipitada, porque enseguida escucho a mi hermana gritar:

—¡Sorpresa, Cintia! ¡Estoy aquí! ¡Y también están Chloe y Ada!

Como aún no he entrado, me vuelvo hacia César con brusquedad y le susurro:

—¿Quieres huir? Aún estás a tiempo.

—No —responde, con una serenidad fuera de lugar—. ¿Tú quieres que huya?

—Por supuesto que no. Solo quería darte la oportunidad de librarte de...

Aparece mi hermana, una versión parecida a mí, pero con una estatura normal, y su enorme sonrisa muda en un gesto de sorpresa cuando ve a César.

—¡Anda, que no viene sola! ¿Este es Leo? —pregunta, por desgracia; después le mira el pelo, los vaqueros rotos y la camiseta de los Ramones y, aunque no puede disimular que le gusta lo que ve, añade, confusa—: ¿Quién gobierna ahora en la Diputación de Granada?

Continuando con la desgracia, la cabeza de Chloe

también se asoma; ella sí que pone los ojos como platos al ver a mi acompañante y exclama:

—Hostias, si es *Sies*...

—¡César! ¡Es César! —grito yo.

La cara de Ada se suma a la fiesta para decir:

—¿César? ¿Ese no era el hijo de...?

Tengo un momento de pánico porque Ada es impredecible y lo mismo acaba la frase con «Indalecio» que con «puta», así que azuzo a todas las cabezas y a sus respectivos cuerpos para que se metan en la casa mientras sigo gritando:

—¡Vamos, vamos todas para dentro, que aquí hace corriente! —Hará treinta grados a las ocho de la tarde, pero da igual; me vuelvo a girar y otra vez le digo a César, muy bajito—: ¿De verdad que no te quieres ir?

Después de tantos días juntos, solo me hace falta ver que ha entrecerrado un pelín el ojo derecho para estar segura de que le ha molestado mi pregunta.

—Solo si tú quieres que me vaya —repite.

Me pongo nerviosa, porque este es el instante en el que me doy cuenta de que se nos acaba de explotar la burbuja en la que nos encontrábamos. Ya no estamos solos los dos, rodeados de casitas blancas, con un aire que huele a nieve lejana y a chimenea. Estamos en la vida real, rodeados de mucha gente, con el ruido de las motos colándose por las ventanas y con un calor sofocante. Una vida real en la que interactuamos con la gente y la gente interactúa con nosotros. Antes no se nos dio bien. ¿Por qué ahora iba a ser distinto?

Cuando lo miro a los ojos, negros y expectantes, lo tengo claro. Quiero estar con él en el mundo real, porque a su lado todo será mejor. De hecho, esto que siento es suficientemente fuerte para enfrentarme a cualquier cosa, incluso a la más que probable situación incómoda que se genere a continuación en el salón de mi casa, hasta que todas comprendan que lo nuestro va en serio. Y como he necesitado pensármelo demasiado tiempo y con César solo funciona una sola cosa, aspiro hondo para hablar lo más honestamente posible.

—Me da miedo que cuando entres ahí, nuestra historia se convierta en algo real, con sus problemas, sus tensiones y sus partes feas. Pero quiero que entres porque... —Señalo con la mano al interior de mi casa—. Ahí dentro está la única familia que me queda y mi mejor amiga con su pareja. Me gustaría que entrases en mi casa para tener junto a mí a todos mis seres queridos.

Mis palabras prenden una chispa en sus ojos que es una mezcla de mil emociones. No sé cuál gana, pero un segundo después me abraza tan fuerte que me cuesta respirar. Con una mano me agarra la cintura y con la otra la nuca, lo que provoca que pueda escuchar los latidos de su corazón, retumbando con fuerza en su pecho. Me ahogo en su maravilloso olor y en la calidez de su enorme cuerpo. Tanta cercanía, después de haber estado evitando cualquier contacto, resulta abrumadora. Por lo demás, ha sido un movimiento en falso, porque no sé cómo vamos a salir de aquí. A duras penas oigo el sonido de su voz, que me llega amortiguada.

—Un mes, Cintia; como mínimo voy a necesitar un mes sin salir de mi cama para saciarme de ti. ¿Me lo prometes?

Su súplica provoca que se me escape algo a mitad de camino entre una risa y un sollozo, porque yo me siento igual. Me separo un poco para poder mirarle a los ojos y veo en ellos tanta intensidad que algo se rompe en mi interior. Que alguien me mire así es una experiencia nueva para mí; me hace sentir poderosa, incluso. Tanto que me atrevo a vacilarle un poquito.

—¿Un mes? Aún tienes que grabar todos los pueblos de la Alpujarra Baja. ¿Qué vas a decirle a tu jefa para justificar esa demora?

Él sonríe de medio lado y, aprovechando que me tiene agarrada de la cintura, tira de mí y nuestros cuerpos se encajan con facilidad. Con voz ronca, me dice:

—Mi jefa está muy satisfecha conmigo y, créeme, más lo va a estar después de este mes.

Me río de nuevo y le contesto:

—No sé yo; ahora mismo la tienes un poco frustrada...

Es difícil que el negro se oscurezca, pero los ojos de César lo hacen, tanto que estoy segura de que si no lo evito esta vez no va a poder resistirse, por lo que, con todo el dolor de mi corazón, me zafo de su agarre y comienzo a correr por el pasillo de mi casa; él me persigue y así entramos al salón, donde todas nos miran boquiabiertas. Me imagino lo que están viendo. No sé César, pero yo tengo la respiración alterada, estoy roja como un tomate y tengo una sonrisa enorme en la cara que no puedo ocultar. Veo que mi hermana me mira asombrada, como si no se creyese lo que está viendo. Y yo estoy tan fuera de control que solo puedo decir:

—¡Habéis pedido *pizza*! ¡Qué bien! ¡Vamos a comer!

Y todos me obedecen.

—Así que al final el cámara raro no ha resultado tan insoportable como parecía en un principio, ¿verdad?

Mi hermana me hace la pregunta con todo el retintín del mundo desde un extremo del sofá. Todos se han ido menos ella, que pasará la noche aquí; mañana cogerá un vuelo hacia Roma a primera hora. Yo estoy en la otra punta del sofá, con el portátil abierto, volcando las imágenes que hemos grabado; nos separa un cerco enorme de quitamanchas que lucha con el exceso de grasa que tenía la *pepperoni* de Chloe.

En cuanto mi amiga se dio cuenta de la importancia que César había cobrado en mi vida, olvidó que en la tele apenas se dirigían la palabra y comenzó a hablar con él de drones que grababan con una calidad excepcional. Ambos se emocionaron tanto que, en un momento dado, un trozo de *pizza* salió volando de las manos de

Chloe y, como si de un dron defectuoso se tratase, aterrizó boca abajo en mi sofá. Tanto entusiasmo por píxeles y transmisores a tiempo real empezaba a irritar a Ada, pero al final esta también ha pasado una noche de lo más entretenida.

—Qué buena idea ha tenido tu *amigo* —dice la reina del retintín— al proponerle a Ada que le preste más atención al *marketing* de la granja. Al principio, temí que ella intentase pegarle un puñetazo, sobre todo cuando le ha dicho —pone una voz grave y cadenciosa—: «Ya que tu novia parece ser alérgica a casi todo allí, podría ayudarte haciendo lo que mejor se le da, vídeos promocionales de las instalaciones y productos; debéis venderos bien, como hacen en Dinamarca, que, en ese sentido, nos llevan años de diferencia».

Me río. Ha sido una imitación aceptable de la voz de César, imperturbable y segura. Además, es agradable recordar lo que ha pasado esta noche, porque, aunque a regañadientes, Ada ha terminado aceptando que estaría bien alejar a su novia de la infantería granjera y que se dedique a labores promocionales. César le ha enseñado vídeos similares. Podían haber sido en español, en inglés, en alemán o en francés, pero eran proyectos financiados por el gobierno local de Copenhague. Me parece que no pasa tanto de su madre como quiere dar a entender. Me invade la ternura y sonrío.

—Madre mía, Cin —me dice mi hermana, sacándome de mis pensamientos—, cuánto tiempo ha pasado desde la última vez que te vi sonreír así. ¿Me puedes explicar cuándo ha ocurrido? Y, sobre todo, ¿por qué no me lo has contado?

Suspiro y se me quitan las ganas de reír.

—Porque ha sido repentino, Vicky. Mis sentimientos se fueron acumulando sin que me diera cuenta y de pronto me explotaron en la cara. No podía decirte por teléfono: «Hola, ¿te acuerdas de César, al que odiaba con todas mis fuerzas? Pues ahora me muero de amor por él».

—¿De verdad mueres de amor? —pregunta mi hermana, abriendo mucho los ojos.

—De verdad. Aunque también me muero de agobio, sinceramente.

—¿A qué te refieres?

—Por Leo, Vicky. Le voy a hacer daño, y ojalá pudiera evitarlo; no me gusta herir a la gente, sobre todo a gente que se ha portado bien conmigo. Me escuchó, apoyó mi proyecto, me hizo sentir especial al fijarse en mí, y yo...

Me tapo la cara con las manos, lo que hace que mi hermana se acerque y me abrace. Me da un apretón y luego me obliga a mirarla a la cara.

—Pero, vamos a ver, ¿en qué punto estabais vosotros dos? ¿Os habéis acostado?

—No, no, qué va. —Gracias al cielo, porque eso lo complicaría todo bastante.

—Entonces..., ¿qué? ¿Os habéis dado unos cuantos besitos?

Esto empieza a ser embarazoso, pero bueno.

—No, tampoco.

—¿Me puedes explicar entonces qué coj...?

—Un chupón; hubo un chupón fruto de un calentón. —En cuanto lo digo, suelto una carcajada llorosa—. Qué rima más bonita, ¿verdad? Ni Bécquer lo hubiera hecho mejor.

Pero mi hermana no está de humor y no aprecia el chascarrillo.

—Pero ¿qué tenéis, quince años? Venga ya, Cintia, por favor. Ni que estuvieseis comprometidos o algo así. Es absurdo, seguro que lo hablas con él y ya está. A ver, le fastidiará perderte, porque tú eres única, pero la última vez que te pregunté me dijiste que hacía que no hablabas con él... ¿una semana? No teníais una relación muy sólida, por lo que veo.

—Diez días, desde que arrancó la campaña. Pero es que habrá estado muy liado y...

—Cintia —me interrumpe, seria—. ¿Se te ocurre alguna circunstancia que te impidiera hablar con César ahora mismo?

—Absolutamente no —afirmo con rotundidad—. Si un meteorito estuviese a punto de estrellarse contra la Tierra y hacerla explotar, yo me haría visera con la mano, no sé muy bien por qué, y con la otra cogería el móvil para decirle que le quiero.

Mi hermana se queda muy quieta. A lo mejor es por lo de hacerme visera para contemplar mejor el apocalipsis, pero hay una alta probabilidad de que sea por lo de que quiero a César. O a lo mejor es que justo ahora se ha dado cuenta de que se ha colocado justo encima del cerco del quitamanchas. Sea lo que sea, suspira con resignación. Sé lo que está pensando. Que ya me estoy enamorando otra vez en plan burro. Estoy a punto de decirle que esta vez es distinto, porque yo he madurado, cuando veo que mi hermana mira las imágenes que tengo en el portátil y señala una de ellas.

—¿Esa eres tú?

—Ah, sí; me he debido de colar en el plano sin darme cuenta.

—¿Sí? Pues sales un montón de veces.

Es verdad. Ahora que me fijo, hay demasiados planos en los que salgo para tratarse de una casualidad. ¿Cómo puede ser que no me diera cuenta de que César me ha grabado tantas veces? Hago doble clic en uno de ellos y aparezco de perfil, sentada en una piedra, con la libreta en la mano, pero mirando una extensión enorme de castaños que tengo enfrente. A ver, sé que soy yo, pero casi no me reconozco. Me baña la luz temprana de la mañana, y hay una bruma que actúa como un filtro, uno que suaviza mis rasgos y me convierte en algo parecido a la portada de un cuento ilustrado. Casi no me muevo, tan solo algunos mechones ondulados se mecen alrededor de mi cara, pero el plano va cerrándose, cada vez más, hasta que solo se ven mis ojos, castaños y soñadores. Soy yo, pero parezco diferente, mejor. Así es como me ve él. Nunca me había sentido tan especial, tan única, tan radiante, como a través de esa mirada.

El plano termina y ambas hermanas suspiramos.

—Está bien, te doy permiso para quererle —concede.

—¿En serio? —le digo, riéndome—. Creo que a Juan nunca se lo diste.

Mi hermana se levanta y ni siquiera el manchurrón blanco que tiene en el culete le resta solemnidad a la frase cuando me responde:

—No te ofendas, Cintia, pero Juan nunca te vio así.

XXXIV

So you have a bad day...

Apago con un manotazo el despertador en cuanto suena la canción que están poniendo en la radio y salgo de la cama. Se me encoge un poquito el corazón cuando compruebo que mi hermana ya se ha ido, sobre todo al ver que me ha comprado unos cruasanes y el periódico. Ojalá hubiera podido quedarse; tengo por delante unos días difíciles y la voy a echar de menos.

No me preparo té, porque estoy tan nerviosa que prefiero un inofensivo *rooibos*. Tengo muy presente que quedan tan solo dos días de campaña y que después llegará la jornada de reflexión; ese será el día perfecto para hablar con Leo, porque los políticos detienen toda su actividad pública. Después llegarán las elecciones y toda la locura que conllevan, tanto si su partido gana como si pierde. Pero para quedar con él pasado mañana, necesito que me coja el teléfono, maldita sea. Si por lo menos leyera mis mensajes...

Con ese asunto en punto muerto, comienzo a leer el periódico de atrás hacia delante, un hábito que he heredado de mi padre y que consternaría a mis profesores de la universidad. En esta ocasión, sin embargo, sirve para posponer un mal rato. Porque justo al principio, en la sección de local, veo algo que mi cerebro se niega a procesar: una foto de Leo llevándome en brazos.

Se me atasca el cruasán en la garganta mientras leo el titular, que reza:

«Posible trato de favor en la Diputación de Granada».

Estoy tan nerviosa que las letras me bailan y no puedo leer la noticia. Solo reparo en las otras dos fotos, de menor tamaño, que acompañan el texto: son imágenes de archivo, y en una sale Leo y en la otra, yo. Él está serio, con un gesto que roza la angustia. Sin embargo, apenas le presto atención, porque me quedo boquiabierta contemplando mi foto. Fue tomada hace unos años mientras presentaba una gala benéfica, con un vestido rojo que no era mi preferido porque me quedaba demasiado ajustado, y un escote que no me convencía. Pero lo peor de todo es que salgo riéndome a pleno pulmón. Vamos, yo no sabía que podía reírme tantísimo; una risa desatada que no debería producirse nunca en un mundo donde hay guerras y hambrunas. No quiero que César la vea; ni tampoco mi hermana; ni mis amigas. Ojalá no la viera nadie.

Tras armarme de valor, inspiro hondo y me atrevo a leer el cuerpo de la noticia.

Un nuevo escándalo ensucia, aún más, la campaña electoral en Granada, que ya afronta su recta final. En esta ocasión se trata de una acusación efectuada por la portavoz del principal partido de la oposición en la institución provincial, Matilde Nieto. Nieto asegura que el actual diputado de Turismo, Leonardo García de Valdivia, habría concedido a Cintia Liz, una periodista con la que se le ha relacionado sentimentalmente, una partida procedente de la Unión Europea para la ejecución de un proyecto de promoción turística en la provincia.

La cantidad exacta a la que ascendería esta subvención no ha sido desvelada por Nieto, pero «la cifra es lo de menos», según ha afirmado. En su opinión, «es una vergüenza que los únicos criterios que sigue el diputado delegado de Turismo sean los sentimentales, en lugar de los de igualdad, mérito y capacidad, como debe ocurrir en cualquier institución democrática y abierta a la ciudadanía».

Como era de esperar, también ha pedido la dimisión inmediata de García de Valdivia, que además de diputado es director de la campaña de su partido en nuestra provincia y uno de los políticos granadinos con más proyección nacional.

Madre del Amor Hermoso. Cuántas veces yo misma he transmitido noticias como esta, sin pararme a pensar en la bomba que suponía para las personas implicadas. Aunque yo siempre trataba de contrastar los hechos y a mí nadie del periódico me ha llamado. ¿Quién la ha escrito? José Carrillo. No lo conozco. Temblando, y probablemente sin que sea una buena idea, enciendo la radio en la cadena local con más audiencia con la esperanza de que el Mulhacén haya entrado en erupción y mi noticia quede eclipsada, pero entonces una voz de sobra conocida acaba con esta posibilidad. Leo está siendo entrevistado en *Las mañanas de Gloria*, lo que me tranquiliza, en cierto modo. Gloria es muy profesional. Subo el volumen al máximo para escuchar mejor.

—... *por lo que no tengo nada que ocultar. La oposición lleva desde hace meses atacándome desde todos los flancos, así que suponía que en campaña pisarían el acelerador, pero esto es tan mezquino que me ha pillado desprevenido.*

—*Sí, está claro que no es la primera denuncia que recibe y que de todas ha salido airoso, pero esta es, quizá porque quedan tan solo tres días para las elecciones, la más grave a la que se ha enfrentado. Déjeme que le haga la pregunta sin rodeos, señor diputado: ¿ha cometido prevaricación con Cintia Liz?*

—*No; rotundamente no. Y, Gloria, permítame que la corrija. Esta no es una denuncia más grave que las demás, porque sigue siendo una acusación sin fundamento. Lo que la señora Nieto no ha querido especificar ha sido que estamos hablando de una subvención de quince mil euros. Y no quería decirlo porque sabe muy bien que legalmente es una cantidad que se puede asignar directamente...*

—Ya, pero, aun así, con la que está cayendo, no me negará que su reputación queda manchada después de dar ese dinero a su..., bueno, a alguien con quien le une una relación sentimental, por muy legal que sea.

—Mire, cuando uno tiene la conciencia tan tranquila como yo, solo tiene que defenderse con la verdad. Yo me voy a sincerar y le voy a contar la historia tal y como es. Resulta que un día llega una chica a mi despacho con un proyecto precioso para hacer vídeos promocionales sobre la Alpujarra. Aquel trabajo me pareció interesantísimo desde un primer momento, pero, como no había dinero, se quedó en el cajón. Al cabo de un tiempo, Europa libera un dinero para promocionar zonas rurales, y me acordé de aquel proyecto. La partida era insuficiente, pero, cuando se lo comuniqué, ella me dijo que no le importaba, que aun así quería...

—Sí, pero nos estamos desviando de nuevo. ¿Me está usted diciendo que no tiene una relación especial con Cintia Liz? La foto demuestra lo contrario.

—Creo que si le respondo a esa pregunta le estamos siguiendo el juego a la oposición, porque una vez que se demuestra que no hay delito, no deberíamos pasar al ámbito de lo personal. Sin embargo, por respeto a su profesión, le contestaré, sobre todo porque no tengo nada que ocultar. Como yo supervisaba el proyecto, al cabo de un tiempo Cintia y yo empezamos a vernos y a... conocernos mejor. No encontré ninguna razón que me lo impidiera, porque lo que sería injusto es que, en el momento en el que yo empiezo a sentir algo por ella, le retire la subvención para cubrirme las espaldas. Y le voy a decir más: si hace unos meses me dicen que mi puesto peligraría porque iban a utilizar este asunto en mi contra, le volvería a dar el visto bueno, porque la Alpujarra no tiene la culpa de que la oposición esté aburrida y quiera centrar el debate de la campaña en un tema tan trivial como este. Tengo demasiadas cosas que hacer para fijarme en lo «políticamente correcto», y créame cuando le digo que esos vídeos son algo bueno para la provincia, le pese a quien le pese.

—Bueno, señor diputado, usted ya ha expuesto, de forma vehemente, su versión de los hechos y yo ahora me veo en la obligación de hacerle una pregunta... de otra índole. Pero es que, a través de las redes sociales, muchísimas personas, sobre todo mujeres, nos están planteando una cuestión relacionada con este asunto, aunque desde una perspectiva diferente. Le traslado la cuestión de forma literal: la foto del periódico, en la que sale llevando en brazos a Cintia Liz, ¿significa que usted ya no es el «soltero de oro de la política española»?

—¿Qué tal queda el «novio de oro de la política española»?

Las risas de los dos se interrumpen con brusquedad cuando apago la radio. Tengo que reconocer que Leo ha estado magistral. Tranquilo, cercano, encantador. Si fuese la primera vez que lo escuchaba, hubiera sucumbido a sus palabras. Pero es que no es la primera vez que lo escucho; todo lo contrario. Se supone que somos novios. Qué maravilla que nuestra relación haya salido a la luz justo cuando me propongo cortar con él.

En ese momento, me suena el móvil. Es Leo. Tantas veces deseando ver su nombre en mi pantalla y, ahora que sucede, siento una oleada de pánico difícil de gestionar. Trago saliva y descuelgo.

—Hola —le saludo.

—Necesito que vayas a la sede de mi partido ahora mismo. Yo voy también para allá.

Y cuelga.

Mientras me visto a toda prisa, solo puedo pensar en que ojalá al pronunciar esas escuetas frases, después de tanto tiempo sin hablar, Leo hubiera sonado como en la entrevista, tan relajado y encantador. Pero ha sido lo contrario: el «novio de oro de la política española» parecía cabreadísimo.

No sé muy bien lo que me he puesto, pero me planto allí en media hora. En cuanto paso al recibidor atestado de gente, se produce el mismo efecto que si hubiera estallado una bomba: los sobres con las papeletas se quedan a medio cerrar, las conversaciones a medio terminar y un globo medio inflado sale disparado mientras hace ¡piuuu!

—¿Hola? —digo, y el silencio es tan intenso que temo producir eco—. ¿Me podéis indicar dónde...?

—Primer despacho a la derecha —me responde la recepcionista—. Pasa, te está esperando.

Lo ha dicho con todo el desprecio posible, pero el efecto se ha visto mermado porque lleva una gorra de la que salen dos banderitas del color del partido de Leo. Siempre he sido muy mala en el enfrentamiento directo y estoy a punto de achantarme, pero en el último momento decido atravesar el recibidor con la barbilla bien alta. Me preocupa Leo; hacerle daño y que él me lo haga a mí. Me preocupa cómo César esté gestionando todo esto, y me preocupa que mi hermana se preocupe, cuando se entere. Sin embargo, lo que opine toda esta gente me da igual. Así que llego hasta donde me ha indicado con aire muy digno.

Pero en cuanto veo la puerta, me desinflo como el globo de antes. No sé qué versión de Leo me voy a encontrar ahí dentro, si la de la radio o la del hombre que no ha querido hablar conmigo en dos semanas. Toco tres veces antes de preguntar si puedo pasar.

—Adelante.

En cuanto entro al despacho, me encuentro un Leo muy diferente al que estoy acostumbrada. Está de pie, apoyado en un escritorio repleto de programas electorales, carteles y folletos del partido. Tiene el pelo revuelto, los ojos enrojecidos y se ha desabrochado los dos botones superiores de la camisa. Sigue estando guapo, el aire atormentado le sienta bien, pero esta imagen como de derrota se me clava en el corazón y enseguida me escucho decir:

—Lo siento muchísimo, Leo, de verdad que lamento

mucho que te hayas visto envuelto en todo esto por culpa de mi proyecto...

Detengo mi discurso porque me impacta la mirada que me despacha. Furia. Casi... odio. Sabía que esto iba a ser difícil, pero como ya lo había visto gestionar otras acusaciones sin fundamento legal, no esperaba verlo tan afectado. Entonces hace algo que me desconcierta: me tiende un sobre blanco que tiene en la mano y, con una voz tan tranquila que resulta un pelín espeluznante, me dice:

—Toma —insiste para que coja el sobre—; recién salidas del horno.

Cada vez más confundida, cojo el sobre y lo abro. Mi cerebro vuelve a tener dificultades para interpretar lo que ve. Son fotos; hasta ahí llego. Y también soy capaz de reconocerme a mí misma en ellas. Vestido blanco con florecitas; un poco corto, pero las zapatillas le restan atractivo. Estoy acompañada por un hombre. Es alto, guapo y grande; el pelo, negro como la noche que nos envuelve, le llega casi por los hombros y va vestido con vaqueros y camisa oscura. Ah, y parece que me está acariciando la cara, con ternura. Hay tantas instantáneas del momento que, si las pasara rápido, reviviría la escena de nuevo tal y como ocurrió: el momento en el que César me limpió las lágrimas en mitad de una calle de Ugíjar, hace cinco días.

Solo estábamos haciendo eso, pero entre que la imagen fue tomada de noche y desde una distancia considerable, da la impresión de ser un momento mucho más íntimo. Tampoco ayudan nuestras miradas, que por desgracia son bastante más delatoras que el hecho en sí. Levanto la cara y me encuentro a Leo con la mandíbula tan tensa que es un milagro que los dientes no le rechinen.

Por Dios, mira que tengo la costumbre de imaginarme escenas terribles para los acontecimientos difíciles de mi vida, pero esto era imposible de prever. ¿Puede haber una manera más horrorosa de que Leo se haya enterado de lo mío con César? Estoy tan bloqueada que no digo nada, solo le miro, por lo que cuando él da un golpe con la mano sobre la mesa, haciendo caer una pila entera de propaganda electoral, yo también pego un bote. Me abrazo a mí misma para darme apoyo moral cuando él comienza a gritar:

—¿A qué esperas para decirme que es un montaje? ¿Por qué no te ríes y me dices que, obviamente, es imposible que esto sea lo que parece: que te has liado con el tío más desagradable del planeta, con el imbécil de tu compañero insoportable?

—¡No lo insultes! —He saltado sin poder contenerme, y Leo reacciona como si le hubiera pegado un bofetón, así que intento rebajar la tensión bajando el tono—. Escucha, Leo, sé que estás al borde del colapso y no te puedes imaginar lo muchísimo que lo siento, porque siempre te has portado bien conmigo. De verdad que odio perjudicar tu carrera y herir tus sentimientos, pero...

Una carcajada nerviosa sale de su boca cuando responde:

—¿Mis sentimientos? Cintia, cielo, no te puedes imaginar lo poquísimo que me afecta este asunto a nivel *sentimental*. Si por algún motivo que desconozco, porque sufres demencia o simplemente un mal gusto escalofriante, prefieres a ese tío antes que a mí, yo te respeto. Os hacéis una casita en el infierno y das a luz bebés con pelo largo y cuerpo de escorpión. —Estoy a punto de defender a mis feos bebés imaginarios, pero mantengo la boca cerrada—. A mí lo único que me jode, y no te puedes imaginar cuánto, es lo mucho que esta historia va a afectar a mi imagen pública, porque, después de esto, no me cabe duda de que me van a hundir. En dos días he pasado de ser el «soltero de oro», al «novio de oro» y después, al «cornudo de oro».

—Pero es que no lo entiendo —digo—. ¿Quién ha hecho todas estas fotos? ¿Nos han... seguido?

—Bienvenida al mundo real, guapa —espeta, con desagrado—. Se trata de una estrategia bien construida desde la oposición para acabar con mi carrera; primero consiguen que admita que tengo novia a raíz de una acusación estúpida y sin fundamento, y luego me dan la estocada haciéndome parecer imbécil. —Y vuelve a gritar—: ¡Y todo porque ese cámara cabrón, que me la tenía jurada desde un principio, no ha parado hasta liarse contigo! ¡Seguro que lo ha hecho con el propósito de hundirme! ¡Quién sabe si es de la oposición, o lo han contratado ellos...!

—¡Para! ¡Para de una vez! ¡Y deja de insultarlo! —Otra vez estoy gritando, así que de nuevo me obligo a serenarme porque uno de los dos tiene que hacerlo—. Leo, escúchame: César no forma parte de ningún complot, ¿de acuerdo? De hecho, aunque me has dicho que te da igual a nivel sentimental, para mí es importante aclararte que nosotros, pese a lo que sugieren las fotos, no nos hemos liado. Estaba esperando a contártelo todo, pero ni siquiera... —Se me atascan las palabras, pero al final consigo soltarlas—: Nosotros ni siquiera nos hemos besado.

En un cambio tan repentino que me provoca vértigo, su mirada recupera parte de su brillo habitual. Estaba KO y, en un segundo, ha vuelto al *ring*. Y yo doy un paso atrás porque mi cuerpo se pone alerta.

—¿Eso es verdad? —me pregunta acercándose a mí—. ¿Me prometes que no puede haber más fotos comprometidas de vosotros dos? Besándoos o... —Pone un gesto de asco que, para ser alguien a quien sentimentalmente el asunto se la trae al pairo, no deja de ser llamativo—, ya sabes, en una situación comprometida.

Estoy convencida de que no, pero, de todas formas, hago memoria. La vez que más cerca hemos estado fue esa misma noche en la que fueron tomadas las fotos, pero ocurrió dentro de la casa. Después siempre hemos mantenido las distancias. Ayer César se acercó en un par de ocasiones a mí, pero como estábamos en una carretera desierta primero, y en mi piso después, es imposible que consiguieran esas imágenes. Leo frunce el ceño por mi tardanza, pero es importante que lo compruebe todo antes de afirmar, con rotundidad:

—No, no puede haber más fotos. Yo... de verdad que quería hacer las cosas bien contigo, Leo. Sé lo mucho que trabajas y no quiero ser la responsable de que tu carrera se vea afectada...

—No va a verse afectada. Todavía podemos salvarlo. —Trago saliva, porque vuelve a tener la mirada brillante; demasiado brillante—. Pero para eso necesito tu colaboración, que supongo que me la ofrecerás. Como acabas de reconocer —sonríe de forma siniestra—, tú eres la gran responsable de todo este lío.

XXXV

Definitivamente, la casa de César es la más bonita del barrio. El contraste entre la construcción moderna con líneas rectas y la tupida enredadera con flores naranjas y rosas, que además sirve para darle privacidad, es todo un acierto. Un lugar sólido, con recovecos, hermoso. Como el hombre que vive dentro. El mismo hombre del que tengo diez llamadas perdidas en mi móvil. Y el mismo, también, que está a punto de escuchar algo que no le va a gustar nada en absoluto.

Estoy estirando con reticencia el brazo para tocar su timbre cuando la puerta se abre. Enseguida sale un jaleoso perrito que solo se detiene un instante para darme un lametazo y después corre hacia la casa vecina, cuya cancela está entreabierta. Contengo mis ganas de huir cuando intuyo que alguien viene detrás, pero no es César, sino Indalecio. Antes de decidir si alegrarme o pegarme un tiro, él mira alrededor por encima de mi cabeza, y después se aparta para que pueda entrar.

—Pasa, Cintia, no te quedes fuera; ahora eres una celebridad y, aunque parece que no hay nadie, te podrían estar siguiendo. Me alegro de verte, por cierto.

—Sí, yo también —miento un poquito.

No me puedo creer lo que acaba de decir. No lo de que se alegra de verme, que en cierto modo es bastante sorprendente, sino lo de que me estén siguiendo. Por

Dios, ¿en qué momento he pasado de grabar castaños a que me persigan los *paparazzi*? De todas formas, hago lo que me dice y atravieso la portada principal, que da acceso a un jardín pequeño y bien cuidado, con una moderna fuente en el centro. Me quedo embobada unos segundos (la casa no parecía tan grande desde fuera), pero Indalecio no pierde el tiempo y, tras cerrar la puerta, me dice:

—César dice que todo es mentira, no solo porque la cantidad de dinero es insuficiente para que la acusación de prevaricación tenga fundamento, sino porque no eres novia del diputado. Este último punto parece afectarle bastante; casi casi me atrevería a decir que lo ha llevado a un nivel personal. Nosotros discutimos mucho, pero nunca antes me había amenazado con tirarme por la ventana.

Aunque noto que mi cara se está poniendo colorada, le mantengo la mirada. Es increíble que el destino me haya acercado de nuevo a este hombre. No solo eso; es que, si César y yo logramos superar este inmenso obstáculo que hoy nos separa, le veré trinchar el pavo en Navidad y tendré que regalarle calcetines por su cumpleaños. Picarán, Indalecio; serán de fibra y picarán mucho. Mi mente divaga, pero vuelvo a centrarme cuando le escucho decir, con despreocupación:

—¿Sabes que mañana se publicarán más fotos, pero esta vez con César?

—¿Cómo te has enterado? —le digo, abriendo mucho los ojos.

—Bueno…, soy un carcamal periodístico, pero aún tengo mis contactos —responde con sencillez.

En ese momento, veo que César, en la planta de arriba, se asoma a la ventana con una toalla anudada en la cintura. Es una imagen bastante impresionante, pero en cuanto ve la escena que hay abajo (su padre y yo, juntos), abre mucho los ojos y dice:

—¿Qué estáis…? ¡Bajo enseguida! ¡Papá, no seas…!

—No termina la frase porque desaparece, pero lo escucho repetir—: ¡Voy enseguida!

César suena tan preocupado que cuando Indalecio y yo nos miramos, a los dos nos cuesta disimular la risa. Creo que teme encontrarnos por el suelo y con todas las extremidades inmovilizadas, como en un combate de artes marciales mixtas. Pero lo cierto es que mi exjefe está muy tranquilo, y eso es algo que le agradezco. Hasta cierto punto entendería que estuviera cabreado conmigo por haber implicado a su hijo en esta situación, sobre todo si sabe lo de las fotos, pero no es así. Es como si su dilatada experiencia como periodista le hiciese contextualizar este suceso. Mi teoría se reafirma cuando me dice:

—Solo quería decirte una cosa, antes de irme. —Sonríe; Dios mío, se parece mucho más a César de lo que me gustaría admitir—. ¿Cuántas veces has dado noticias como esta, sin mucho fundamento, en nuestros informativos?

—Demasiadas —reconozco, a mi pesar.

—¿Y de cuántas te acuerdas?

—De muy pocas, la verdad —contesto.

—Pues tenlo muy presente estos días —me aconseja mientras abre la puerta de la calle—. Ese ruido es César bajando los escalones de cinco en cinco, así que yo me marcho ya. Ánimo y paciencia.

—Gracias, Indalecio.

Pero ya ha salido a la calle. Y en ese instante se abre la puerta de la casa y aparece César, con el pelo húmedo, metiéndose la camiseta por la cabeza. Es de Iron Maiden, grupo que no es mi favorito, y ahora que me está privando de ver el espectáculo que es el torso de César, peor me caen todavía. Cuando termina de ponérsela, tiene el pelo revuelto, la camiseta desajustada y está descalzo. Es él en estado puro y yo... La idea de que esta sea la última vez que nos veamos me aterra de tal manera que no soy capaz ni de hablar.

—¿Cómo estás? —me pregunta sin apenas pestañear, intentando descifrar el gesto de mi cara, que debe de ser como un jeroglífico—. Te he llamado mil veces. ¿Por qué no entramos y...?

—Prefiero quedarme aquí, si no te importa —le digo, señalando el jardín—. Esto es... precioso.

—Vale, pero no lo digas con tanta pena; te lo presto cuando quieras —bromea, pero sé que me está tanteando, porque se huele que algo grave ocurre—. Déjame ponerme las zapatillas y nos sentamos aquí fuera.

En un segundo aparece calzado y se dirige a unos pufs que hay al lado de la fuente, junto a un enorme y embriagador *stefanoti*. Él se sienta primero y me hace un gesto para que me ponga a su lado, pero yo opto por el que está enfrente, porque necesito un poco de espacio para mantener esta conversación tan difícil. Como estoy evitando mirarle a la cara, imagino que sigue analizándome, pero por desgracia no lo adivinará. Me doy cuenta de que estoy poniendo al límite su paciencia cuando por primera vez le veo mover compulsivamente la pierna derecha, así que me obligo a hablar.

—He ido a ver a Leo —le suelto, sin ambages.

Le miro de reojo, lo suficiente para percatarme de la tensión que se ha adueñado de su mandíbula.

—Está bien —dice—. ¿Sabe lo de nuestras fotos?

—Sí —me limito a contestar.

—¿Y cómo ha reaccionado? —Endurece el tono cuando me pregunta—: ¿Se ha enfadado? ¿Te ha dicho algo malo? Porque si se atreve a...

—No, César, no se ha portado mal conmigo; aunque, como es lógico, se ha alterado mucho. —Miro al suelo, donde una hormiguita feliz se pasea, ajena al drama que está a punto de estallar encima de su cabeza—. Lo único es que... me ha pedido un favor.

Mira que estoy utilizando un lenguaje de lo más diplomático, pero no debo de hacerlo muy bien, porque hasta ahora hacía un tipo de calor llevadero y de pronto me abraso. Puede ser que la bomba térmica proceda de César, que me pregunta, con una tensión parecida a la que hubo un segundo antes del Big Bang:

—¿Qué clase de favor?

—Quiere que... —Allá vamos—. Me ha pedido que le acompañe mañana al mitin con el que se cerrará la campaña. Quiere dar a entender que las fotos no son lo que parecen, que tú solo eres un amigo mío y que, por tanto, yo no le he sido «infiel».

César, que siempre es muy rápido en todas sus reacciones, se toma su tiempo esta vez. Y cuando lo hace, escoge una opción que no entraba en las apuestas. Suelta una carcajada, mientras niega con la cabeza.

—Increíble —dice, riéndose todavía—. O sea que lo único que le preocupa de todo esto es que la gente crea que lo has engañado y que se tambalee su imagen de perfecto donjuán. Y en vez de centrarse en lo de la prevaricación, te pide, aunque tú ya le has dicho que no sientes nada por él, que finjas ser su novia en el mitin del cierre de campaña. Es repugnante, incluso para él. —Ya no se ríe y sentencia—: No sé cómo se ha atrevido siquiera a sugerírtelo, la verdad.

—César, yo... —trago saliva— he aceptado.

Su rostro se ensombrece de golpe, como si una nube repentina hubiera tapado el sol, solo que hoy el cielo está despejado por completo.

—Pero ¿por qué? —me pregunta, desconcertado—. ¿Es que... has cambiado de opinión? ¿Al final prefieres estar con él?

—¿Me estás preguntando eso en serio? —le digo, alzando la voz por la sorpresa—. ¿Es que piensas que mis sentimientos pueden cambiar en medio día? Ayer tenías claro que te quería, ¿no? Pues *yo* soy la chica de ayer.

Dos pensamientos irrelevantes se cruzan por mi mente en ese momento: el primero es que siempre he pensado que la canción de Nacha Pop tampoco es para tanto, y el segundo es que vaya manera más estúpida de decirle a alguien, por primera vez, que le quieres: gritándole y en mitad de una pelea que tiene muy mala pinta. De hecho, él no le concede ninguna importancia a mi declaración, y ni siquiera lo comenta. Haciendo de tripas corazón, intento explicarme un poco mejor:

—César, escúchame. Es un problema de conciencia, ¿no lo ves? Es cierto que tú y yo hemos intentado mantener las distancias y que la foto insinúa mucho más de lo que ocurrió, pero hay algo que no podemos negar, y es que nos hemos enamorado; bueno, tú te acabas de desenamorar de mí hace diez segundos, pero... —Nada, el chiste no le ha provocado ni una miserable mueca, así que prosigo—: El caso, César, es que, sin que nadie sea culpable, le he perjudicado; primero con lo de la prevaricación, y luego con lo de la supuesta infidelidad.

Se levanta y comienza a pasearse de un lado a otro.

—Pero es que no es verdad. No hay prevaricación; y nunca habéis sido novios, joder, ¿cómo vas a serle infiel? ¿Por qué no convoca una rueda de prensa y lo explica tal y como ha ocurrido? Solo tiene que decir la verdad. Con la verdad se soluciona todo.

—Pero es que hoy ha admitido por la radio que somos novios, no quedaría bien que...

Se para con brusquedad y me señala con un dedo.

—Ese no es tu problema, Cintia. Te recuerdo que tu *novio*, ese al que tanto le debes, ha estado dos semanas sin dar señales de vida, y que la última vez que te vio, tenías el tobillo con el diámetro de una sandía. Además, ¿es que no te das cuenta de que si vas a ese mitin para lavar su imagen, el que queda como un imbécil soy yo?

—¿Por qué? —Me levanto yo también—. Entiendo que no te guste la idea, pero no es cierto que vayas a quedar como un imbécil, porque nadie sabe lo nuestro.

Y sin saber exactamente por qué, noto que acabo de meter la pata hasta el fondo. César acorta la distancia que hay entre nosotros y, clavándome la mirada, me responde:

—Te equivocas; lo sé yo y lo sabes tú. —Hace una pausa y añade—: Cintia, es muy sencillo. Si quieres luchar por la verdad, aquí me tienes. Si en cambio prefieres convencer mañana a todo el mundo de que entre nosotros solo hay amistad, no cuentes conmigo.

—César... —le suplico.

—Basta. Hace tiempo que me prometí a mí mismo que sería siempre fiel a mis principios y no voy a traicionarme, menos por un político egoísta que no se besa porque no llega. Espero, de verdad, que cambies de opinión, pero si no, esa es mi última palabra.

Me quedo un ratito mirándolo a los ojos con impotencia, pero en ellos no encuentro ni un solo resquicio donde colarme, solo una determinación firme. Así que al final doy un paso hacia atrás y solo entonces parpadea. Como no se produce ninguna reacción más, y antes de que mis lágrimas empiecen a salir a borbotones, me doy la vuelta y me dirijo hacia la puerta. La dama de noche y la hierbabuena que la adornan son las únicas que me acompañan al salir. Cierro con suavidad, pero el sonido retumba en mi mente tan fuerte que continúa conmigo hasta mucho tiempo después.

XXXVI

—Vamos tarde; baja cuanto antes —me dice Leo por el móvil.

Cuelgo el teléfono sin ni siquiera contestarle, porque esa es nuestra dinámica actual. Me echo un último vistazo al espejo y concluyo que mi reflejo es una obra maestra de camuflaje emocional. Pelo liso, maquillaje discreto pero abundante y un elegante vestido de color negro abotonado por la espalda que me ha costado horrores ponerme sola y que uso para los entierros. Parece que he conseguido tapar de manera convincente los efectos de la larguísima noche en blanco que he pasado. Cuando salgo al portal, veo un coche oficial con las banderitas del partido de Leo y me subo en él. El diputado me espera con un traje de chaqueta de un color parecido al de sus ojos y una sonrisa tensa en la cara.

—Hola, Cintia, estás preciosa. Un poco oscura..., pero lo prefiero al vestido de mariquitas o al de las abejitas. —Ah, qué pena no haberlo sabido antes; me los hubiera puesto los dos, superpuestos—. ¿No vas a darle un beso a tu novio?

Se acerca a mí con la intención de que le dé un pico mientras una oleada de su intensa colonia provoca que me eche para atrás.

—Por supuesto que no —le respondo, con voz ronca; ha sido una noche difícil—, porque te recuerdo que no estamos juntos. Me pediste que te hiciera el favor de acompañarte y eso es lo que estoy haciendo, pero nada más.

—Ah, es verdad. —Pone una mueca desagradable y retrocede—. Se me olvidaba que no tengo ninguna posibilidad contigo porque soy sociable, divertido y no parece que esté pidiendo limosna en la puerta de una iglesia.

—¡¡¡Pare!!! —le grito al chófer, y ya sea porque lo he asustado o por la sorpresa, me hace caso y detiene el coche en mitad de la carretera; yo me giro hacia Leo y, con los dientes apretados, le digo—: Mira, Leo, como vuelvas a decir una sola palabra en contra de César, me bajo y no me vuelves a ver nunca más, ¿te enteras?

Su mirada se oscurece, pero se recompone con una sonrisa fría, antes de hacerle un gesto despectivo al conductor para que reemprenda la marcha. Con voz demasiado alegre, reanuda la conversación.

—Por supuesto, querida, será un placer no volver a mencionar al cámara. No obstante, lo último que te diré es que sería aconsejable que hoy y mañana guardaseis las distancias, no vaya a ser que todo se vaya al traste al final.

—Que esa sea la última de tus preocupaciones —susurro.

Se me han llenado los ojos de lágrimas, así que intento disimular mirando por la ventanilla del coche, pero sé que Leo me ha visto y que habrá sacado conclusiones. Incluso me ha parecido detectar un gesto de satisfacción en su cara que espero haberme imaginado. De todas formas, eso deja de preocuparme en cuanto nos acercamos al Palacio de Congresos y veo la cantidad ingente de medios de comunicación que nos está esperando en la puerta.

Jolín, hay ruedas de prensa en la ONU con menos periodistas que hoy aquí; a todos los medios locales se les ha sumado también la prensa sensacionalista. Trago saliva cuando veo el semicírculo que han formado con los trípodes y miro a Leo con ansiedad, porque estoy acostumbrada a los pisotones y aplastamientos leves que se producen tras las cámaras, pero no a ser el centro de atención. Sin embargo, soy testigo de cómo a mi acompañante solo le basta un segundo para esconder su gesto de preocupación (son muchos medios, muchísimos) tras una máscara perfecta de seguridad y carisma. Conozco esa cara porque es de la que yo me enamoré en su día. De hecho, tengo dificultades para entender que alguien con una sonrisa tan bonita y campechana utilice tantísimo cinismo al dirigirse hacia mí.

—Espera, Cintia, yo te abriré la puerta; un poco de caballerosidad siempre es bienvenida.

—Estamos en el siglo XXI —repongo, y además añado una frase de camiseta—: las mujeres nos abrimos nuestras propias puertas.

Antes de que pueda hacerlo, Leo me coge del brazo y me acerca a él. No me hace daño, pero tampoco es agradable. Miro sus ojos, esos que una vez pensé que eran preciosos, y me dice:

—Más te vale bordar tu papel. No tendrás que decir nada, pero has de parecer una acompañante enamorada. Te recuerdo que, si caigo yo, será muy difícil que tu proyecto, que ya está en el punto de mira, salga adelante. Qué pena, con casi todos los reportajes ya grabados...

Sus palabras me noquean. ¿Advertencia o chantaje puro y duro? No lo tengo claro, pero acto seguido sale del coche y el estruendo de *flashes* y gritos que se produce en cuanto los periodistas ven al diputado me hace reaccionar.

Es una locura. Ni en las bodas reales hay tanta expectación. Pero no es para menos: las fotos mías con César han salido publicadas esta mañana en varios periódicos y por supuesto circulan por internet y en redes sociales. En todos sus perfiles, Leo ha publicado un comunicado diciendo que las fotos no son lo que parecen y que César y yo solo somos amigos. Pero eso no ha evitado que hayan surgido hasta memes en los que él aparece con cuernos, ni tampoco que se hayan formado dos bandos, los que están a favor del Diputado *Team* y los del *Heavy Team* (con un nada desdeñable número de seguidores, he de decir). Pienso en César, en cómo le estará afectando todo esto, pero dejo de hacerlo de inmediato, porque si sigo por ahí me derrumbaré.

—¿Quiere que le abra la puerta yo? —Me sobresalto al escuchar al chófer, que me mira tras sus gafas de sol con gesto de preocupación—. No porque usted no sea capaz de hacerlo, sino porque quizá necesite un poco de ayuda en este momento.

Trago saliva y niego con la cabeza. Le lanzo una mirada de agradecimiento sincero a este hombre tan atento y, ahora sí, abro la puerta. Como he salido por la parte de la carretera, mientras bordeo el coche puedo escuchar un tumulto de preguntas formuladas a la vez, algunas con más enjundia que otras: «¿Cómo está, señor diputado?», «¿Cree que todo esto afectará a su rendimiento electoral?», «¿Quién está detrás de las fotos?». Y mi preferida: «¿Cree que el amigo de su novia es más guapo que usted?».

Sin embargo, en el momento en el que los medios me ven y yo me sitúo al lado del diputado, ocurre un fenómeno extraño. Se produce un silencio sepulcral, solo interrumpido por los obturadores de las cámaras. Esto se debe a que, aunque es cierto que hay algunos periodistas que no conozco, la mayoría han sido compañeros míos durante muchos años. Gente con la que he compartido muchas horas de espera, algunas veces aburridos, otras en peligro, y siempre ganando unos sueldos miserables. Los miro a los ojos, sobre todo a los de las redactoras, y distingo a varias amigas. Ninguna tiene ganas de preguntar y todas esperan a que sea otro el que empiece. Es un gesto que me conmueve, así que les sonrío, pero entonces Leo acaba con la solemnidad del momento.

—Bueno..., como diría la misma Cintia: «Parece que ha pasado un ángel»... —dice mientras me mira con supuesto cariño. Se escuchan algunas risas; la mía, no—. Lo cierto es que agradezco muchísimo la gran expectación mediática que ha generado el cierre de campaña, porque hoy haremos un resumen de todas las propuestas que afectan a Granada y espero que ustedes las hagan llegar a toda la ciudadanía, que es para lo que sirve una campaña electoral. Al menos en el caso de mi partido, donde nos hemos dejado la piel recorriendo cada rincón para transmitir el mensaje de continuidad que tanto necesita nuestra provincia si queremos que alcance la posición privilegiada que merece. Lamentablemente, mientras nosotros construimos, la oposición se dedica a lo suyo, a destruir. Han usado todo su arsenal contra mí, lanzando acusaciones sin fundamento legal alguno, y cuando vieron que no funcionaba, se han atrevido a invadir mi intimidad, promoviendo bulos sobre mi vida privada...

Un periodista que no conozco le interrumpe:

—¿Se refiere a que las fotos que hoy circulan en los medios, en las que aparece ella —me señala con la cabeza— con otra persona, han sido tomadas y difundidas por la oposición? ¿Tiene pruebas? Y cuando habla de bulo..., ¿insinúa que son un montaje?

—Esas son muchas preguntas, cada una tan interesante que no sé por dónde empezar —concede Leo, con su habitual encanto, mientras yo miro hacia el suelo—. Bien, vayamos por partes: por supuesto que es una campaña orquestada por la oposición y, aunque sepa quién es la responsable, no daré su nombre hasta que pueda demostrarlo. Desde mi partido se está investigando el asunto y, en cuanto nuestras sospechas se confirmen, interpondremos la consecuente denuncia en el juzgado. Y sobre si es un montaje... No, no son un montaje, pero a veces se puede mentir con la verdad, ustedes lo saben mejor que nadie. —Leo me acerca a él para que mi hombro encaje en su costado; ha sido tan inesperado que espero que las cámaras no hayan detectado el repullo que acabo de pegar—. Aunque me hubiera gustado mantenerla alejada de todo esto, porque Cintia es una parte importante de mi vida privada, ella se ha ofrecido gustosa a acompañarme en el cierre de la campaña. Como veis, no tenemos nada que ocultar: el chico de las fotos es un buen amigo nuestro, que debe de estar alucinando con el revuelo que se ha generado por este tema. No hay absolutamente nada entre ellos, ¿verdad, mi vida?

Para completar la encerrona, Leo se gira hacia mí con su sonrisa más radiante y mirándome con tanta veneración que casi me convence a mí también. Lo de que César debe de estar flipándolo es una gota de verdad en ese océano de mentiras que acaba de soltar. Entre ellas, que no iba a tener que hablar, pero aquí estamos. Sería tan fácil darle la razón... Sin embargo, y por mucho que me preocupe quedarme sin subvención, y también estar a punto de hacer el ridículo más espantoso, llegados a este punto, sé que no voy a ser capaz de mentir en público. Ni siquiera hacer un ligero asentimiento con la cabeza. En el momento en el que él lo constata, una leve sensación de pánico se adueña de su cara, pero enseguida es reemplazada por otra de determinación. Y antes de que me dé cuenta de lo que ocurre, una oleada de perfume que empiezo a detestar me ataca y, acto seguido, Leo atrapa mi boca con la suya.

El caos se desata a nuestro alrededor. Hasta aquí ha durado la tregua que me han dado mis compañeros. No los culpo: Leo ha jugado bien sus cartas y ha despertado los instintos más primarios de un periodista, usando como cebo un hecho inesperado. Y mientras escucho cómo todos se empujan y se insultan los unos a los otros para coger la mejor imagen, yo tardo muchísimo en reaccionar. Y es que hubo un tiempo no muy lejano en que imaginé este beso con este hombre; pensaba en cómo sería sentir sus labios sobre los míos y cómo sería su sabor. Pues bien, ahora ya lo sé: sus besos son amargos y saben a traición. Justo cuando voy a zafarme de su agarre, él pega su boca a mi oído, como si fuera a decirme alguna carantoña, y me susurra muy bajo, para que solo yo pueda escucharlo:

—Dile a tu amiguito cámara que ahora, después de mí, puede besarte todas las veces que quiera.

Me suelta y me dedica una mirada cargada de sentimiento, que podría parecer amor, pero que es lo opuesto. Después, haciendo una actuación que ni Meryl Streep en *Memorias de África*, me coge de la mano y besa con delicadeza los nudillos. Acto seguido avanza hacia el interior del Palacio de Congresos, arrastrando detrás de él a toda la nube de periodistas. Algunas compañeras, antes de desaparecer tras la puerta, se detienen un segundo a mirarme, confundidas, pero enseguida se van. Son las doce y media, y la mayoría tienen que entrar en directo enseguida para sus respectivos medios; no pueden entretenerse con nada.

Mientras tanto, yo sigo sin poder moverme. Tendría que haber desenmascarado al villano, pero ha sido todo tan violento, tan repentino, que me he quedado paralizada. Todavía podría entrar y gritarle la verdad a todo el que quisiera escucharla. Debería hacerlo y, sin embargo, sigo clavada en el sitio. Porque si lo hago me quedaré sin opciones para dar salida a mis documentales y sin trabajo, y entonces volveré a la casilla de inicio, una en la que me sentí muy perdida. Comenzará también una retahíla de acusaciones y contracusaciones que dejarán mi nombre marcado para siempre. En la tele me daba pereza ese tipo de noticias; pero protagonizarlas es, directamente, insoportable. Por eso, cuando recupero un poco de autonomía, me trago el orgullo que me queda y me alejo de allí, arrastrando los pies.

XXXVII

En julio, en Granada, aunque sean las siete de la tarde, hace un calor que te mueres. El único sitio de la ciudad donde puedes estar sin derretirte, aparte de en El Corte Inglés, es en los jardines de la Alhambra. Aquí es donde llevo sentada un número incierto de horas, mirando fijamente una rama que oscila arriba y abajo, ajena a mi desgracia. De hecho, todo lo que me rodea, desde la ardilla que corretea a mi lado (por favor, que sea una ardilla) hasta el alegre riachuelo que corre colina abajo, pasando por las hordas de coloridos turistas que llegan en autobús, actúan con total indiferencia ante mis problemas.

Hacía mucho que no venía por aquí; antes, con Juan, como sus padres viven cerca, nos escapábamos a menudo. Eran otros tiempos mucho menos complicados, donde mi imagen no acaparaba las portadas de los periódicos locales. Miro el reloj: las siete y un minuto. Queda muchísimo para que den las doce y que así acabe esta pesadilla de campaña electoral. No solo para evitar protagonizar ningún otro escándalo (en primaria le quité una cera verde a mi compañera de clase y podría ser el titular de la web de *Ideal* esta tarde), sino para que Pepito Grillo se calle de una vez y deje de gritarme que haga algo, que parezco imbécil por dejar que Leo me pisotee y se salga con la suya.

A Pepito no parecen importarle los reportajes ni el desgaste de una guerra mediática; a mí, sí.

Noto mi móvil vibrar en el bolso, otra vez. Tengo muchísimas llamadas perdidas, pero ninguna que me importe. Mi hermana, gracias a Dios, no es consciente de que mi popularidad rivaliza de repente con la de las Kardashian. Tampoco puede ser Chloe, porque hoy partía de viaje con Ada a algún sitio exótico que ahora no recuerdo. Y César... ya habrá visto mi beso con Leo. Se me encoge el estómago; no quiero ni imaginar lo que estará pensando. Por eso cuando echo un vistazo al móvil y veo el nombre de Indalecio (bueno, pone *Sauron*, pero es mi exjefe), dudo sobre si coger o no. Al final, suspiro y descuelgo.

—Dime, Indalecio.

—Joder, Cintia, últimamente acaparas más portadas que la Preysler. Lo del beso de hoy...

—Dime, Indalecio —repito, de forma agresiva; no solo porque mi paciencia está muy al límite, sino porque, por desgracia, César y su padre tienen una voz parecida y esta conversación es tan llevadera para mí como unos buenos tacones de aguja.

—Tranquila; lo que quería decirte es que lo del beso de hoy ha sido una encerrona. Cualquiera que te conozca se habrá dado cuenta. Bueno, cualquiera que no sea un idiota enamorado que cree que su amada le ha traicionado morreándose con el más villano de los políticos, claro.

Trago saliva. Una cosa es sospechar que César lo haya visto y le haya concedido verosimilitud, y otra muy distinta que te lo confirmen. Quiero que la tierra me trague.

—¿Él está...? ¿Está bien? —pregunto.

—Bueno... Se ha encerrado en su casa, no quiere ver a nadie y escucho desde aquí la música que ha puesto a todo volumen. Es un grupo que canta en alemán y lo más parecido a un martillo neumático que haya oído nunca.

¿Rammstein? La cosa pinta realmente mal.

—Pero, Cintia —continúa Indalecio—, no te llamo para hablar de César, que tendrá que reaccionar antes o después. Tengo que contarte algo que he averiguado y que no te va a gustar nada en abs...

—Mañana, Indalecio —le corto—, seguro que puede esperar a mañana, que estaré...

—¡Error! —me corta él también—. Tienes que saberlo hoy. Ahora sabrás por qué. Resulta que, con ayuda de unos contactos que tengo en la Diputación, he investigado sobre la partida con la que se iba a financiar tu proyecto, y cuál ha sido mi sorpresa al descubrir que... no existe.

—¿Cómo que no existe? —grito, y un turista sueco se sobresalta mientras piensa en lo escandalosos que somos los españoles—. ¡Si son fondos europeos y yo misma vi que habían sido solicitados y aprobados!

—Sí que fueron aprobados, pero para hacerlos efectivos, la Diputación tenía que poner una cantidad insignificante de los mismos, un diez por ciento; como no hizo el pago hace un par de semanas, que era la fecha límite, la partida se esfumó.

Me levanto del banco, nerviosa. No puede ser, tiene que ser un fallo; estos días Leo ha demostrado ser menos fiable que una compresa sin alas, pero ocultarme algo así es demasiado rastrero incluso para él, ¿verdad?

—No tiene sentido —repongo—. Si hace dos semanas ni siquiera había saltado el escándalo, ¿por qué me iba Leo a dejar sin fondos?

—No está claro, pero fuentes de la Diputación me cuentan que justo antes de que empezara la campaña, y eso fue hace dos semanas, el diputado llegó un día a la sede totalmente desquiciado gritando que se había dado cuenta de que lo estaban persiguiendo con una furgoneta y que probablemente la oposición estuviera detrás de todo.

Casi se me cae el móvil al suelo. Hace dos semanas

estábamos en Trevélez. Una furgoneta blanca esperaba pacientemente a que nos fuésemos al siguiente pueblo, y, de hecho, nos siguió durante todo el trayecto.
Recuerdo que Leo iba a pasar el día con nosotros, pero
de pronto cambió de opinión. Incluso ahora caigo en
que César no hacía más que mirar por el retrovisor, seguramente mosqueado por la insistencia del sospechoso vehículo, aunque, como no pudo confirmarlo,
no llegó a decirme nada. Y a partir de ahí, la actitud de
Leo cambió de forma radical. No hubo más llamadas
ni mensajes. Por desgracia, las piezas comienzan a en-
cajar.

—Yo deduzco... —continúa Indalecio— que el diputado llegó a la conclusión de que le iban a atacar con
este tema durante la campaña y por eso no efectuó el
pago correspondiente. Debió de pensar que vuestro
proyecto había quedado manchado, y que una vez terminado no iba a poder presentarlo ni promocionarlo
sin que todo el mundo lo acusase de favoritismo, aunque fuese sin base legal. Y que, si no podía colgarse la
medallita por haberlo auspiciado, mejor era que no
saliera a la luz.

—Pero sigo sin entenderlo... Si no hay fondos, no
hay prevaricación, ¿por qué no lo dijo cuando la oposición lo acusó de favoritismo?

—No hubiera sido muy inteligente por su parte. En
campaña no es conveniente que la opinión pública se
entere de que se están perdiendo fondos europeos por
una mala gestión política. Esa información, de hecho,
la están intentando ocultar con todos sus medios para
que no salga a la luz.

Hago un gesto brusco y, como estaba camuflada
con la hiedra, sobresalto a un chico que pasaba en pa-
tinete. Además, debo de estar blanca como la leche y
con la mirada desquiciada, porque no me puedo creer
lo que Indalecio me está contando.

—Vale, pero... ¿y yo? En algún momento me hubiera

tenido que confesar la verdad, ¿no? ¿Cómo es posible que me haya dejado seguir haciendo los reportajes cuando ya sabía que no servían para nada? ¿Y cómo creía que iba a reaccionar cuando me enterase? ¿Esperaba que le dijese: «Ah, pues nada, si no hay fondos, a otra cosa, mariposa»? ¿No le asustaba, ni tan siquiera un poquito, que yo pudiera tomar represalias?

En medio de mi indignación, escucho una voz amable de fondo en la casa de Indalecio, que le responde:

—Mamá, hace como cuarenta grados a la sombra, si le llevas un caldito, se nos suicida. Perdona, Cintia, ya estoy contigo. —Vuelve a centrar su atención en nuestra conversación—. Sí, sí que le debe de asustar tu posible reacción porque te lo ha querido ocultar, pero sobre las razones que le han llevado a posponer esta revelación solo podemos conjeturar. Puede que, tras la campaña, intentara sobornarte o chantajearte con algo. O incluso...

—¿Matarme? —me detengo, de repente—. ¿Crees que mi vida o la de tu hijo corren peligro?

Indalecio se ríe. Se me para el corazón. No porque esté muy asustada de verdad, sino porque su risa es igualita a la de su hijo.

—No creo que debas preocuparte por eso. Si los presidentes americanos sobreviven, creo que vosotros también lo haréis.

—Hay presidentes americanos que *no* han sobrevivido —discrepo.

—Cintia —me dice un poco exasperado—, no te vengas arriba; no suponéis un nivel de amenaza tan importante. Lo que yo quería decirte es que tal vez el diputado confiaba en reconquistarte; el tío es tan guapete... —Se me acumula tanta indignación por ese comentario que al final no me sale nada—. El caso es que, aunque decidieras armar un escándalo, sería después de las elecciones, no antes, y esto supone una diferencia muy importante. Por eso te lo quería contar hoy y no otro día, porque, aunque no haya reunido todavía todas las pruebas para demostrarlo, mis fuentes son fiables. Así que ahora te toca decidir.

Sé de sobra a qué decisión se refiere. Convocar a los medios para hacer una declaración de urgencia o no. Me fío de la información que me acaba de dar Indalecio, porque, aunque fuera un mal jefe, siempre ha sido un buen periodista. Mi orgullo me grita que lo haga. Leo me ha quitado mi subvención, el muy cabrón, y me ha mentido a la cara. Tengo ganas de que sufra, de conseguir resquebrajar esa máscara que se pone de afabilidad y carisma. Pero, por otra parte, mi yo más prudente sabe que sufriré en el proceso. Que entraré en una vorágine de denuncias y acusaciones, que me dirán que formo parte del complot de la oposición y que, si hoy lo he pasado mal, vendrán unos días aún peores.

Indalecio espera, en silencio, mi respuesta. Con lo diligente que es, si le digo que sí, en media hora lo tendría todo dispuesto. Sin embargo...

—¿Soy una cobarde si no hago nada? —le pregunto.

—Eso da igual, Cintia. Aquí no se trata de conseguir medallitas. Aquí, de lo que se trata es de dormir a gusto por las noches. Tienes que pensar qué decisión te hará conciliar mejor el sueño. —Hace una pausa y luego añade—: ¿Sabes por qué le estás dando tantas vueltas al asunto? Porque eres una profesional de los medios y sabes lo que se avecina si hablas. Otro hubiera tomado una decisión a la ligera y luego se vería sobrepasado por las circunstancias. Así que está bien dudar. Escucha: tómate tu tiempo para pensártelo bien y llámame en media hora; yo aprovecharé para seguir recabando información.

Cuelga el teléfono y mis pies comienzan a moverse por iniciativa propia. En realidad, sé lo que tengo que hacer, casi no tengo alternativa. El agravio es inmenso, no hay manera de dejarlo pasar. Leo me ha mentido, me ha chantajeado y ha jugado conmigo; no puede quedar impune. Además, si me lo ha hecho a mí, podría hacérselo a otras personas. Es solo que... Indalecio me ha concedido media hora más antes de que mi vida cambie para siempre y quiero aprovecharlo. Dios mío, se va a liar tantísimo... Puede que, de alguna manera, hasta influya en el resultado de las elecciones en la provincia. ¿Cómo me he metido en este berenjenal?

Sin darme cuenta de lo que hago, comienzo a bajar por la Cuesta Gomérez; estoy rodeada de turistas, lo que en las circunstancias actuales es una bendición, porque para ellos soy una total desconocida. Junto a ellos también se ven algunos granadinos de toda la vida que todavía conservan sus casas en la calle más turística de la ciudad, como es el caso de los padres de Juan. Cuando reconozco su fachada, blanca y con macetas tristonas en las ventanas enrejadas, no puedo evitar detenerme. ¿Qué pensaría Juan de todo esto? Probablemente menearía la cabeza y me diría: «Lo que no te pase a ti...». ¿Y César? Sonrío, con pena. Eso sí que lo tengo claro: «¿A qué esperas para contar la verdad?».

—Hola, Cintia. ¿Habías avisado de que venías?

Me giro hacia la voz y veo a Damián, el padre de Juan; lleva un polo celeste, pantalones de pinza azul marino y en la mano, una bolsita de la farmacia. Por la tarde queda siempre con sus amigos para jugar al dominó y a esta hora suele regresar. Echa una mirada extraña a su casa, pero luego se centra en mí y parece detectar que algo va mal.

—Hija mía, qué pálida estás. ¿Te encuentras bien? —me pregunta con preocupación sincera.

Sin pensármelo dos veces, no puedo evitarlo y me lanzo a sus brazos. Es un gesto insólito, porque este hombre y yo, aunque siempre nos hemos respetado, jamás hemos tenido ningún tipo de intimidad. En mi defensa diré que necesito un abrazo y que Damián, dentro de su discreción, siempre me ha parecido una buena persona. De hecho, aunque tarda en reaccionar, finalmente me devuelve el abrazo y me aprieta con fuerza, lo que hace que me ponga a llorar.

—Eeeh, ya está, tranquila, ya... —me dice con torpeza mientras me da unos toquecitos incómodos en la cabeza.

—Lo siento, Damián. —Me obligo a separarme y a recuperar un poco de autocontrol—. No puede imaginarse el día que llevo.

—Me hago una idea, hija, me hago una idea. Yo, toda Granada y parte de España, vamos.

Lo ha dicho sin un ápice de crítica y con total naturalidad; tanta que me entra la risa. Lloro y río, río y lloro, mi especialidad. Intento parar cuando Damián ya no sabe dónde mirar, aunque sigue dándome algunos toquecitos adorables en el hombro.

—Gracias, Damián —le digo—, es una situación tan rara estar desahogándome con usted... Incluso entendería que estuviese molesto conmigo, porque de repente parezco Mata Hari. Le prometo que yo no soy así, ustedes saben que le fui fiel a Juan hasta el último segundo y que no pude quererle más mientras vivió.

Esperaba una sonrisa o un asentimiento incómodo, pero en su lugar se pone tan nervioso que la bolsa de la farmacia se le cae de las manos. Yo me apresuro a recogerla, un poco confundida. ¿Qué le pasa? Cuando me incorporo me da la impresión de que al hombre le están fallando las piernas, así que lo cojo por los hombros y lo apoyo en la fachada. Voy a sugerirle que entre en casa cuando farfulla:

—Yo... Me gustaría hablar contigo sobre una cosa, Cintia —dice sin mirarme a los ojos—. No hoy, que sin duda es un mal día. Pero en otra ocasión...

—Claro. —Se está poniendo rojo, rojo nivel preocupante—. Cuando pase toda esta vorágine, vengo a veros a ti y a Encarna y charlamos de lo que quieras.

—No, quiero quedar contigo sin que mi mujer esté

delante. Si no, no podré hablar, y yo lo necesito, ¿entiendes?

No, no lo entiendo y no sé si preguntar. Primero, porque el color rojo de Damián sigue *in crescendo*, y segundo, porque yo, ahora mismo, tengo la mente en mil sitios. Justo en ese momento la puerta de la casa se abre y aparece una imagen inesperada. Encarna y Penélope, juntas. Eso es raro porque, aunque Pe era amiga también de Juan, nunca la había visto en esta casa. Quizá tras su muerte ella comenzara a venir también aquí, pero es extraño que nunca me lo comentara; podríamos haber venido juntas. Como Damián y yo parecemos salamanquesas pegadas a la fachada, no me han visto, así que me dispongo a saludarlas, pero me detengo en cuanto escucho lo que están diciendo.

—... ya ni aparece por aquí, pero, claro, está muy ocupada liándose con políticos, cámaras y a saber con quién más. Menos mal, Penélope, que al final mi niño te eligió a ti.

—Sí, pero siempre a escondidas, ocultándonos... —responde ella—. Nunca pudimos disfrutar el uno del otro como nos merecíamos, qué pena.

Un terrible escalofrío me recorre con lentitud desde la coronilla hasta el dedo gordo del pie. El corazón me retumba en el pecho, en los oídos y hasta en los dientes. Damián se sobresalta porque mis manos, que todavía lo sujetan, podrían convertirlo en un muñeco de nieve de un momento a otro. Como el hombre sigue mostrándose inestable, me aseguro de dejarlo bien apoyado en la pared, y luego me dirijo hacia las dos mujeres que siguen parloteando como si nada.

En el momento en el que entro en su campo visual, ambas siguen un patrón parecido. Chillan, como si hubieran visto a Annabelle, y después... se abrazan. ¡Se abrazan! ¡Qué tierno! ¡La suegra y la nuera bastarda abrazaditas porque la nuera oficial se acaba de enterar de la tostada! De todas formas, me resulta tan difícil de creer que algo así pudiera ocurrir sin que me diera cuenta que necesito una confirmación oficial. No vaya a ser que se trate de un malentendido. Porque la gente no puede ser tan pérfida, ¿no? Con una voz tan siniestra que me podrían contratar en cualquier pasaje del terror, me dirijo a Penélope.

—Confírmame lo que creo que acabo de escuchar: ¿tú, mi mejor amiga, te liaste con mi novio justo antes del accidente?

Penélope debe de tener ganas de morir, porque responde:

—No fue justo antes, estuvimos un año juntos —me dice, alzando la barbilla.

Nunca he hecho *puenting*, ni *parapenting*, ni ninguna *mierding* de esas, pero la gente asegura que el mal rato merece la pena por el subidón de adrenalina que le provoca. Pues bien, me río yo del tío ese que se tiró desde un satélite en órbita, porque mi corazón coge el ritmo del *We Will Rock You* de Queen y estoy viendo hasta estrellitas brillantes en la periferia de mi visión. Penélope ya no alza la barbilla, sino que quiere refugiarse en los brazos de Encarna, y esta intenta deshacerse de su agarre porque entiende que la peor parte no se la va a llevar ella. Ambas se encogen cuando escuchan la risa maníaca que emerge de mí y que, sinceramente, era un registro que no sabía que dominaba. Con mucha más delicadeza de la que se merece, aparto a Encarna de Penélope, que se resiste a soltarla, y me quedo frente a esta versión moderna y con pelo largo de Judas Iscariote. Lo único bueno es que, aunque yo soy baja, ella lo es aún más, cosa que agradezco en este instante.

—¿Sabes, Penélope? —digo con mi nueva voz terrorífica—. Hoy un hombre me ha dado un consejo para aplicarlo en situaciones críticas. Que haga siempre aquello que me haga dormir mejor por las noches. —Fuerzo una pausa dramática mientras pienso que esto de pasarse al lado oscuro de la Fuerza tiene su aquel—. Quería pedirte consejo, Pe: ¿tú crees que dormiré mejor esta noche si te pego el puñetazo que te mereces?

Penélope traga saliva. Espero que no se atragante, Dios no lo quiera. Se atreve a contestarme, pero con un hilo de voz:

—Creo que no, Cintia, porque te conozco y eres una buena persona. Lo más seguro es que te arrepientas de haber usado algo tan primitivo como la violencia para resolver una situación como esta.

De pronto me doy cuenta de que algunos turistas se han parado cerca de nosotras y hasta nos están grabando con el móvil. Pero de verdad que ahora mismo no puede darme más igual. Con los dientes apretados, le respondo:

—Tienes razón, Penélope, la violencia nunca es la solución. Al menos no la de las buenas personas, pero ¿sabes qué? Que si ser buena persona significa que todo el mundo me tome por imbécil, yo ya no quiero serlo nunca más.

Y le asesto un golpe. No es un puñetazo como tal (¡no sé darlos!), pero sí un bofetón con toda la mano abierta. El grito de Encarna se superpone a un colectivo «¡Ouch!» con acento británico procedente del corrillo que hay a nuestro alrededor. Ha sido liberador, para qué vamos a negarlo. Odio el boxeo, pero acabo de entender un poco mejor la magia del *ring*. Sin embargo, tan rápido como viene el subidón, se va. De repente, soy capaz de mirar la escena como con un dron y me veo en medio de todo ese jaleo, habiendo pegado a una persona (horrible), mientras la gente de alrededor, muchos con latas de cerveza en la mano, me graban, se ríen a carcajadas, me aplauden o me abuchean.

Ya no puedo más. Salgo corriendo cuesta abajo por Gomérez, esquivando a todo el mundo y jugándome la vida, porque el empedrado es peligroso y está muy empinado. El móvil suena en mi bolso una y otra vez, pero, en plena carrera, lo apago. Solo hay una cosa que desee hacer hoy, los próximos días y el resto de mi vida.

Desaparecer.

XXXVIII

De: cintial97@gmail.com
Para: victorialsanz@hotmail.com
Asunto: Hola, hermanita

¡Hola, Victoria!

¿Cómo estás? Espero que me hayas perdonado ya por este mes de desconexión absoluta. Solo confío en que el audio de WhatsApp que te envié justo antes de marcharme bastara para que no te preocupases demasiado por mí. Tuve que hacerlo, Vicky. Necesitaba aislarme de todo para coger un poco de distancia con lo que había ocurrido. Créeme cuando te digo que lo mejor de mi equipaje fue el hueco vacío donde debía estar el móvil. Móvil que tiré a una papelera después de mandarte el audio a ti y de llamar a Chloe para pedirle un favor; lo de tirar el móvil fue un acto muy peliculero que todavía me genera dudas. Puede que alguien haya comprado todo Amazon con mi cuenta. Pero como aún tengo algo de dinero en el banco, supongo que no.

Este mes de retiro ha sido como Cristalmina para mis heridas. Algunas tienen postilla, otras aún sangran. Pero quiero que todas me dejen cicatriz, para no volver a cometer errores. No se puede ir por la vida como yo iba, a pecho descubierto, con mi despiste crónico. Y a veces, con una venda en los ojos para lo que no me interesaba ver. En esta vida maduras por las buenas o por las malas, y a mí me ha tocado *un curso de maduración exprés, como si me hubieran metido en un invernadero. Feo, pero efectivo.*

Sí, entre otras cosas me refiero a lo de Penélope y Juan. No darías crédito cuando te lo conté en el audio, ¿no? O tal vez sí, porque tú nunca los tragaste, a ninguno de los dos. Ese es el tipo de cosas a las que me refiero. ¿Cómo no me di cuenta? ¡Las señales estaban ahí! Yo miraba al mar y lo veía limpio, pero después de enterarme de todo, es como si hubieran removido el fondo y toda la porquería hubiera salido a flote (entre bonito y asqueroso lo que estoy escribiendo, ¿verdad?). Quiero decir que ahora sí que me acuerdo de la cantidad de malos gestos y peleas que hubo en el último año entre Juan y yo. De hecho, era insostenible. Pero... después murió y todos sus recuerdos quedaron idealizados.

Y con Penélope... tengo sentimientos enfrentados. Por un lado, me recrimino no haber cerrado el puño cuando la golpeé. Por otro, imagino el calvario que habrá sido para ella pasar un luto clandestino. Lo quería tanto como yo, al parecer, porque si no, no hubiera seguido visitando a su madre dos años después. ¿Cómo lo haría Encarna? ¿Tendría una agendita y en un color señalaba los días que yo la visitaba y en otro los de Penélope? Espero que me asignara el lila, mi color favorito. Qué menos. Pero no quiero cebarme con ella, ni tampoco con Damián, que intentó contarme toda la película en el último momento; la muerte de un hijo debe de ser algo devastador. A partir de ahora avanzaremos por separado y ya está.

Bueno, pasemos a otra cicatriz. Leo. ¿Crees que he estado todo el mes haciéndole vudú? Más bien no. Es más, considerando todo lo que me hizo, no he pensado demasiado en él. ¿Tenía que haberlo denunciado públicamente antes de las elecciones? Sí. ¿Me arrepiento de no haberlo hecho? A veces. ¿Pude hacerlo aquel fatídico día, en las condiciones en las que me encontraba? Rotundamente no. ¿Sabes? Aquí donde me encuentro, el escándalo que protagonizamos no ha tenido repercusión alguna y yo estoy en un período de transición hacia un yo más fuerte. Puedo denunciarlo cuando quiera.

Y no lo haré por venganza, sino por dignidad. Y la dignidad empieza por respetarse a uno mismo. En eso es en lo que llevo trabajando durante todo este mes; progreso despacito, pero adecuadamente.

¿Dónde me coloca tu imaginación, hermana mía? ¿En la India? ¿En el desierto de Gobi (¿por qué iba a querer ir al desierto de Gobi, querida?)? ¿En las Islas Mauricio? Pues no, porque, además, estoy al borde de la quiebra, pero, aunque estuviera forrada, seguiría eligiendo este lugar. Estoy solo a cien kilómetros de distancia de Granada, en una pensión en Albondón (que rima un montón).

Me he dedicado a grabar los pueblos de la Alpujarra Baja, los nueve que nos faltaban para completar el proyecto. Y dirás: «¡Pero si ya no hay proyecto, insensata!». Tienes razón. Pero, como sabes, me gustar terminar lo que empiezo. Y por otra parte, como diría Manolo García, nunca el tiempo es perdido. Para mí la Alpujarra tiene un efecto sanador. Necesitaba calma y aquí la hay. Aunque sea verano, aunque estos pueblos tengan parte de costa, la mayoría conserva su autenticidad.

Por eso, aquel fatídico día en el que decidí marcharme, llamé a Chloe para pedirle que me prestara su equipo, aunque no le dije para qué. Estaba de viaje, pero yo tenía las llaves de su casa y me dijo que me lo dejaba hasta septiembre. Así que me embarqué en esta aventura que, aunque está acabando con mis últimos ahorros, está constituyendo la inversión más importante de mi vida. Cuando me preguntaste qué quería hacer cuando me echaron del trabajo, te dije que grabar reportajes bien hechos, no hacerme rica gracias a la Diputación (que en ningún caso me iba a hacer rica, la verdad). Y eso es lo que estoy haciendo. No sé si tendrán salida. Pero me están sirviendo a mí. Y eso es mucho.

No sigo un orden lógico, voy saltando de un sitio a otro. Empecé por Lújar, donde viví la experiencia de grabar tinaos bajo la luz intensa que proporciona un mar cercano. He grabado un montón de fortificaciones, porque muchos pueblos dan a la costa, lo que en la historia de la comarca se traducía en «barco enemigo a la vista». Las abundantes torres que vigilan todo el litoral me sirven de miradores privilegiados, como me ocurrió con la de la Mamola, en Polopos.

¿Piensas que me he aburrido? En absoluto. Ten en cuenta que es verano y casi todos los pueblos están de fiesta. En Castell de Ferro, dentro de Gualchos, pude grabar desde una barquita la procesión de la Virgen del Carmen en el mar. El bullicio, el aire cargado de sal, el balanceo que provocaban las olas... Uf, hubo una especie de conexión con lo que me rodeaba y pensé que no quería estar en ningún otro sitio que no fuera aquel, en ese momento. Algo mágico, de verdad.

Cuando me duele la espalda, porque el equipo de Chloe es muy pesado (me estoy poniendo más fuerte que el vinagre), me tomo un descanso y voy a alguna calita escondida para tomar un baño. Ayer estuve en Casarones, dentro de Rubite. Hoy en El Ruso, en Albuñol. Me encanta ir al atardecer, porque así no me quemo. Por primera vez estoy morena y tengo la cara cubierta de pecas. Siempre me dices que tengo alma de hippy; pues ahora lo soy en cuerpo y alma. Ni siquiera tengo reloj; duermo cuando estoy cansada, como cuando tengo hambre. Por cierto, qué bien se come y se bebe aquí. En Sorvilán probé por primera vez el vino del terreno y me pareció diferente a todos los que había probado antes: auténtico y delicioso, como cada pueblo de esta maravillosa comarca.

Solo me queda grabar el coqueto Turón y finalizaré el recorrido en Murtas, un sitio que me proporcionará unas vistas espléndidas para concluir el trabajo. Ah, y en su día me propuse grabar un cortijo que estuviera restaurado, de esos que suelen comprar los extranjeros cuando están abandonados para rehabilitarlos y darles una nueva vida. No sabes la falta que hace que la gente sepa que aquí hay chollos, porque la Alpujarra necesita una nueva repoblación de forma urgente. Pero, claro, grabar esas imágenes tenía sentido cuando creía que los reportajes iban a tener cierto recorrido; ahora ya no lo sé.

En fin, Victoria, me voy despidiendo ya.

Te conozco y sé que estás poniendo una cara rara. La cara de «¿Por qué me cuentas muchas cosas que no me interesan y no me hablas de lo que sí quiero que me hables?». Pues porque no sé qué contarte. Estos días me he fortalecido y he madurado. Pero con respecto a César, no sé qué decir.

Él es la herida abierta, la que duele mucho, aun después del tiempo que ha pasado. Yo ya no creo en las almas geme- las, pero sí en la compatibilidad; a mí me parece que yo tenía potencial para hacer feliz a César, y él a mí también. Lo echo de menos a cada segundo. Su risa, su sinceridad descarnada, su voz y sus silencios. Su mirada penetrante, casi siempre enganchada en mí. Nunca me sentí más especial que cuando estábamos juntos. Cada vez que grabo un plano, pienso en cómo lo haría él; cuando escucho una canción, la dejo si le hubiera gustado a él; cuando veo algo bonito, pienso que lo sería aún más si pudiera compartirlo con él...

Pero las estrellas, esas que fueron testigos de cómo nos enamorábamos, nos dieron la espalda, al final. Cuando me marché estaba muy cabreado. Yo también estaba enfadada con él, porque sentí que, en cierto modo, debía haberme apo- yado. Pero visto en retrospectiva, entiendo su reacción. Des- de el principio me advirtió sobre lo poco adecuado que era que intimase con Leo porque ponía en peligro el proyecto, y vaya si tenía razón. Después me dijo que no le debía nada al diputado y, aun así, fui al puñetero mitin. Y como colofón, aquel beso que fue televisado en directo, y que además es lo último que sabe de mí, porque después... desaparecí (aunque antes le ingresé su sueldo en su cuenta, ¿eh?; mucho más de lo acordado, por cierto, porque se lo merece).

Tal vez no era un buen momento para nuestra historia. Ya sabes, como si Romeo en vez de ir a la fiesta aquella noche se hubiera quedado celebrando un botellón con los Montesco y Julieta en su casa haciendo una fiesta de pijama. Se hubie- ran quedado sin un amor épico, aunque también se hubieran ahorrado morirse. Como mi final ha sido trágico, pero no tanto, yo me alegro de haber conocido a César, por muy mal que lo esté pasando ahora. Y si el destino nos separó (el destino y un diputado muy malo), tal vez quiera juntarnos más adelante. Ya se verá.

Eso es todo, Victoria. Esto llega a su fin. El correo y mi viaje. Aunque quizá me quede un tiempo más. Aquí en Albondón, mientras me tomaba un vinito con algunos vecinos, me contaron que pretenden poner en marcha una revista digital en la comarca y me preguntaron que si estaba interesada en un proyecto como ese. Les dije que me lo pensaría. Me pagarían muy poco, pero me han asegurado el alojamiento y aquí la vida es tan barata... ¿Qué opinas?

Espero que este correo te tranquilice. Voy a comprarme esta tarde un móvil y me iré incorporando poco a poco al mundo real. En cuanto lo tenga, te mando un mensaje con mi número nuevo.

Un besito, te quiero y perdona por haberte hecho sufrir.

Cintia

XXXIX

Palpo la tierra que hay bajo una piedra enorme con la esperanza de encontrar una llave, y suplicando que no esté junto a un alacrán o una serpiente. Enseguida distingo los contornos de una pequeña pieza de metal y la saco. Sonrío al ver la llave gruesa y plateada, que está justo donde me indicó la propietaria extranjera con la que hablé por teléfono. Es sorprendente que, sin conocerme de nada y sin estar ella presente, accediera a dejarme entrar y grabar su finca, pero voy recomendada por mi hermana. Victoria me facilitó el contacto, por eso creí que la señora sería italiana, pero hablaba español perfectamente, con un ligero acento que no hacía pensar en *pizzas*, sino en galletas de mantequilla. El caso es que me dejó grabar su finca, lo que supondrá el broche final a esta aventura.

Meto la llave en la cerradura y la cancela se abre con un ligero chirrido. Menos mal que tengo la cámara bien cogida, porque cuando descubro lo que hay en su interior (desde el exterior no se ve porque hay un muro de piedra que lo oculta todo), casi se me cae al suelo todo el equipo. No sé si calificarlo como huerto o jardín, pero parece el paraíso. Los limoneros están repletos de flores que llenan el aire de azahar, mientras el frescor procedente de una gran fuente de piedra en el centro ayuda a combatir el abrasivo calor de agosto. A la derecha está el cortijo rehabilitado, blanco y acogedor, y a la izquierda se abre paso un sendero que se pierde entre una multitud de árboles y vegetación. Justo enfrente, a modo de mirador, se extienden unas impresionantes vistas de la Sierra de la Contraviesa.

Quería grabar todo esto a la luz del atardecer, porque lo recubre todo de un color dorado. Pero no dispongo de mucho tiempo ya que el sol está a punto de ponerse tras las montañas, así que me apresuro a montar el equipo para captar el momento. Una vez listo, me detengo un segundo para hacerme un moño alto. Tengo el pelo larguísimo, casi me llega por la cintura, y no quiero que me estorbe. Estas semanas no he prestado demasiada atención a mi aspecto, pero hoy es el último día y quería arreglarme. Me he depilado con esmero, me he puesto un top rojo anudado al cuello y mis pantalones negros cortos. Hasta me he pintado los labios, también rojos. Me siento bien conmigo misma. Aspiro con intensidad y los pulmones se me llenan del aroma de la dama de noche, azahar y... bosque. Dejo de respirar un segundo para bloquear este último olor, porque aún no sé cómo gestionarlo. Y ahora sí, me enfrento a la cámara.

Para mí esto no es fácil. No tengo ningún don para grabar. Si consigo un plano bueno, se debe a mucho tiempo de dedicación y esfuerzo, aderezado con cierto criterio estético que aprendí del mejor. Pero cuando veo la silueta de la montaña iluminada por el sol que se esconde tras ella, sé que supondrá un reto. Comienzo a trastear y a hacer distintas combinaciones, pero no doy con la adecuada. Sopla una ligera brisa que agradezco y que agrega al aire una pizca de sal procedente del mar cercano. Ya no me desespero tanto cuando las cosas no me salen, solo tengo que seguir intentándolo, pero aun así este plano...

—Está a contraluz —dice una voz a mi espalda—. Abre un poco el diafragma, pero solo un poco.

Todo el vello de mis brazos se me eriza, la respiración se me acelera y el corazón comienza a galopar de un modo casi doloroso. El aire se llena de electricidad y el olor a bosque se impone a todo lo demás. Esa voz... He perdido el dominio de mi cuerpo, así que sigo rígida, sin poder moverme, aunque esté escuchando sobre la grava unos pasos que se acercan a mí. Se detiene justo detrás y, aunque no hay contacto, el calor que desprende su cuerpo me provoca escalofríos en la espina dorsal.

—¿Puedo? —me pregunta.

Asiento. No sé a qué se refiere, pero puede hacer lo que quiera. Cuando noto las yemas de sus dedos descender por mi brazo derecho con lentitud, casi sin rozarme, tengo que esforzarme por ahogar un jadeo; de todas formas, los poros de mi piel ya están delatándome, aunque el contacto no pueda ser más suave. Cuando llega a mi mano, me la envuelve con la suya, tan cálida, y la guía hacia la anilla del diafragma, haciéndola girar mínimamente.

Aunque sigo siendo una estatua, soy capaz de detectar por el visor que ahora el plano tiene la luminosidad perfecta. Noto cómo se inclina sobre mi hombro, para poder cerciorarse él también. Su respiración me hace cosquillas en el hombro desnudo, sobre todo cuando noto que, por mucho interés técnico que le despierte la montaña de enfrente, inspira con fuerza en la curva de mi cuello, aspirándome como si lo necesitara para vivir. Yo misma daría la vida por que me mordiera en esa zona sensible ahora mismo, pero me tengo que conformar con que vuelva a repetir el mismo proceso con mi brazo izquierdo. Quizá sea mejor así, porque si mis piernas pierden más consistencia, me caería. Esta vez, cuando me levanta la otra mano, termina cogiendo uno solo de mis dedos y lo posa con cuidado en el botón de grabar. Ambos lo pulsamos y esperamos diez segundos, con una respiración tan ruidosa que es probable que la cámara lo registre. En el momento en el que terminamos, yo ya no aguanto ni una milésima de segundo más sin verle, así que me giro con brusquedad y él da un paso atrás.

Cuando lo miro, enmudezco. Casi no lo reconozco, porque César se ha cortado el pelo. Está también más delgado y un poco más pálido de lo que recordaba, pero es sobre todo lo del pelo lo que me hace abrir la boca por la impresión. Porque César siempre ha sido atractivo, de una manera casi instintiva, pero ahora es tan evidente que hará que mujeres y hombres se vuelvan para mirarlo. No sé si quiero que todo el mundo se dé cuenta de algo que yo ya había descubierto hace mucho: que es el hombre más guapo del mundo. Siento unos celos que tal vez estén fuera de lugar, pero, aun así, sigo pensando en si querrá llevar una peluca hasta que le crezca otra vez. Mi línea de pensamientos frenéticos sigue en esa dirección mientras le escucho decir, con esa voz que tantísimo he echado de menos:

—Sé que no lo merezco, Cintia, pero estoy aquí para pedirte que me perdones.

Parpadeo un par de veces para centrarme en sus palabras y sobreponerme a que César haya aparecido por arte de magia aquí y que de pronto parezca un actor de Hollywood. Solo lo consigo cuando me fijo en sus ojeras y en que su voz no suena tan consistente como de costumbre. Creo que hemos tenido un último mes diferente. Yo he sufrido, pero también me he fortalecido. Él... lo ha pasado mal. Lo está pasando mal, de hecho. Abro la boca para decirle que ya le he perdonado, que hace un mes yo no estuve muy fina tampoco, pero entonces él sigue hablando:

—En todas estas semanas no he hecho otra cosa que buscarte. Quería pedirte perdón por haberte dejado sola en uno de los peores días de tu vida. Ojalá pudiera retroceder en el tiempo y cambiarlo, pero no puedo. Solo puedo hacer cosas en el presente y planear el futuro. Y eso es lo que estoy haciendo: intentar compensarte ofreciéndotelo todo, Cintia, de ahora en adelante.

Eso es precioso; lo más bonito que me hayan dicho nunca. La emoción me desborda y apenas puedo respirar, menos aún articular cualquier palabra. Observo, embelesada, como se lleva una mano a la cabeza y, con un gesto nervioso, se revuelve el pelo.

—Aun así, entiendo que te lo tengas que pensar; traicioné tu confianza y ahora asumo las consecuencias... —comienza a decir, con una inseguridad impropia de él.

Un momento. ¿Qué?

—Basta. —Nos sobresaltamos los dos por lo enérgico de mi voz, pero era la única forma de romper el nudo de mi garganta; no me gusta que sufra, ambos hicimos muchas cosas mal—. Tú no eres el malo de esta película. Me hubiera gustado que reaccionaras de otra forma, pero lo cierto es que me avisaste muchas veces de que las cosas no acabarían bien y yo no te escuché. Comprendo tu enfado, César, porque resultó que tenías razón en todo.

Espero que mis palabras alivien un poco la carga que está soportando, pero es todo lo contrario; antes de hablar, niega con la cabeza y sonríe, pero sin alegría.

—Desapareciste, Cintia. Y me quedé solo con la razón y mi supuesta verdad. Y no me servían de nada, no las quería. Además de que estaba tan celoso que era difícil analizar las cosas con objetividad. La peor de las mentiras es la que te cuentas a ti mismo; lo siento muchísimo, no sabes cuánto.

No quiero que se disculpe más, pero, al parecer, me va a costar que lo entienda. Las palabras no me van a servir, así que acorto la distancia entre los dos y le agarro la mano. Él abre mucho los ojos, pero por una vez no se debe a que mi piel esté fría, sino porque no se lo esperaba. Le obligo a sostenerme la mirada porque, además, comienzo a impacientarme.

—Me parece que el único que tiene que perdonarse a sí mismo eres tú, César. —Y le sonrío, porque me hace sentir tan segura de mí misma que me muero de ganas de ver cómo reacciona a lo que voy a decirle—. Y a pesar de que tus palabras son lo más bonito que nadie me ha dicho nunca, tengo que confesarte que casi no las he escuchado porque lo único en lo que puedo pensar es que estás increíble con el pelo corto y que, si no recuerdo mal, me dijiste algo de que no me dejarías salir de la cama durante un mes y creo que vas con bastante retra...

No puedo terminar la frase. Todo ha sucedido demasiado deprisa. Él estaba a unos cuantos centímetros de distancia, pero ahora lo tengo encima, con su cuerpo completamente pegado al mío, mientras me agarra ambos lados de la cara con las dos manos. Cualquier rasgo de inseguridad ha desaparecido y, aunque sus ojos siempre son oscuros, ahora son como dos diamantes negros.

—Un mes es muy poco. Te lo haré cada día el resto de mi vida, y aun así no tendré suficiente de ti.

Me atrapa la boca (¡al fin!) y yo dejo de poder pensar con coherencia. Es un asalto lo que le hace a mi lengua, dando rienda suelta a algo que llevamos reteniendo durante demasiado tiempo. Me chupa, me muerde y me saquea, con tanta intensidad que las piernas vuelven a fallarme. Me cojo de sus anchos hombros y, mientras él sigue invadiéndome la boca, mis manos suben hasta mi nueva parte favorita de César. Hundo los dedos en su pelo y tiro de él con tanta fuerza que le arranco un gruñido. Su reacción no se hace esperar: atrapa con los dientes mi labio inferior y lo muerde con la intensidad justa para que yo necesite apretarme aún más a su cuerpo. De forma solícita baja las manos hasta mis caderas y me empuja contra él, de manera que se me clava en el estómago el durísimo bulto que tiene bajo los pantalones.

Me va a dar algo. Nos sobra todo, el poco aire que nos separa, la ropa, todo. Y necesito sentirlo dentro de mí. Estoy pensando en que tampoco será tan incómodo hacerlo sobre las piedras cuando César, haciendo un gran esfuerzo, consigue decir:

—Espera un segundo... —dice entre jadeos—. Perdona, pretendía hacerlo más bonito, pero...

—Mira, César —le respondo jadeante también. Y enfadada—, ya has cubierto el número de disculpas para toda la vida. Ahora lo que necesito es que nos aseguremos de que aquí no haya cámaras de seguridad porque me niego a ir a la pensión donde me alojo y no aguanto ni un segundo más. Mira —señalo—, allí hay un banco de piedra que parece bastante cómodo. Yo me pongo debajo, si no te quieres manchar los chinos, y...

Si no fuese porque su risa es siempre bienvenida, le hubiera pegado. De hecho, sueno bastante agresiva cuando le digo:

—¿De qué te ríes?

—No hay cámaras; bueno, sí las hay, pero las he desactivado todas —me dice mientras me agarra de la mano, mirándome con una dulzura que no viene al caso; ahora mismo quiero sexo y solo sexo—. Y de ninguna manera he esperado una eternidad para hacértelo al final en un banco de piedra.

Me refreno a tiempo de ponerme a suplicar, a llorar o a cualquier reacción que luego consideraré humillante. Mientras tira de mí con una sonrisa en los labios, trato de convencerme de que es mejor que alguien mantenga la cordura, aunque siento un pelín de tristeza. No está tan consumido por el deseo como yo, pero eso no es nada nuevo. Yo siempre pongo más en las relaciones; creí que con César sería diferente, pero... Un momento. De pronto me doy cuenta de que ha dicho algo raro.

—¿A qué te refieres con que has desactivado todas las cámaras? —Ah, y ahora que caigo, hay otro enorme interrogante que ha quedado eclipsado con la emoción del reencuentro—. ¿Y cómo es que estás tú aquí?

Otra carcajada, que esta vez sí me desarma, porque, uf, qué guapo está. Mientras sigue tirando de mí, se ha deshecho de la enorme carga que estaba soportando sobre los hombros al principio de nuestro encuentro. Es

César, en estado puro, seguro de sí mismo. Pero con las mejillas sonrosadas por lo que acaba de pasar y el pelo corto, está irresistible.

—¿Ahora te lo planteas? —me dice con cariño—. Se nota que has madurado, que te has fortalecido, incluso físicamente —me toca un bíceps que, en efecto, está más fuerte ahora—, pero, gracias a Dios, sigues siendo Cintia. Mi Cintia.

Lo ha dicho con tanto amor que enseguida me reprendo por haber pensado antes que mis sentimientos son más fuertes que los suyos. Lo miro con una sonrisa bobalicona mientras me doy cuenta de que no estamos caminando en la dirección correcta, hacia la salida, sino que estamos bordeando la casa. En el momento en que llegamos a la parte trasera no doy crédito a lo que veo.

La parte delantera de la casa no era el paraíso; esto sí lo es.

XL

Hay una explanada de césped rodeada de alcornoques que se balancean al ritmo de una brisa agradable. La noche acaba de caer y la temperatura es perfecta. Centenares de bombillas dispuestas como en una verbena iluminan una zona apartada, con varios sillones, sofás y hasta una elegante cama blanca con mosquitera. Hay comida en las mesas, aunque está tapada. Y una cubitera con varias botellas. Me vuelvo hacia César y lo encuentro mirándome, expectante. Se me sube el estómago a la garganta; esto parece un sueño, demasiado bonito para ser real.

—¿Me lo vas a explicar? —le digo con la voz un poco ronca por la emoción.

Él sonríe.

—Esta casa es de mi madre —se limita a responder.

—No me fastidies que la propietaria con la que ayer hablé era la mismísima Margarita Galdós —le digo, atónita, y él asiente—. Pero me contaste que apenas tienes relación con ella.

César se encoge de hombros.

—Ella tiene una casa en la Alpujarra y yo necesitaba una. No le di demasiadas vueltas.

Guau. Que Cesar haya roto por mí el veto a su madre es un gesto increíble. Se me llenan los ojos de lágrimas, pero intento contenerme. Mi cerebro, abarrotado de estímulos, hace un esfuerzo por entender algo que no acaba de cuadrarme.

—Pero no entiendo; si el contacto me lo pasó Victoria...

—Digamos que tu hermana y yo hemos tenido mucha relación este mes; una relación tormentosa al principio, que luego fue mejorando. Al final, cuando me contó que querías grabar una casa de este tipo se me ocurrió esta idea y, tras insistir mucho, accedió a seguirme la corriente. Quería darte una sorpresa. —La iluminación es tenue, pero juraría que se está ruborizando un pelín; luego se mete las manos en los bolsillos de los vaqueros rotos—. Un poco arriesgado por mi parte, porque si no me perdonabas, iba a ser bastante lamentable sentarme aquí solo, hecho polvo, rodeado de comida y bebida que no pensaba tocar, pero... merecía la pena intentarlo.

—No sé qué decir —admito, sobrepasada—. Suelo ser yo la que sorprende y la que hace regalos originales. Esto es nuevo para mí.

—No tienes que decir nada —dice César, tirando de mi mano mientras nos acercamos a la preciosa y tentadora cama blanca que hay en la esquina del jardín; cuando llegamos, añade—: Solo tienes que escuchar una advertencia, ¿estás preparada?

—Sí. —Y como no sé ni lo que digo, pregunto—: ¿Qué?

Me vuelve a coger la cara, pero esta vez además alarga su pulgar derecho para acariciarme el labio inferior. Yo parpadeo con pesadez y él espera a que abra los ojos para que le mire mientras dice:

—Que espero que te guste la cama porque vamos a estar mucho tiempo ahí metidos, tal y como te prometí. Ah, y te voy a llevar un poquito al límite, como tú has hecho conmigo todo este tiempo. ¿Te parece bien?

—Claro —le digo, aunque el corazón me late tan fuerte que lo he entendido de forma vaga—. Me parece estupendo.

Solo puedo atisbar su sonrisa porque enseguida vuelve

a besarme. Esta vez se toma su tiempo, no lo hace con precipitación, pero a mí me vuelve igual de loca. Me lame los labios como si fueran un helado y después demanda con su lengua que abra la boca para él, cosa que hago enseguida. Estoy tan abotargada de deseo que solo me doy cuenta de refilón de que me ha cogido en peso, a lo que mi cuerpo ha respondido envolviéndolo con las piernas alrededor de su cadera. A continuación, me tumba con cuidado sobre la cama y enseguida echo de menos su calidez cuando se vuelve para desatar la mosquitera. Es perfecto, porque podemos intuir las estrellas, pero también tenemos cierta sensación de intimidad. En cuanto acaba, César se da la vuelta y cuando me ve, de rodillas, esperándolo, murmura:

—Mil veces mejor que en mi cabeza. —Y luego, con voz más firme, añade—: Quiero desnudarte.

Asiento, con la boca seca, mientras él se acerca y me quita las zapatillas y los calcetines; jamás pensé que algo tan trivial pudiera parecerme tan erótico; no sé si es por la lentitud con la que lo está haciendo todo o porque acompaña el proceso de caricias lánguidas sobre mi piel. Como tengo la respiración tan acelerada, él levanta la vista y una sonrisa traviesa se le dibuja en los labios.

—¿Qué te pasa, Cintia? Pareces... necesitada.

No lo insulto, pero casi. Mientras, él, sin quitarme los ojos de encima, sube la mano con suavidad por los tobillos, las rodillas y los muslos. Cuando traspasa la ingle y estoy a punto de gritar por la anticipación, casi me pongo a llorar cuando veo que se salta la zona cero. Sin embargo, vuelvo a ilusionarme cuando me desabrocha los pantalones y me los baja a la misma velocidad que lo haría un caracol. Llevo las típicas braguitas brasileñas, blancas y de algodón, pero, aun así, traga saliva de forma ruidosa cuando las ve. Ajá; ahora lo tengo pillado yo a él.

—¿Qué te pasa, César? —le imito yo—. Ahora pareces necesitado tú.

Él parpadea y con esfuerzo desengancha la mirada

de mi ropa interior para centrarse en mi cara. Tarda unos segundos en volver a sonreír con engreimiento y me contesta:

—Llevo lidiando con la necesidad desde hace mucho tiempo. Puedo aguantar un rato más —afirma con supuesta indiferencia—. En cambio, tú...

Alarga la mano y, con suavidad, me vuelve a acariciar los muslos y casi sin querer roza mi entrada; echo la cabeza hacia atrás porque, aunque llevo mis braguitas y apenas me toca, creo que por fin va a dar rienda suelta a lo que siente, pero, por desgracia, el movimiento no se repite. Lo miro de nuevo a los ojos y veo que está frotándose la yema de los dedos un poquito mojados. Vale, *bastante* mojados. Por Dios, qué vergüenza; y lo peor es la sonrisa de satisfacción absoluta que adorna su cara cuando dice:

—Un auténtico infierno, ¿verdad?

Abro la boca por la impresión que me causa que mi amado César de repente sea un Christian Grey de tomo y lomo. Pero este no sabe con quién está jugando. Porque, sí, César parece el amo absoluto de la situación, pero yo tengo un as en la manga. Qué demonios. Yo soy el as en la manga. Así que decido dejar por fin el rol pasivo y acelerar el proceso. Mirándolo a los ojos me incorporo y pego un tirón enérgico del nudo que sujeta el top; este resbala por mi piel y deja mis pechos al aire. No son nada de otro mundo, pero él no debe de opinar igual, porque los mira como si fueran algo extraordinario, y como siga apretando tanto la mandíbula podría romperse un diente. Probablemente lo haga ahora, cuando me quite las braguitas, algo que hago sin demasiadas florituras. Después me tumbo de costado, ni demasiado cerca ni demasiado lejos, y le digo una obviedad:

—Ya estoy desnuda.

César tarda en reaccionar, pero, al final, asiente. Abre y cierra los dedos de la mano, en un gesto que le he visto hacer varias veces cuando ve algo que le encanta y le gustaría inmortalizarlo. Y sé que le he ganado la partida, porque en un segundo lo tengo encima, besándome con fiereza. Vuelve a adueñarse de mi boca sin titubeos, como si llevase meses en el desierto y necesitase beberme a mí. Tras un tiempo que podrían ser minutos u horas comienza a descender por mi cuerpo. Se recrea unos instantes en un punto de mi cuello donde sus labios provocan que me olvide de respirar, y después sigue bajando. Hace una nueva parada en mis pechos, contemplándolos varios segundos con los ojos más oscuros que nunca. Murmura algún elogio ininteligible y, con suavidad al principio, con más fuerza después, me muerde el pezón izquierdo mientras me atrapa el derecho con posesividad. Yo me arqueo y emito una serie de sonidos inconexos, al ritmo de cada caricia, pellizco y mordisco que recibo. Estoy a punto de explotar.

Mi mente está tan aturullada que tardo un poco en darme cuenta de que César se ha detenido un segundo para observarme con una sonrisa maravillosa, antes de seguir descendiendo. Cuando se sitúa entre mis piernas, en vez de pasar de inmediato a la acción, se queda mirando la zona, con una admiración impropia para este momento. Esto de que tenga el criterio estético tan desarrollado, en una situación como esta, va a provocarme un infarto, así que le digo:

—¡César!

Posa de nuevo su mirada en mis ojos y con una sonrisa deliciosa susurra:

—Eres maravillosa. Cada parte de ti lo es.

Dicho esto, abandona el modo contemplativo (menos mal) y pasa a la acción. El primer lametón me produce un cortocircuito, pero no tengo tiempo de reaccionar, porque viene seguido de otro, y de otros muchos más, y a mí se me olvida pensar. No recordaba que fuera tan ruidosa, pero tampoco creo que jamás me hubiera sentido así. No sé ni cómo me llamo, solo recuerdo el nombre del hombre que me está provocando todo ese placer con su lengua; de hecho, en el momento en el que se ayuda con los dedos, una, dos y tres veces, yo exploto y es su nombre lo que grito.

Guau. Aunque ya solo siento réplicas de placer, él continúa ahí abajo, como si no tuviera prisa en abandonar la zona, y yo estoy demasiado aturdida para impedir que siga. Lo está haciendo tan despacio que, para mi sorpresa, noto que, pasados unos segundos, me estoy tensando de nuevo. Intento hacer que suba, pero entre que es un intento muy pobre, la verdad, y que él me tiene bien sujeta y no para de trazar círculos perezosos con la lengua, en el momento en el que hace un cambio brusco de ritmo y me presiona con los dedos el punto correcto yo me vuelvo a ir otra vez.

Tengo el corazón a mil y la respiración como si hubiera hecho un Ironman, así que, para evitar la muerte más feliz de la historia, esta vez sí tiro de él con todas mis fuerzas para obligarle a subir. César responde con desgana, ascendiendo por mi cuerpo desmadejado mientras esparce algunos besos aquí y allá. Por cierto, que él también parece haber terminado algún tipo de prueba olímpica, pero tiene los ojos tan brillantes que cuando quedamos a la misma altura, él encima y yo debajo, no siento ninguna vergüenza, sino todo lo contrario. Él me lo ha dado todo y yo lo acepto con gusto. Con mucho gusto, he de decir.

—¿Qué tal? —me pregunta, con un tono orgulloso que me desarma.

—Bastante bien —concedo—. Vamos, puede que nunca haya estado mejor en toda mi vida. Aunque hay un pequeño pero...

Me silencia con un beso profundo y confiado. Sabe que no hay peros que valgan. Noto mi sabor en sus labios y el pulso se me vuelve a acelerar. Cuando separa su boca de la mía, me dice:

—Venga, a ver si puedo ponerle solución a ese pero.

—Demasiada ropa por tu parte —contesto—. Yo

también quiero verte desnudo. A ver si te crees que eres el único que ha imaginado guarrerías con el otro en este último mes.

César sonríe antes de contestar:

—¿Último mes? —Niega con la cabeza—. Por el poco orgullo que me queda, no te especificaré desde cuándo eres la reina absoluta de todas mis fantasías. Y llevas colándote sin permiso en mi cabeza desde mucho antes, cuando ni tú podías ni yo debía. Así que creo poder afirmar, sin temor a equivocarme, que no me queda ninguna guarrería imaginaria por hacerte, Cintia. Dicho lo cual, creo que es hora de pasar a la acción e ir tachando cosas de la lista.

Con resolución, y aprovechando que yo estoy en *shock* por sus palabras, él aprovecha y se quita la camiseta. Guau, otra vez. Está musculado de la forma que más me gusta, no tanto por el gimnasio como por el esfuerzo diario y por los deportes al aire libre que practica. Y saber que tengo acceso VIP a ese cuerpo fuerte, bronceado, con el vello justo en las partes adecuadas, hace que me olvide de respirar por un instante. Solo cuando veo que se ha quitado los pantalones, intento apartar la vista del bulto enorme que ocultan sus calzoncillos y me obligo a reaccionar.

—Pero, bueno, ¿por qué vas ahora a toda pastilla? Tú has tardado una eternidad en desnudarme y yo no he podido ni tan siquiera quitarte la ropa.

—Me has dejado claro que tenías prisa —dice mientras se quita los calzoncillos—. Y yo no aguanto ni un segundo más sin estar dentro de ti.

Esto último apenas lo he escuchado. Tengo la vista puesta en esa parte de su físico que supuestamente estará dentro de mí de forma inminente, pero es... proporcional a su estatura. Espero que mi cuerpo se comporte como el resto del universo: expandiéndose. Estoy tan absorta en mis cavilaciones que ni siquiera me he dado cuenta de que ya se ha colocado el preservativo y me mira con una media sonrisa que tampoco viene a cuento, dada la gravedad de la situación. Y antes de que pueda objetar nada, me está besando de nuevo, agarrándome de la nuca para poder abrirse paso mejor por mi boca. Con la otra mano vuelve a acariciarme y a meter los dedos entre mis pliegues. Pese a los nervios, y a que debería estar exhausta, mi cuerpo responde con ganas. Siento una mezcla rara de preocupación y excitación cuando lo veo que se coloca en posición. Entonces me dice, mirándome a los ojos:

—Qué ganas tenía de llenarte, Cintia.

Al escuchar sus palabras, cargadas de deseo con una pizca de súplica, noto cómo todas mis murallas, las físicas y las emocionales, caen. Y en ese instante él empuja con determinación y mis paredes ceden milagrosamente para dejarlo pasar. Nos quedamos muy quietos, con la respiración igual de alterada, mirándonos a los ojos.

—¿Todo bien? —pregunta, con la voz contenida.

—Todo perfecto —respondo—. Pero no tardes mucho porque creo que todos los órganos internos se me han subido a la altura de la garganta y eso no puede ser bueno para la salud.

Él se ríe y mi cuerpo vibra por dentro. Es una sensación que espero recordar para siempre, y que todo el mundo debería vivir al menos una vez en la vida. Pero no con César. Con César, solo yo.

—Tardaré lo que sea necesario para que te corras tú también —repone él.

—Yo no creo... —No completo la frase porque no quiero aguarle la fiesta; al fin y al cabo, yo ya he tenido dos orgasmos—. Claro, venga, los dos juntos.

Él resopla, cazando mi mentira al vuelo (su especialidad) y comienza a besarme con ganas, pero sin moverse. Luego baja por mi cuello y comienza a succionar mientras sus manos juguetean con mis pechos en primer lugar, y después con mi clítoris. Vuelvo a estar a mil y él aprovecha para mover las caderas; al principio con suavidad, pero después acelerando el ritmo hasta que los dos nos sorprendemos cuando yo me arqueo más hacia él, para permitirle llegar más dentro aún. Comienza a embestirme con fuerza y, cuando sus movimientos se hacen más erráticos, yo vuelvo a explotar de placer otra vez. Al poco tiempo él hace lo propio mientras se desploma sobre mí, poniendo los antebrazos a ambos lados de mi cuerpo para no aplastarme. Ha sido... increíble.

Pensaba que solo había parpadeado, pero he debido de quedarme dormida, porque de pronto César vuelve a la cama y nos arropa con una manta que no sabía que necesitaba. Lo mejor es el calor que desprende su cuerpo y la sensación de protección absoluta que me invade cuando me abraza. Justo antes de entregarme al sueño más dulce, escucho:

—Por cierto, Cintia, por si no ha quedado claro, yo también te quiero.

Y ahora sí, nos quedamos dormidos, bajo la mirada atenta de miles de estrellas que nos observan y nos guiñan desde arriba, como si nos estuvieran aplaudiendo.

XLI

Vicky: ¿Feliz?
Yo: Feliz.
Vicky: Tomé la decisión correcta, entonces. Te quiero.

—Venga, explícame entonces cómo has puesto a mi hermana de tu parte.

Estamos en un bar y no sé muy bien qué hora es, porque César y yo nos hemos dedicado a recuperar el tiempo perdido a muy buen ritmo. Teníamos la cama, comida y bebida, así que habíamos entrado en una maravillosa espiral sexual que ha terminado de la forma menos romántica posible: sin preservativos. Por eso hemos venido al pueblo, y, de paso, hemos hecho esta parada técnica para tomarnos un café en un sitio que, si no fuera porque tiene la tele a un volumen altísimo, sería muy agradable. No importa; César dice que tiene algunas cosas que contarme y yo le presto toda mi atención. Me interesa saber, sobre todo, cómo ha conseguido contactar con Victoria, que está en Italia. Antes de contestarme, él se echa hacia atrás en su silla y entrelaza las manos. Con su camiseta de Deep Purple, parece un ejecutivo agresivo en su tiempo libre.

—Para ser justo, tengo que admitir que no acudí a ella como primera opción porque intuía que no me lo iba a poner fácil. —Inspira y su mirada pierde algo de brillo, pero sigue su relato—: Cuando vi la foto tuya y de Leo, colapsé. Sabía que era mentira, que tú ya no sentías nada por él, pero estaba tan dolido que perdí el control de mis emociones. Tardé demasiado en darme cuenta de que yo solo era una víctima colateral de la patraña orquestada por Leo, que tú debías de estar destrozada, porque además mi padre me contó que habías perdido la subvención para tu proyecto.

—Nuestro proyecto, César —le corrijo, porque su mirada ha vuelto a entristecerse y no me gusta—; insisto en que tenías derecho a estar enfadado porque me lo advertiste muchas veces.

—De todas formas, mi comportamiento fue inaceptable —repone, sin dejarme replicar—. Por si fuera poco, después me enteré, demasiado tarde, de que a todo aquel desastre había que sumar el descubrimiento de lo de Juan y Penélope. —Chasca la lengua mientras niega con la cabeza—. Te dejé sola, en ese día infernal, y tengo dificultades para perdonarme por ello.

—Pues no es justo —le digo, agarrándole la mano—, porque eso sí que no fue culpa tuya. Además, de todas las cosas que sucedieron, eso es lo que menos me importa; no sé si es porque ya es un capítulo cerrado de mi vida o porque me desquité pegándole un seudopuñetazo a Penélope...

—Tengo que enseñarte a pegar puñetazos de verdad —aporta él, con sencillez.

—Gracias, chico malote. —Le arranco una sonrisa, menos mal—. El caso es que he pasado página, y no le doy muchas vueltas más. ¿Cómo te enteraste, por cierto?

—Me lo contaron Chloe y Ada. —Pongo cara de extrañeza y él se apresura en explicarse—: Como te digo, aunque solo la había visto una noche, me quedó claro que mamá leona, es decir, tu hermana, no iba a estar contenta conmigo, así que acudí a tus amigas. Y lo hice porque, aunque tardé solo un día en reaccionar, para ese entonces tú ya no cogías el teléfono y tampoco parecías estar en casa, porque las luces estaban apagadas siempre.

—¿Fuiste a mi casa? Qué tierno —le digo, emocionada. Él resopla.

—No es tierno, es que fui un imbécil y tenía que enmendarlo. —Abro la boca, pero él no me deja continuar—. Como parecía que se te había tragado la tierra, decidí contactar con tus amigas, pero al haber actuado como un ser asocial en mi etapa en la tele, no tenía el número de Chloe. Se lo pedí a mi padre y tu querido exjefe se posicionó a tu favor y me soltó un rollo absurdo sobre protección de datos que culminó con un maravilloso: «La has cagado, ahora búscate la vida».

Me tapo la boca con las manos para evitar una risa improcedente y César frunce el ceño.

—Mírate; qué gracia te hace ahora mi padre, con lo mal que te caía.

—Es que —me invade una calidez inesperada al acordarme de Indalecio—... se portó bastante bien conmigo relativizándolo todo, ¿sabes? Pero no te engañes, lo hizo porque sabe que soy importante para ti y se desvive por su hijo, se nota que te adora.

César se encoge de hombros; sabe que tengo razón, así que no me lo discute y continúa con el relato:

—El caso es que me tuve que plantar en la granja de Ada y hacer guardia durante una semana, porque puede que tus amigas hayan recorrido hasta la última puñetera isla de Indonesia y no regresaban. Cuando ya casi había perdido la esperanza y empezaba a barajar otras opciones, volvieron. Les pegué un susto de muerte, porque era de noche y las asalté en el coche. Ada lleva un machete en la guantera, por cierto.

—Por Dios, César, qué penita me estás dando. Al margen de lo del machete, ¿ellas te trataron bien, al menos?

—Me trataron como merecía; me dijeron que no sabían dónde estabas, pero que, aunque lo supieran, no me lo contarían, porque estaba claro que tu propósito era desaparecer. De hecho, Chloe ni siquiera me dijo que te había prestado su equipo, lo que me hubiera servido para atar cabos. Pero no me puedo quejar, porque justo cuando me iba, Ada le dijo algo al oído a su novia y esta, acto seguido, me pasó el número de teléfono de tu hermana. Dijo que Victoria sabría si debía ayudarme o no.

Ada le había sugerido esa idea a Chloe. Así era la novia de mi amiga, un kiwi: áspera por fuera, ácida y dulce por dentro. Sonrío antes de centrarme de nuevo en las desventuras de César.

—Entonces llamaste a mi hermana —le animo a continuar—. Pero ella no sabía tampoco dónde estaba, porque no se lo conté.

—Ya, pero eso no lo sabía yo. Y tampoco es que ella me lo aclarara, porque cuando la llamé, fue decirle mi nombre y me colgó. Y después bloqueó mi contacto.

—Por Dios, César, qué horror, lo siento muchísimo. Es que Victoria es... muy protectora.

—No te disculpes; si no fuera porque era parte interesada, yo habría hecho lo mismo. Pero me quedé en un punto muerto, porque si Victoria no me cogía el teléfono, no podía hablar con ella. La llamaba desde otros números y me amenazó con denunciarme a la policía...

Me tapo la cara con las manos. Voy a llamar a mi hermana y tener una conversación seria con ella, pero entonces escucho lo que está diciendo César y casi me da un patatús.

—... así que me fui a Roma, a la embajada. Pero allí tampoco quiso atenderme.

—¡No! —digo abriendo mucho los ojos.

—Sí. Al final conseguí una cita con el embajador, le expliqué a grandes rasgos mi problema, este se compadeció de mí y obligó a tu hermana a hablar conmigo.

—César me cierra la boca con delicadeza; no me había dado cuenta de que la tenía abierta—. Creo que ahí empezó a ablandarse.

—Hombre, todo un detalle por su parte. —Definitivamente, tengo que hablar con mi hermana—. No sé cómo te has tomado tantas molestias, yo...

—Ni se te ocurra decir que no mereces la pena, porque no es verdad. Te mereces que luchen por ti, y eso es lo que he hecho, ni más ni menos. El caso es que regresé a España con las manos tan vacías como me marché, pero con una maravillosa promesa. Victoria me dijo que, si te ponías en contacto con ella, y si detectaba que me echabas en falta, me diría dónde te encontrabas. Mientras eso sucedía, o no, tuve un presentimiento y me dediqué a buscarte en cada sitio que te había gustado de la Alpujarra, pero como te fascinaban tantos, era como encontrar una aguja en un pajar. No se me ocurrió pensar que te irías a grabar la parte baja.

—Normal, no fue una decisión muy racional, porque ya no hay proyecto.

Lo he dicho con la máxima indiferencia posible, pero César detecta el puntito de amargura que esconden. Ahora es él el que me aprieta la mano mientras me dice:

—Como ya he terminado con la historia interminable sobre cómo te encontré, te contaré algo importante. A lo mejor tenía que habértelo dicho antes, pero...

—Pero hemos estado ocupados haciendo cochinadas; lo comprendo. ¿Qué tienes que contarme?

César sonríe. Guau, menuda sonrisa. Me sorprendo haciendo lo mismo, porque su felicidad rebota en mí como en una partida infinita de pimpón.

—Hay una productora que está interesada en tus reportajes, Cintia.

—Nuestros reportajes —le corrijo, con impaciencia—; continúa.

—Es una productora internacional que trabaja para la BBC, y está especializada en documentales de viajes en zonas donde el turismo británico puede sentirse interesado. El contacto me lo pasó mi padre de su etapa como corresponsal y ya he hablado con ellos. Pagan muy bien, infinitamente mejor que la Diputación, pero por supuesto tú tienes la última palabra...

No puede terminar porque ya estoy sentada en su regazo besándole. Su olor a campo abierto me invade por todas partes y para mí es ya el equivalente a la felicidad. Menos mal que no hay mucha gente en el bar, aunque me daría igual. Hago una pausa y le digo:

—¿Cómo has aguantado tanto sin decírmelo?

Sus mejillas se tiñen de un color rosado precioso.

—Intuía que te pondrías como loca y necesitaba ser la causa de tu felicidad en exclusiva durante unas horas; ha sido egoísta, pero...

Le pego un manotazo en el hombro y él se sorprende.

—¡Au! —finge dolor—. ¡Me estoy disculpando!

—¡Es que estás muy equivocado! ¿Crees que eso es lo que me hace más feliz? Es una noticia maravillosa, pero nada comparado con que la persona que quiero haya protagonizado un *remake* de la *Odisea* para encontrarme. —Mirándole a los ojos, le digo—: Gracias por buscarme, César.

—Gracias por dejar que te encontrara, Cintia —responde.

Voy a besarle de nuevo, pero de pronto me echo atrás para decirle:

—Estoy pensando que te tengo que subir el sueldo; porque además de un cámara excelente, eres un comercial maravilloso.

Niega con la cabeza y contesta:

—Hablando de sueldo, tú y yo tenemos que hablar de ese tema...

César se interrumpe, mira por encima de mí y palidece. Yo hago un amago de girarme para ver qué es lo que le ha causado esa reacción, pero él me coge la cara y me vuelve a besar casi con desesperación. Me encanta, pero... hago un esfuerzo por separarme y preguntarle:

—Eh, ¿estás bien?

—Sí, pero quiero que recuerdes que eres una mujer fuerte y que estoy contigo. Estaré contigo, siempre.

A pesar de que es bonito escucharlo, no termino de entender muy bien a qué se debe su arrebato, hasta que el sonido procedente de la televisión logra acaparar mi atención. Acabo de escuchar mi nombre, no tengo ninguna duda. Me giro y veo en la pantalla a Matilde Nieto, la portavoz de la oposición en la Diputación, diciendo:

—... *tenemos derecho a saber qué ha sido del famoso proyecto de promoción turística de la Alpujarra y de los fondos europeos que fueron destinados a tal fin, porque es raro que no se haya presentado a bombo y platillo, con lo que le gusta al señor Leonardo García de Valdivia presumir de todos y cada uno de sus logros...*

La temperatura de mis manos desciende en picado, sobre todo cuando la periodista dice que el diputado no ha tardado en contestar a las acusaciones y Leo sale en pantalla, con su lustre y sonrisa habituales. Nunca una belleza me había parecido tan vacía antes, pero, al margen de ello, trato de concentrarme en lo que dice:

—... *es muy triste que los fondos se hayan perdido, pero dado que la señorita Liz ha desaparecido, no hemos tenido más remedio que cancelar todo el proyecto. Su comportamiento ha sido muy decepcionante, tanto a nivel profesional, porque se han perdido unos fondos europeos que podrían hacerle mucho bien a esta comarca tan necesitada, como a nivel personal, por razones que ni siquiera hace falta comentar. Pero allá ella y su conciencia...*

Alguien cambia de canal y sale una reposición del *Grand Prix*, mientras el dueño del bar, con el mando en la mano, dice para nadie en particular:

—Qué pesados, macho, esta gente siempre igual; no descansan ni en vacaciones.

Creo que se ha dado la vuelta y se ha ido, pero no estoy muy segura, porque aunque tenga los ojos abiertos, solo estoy atenta a mi reacción a las palabras de Leo. Y es una reacción sorprendente. Esta vez no me harán falta pañuelos, ni saldré huyendo. Me importa un colín lo que vaya a pensar de mí la gente. Solo siento indignación y ganas de que se haga justicia. Por eso en cuanto termina esa especie de regresión y parpadeo, enfoco al hombre que tengo a tan solo unos centímetros de mi cara. César me mira, expectante, atento a cada uno de mis gestos. Siempre ha tenido una habilidad especial para descifrarme, así que ya sabe que mi actitud esta vez es diferente. Aun así, me aclara:

—Mi padre ha conseguido reunir todas las pruebas que desmontarían la versión de Leo. Pero tú tienes la última palabra en este asunto, porque tener la razón no siempre es lo más importante. Tú decides lo que hacemos, y yo te apoyaré, en cualquier caso.

Él nunca miente, así que sus palabras son ciertas. Pero en este caso sí me importa tener la razón. Y llegados a este punto, sé que empezaría a tener serios problemas de insomnio si no le paro los pies al diputado. Así que inclino la cabeza y le sonrío, confiada, antes de decir:

—¿Te importaría sacar un hueco en tu agenda esta tarde para grabarme? Necesito hacer unas declaraciones.

El orgullo que le causan mis palabras se refleja en sus ojos oscuros y una sonrisa lenta se adueña de su cara cuando me responde:

—Será un placer.

EPÍLOGO

Cuatro años más tarde

LEO

Cuando los abogados lo hacen en las películas, eso de tomarse un *whisky* con hielo a plena luz del día, parecen más sofisticados que yo. Comienzo a tener problemas para enfocar la pila de folios con las propuestas que mañana tendré que defender en el Congreso, pero no me preocupa demasiado. Al final saldrán adelante, porque tenemos mayoría absoluta. Tal vez por eso me he permitido este escarceo con el Macallan esta mañana; aunque últimamente lo que tengo con esta botella es más un romance formal que un desliz. Da igual.

Decido hacer un poco de tiempo leyendo los diarios digitales de Granada. Ahora están liados con lo de los cortes de luz en la zona norte de la ciudad y me alegro de tener las vistas puestas en cosas de mayor envergadura. Granada está estancada, en gran parte porque las instituciones no estamos a la altura. Nos aprovechamos de que tiene el encanto de lo antiguo, pero necesita inversiones. ¿Qué puedo hacer yo? Mi propio partido ya me ha frenado los pies varias veces, dicen que me paso pidiendo y que soy un pesado. Algún día me pedirán perdón y...

Me detengo abruptamente cuando leo la siguiente noticia: «La Alpujarra cuenta ya con su propia cadena de televisión comarcal». No me llama tanto la atención el titular como lo que veo en la foto. Y no me refiero a la moderna casa de pueblo que aparece en primer plano, la sede de la supuesta tele, sino al grupo de personas que posa junto a ella. En concreto, mi vista se detiene en una cabecita que, aunque está en segunda fila, todos los que la rodean están mirando, algunos incluso dedicándole un aplauso.

Cintia.

Lleva el pelo más corto, pero es ella, con su sonrisa inigualable. Siento algo pesado en el estómago que me lleva a dar un largo trago del vaso. Más que feliz, se la ve radiante. Y es el centro de atención de todos los que la rodean, en especial del tío enorme que la coge por la cintura. El cretino la mira con auténtica devoción, como si... Un momento. ¿Ese no es...? ¿El puto César ha acabado con ella? No me lo puedo creer.

Mientras apuro el vaso hasta el final, los hielos emiten un alegre tintineo que me saca de mis casillas. Cojo mi teléfono y busco entre mis contactos el nombre de Cintia. Cambió de número, pero hace años que tengo el nuevo. La estuvimos investigando cuando hizo aquellas declaraciones en mi contra que causaron un revuelo tan explosivo como inútil. La oposición estaba metida hasta las trancas en otro escándalo y los fondos que se perdieron por su proyecto fallido eran irrisorios, así que la gente se olvidó de todo enseguida. Pero ella se quedó a gusto, supongo. Al menos esa era la impresión que daba en el vídeo que grabó y difundió a través de sus redes sociales.

No suelo ser masoquista, pero tengo que admitir que reproduzco ese vídeo con cierta frecuencia. Porque ella fue la última persona que me hizo sentir algo. Era tentador dejarse llevar por su risa, y de hecho fue la única que consiguió desviarme de mi objetivo bien marcado. Por ella traspasé el límite de lo profesional, y hasta perdí los papeles dándole aquel beso en el mitin. Pero lo disfruté, vaya que sí. Aún hoy, antes de quedarme dormido, evoco la cara de gilipollas que se le tuvo que quedar a César cuando la vio en mis brazos, besándola antes que él. Joder, qué recuerdo tan satisfactorio.

El caso es que el mismo motivo que me lleva a ver ese vídeo donde, con voz serena y dulce, me pone a caer de un burro es lo que me está haciendo marcar su número en este momento. Una mala idea, en cualquier caso. Como rellenarme de nuevo el vaso. Pero lo hago de todos modos, porque estoy nervioso mientras el teléfono hace la llamada. Cuando descuelga, el corazón se me acelera, y, aunque sigo convencido de que esto es una idea pésima, también me alegro de comprobar que hay algo ahí, dentro de mi pecho.

—¡Hola! ¿Quién es? —dice ella con voz alegre—. ¿Sois los de la floristería? ¿Por qué no estáis ya aquí? Que sea un ramo para el novio no significa que tengáis que llegar tarde, por el amor de Dios.

—No soy de la floristería. —Floristería es una palabra difícil de pronunciar con tres *whiskies* encima, lo acabo de comprobar—. Soy yo.

Se produce un silencio tan absoluto que miro el teléfono para ver si ha colgado, lo que es una posibilidad muy real. Pero no, la llamada sigue en curso, así que supongo que me ha reconocido la voz. Me recuerda, entonces. Mi estúpido corazón vuelve a galopar, el muy imbécil.

—¿Qué quieres, Leo?

No hay ira en su voz. Ni desprecio. Ni... nada. Debería alegrarme, pero en cambio siento una enorme pesadez en el estómago, porque ella es muy expresiva. Puede que no me recuerde tanto como he pensado antes. Puede, incluso, que me haya olvidado. Qué cojones. Me rearmo enseguida: es imposible que me haya olvidado.

—Felicitarte —le respondo—. Por tu televisioncita alpujarreña. Qué proyecto tan... tú.

—¿Para eso me llamas? —Vale, si quería enfado en su voz, ya lo tengo de sobra—. ¿Para amenazarme con algo y que no pueda seguir adelante? ¿Has encontrado algún subterfugio para vengarte de mí porque no me quedé callada y no me dio la gana de que me pisotearas en su día?

Joder, vaya imagen que tiene de mí. Ya debería saber que, si no me toca las narices, yo no tengo nada en contra de ella, al revés. Pero me encanta enfadarla, porque eso debe de significar algo, así que sigo comportándome como un capullo.

—Fue una defensa muy pobre, preciosa —respondo, porque es verdad—. No conseguiste lo que querías porque no me heriste, ni tan siquiera un poquito. Aquí me tienes, en la sede central, disfrutando de unas maravillosas vistas a la capital de España.

Por desgracia, da la casualidad de que hay huelga de basura en Madrid y mis ojos se fijan en un movimiento sospechoso que hay entre las bolsas del contenedor de abajo. Giro mi sillón de cuero y me centro de nuevo en la conversación que tengo entre manos.

—Te equivocas, Leo, yo no pretendía hundirte con aquel vídeo —me dice ya mucho más serena—. Solo quería contar la verdad y dormir bien por las noches, cosa que no sé si podemos decir todos. Así que fue una defensa perfecta, te lo garantizo.

—Yo también duermo bien por las noches —contrataco de modo infantil; pero es verdad, con dos pastillas, duermo como un tronco—. Pero tranquila, que no te llamo para discutir; no tengo ningún interés en hundir tu proyecto. Es solo que he visto tu foto y después de tanto tiempo sin pensar en ti —miento—, has despertado mi interés.

Hay una pausa, y a continuación me dice:

—Muy bien; pues si ya has satisfecho tu interés, te dejo, que estoy muy ocupada.

Ah, no, no me cuelgues. Me estoy divirtiendo después de hacía mucho. Intento prolongar la conversación, aunque sea con un golpe bajo.

—¿Ah, sí? ¿Haciendo qué? ¿Cubriendo el concurso de

ovejas? ¿Torneo de petanca? ¿Descuartizando un cerdo, tal vez?

—No —responde, sin alterarse—. Casándome.

Se me cae el vaso de las manos y cuando choca contra el suelo estalla en mil pedazos. Era cristal del bueno, porque se ha descompuesto en tantos trozos que algunos han llegado a mi escritorio. Casándose. Con el cámara. Me cago en los dos. Me masajeo el pecho, que me duele, como siempre últimamente. Tengo que decir algo; mi orgullo siempre me saca de cualquier situación, pero me he quedado sin palabras y no sale nada. Un problema que, al parecer, ella no comparte, porque añade con voz tranquila:

—¿Recuerdas lo último que me dijiste?

—Nos hemos dicho tantas cosas, Cintia... —Menos mal; mi amor propio, el único amor fiable al cien por cien, ha tomado las riendas de la situación y le habla con desprecio—. Creo que lo último que te dije en una rueda de prensa fue que no eras profesional y que por eso habías perdido los fondos.

—No, no; me refiero a lo que me dijiste la última vez que estuvimos juntos, tú y yo.

«Juntos, tú y yo» suena demasiado bien y no quiero recrearme en ello. Me asalta el recuerdo de su olor, cítrico con un contrapunto muy dulce, y sacudo la cabeza para que se vaya bien lejos. Como no sé a dónde quiere llegar, no le respondo.

—No lo recuerdas, pero yo sí —continúa—. Me acababas de besar delante de todos los medios de comunicación y me dijiste: «Dile a tu amiguito, el cámara, que ahora después de mí puede besarte todas las veces que quiera». Por desgracia, tenías razón y tú te adelantaste. Pero hay veces en la vida que es mucho mejor quedar el último. César me besa cada día y será el último que lo haga. Y lo hace muy bien, por cierto.

Me corto con uno de los cristales que ha saltado en la mesa; un goterón de sangre espesa sale de la herida, pero apenas le presto atención, porque solo escucho a Cintia decir:

—No te deseo ni el bien ni el mal, Leo. Solo quiero que no vuelvas a llamarme nunca más.

Y cuelga. Justo en ese instante llega una de las administrativas que trabajan aquí y se encuentra con una escena insólita. Yo sangrando, con la botella de *whisky* en mi escritorio y los restos de un vaso roto esparcidos por el suelo.

—Señor García de Valdivia, ¿se encuentra bien?

Habrá que echarla, porque esta no es de fiar. Pero, mientras tanto, me pongo mi máscara más encantadora y le sonrío para tranquilizarla. Ella se mete un mechón de pelo tras la oreja, nerviosa. Está enamorada de mí desde el primer segundo, la pobre.

—Todo bajo control —le respondo.

Ella asiente muchas veces seguidas y se va, supongo que para traer el botiquín.

La foto del diario digital me espera en el monitor del ordenador y le doy un manotazo. Se cae y suenan más cristales rotos. Menudo estropicio, pero a mí me da igual. Me sirvo otro vaso de *whisky*, lleno hasta los bordes, y lo apuro hasta el final.

AGRADECIMIENTOS

¿Sabes esa sensación que tienes cuando estás enamorada y no entiendes que nadie más vea lo absolutamente increíble que es la persona que te vuelve loca? ¿Cómo es posible que, cuando sonríe, el tráfico no colapse, los aviones no se estrellen en el cielo, la bolsa no se desplome, los extraterrestres no nos visiten al fin? ¡¿Es que no hay nadie sensato en este mundo, ni en el universo, excepto tú?! Bien, pues si entiendes a lo que me estoy refiriendo, te estarás acercando a lo que yo siento por la Alpujarra.

No soy yo la única que ha sucumbido a los encantos de esta maravillosa comarca, que además ha contado y cuenta con grandes admiradores en el mundo de la literatura. Pero me sorprende que no cuente con más «enamorados», sobre todo en esta época en la que buscamos sitios que nos permitan desconectar del estrés diario. Lo mío con la Alpujarra fue tal flechazo que enseguida supe que la primera historia que escribiera trascurriría allí. Y así fue. Cuando años más tarde retomé aquel manuscrito y lo reescribí por completo, cambié muchas cosas (el narrador, los nombres de los personajes y buena parte de la trama), pero la relevancia de los pueblos y la forma en la que se mezclan con la historia, eso sigue intacto. Esta novela no podría suceder en otro sitio. Los protagonistas son Cintia, César y la Alpujarra, en el orden que prefieras, y los tres son imprescindibles.

Así que mi primer agradecimiento va para esta comarca tan especial, por proporcionarme tantísimo material interesante. Según el criterio que he seguido, son treinta y dos pueblos (no he incluido la también maravillosa Alpujarra almeriense porque en la novela el proyecto de Cintia es financiado por la Diputación de Granada), algunos con poco más de cien habitantes, y en todos he encontrado datos interesantísimos, en forma de leyendas, tradiciones, monumentos o recursos naturales. Es más, tuve que descartar muchas cosas para que la trama no perdiera ritmo. Así que, como es de bien nacido ser agradecido, espero poder devolver a la comarca algo de lo que ella me ha aportado a mí. Son muchas las personas que, nada más acabar el libro, sienten el deseo de conocer por primera vez o visitar de nuevo la comarca alpujarreña. Os animo a hacerlo. Sus pueblos luchan, cada uno a su manera, por sobrevivir. Algunos se reinventan; otros permanecen intactos, resguardados del paso del tiempo, tranquilos en sus montañas. Me enorgullezco de que muchos lectores no han podido evitar alquilarse algo por allí tras terminar la historia. Ojalá sean muchos más, porque la comarca lo necesita.

Dicho esto, y siguiendo con los agradecimientos, quiero darle las gracias, una vez más, a mi familia por todo su apoyo. A mi abuela, a la que le dedico este libro porque la quiero mucho; a mi madre, porque no sé qué haría sin ella; a mi padre, ya no solo por su amor, sino por ser el artista más completo que conozco. A mi hermana, mi fiel lectora cero y, sobre todo, mi gran confidente. A Sandro y a Sandrito, este último la más reciente y maravillosa incorporación a la familia.

También doy las gracias a mi familia política. A mis suegros, Paqui y Jesús; a mi cuñada Carmen y a Sergio (y a toda la familia de este), y en esta ocasión añado a Pepe y a Cuqui, porque sus mensajes de apoyo me llegaron a lo más hondo y me animaron a seguir.

Gracias a David. Estoy esperando a ser mejor escritora para atreverme a contar un amor como el nuestro. Con nadie estoy más a gusto que contigo, tú eres mi planteamiento, mi nudo y mi desenlace. El padre de mis niños, que son lo más importante de mi vida. David y Ana, os digo mucho que os quiero, pero, aun así, las palabras nunca podrán hacer justicia a lo que siento por vosotros. Gracias, además, por querer siempre que os cuente mis historias. Ya sabéis que sois mi obra maestra.

Muchas gracias, Mari Sol. En ti me inspiro cada vez que una mejor amiga de la protagonista sale en la historia. Y a Jesús, mi mejor amigo y el que me enseñó que se podía hacer poesía con una cámara. César no sería lo mismo si no te hubiera conocido. Aprovecho también para darle las gracias a todos mis amigos y conocidos del mundo de la tele y del pimpón, por haberme mostrado su apoyo en esta nueva etapa de mi vida con mensajes entusiastas. No sabéis cómo me anima todo eso.

En el ámbito profesional, tengo que agradecer a HarperCollins Ibérica que siga apoyando mis historias. Después de tantos años escribiendo sin conseguir publicar, no me termino de acostumbrar a lo fácil que es mandar mi novela a una editorial y que en menos de un mes te dé el OK para que vea la luz. Gracias a todo el equipo por el mimo que le ponéis a mis historias, en especial a Elisa, por su profesionalidad y eficacia, y a Cintia, por corregir con tanto cariño mis novelas.

Este último año, tras ganar el XII Premio HQÑ de Novela Romántica con *La mejor jugada*, he asistido a multitud de ferias y congresos literarios. Allí he podido conocer a autoras que admiraba desde siempre y me he tomado un café con algunas de ellas, lo que no era fácil, porque en realidad quería gritar histérica y hacerme un selfi con cada una, pero intenté actuar con cierta profesionalidad. Elena Castillo, Kate Danon, Josephine Lys, qué bien me lo pasé en Madrid con vosotras. En Valencia fue un honor compartir mesa con Susana Herrero, entre otras. Evangeline Cruz, un placer haberte conocido y charlar contigo, aunque sea de forma virtual. En fin, tengo que decir que las autoras de romántica son un grupo de escritoras «buena gente», dispuestas a compartir toda su experiencia y los mejores consejos con las recién llegadas. Los encuentros que he tenido con vosotras en Madrid, Valencia, Huelva y Fuengirola son de las cosas más valiosas que me han sucedido este año.

Y para finalizar, te doy las gracias a ti, lector, tanto si es la primera vez que me lees como si no. Hoy en día hay tantísima oferta de libros que es una hazaña que tengas uno mío entre tus manos. Yo vuelco un cachito de alma en cada una de mis novelas, así que espero que la hayas disfrutado. También espero poder ofrecerte pronto nuevas historias; mientras tanto te deseo lo mejor y que tengas felices lecturas.